Elli gibt den Löffel ab

Das Buch

Die sechzigjährige Eleonore, genannt Elli, hat die Nase voll vom Leben: Ihr Mann ist schon seit einigen Jahren tot, und die ehemals gemeinsame Videothek steht kurz vor der Pleite. Ein Brief aus Italien ändert plötzlich alles. Elli soll geerbt haben: eine kleine Pension auf Capri, in der sie als Kind die Ferien verbracht hat. Kurz entschlossen macht sich Elli auf den Weg nach Bella Italia. Auf der Fahrt dorthin erweist sich ihr sonst so zuverlässiger Käfer allerdings als Schrottmühle, und Elli muss die Hilfe von Aussteiger Heinz in Anspruch nehmen, der bereit ist, sie in seinem Wohnmobil nach Capri zu fahren. Die gemeinsame Fahrt gen Süden gerät immer mehr zum turbulenten Schlagabtausch, denn Heinz teilt Ellis Liebe zu Sauberkeit und Ordnung leider überhaupt nicht.

Auf Capri angekommen, traut Elli ihren Augen kaum: Ihre ältere Schwester Dorothea ist ebenfalls angereist und hat es auf die Pension abgesehen. Ein Schwesternstreit entbrennt, bei dem es nicht nur um die Pension, sondern auch um alte Wunden und natürlich um Männer geht …

Die Autorin

Tessa Hennig ist seit vielen Jahren erfolgreich als Drehbuchautorin tätig, unter anderem für die große Prime-Time-Unterhaltung. Wenn sie vom Schreiben und ihrem Wohnort München eine Auszeit benötigt, reist sie auf der Suche nach neuen Stoffen und Abenteuern gern in den Süden.

Von Tessa Hennig in unserem Hause bereits erschienen:
Mutti steigt aus

Tessa Hennig

Elli gibt den Löffel ab

Roman

List Taschenbuch

Besuchen Sie uns im Internet:
www. list-taschenbuch.de

MIX
Papier aus verantwortungsvollen Quellen
FSC® C083411

Originalausgabe im List Taschenbuch
List ist ein Verlag der Ullstein Buchverlage GmbH, Berlin.
1. Auflage April 2011
4. Auflage 2011

Konzeption: semper smile Werbeagentur GmbH, München
Umschlaggestaltung: bürosüd° GmbH, München
Titelabbildung: Illustration von Gerhard Glück
Satz: LVD GmbH, Berlin
Gesetzt aus der Garamond
Papier: Munkenprint von Arctic Paper Munkedals AB, Schweden
Druck und Bindearbeiten: CPI – Clausen & Bosse, Leck
Printed in Germany
ISBN 978-3-548-61049-8

Kapitel 1

Tiefe Sehnsucht und unerfülltes Verlangen sprachen aus seinen Augen, die Gewissheit, die Liebe seines Lebens nie wieder in die Arme schließen zu dürfen. Zu groß war die Kluft der beiden Welten, die die Liebenden voneinander trennte. Welche Liebe könnte größer sein, als um des Glückes des anderen willen auf das eigene Glück zu verzichten? So ein Mann konnte einem förmlich den Boden unter den Füßen wegziehen. Selbstlosigkeit bis hin zur Selbstaufgabe. Für einen solchen Blick, der mit einem einzigen Augenaufschlag die ganze Tragik seines Lebens auf den Punkt brachte, würde jede Frau sterben, dessen war sich Elli sicher. Obwohl sie diese Szene, in der Daniel D. Lewis einfach nur aus dem Fenster blickte, schon mindestens hundert Mal gesehen hatte, schmolz sie auch diesmal beim Anblick seiner funkelnden Augen, die sie dank Pause-Taste immer noch vom Bildschirm ihres Vorführgerätes ansahen, restlos dahin.

»Genau das meine ich. So etwas können die wenigsten«, stellte Norbert, einer ihrer Stammkunden, mit Begeisterung fest, als Elli die DVD aus dem Abspielgerät nahm. So, wie sie ihn einschätzte, gehörte Norbert mit Sicherheit auch nicht zu jenen, die es konnten, weder fiktional noch im wirklichen Leben. Ganz im Gegenteil: Anfang fünfzig, das lange graue Haar zu einem flotten Pferdeschwanz nach hinten gebunden, stets in weit aufgeknöpften Hemden und zugegebenermaßen immer noch mit Topfigur, die ihn in der Damenwelt, vor allem aber bei seinen Klientinnen, die um die berühmt-berüchtigte Casting-Couch bestimmt nicht herumkamen, begehrenswert machte. Norbert ließ nie etwas anbrennen. Oft genug brachten wechselnde flotte Bienchen die Filme zurück, die er sich bei Elli ausgeliehen hatte.

»Tolles Anschauungsmaterial. An den Film hatte ich gar nicht mehr gedacht«, sagte er mit anerkennendem Blick.

»Ist ja auch schon eine Weile her, dass er im Kino gelaufen ist«, räumte Elli versöhnlich ein. »Dennoch ein Klassiker.«

»Dass Sie die Stelle so schnell gefunden haben«, wunderte sich Norbert.

»Ich kenne *Zeit der Unschuld* in- und auswendig. Er ist einer meiner Lieblingsfilme«, gestand Elli schwärmerisch.

»Solche Rollen möchte jeder, aber oft kommt das Wesentliche einfach nicht rüber. Man merkt, dass die Schauspieler den Part spielen.«

Damit hatte Norbert recht. Viele Schauspieler, vor allem hierzulande, spielten eine Rolle eher mechanisch, anstatt vollends in sie hineinzuschlüpfen, sie zu leben. Daniel D. Lewis dagegen konnte das mit Bravour. Vermutlich eine Frage der Berufung. Was hatte Norbert ihr nicht alles an Absurditäten aus dem Gruselkabinett der Schauspielkurse am Theater erzählt? Ob es wirklich etwas brachte, sich als angehender Schauspieler vorzustellen, man sei eine Orange, um sich möglichst authentisch als Frischobst auf einer Bühne vor dem Ausbilder zu präsentieren? Orangen schmeckten jedoch nur dann gut, wenn sie eine gewisse Reife hatten und auf fruchtbarem Boden angebaut worden waren. Elli war sich sicher, dass man die hohe Schauspielkunst sowieso nicht erlernen konnte. Talent, Persönlichkeit und Charisma gehörten nun mal einfach dazu.

Wie herrlich waren doch Fachsimpeleien aus der Welt des Kinos. Vielleicht mochte sie Norbert deshalb so gern, weil er sie an die Zeit erinnerte, als sie gemeinsam mit ihrem Mann Josef noch ein Kino geführt hatte. Was für spannende Momente. Prickelnde Filmpremieren an der Croisette. Cannes in den Siebzigern. Leinwandgötter zum Anfassen und Elli mitten im Getümmel. Einer Sophia Loren würde man auch heute noch alles abkaufen, vielleicht sogar die Rolle einer Orange.

»Ich lasse die Bewerber das morgen mal spielen«, sagte der Casting-Coach, dessen Optimismus, irgendwann doch einmal ein Toptalent zu entdecken, ungebrochen schien.

»Das macht dann drei fünfzig. Oder sechs Euro bis nächste Woche.« Elli überlegte, wer den Film wohl diesmal zurückbringen würde, als sie Norberts Mitgliedsausweis durch den Kartenleser der Computertastatur zog und ihm die DVD in einer Verleihhülle mit der Aufschrift »Movietime« überreichte.

»Was wäre ich nur ohne Sie?«

Charme hatte er ja, und sein Lächeln, mit dem er sich von ihr verabschiedete, war bezaubernd. Elli wünschte, sie hätte mehr solche nette und vor allem treue Kunden. Die Stammkundschaft war in den letzten Jahren auf kaum mehr als ein paar Dutzend Leute geschrumpft. Eine Videothek war angesichts der Programmvielfalt in den Kabelnetzen und per Satellit – vom Internet, wo man Filme bequem »on demand« auf Neudeutsch »downloaden« konnte, ganz zu schweigen – einfach nicht mehr zeitgemäß, noch dazu in einer Kleinstadt wie Rosenheim.

Wer hätte in den Sechzigern schon daran gedacht, dass ein Filmpalast jemals pleitegehen könnte? Es hatte ja nur zwei Kanäle im Deutschen Fernsehen gegeben und mehrere Jahre gedauert, bis man einen Kinofilm in den eigenen vier Wänden sehen konnte. Roter Teppich, ade! Keine Einladungen mehr von den großen Filmverleihern. Kein Buhlen mehr um die kleinen Kinobesitzer. Ganz im Gegenteil, die Distributoren hatten sie mit ihren Multiplex-Kinos regelrecht in den Ruin getrieben. Am besten gar nicht mehr daran denken, aber ausgerechnet heute lag *Der letzte Kaiser* in der Rückgabebox, in welche die Kunden die ausgeliehenen Filme auch nach Ladenschluss einwerfen konnten. Ein großartiger Film und zugleich der letzte, den sie und Josef in ihrem Kino gezeigt hatten. Auf der Suche nach der richtigen Stelle in der Regalwand hatte Elli schlagartig Bernardo Bertoluccis Meisterwerk vor Augen – leider auch eines der schwärzesten Jahre ihres Lebens: 1989. Sie hatten ihr Kino verkaufen müssen, und zwei Monate später war Josef einem Herzinfarkt erlegen.

Wenn doch nur ein Kunde hereinkommen würde, um mich auf andere Gedanken zu bringen, hoffte sie inständig. Nichts war schlimmer, als sich aus Mangel an Beschäftigung in der Vergangenheit festzufressen. Selbst eine telefonische Anfrage von jemandem, der nach einem bestimmten Film suchte, von dem er weder den Titel noch den Namen der Schauspieler kannte, würde sie jetzt sicher aufmuntern. Ein wandelndes Filmlexikon zu sein, gab einem zudem das Gefühl, noch gebraucht zu werden. Statt des erhofften Anrufs schob sich eine pathetisch dunkle Regenwolke über das Viertel, in dem ihr Laden lag, und machte den Tag zur Nacht – nahezu perfekt inszeniert. Das Telefon klingelte. Anscheinend hatte jemand über der Wolke ihr heimliches Stoßgebet erhört.

»Movietime, Sattler, guten Tag«, meldete sie sich wie immer betont freundlich.

»Morgen, Elli. Ich bin gerade im Ginos. Kommst du auf einen Kaffee vorbei?«, fragte sie die vertraute Stimme ihrer besten Freundin.

»Jetzt?« Warum um alles in der Welt wollte Frieda mit ihr um diese Uhrzeit Kaffee trinken? Sollte sie einfach so den Laden zusperren? Andererseits – vor zwölf kam wahrscheinlich sowieso niemand vorbei, und Friedas Einladung wirkte irgendwie dringlich.

Eine italienische Bar wirkte merkwürdigerweise auch dann noch einladend, wenn es aus allen Kübeln schüttete. Normalerweise würde Ginos überirdisch cremiger Cappuccino ihnen einen der gemeinsamen freien Sonntagnachmittage auf der sonnigen, palmgesäumten Terrasse versüßen. »Piazza-Feeling« pur. Italienisches Flair und gutes Publikum machten das Ginos zu einem der beliebtesten Cafés am Ort. Elli hatte sich schon oft gefragt, warum es sie dort Woche für Woche hinzog. Aus purer Nostalgie? Waren es gute Erinnerungen an die zahlreichen Italienurlaube in ihrer Kindheit?

Gino hatte da eine ganz andere Theorie. »Du hast in einem früheren Leben schon mal in Italien gelebt«, erklärte er ihr, felsenfest davon überzeugt. Auch Frieda hatte ihr bestätigt, dass sie mit ihren 1,65 Metern, den gelockten Haaren und den braunen Augen jederzeit als »Italo-Braut«, wie ihre Freundin sie wörtlich genannt hatte, durchgehen konnte. Angesichts des Wolkenbruches fühlte sie sich im

Moment aber eher wie ein begossener deutscher Pudel. Da gab es nur eines: im Slalom und im Tempo einer Rosi Mittermaier auf Medaillenkurs so schnell wie möglich hinein in die Kaffeebar. Geschafft, doch auch im Innenbereich war kein Hauch mehr von »Bella Italia« zu spüren. Abgesehen von einem Geschäftsmann, der eifrig auf der Tastatur seines Notebooks herumtippte, war nur noch Frieda im hinteren Restaurantbereich ausfindig zu machen.

»Morgen, Elli«, begrüßte ihre burschikos wirkende, pummelige beste Freundin sie. Friedas ungewöhnlich ernste Miene erweckte den Eindruck, also könnte sie selbst ebenfalls Aufmunterung gebrauchen.

»Was ist denn mit dir los? Du schaust ja aus wie schon mal gegessen.«

»Am besten, du setzt dich«, erwiderte Frieda mit bedeutsamem Unterton.

In einem schlechten Film würde angesichts von Friedas Leidensmiene jetzt der Moment nahen, in dem ihr die Freundin eröffnete, dass sie an einer unheilbaren Krankheit litt oder dass ihr Ehemann sie verlassen hatte. Elli hoffte inständig, in einem guten Film zu sein, doch Friedas nervöses Spiel mit der Kaffeetasse ließ nichts Gutes ahnen.

»Remy ...«, seufzte Frieda schwermütig.

»Ist die nicht gerade in Wien?«

Frieda schüttelte nur den Kopf. »Schlaganfall. Muss ganz schnell gegangen sein.«

Elli war froh, dass sie sich bereits gesetzt hatte. Mittlerweile tauchte Gino, ein quirliger Italiener in ›Tom-Cruise-Größe‹ und mit nach hinten gegeltem Haar, neben ihr auf.

»Elli, *bella,* was darf ich Ihnen bringen? Das Übliche?«

»Zwei Grappa bitte.«

Frieda gab die Bestellung auf – entgegen ihrer Gewohnheit die richtige Wahl, stellte Elli fest. Einen Cappuccino hätte sie im Moment sowieso nicht heruntergebracht.

Ginos zwar völlig unangebrachtes, aber wie immer strahlendes Lächeln tat trotzdem gut. »Sehr wohl.«

»Wahrscheinlich war's die Sachertorte«, fuhr Frieda fort.

»Was hat Remys Schlaganfall mit einer Torte zu tun?«

»Erinnerst du dich ... letzte Woche beim Kegeln? Was hat sie sich auf diese Kalorienbombe gefreut. Tönt noch rum, dass sie für ein Stück original Sacher sterben würde. Das hat jemand da oben wohl in den falschen Hals bekommen.«

Elli erinnerte sich noch allzu gut an Remys Vorfreude. Sie hatte mit ihnen den Gewinn einer Wien-Reise gefeiert und sich tatsächlich mehr auf den Kuchen als auf den Prater gefreut.

»Stell dir das mal vor. Du erfüllst dir quasi einen Lebenstraum, und kaum hast du die Torte im Ranzen, kippst du vom Stangerl.«

»Das ist nicht dein Ernst? Im Sacher?«

Frieda nickte. »Sie mussten Remy zu fünft rausschleppen.«

»Jetzt hör aber auf ...« Wie konnte Frieda sich angesichts des Ablebens ihrer Freundin nur über deren Übergewicht lustig machen?

»Nein, es stimmt. Ich weiß es von ihrer Nichte.«

»Die arme Remy! Sie war doch noch so jung«, sinnierte sie.

»Na ja, vierundsechzig ... Mach dir mal nichts vor, Elli. Die Uhr tickt.«

»Jetzt übertreibst du aber. Außerdem sind wir beide nicht übergewichtig.«

Kaum war der Satz ausgesprochen, kamen ihr erste

Zweifel, ob Frieda nicht vielleicht doch recht hatte. Fakt war, dass sich ihr Freundeskreis in den letzten Jahren deutlich dezimiert hatte. Der Sensenmann ging um und hatte sich nicht nur den Bekanntenkreis gekrallt, der ihr nach Josefs Tod geblieben war, sondern trieb nun auch noch in ihrem engsten Freundeskreis sein Unwesen. Aus dem achtköpfigen Kegelclub war in den letzten zwei Jahren ein illustres Quartett geworden, bestehend aus Frieda, Remy, einer Studentin Mitte zwanzig namens Steffi, die immer wieder mal einsprang, und ihrer Wenigkeit.

»Außerdem sind die anderen auch nicht an Altersschwäche oder irgendwelchen Verfallserscheinungen gestorben«, sagte sie zu Frieda. »Zwei Autounfälle, ein Absturz beim Bergwandern und einmal Oberschenkelhalsbruch mit anschließender Sepsis im Krankenhaus«, fügte Elli noch hinzu.

»Wobei Alvin sicher nicht in den Graben gefahren wäre, wenn er nicht auf der Fahrt zu seinem Scheidungstermin einem Herzinfarkt erlegen wäre«, stellte Frieda leicht rechthaberisch klar.

Nun gut, das stimmte. Dennoch erfüllten Elli die ungewöhnlich zahlreichen Abschiede von Freunden in ihrem Alter mit einem gewissen Schaudern. Wer weiß, vielleicht war sie ja in eine Fortsetzung von *Final Destination* geraten, wobei sie sich nicht daran erinnern konnte, den Tod jemals überlistet zu haben und seither von ihm verfolgt zu werden.

»Die Beerdigung ist morgen früh um zehn«, unterbrach Frieda ihre Gedanken.

Elli nickte und gurgelte den aufsteigenden Kummer erst einmal mit einem ordentlichen Schluck von Ginos Cognac herunter.

Elli nahm sich vor, den Rest des Tages einfach abzuhaken. Remys überraschender Abschied lag ihr immer noch bleischwer im Magen und sorgte an dem verregneten, aber dank des Unwetters immerhin kundenfreien Nachmittag für die ideale Grundlage, um an ihre gemeinsame Zeit zurückzudenken. Letzteres schwor eine Tristesse herauf, die Elli an sich weder kannte noch schätzte. Remy, die Frieda an der Volkshochschule in einem Kochkurs kennengelernt hatte, war der Neuzugang im Kegelclub gewesen. Trotz ihrer üppigen Rundungen, die ihr den Spitznamen »Kegelkügelchen« eingebracht hatten, hatte sie sich im Team bewährt – menschlich wie auch (erstaunlicherweise) sportlich. Was würde jetzt nur aus ihrem Kegelabend werden? Zu dritt ja nicht gerade eine Spaßveranstaltung. Was musste Remy auch den Löffel abgeben?

Die quälende Frage nach dem Warum war aber selbst nach stundenlanger Grübelei, die sich nicht mal durch die beschäftigungstherapeutisch durchaus sinnvolle Generalreinigung der DVD-Regale abstellen ließ, nicht zu beantworten. Allerdings hatte sie den angenehmen Effekt, dass Elli sich ganz nebenbei Gedanken darüber machte, woher die Redewendung mit dem Löffel wohl stammte.

Recherchen waren neben Putzen erfahrungsgemäß die ideale Beschäftigung, um sich abzulenken. Wenn man den Quellen im Internet trauen durfte, hatten im Mittelalter weniger wohlhabende Menschen angeblich immer und überall ihren eigenen Löffel dabei, den sie kurz vor ihrem Tod an jemand anderen weitergaben. Erstaunlich, dass sich diese Tradition anscheinend auch in Ellis eigener Familie in Form eines goldenen Teelöffels, der ihrer Mutter gehört hatte, fortsetzte. Auch sie hatte den Löffel kurz vor ihrem Tod weitergegeben – sozusagen als Glücksbringer –, zumindest war sie davon überzeugt gewesen, dass er ihrer Tochter Elli Glück bringen würde. Nun lag er eingewickelt in einem seidenen Tuch in der Wohnzimmerschublade. Hatte der Löffel ihr tatsächlich Glück gebracht? Um diese Frage eingehend zu beleuchten, blieb ihr kurz vor Ladenschluss aber Gott sei Dank keine Zeit mehr. Der allwöchentliche Besuch im Altenheim stand an, und ihre »Cineastengruppe« schätzte es ganz und gar nicht, wenn man unpünktlich war.

Warum um alles in der Welt hatten Altenheime in der Regel Namen, die allesamt Frieden und Harmonie an einem paradiesischen Ort suggerierten? »Seniorenheim Sonnenhain« klang doch sehr vielversprechend. Laut Prospekt war es direkt an einer Parkanlage gelegen, jedenfalls durch die Linse des Profifotografen betrachtet, der es irgendwie geschafft hatte, einen Zipfel Grün mit auf das Bild zu schmuggeln. Dass sich die Anlage direkt an einer stark befahrenen Hauptstraße befand und der gegenüberliegende Minipark eigentlich ein Bolzplatz für lärmende Kinder war, ging aus der Hochglanzbroschüre natürlich nicht hervor. Immerhin hatte dieses Altenheim den Vorteil, dass man jederzeit, ohne lange suchen zu müssen, einen Parkplatz fand.

Heute stand für Ellis Publikum *Verdammt in alle Ewigkeit* auf dem Programm, der Klassiker mit Burt Lancaster und Montgomery Clift – auf besonderen Wunsch der nicht mehr ganz so mobilen Cineastenrunde, die sie einmal pro Woche, mit Beamer und einem mobilen DVD-Player ausgestattet, versorgen durfte. Als Elli den Wagen parkte und die Stufen des altehrwürdigen Sandsteingebäudes hinaufeilte, machte sie sich klar, dass sie für diesen Nebenjob dankbar sein musste. Letztlich hatte sie es Frieda und ihren guten Kontakten zur Stadtverwaltung zu verdanken, dass sie für ihr mobiles Kino monatlich einen kleinen Zuschuss bekam. Ein paar hundert Euro nebenbei konnten angesichts der eher mauen Einnahmesituation der Videothek nicht schaden. Einen Film vor Publikum vorführen zu dürfen, erinnerte sie zudem an ihre persönlichen Gründerjahre, als sie mit Josef ihr erstes Kino eröffnet hatte. Ein gutes Gefühl, ein Hauch von wärmender Nostalgie, den ihr selbst die kahlen Wände des schier endlos langen Ganges, der zum Gesellschaftsraum führte, nicht nehmen konnten.

»Alles Lüge! Alles Lüge!«, keifte eine mindestens achtzigjährige Frau, die mit ihrem Rollator im Morgenmantel und in überdimensional großen Pantoffeln wie aus dem Nichts aus einem der Zimmer auf sie zuschoss.

Elli zuckte förmlich vor Schreck zusammen.

»Die wollen doch nur mein Geld«, fügte die alte Dame noch hinzu.

Jetzt nur keinen Blickkontakt zulassen! Die Bewohnerin aus Zimmer 115 würde sie sich sonst schnappen und in ein endlos langes Gespräch verwickeln. Am Ende würde sie noch zu spät zur Filmvorführung kommen. Panisch beschleunigte Elli ihre Schritte, doch die Frau war dank ihres Turbo-Rollators schneller als gedacht.

»Zu Besuch?«

»Nein, ich zeige hier einen Film.«

»Einen Film?«, wollte die alte Dame wissen. Offenbar war das Kulturprogramm des Sonnenhains bisher an ihr vorbeigegangen. Vielleicht interessierte sie sich ja aber auch nicht für Kino.

»Ja, *Verdammt in alle Ewigkeit.* Sie sind herzlich eingeladen.« Kaum war der Satz ausgesprochen, hätte sich Elli am liebsten auf die Zunge gebissen.

»Ja, man ist verdammt … aber Gott sei Dank nicht bis in

alle Ewigkeit.« Nun fing die Frau auch noch an zu kichern. Nein, es war vielmehr eine überraschend fiese Lache.

»Hören Sie, ich bin in Eile …«

»Eile mit Weile.« Wieder ein Kichern, und obwohl Elli mittlerweile im Stechschritt den Gang entlangeilte, hatte sie keine Chance, die Alte abzuhängen.

»Das ganze Geld hab ich ihm gegeben. Und was ist der Dank? Mein Sohn besucht mich nicht einmal.«

Die Ärmste! Elli konnte nicht anders, als stehen zu bleiben.

»Das tut mir leid. Vielleicht bringt der Film Sie ja auf andere Gedanken.«

»Firlefranz! Sie haben nicht zufällig Schokolade dabei?«

Hieß es nicht Firlefanz? Demenz? Verkalkung? Auf alle Fälle war dies Zeichen einer extrem kurzen Leine. Noch nicht einmal Schokolade war den Leuten im Alter vergönnt, jedenfalls nicht im Sonnenhain.

»Ich bekomme keine. Diabetes.«

Das erklärte natürlich einiges. Elli fiel ein Stein vom Herzen, das schlechte Gewissen hingegen, weil sie die ältere Dame zu einem wahren Spurt über den Gang veranlasst hatte, wurde sie nicht los. Zumindest ein teilnahmsvolles Lächeln wäre jetzt angebracht. Ein Lächeln, das die Frau sofort erwiderte – voller Melancholie und mit einer ordentlichen Portion Traurigkeit in den Augen.

»Wissen Sie, manchmal wünsche ich mir, einfach nicht mehr da zu sein.«

»Aber Sie sind doch noch recht rüstig.« Zum zweiten Mal in Folge wünschte sich Elli, sich rechtzeitig auf die Zunge gebissen zu haben. Dämlicher und unsensibler hätte sie darauf kaum antworten können.

»Wie alt sind Sie denn, wenn ich fragen darf?«

»Neunundachtzig Jahre«, erwiderte die Frau.

»Und wie lange sind Sie schon hier?«

»Viel zu lange … eindeutig zu lange.«

Der traurige Blick der Alten traf Elli mitten ins Herz.

»Ich bin schon wieder so müde.«

»Kommen Sie, ich begleite Sie zurück auf Ihr Zimmer«, bot Elli spontan an.

»Nein, nein, Sie haben es doch eilig. Ich schaffe das schon.«

Was tun? Elli war hin- und hergerissen zwischen Termindruck und Hilfsbereitschaft oder vielmehr ihrem schlechten Gewissen.

»Ich bin die Rosemarie.«

»Elli«, stellte sie sich vor und reichte der Frau die Hand.

Die Art, wie Rosemarie an ihrer Hand Halt suchte, schenkte Elli sehr viel Wärme, und zugleich stieg die altbekannte Panik in ihr auf, nicht so enden zu wollen wie die Menschen hier. Nicht an einen Rollator gefesselt in irgendeinem Altersheim, das sich direkt an einer Hauptverkehrsstraße befand, nicht mit Todessehnsüchten und von Einsamkeit geplagt.

Nein! Filmvorführung! »There's no business like showbusiness.« Hatte Josef das nicht immer gesagt und, verdammt noch mal, hatte er damit nicht recht?

»Ich wünsche Ihnen alles Gute.« Nichts wie weg!

Montgomery Clifts Trompetensolo war atemberaubend. So ein gut aussehender Mann und dann noch diese Schmachtszene, der Klassiker schlechthin: Deborah Kerr und Burt Lancaster küssend am Strand, umspült von ungezügelt tänzelnden Schaumkronen der Urgewalten des Pazifiks. Sie lässt sich mit ihrem Nimm-mich-Blick in den Sand fallen.

Er steht breitbeinig über ihr – so ein Macho! –, kniet nieder und küsst sie schließlich mit alles dahinschmelzender Leidenschaft. »Niemand hat mich bisher so geküsst wie du«, sagt Deborah daraufhin mit einer Inbrunst, die selbst Polareis zum Glühen bringen könnte.

Verdammt in alle Ewigkeit – warum hieß der Film eigentlich so? *From here to Eternity*, wie der Originaltitel lautete, schien übersetzt ebenfalls keinen Sinn zu ergeben. So war Elli als einfache Zuschauerin im Saal mit etwa drei Dutzend über Achtzigjährigen damit zufrieden, den Sinn darin zu sehen, dass eine solche Leidenschaft zwangsläufig zu ewiger Verdammnis oder zumindest in eine Ehe führen würde.

Josef hatte sie so geküsst. Zwar nicht am Pazifik, aber immerhin am Strand von Nizza. Zwei von der Sonne aufgeheizte Körper waren füreinander bestimmt gewesen, und der Moment, als sich ihre Lippen berührten, hatte in Ellis Erinnerung die Urgewalt eines ausbrechenden Vulkans. Wie weich und dennoch fordernd seine Lippen geschmeckt hatten. Wie sie am ganzen Körper wie Espenlaub zu beben begonnen hatte. Nun ja, zugegebenermaßen hatte sie sich all das während seines eher plumpen Annäherungsversuches lebhaft in ihrer Phantasie vorgestellt – ein einfacher Trick, um mehr aus dem Leben herauszuholen.

Vorbei! Vergangenheit! Nun war sie sechzig! Ein bisschen angewelkt, allein, allein und nochmals allein. Immerhin hatte sie Frieda, nach Remys Abgang noch ein Kegeltrio – Steffi mit eingerechnet – und eine Videothek, die mehr schlecht als recht lief, ihr aber dennoch gelegentlich nette Kundschaft bescherte. Ein besseres Schicksal als das von Rosemarie. Musste sie dafür nicht sogar dankbar sein? Elli war sich nicht ganz sicher. Andererseits – konnte sie mit Sicherheit sagen, dass sie nicht eines Tages selbst in einem Alten- oder, noch schlimmer, in einem Pflegeheim versauern würde? Sich wie Rosemarie den Tod herbeizuwünschen, war das nicht schrecklich?

»Frau Sattler?« Das war unverkennbar die Stimme von Anna Trautmann. Dass die Heimleiterin sie während der Filmvorführung störte, war äußerst ungewöhnlich. Was wollte Frau Trautmann wohl von ihr? »Kann ich Sie mal für einen Moment sprechen?«

Ausgerechnet jetzt. Andere mitten in einem guten Film zu stören, zählte zu den Dingen, die Elli ganz und gar nicht schätzte. Der Imperativ in der Stimme der Heimleiterin war jedoch kaum zu überhören. Was blieb ihr da anderes übrig, als sich wunschgemäß mit der »Finanzierungsquelle« in das dazugehörige Büro zu verziehen?

»Einen Kaffee vielleicht?« Frau Trautmann fuchtelte bereits an der Kaffeemaschine herum, dem einzigen Deko-Highlight in dem ziemlich schmucklos eingerichteten Büro.

Um die Zeit? Elli wusste, dass sie nach einer Tasse Kaffee zu so später Stunde die halbe Nacht über senkrecht im Bett stehen würde. Immerhin war nun klar, dass eine unangenehme Nachricht auf sie wartete.

Die Heimleiterin, die Elli in dem blauen Kostüm an eine in die Jahre gekommene überschminkte Avon-Beraterin erinnerte, ließ sie nicht lange zappeln. »Frau Sattler, Ihre Vorführungen kommen bei den Bewohnern gut an, darüber müssen wir gar nicht reden. Es ist nur so: Die weitere Finanzierung erweist sich als problematisch.«

»Aber das Kulturreferat hat doch …«, versuchte Elli zu protestieren.

»Das Kulturreferat hat leider den Geldhahn zugedreht. Ich war gestern auf dem Gemeindeamt. Die Stadtkasse ist leer. Es tut mir sehr leid, aber ich fürchte, daran lässt sich nicht rütteln.«

Oje! Keine Filmvorführungen mehr, weder im Sonnenhain noch auf Jugendfreizeiten oder städtischen Feiern, überlegte Elli auf dem Weg zurück in den Gemeinschaftsraum. Kein Publikum mehr. Niemand, dem sie ein maßgeschneidertes Angebot für einen unterhaltsamen Filmabend unterbreiten konnte. Dass sie künftig am Monatsende ein paar hundert Euro weniger in der Tasche haben würde, kam ja noch erschwerend hinzu. Dabei hatte sie sich erst vor kurzem diesen sündhaft teuren Beamer gekauft.

Ich werde ihn bei eBay einstellen, kam ihr spontan in den Sinn, als sie das Gerät nach der Vorführung zurück in die Transportbox stellte. Wie sich die Dinge im Leben doch immer wiederholten. Josef und sie hatten ihr Lichtspieltheater seinerzeit ebenfalls zu einem Spottpreis veräußern müssen.

»Der Film war sehr schön«, riss sie eine Stimme aus den Gedanken.

War das nicht Rosemarie? Tatsächlich. Die alte Frau hatte sich offenbar doch noch zur Vorführung aufgerafft.

»Welchen Film bringen Sie denn das nächste Mal mit?«, wollte ein Rentner wissen, der immer in der ersten Reihe saß.

Angesichts der positiven Resonanz war nicht daran zu denken, den Zuschauern die Wahrheit zu sagen. Ein Blick in die erwartungsfrohen Augen dieses Mannes genügte Elli, um eine Blitzentscheidung zu treffen, und sie nahm sich vor, zumindest die Kinoabende im Sonnenhain unentgeltlich fortzuführen.

»Mal sehen. Auf alle Fälle einen guten Film.« Die Hoffnung stirbt bekanntlich zuletzt.

Der Mann nickte zufrieden und schloss sich dem träge auf den Ausgang zutrappelnden Pulk der anderen Heimbewohner an.

Zapp! Zapp! Zapp! Anders als mit der TV-Fernbedienung konnte Elli ihrer inneren Unruhe und Rastlosigkeit nicht begegnen. Ablenken um jeden Preis. Dazu ein Gläschen Wein und auf die bald einsetzende bleierne Müdigkeit hoffen. Remy weg, Kunden weg, mobiles Kino weg. Was für ein toller Tag! Irgendeine wohltuende Natur- oder Tierdokumentation müsste auf den vielen Kanälen doch aufzutreiben sein. Nichts war beruhigender, als Buckelwalen beim Schwimmen zuzusehen. Eine Hai-Doku täte es allerdings auch. An Tagen wie diesem musste man Kompromisse eingehen. Mal sehen!

ARD: Eine Podiumsdiskussion über eine weitere Erhöhung des Rentenalters. Mit achtzig noch in der Videothek? Ob sie sich dann nach den Filmen in den unteren Regalen überhaupt noch ohne zu ächzen würde bücken können? Zapp! ZDF: Zulassung von Diabetestabletten, von denen man angeblich Juckreiz bekam. Um Gottes willen! Unwillkürlich musste Elli sich am linken Ohr kratzen. Zapp! SAT 1: Randale auf den Straßen Berlins. Gut zu wissen, dass in Rosenheim die Welt noch in Ordnung war. Zapp! RTL: Komasaufen bei Dreizehnjährigen. Sofort beäugte Elli ihr inzwischen nachgefülltes Weinglas und fragte sich schmunzelnd, ob sie sich mangels Trinkfestigkeit mit zwei Gläsern Wein etwa auch schon ins Koma trinken würde. Zapp! RTL2: Ölpest.

Zapp, zapp, zapp! Schnell zu den Doku-Kanälen wechseln! Doch auch dort Fehlanzeige: Ein Philosoph äußerte sich in einer Diskussionsrunde über den Werteverfall in der

Gesellschaft und die beunruhigend stark zunehmende Debilisierung der Jugend. Zapp! Auf ARTE ging es um die Ausbreitung des Islams in der westlichen Welt, was Elli auf die Idee brachte, noch ein paar weitere türkische Filme in Originalsprache in ihr Sortiment aufzunehmen. Zapp! Drohende Staatspleite, Renten nicht mehr sicher. Zapp! Laut NTV stand die Welt am Rande des Abgrunds – Klimakatastrophe, drohende Wasserknappheit und Überbevölkerung, Bedrohung durch Meteoriten, die schon die Dinosaurier ausgelöscht hatten. Das waren ja richtig goldene Aussichten. Zapp! Werbung für ein Online-Dating-Portal, wo man angeblich die große Liebe fand, und gleich danach die unverblümte Aufforderung, sich per Internet auf einen Seitensprung einzulassen. »Rufen Sie uns an!« Abartig! Fehlte nur noch, dass der Sender gleich im Anschluss eine gebührenpflichtige Rufnummer für eine auf Scheidungen spezialisierte Anwaltskanzlei einblendete. »Mit Anwalts Liebling können Sie sich jeden Seitensprung leisten.«

Wenig Ersprießliches, wohin sie auch durch das virtuelle Auge des Fernsehers in die Welt blickte. Kasten aus!, beschloss Elli. Weinglas in einem Zug leer trinken, ob Koma oder nicht! Schlaftablette einwerfen – eine halbe würde wohl reichen – und auf den erlösenden Moment des Wegnickens hoffen. Elli tröstete sich auf dem Weg ins Schlafzimmer mit dem Gedanken, dass Tage wie dieser eher die Ausnahme waren. Trotzdem wollte sie für heute nichts mehr sehen und hören und stattdessen lieber noch ein bisschen von Montgomerys Trompetensolo träumen. Nichts war schöner und entspannender als ein angenehmer Traum.

Als Elli der Mittfünfziger in Trenchcoat und Hut an einem der Gräber im ersten Seitengang des Friedhofs auffiel, fühlte sie sich sogleich an einen Agententhriller erinnert. Kein Zweifel: Der Mann suchte Deckung hinter einem Busch und schien jemanden zu beobachten. Orson Welles hätte es nicht besser inszenieren können. Elli, nun ebenfalls hinter einem Grabstein außer Sichtweite, folgte seinem Blick und entdeckte das Objekt seiner Begierde: eine Mittfünfzigerin, die gerade an einem Grab herumrechte und hier und da Unkraut herauszupfte.

Der Klassiker schlechthin! Stichwort Dating auf dem Friedhof. Mit Sicherheit handelte es sich bei der Frau um eine Witwe, die ihr Trauergewand bereits abgelegt hatte. Das Kleid mit Blumenmuster sprach Bände. Der Mann war vermutlich ein Witwer, der Ausschau nach einer neuen Partnerin hielt. Frieda hatte wohl recht. Ein Friedhof war wirklich die beste Kontaktbörse für bindungswillige ältere Damen und Herren. Ein Jahr nach Josefs Tod hatte Frieda ihr sogar eingeredet, sie solle sich täglich mindestens dreimal um das Grab kümmern und dabei unauffällig Ausschau nach »neuen Optionen« halten. Wo sonst könne man Männer treffen, die ihrer Frau bis zu deren Ableben treu geblieben waren? Die »goldenen Witwer«, wie Frieda sie nannte, waren es gewohnt, in einer festen Partnerschaft zu leben, und das Alleinsein fiel ihnen sicher schwer. Das fing ja schon beim Hemdenbügeln an.

»Der ist doch schon seit Wochen auf die Blondine scharf.« Friedas Stimme kam wie aus dem Nichts!

Elli erschrak sich fast zu Tode. »Willst du mich umbringen?« Erst einmal tief Luft holen, um den Puls wieder in den grünen Bereich zu befördern.

»Er wird warten, bis sie fertig ist, und dann ganz nebenbei und natürlich rein zufällig an ihr vorbeischlendern.«

Gesagt, getan. Auf halbem Weg schenkte »der dritte

Mann« der Frau in dem geblümten Kleid ein Lächeln, das sie zwar erwiderte, aber dann ging sie doch leicht verunsichert weiter und ließ »Mister Geheimagent« ratlos und mit hängenden Schultern zurück.

»Wie kann man sich nur so dumm anstellen?«, mokierte Frieda sich.

»Ich wüsste auch nicht, wie ich einen Trauernden ansprechen sollte. Mal abgesehen davon, dass mir so etwas gar nicht in den Sinn käme.«

»Da fragt man eben nach einem Rechen oder ob man sich mal kurz die Gießkanne ausleihen darf. Man kann auch den Friedhofsgärtner loben oder gemeinsam darüber nachdenken, welche Bepflanzung sich am besten für ein Grab mit Wetterseite eignet. Ich kenne sogar eine Frau, die sich nach der Scheidung von ihrem Mann einen Hunderterpack Grablichter gekauft und sich hier förmlich eingenistet hat«, trug Frieda auf dem Weg zu Remys Beisetzung vor, die am anderen Ende der begrünten Anlage stattfand.

»Also ich wollte damals auf dem Friedhof immer allein sein«, sagte Elli darauf nur.

»Du bist ja auch ein Sonderfall.«

»Warum das denn?«

»Ich kenne niemanden, der so vielen interessanten Männern eine Abfuhr erteilt hat wie du.« Frieda klang bestimmt.

»Ich brauche keinen Mann. Ab einem gewissen Alter kann man sich einfach nicht mehr anpassen. Der Zug ist abgefahren.«

»Das redest du dir nur ein. Die Wahrheit ist doch, dass dir nach Josef keiner mehr gut genug war.«

»Blödsinn!«, protestierte Elli vehement.

»Du wartest auf den großen Moment, so wie damals in

Nizza, als Josef seinen kinoreifen Auftritt hingelegt hat. Gut, ein Heiratsantrag auf Knien mitten auf einem Filmempfang in einer von Pinien gesäumten Villa und dabei auch noch Beifall und Glückwünsche von der Loren persönlich zu ernten – davon würde ich wohl auch zeit meines Lebens zehren«, seufzte Frieda, die natürlich nur Ellis leicht übertriebene offizielle Version von Josefs Heiratsantrag kannte.

»Was ist so verkehrt daran, auf den Richtigen zu warten?«

»Man bleibt allein!«, schoss es aus Frieda heraus.

Elli schluckte, und zugleich fragte sie sich, ob sie in den letzten Jahren einen Mann an ihrer Seite vermisst hatte. Die Antwort lautete Nein. Nur komischerweise fühlte sich dieses Nein erstaunlich wenig resolut an. Schnell diesen Gedanken beiseiteschieben. Immerhin waren sie hier, um Remys Beisetzung beizuwohnen.

»So, Ihr Bienenstich. Der ist heute besonders lecker«, pries die Bedienung die Kalorienbombe, die sie Elli auf einem biederen Teller mit Blümchenmuster vor die Nase setzte, an.

Blümchen überall. Auch auf der Tischdecke, in den Porzellanvasen, auf den Bildern an der Wand und sogar auf der Speisekarte. Vermutlich gehörte dies zur Strategie des an den Friedhof angrenzenden Restaurants, um die Trauergäste ein wenig aufzuheitern. Das war er also. Bienenstich Nummer fünf auf Beerdigung Nummer fünf. Zur Auswahl stand diesmal zwar auch noch ein Nusszopf, aber der pappig süße Kuchen mit karamellisierter Mandelschicht durfte einfach bei keinem Leichenschmaus fehlen. Warum das so war, wäre durchaus eine Recherche wert, aber danach war Elli im Moment nicht zumute.

Angeblich hatte der Leichenschmaus – was für ein furchtbares Wort – eine psychosoziale Bedeutung, zumindest hatte sie diese Behauptung vor Jahren in einer Talkshow aufgeschnappt. »Sagt Ja zum Leben«, sollte mit dieser makaberen Nahrungsaufnahme signalisiert werden. Zu dumm, dass Remy evangelisch gewesen war. Die Protestanten begnügten sich nämlich, ganz nach der puritanischen Tradition, mit staubtrockenem Kuchen, meistens mit Hefezopf. Der machte satt und war obendrein günstig. So ein Bienenstich dagegen grenzte bei den Protestanten wahrscheinlich bereits an Ketzerei. Bei den Katholiken gab es meistens etwas Deftiges, vor allem hier in Bayern. Warum man mit dem Verzehr von Gerichten aus totem Schwein das Leben bejahte, wollte Elli allerdings beim besten Willen nicht einleuchten.

Immer noch starrte sie auf die mit einer schwarzen Schleife umwickelte Kerze, die auf dem Tisch vor ihr stand. Das Personal hatte an diesem Tag gleich zwei Trauergesellschaften zu bedienen, wobei man ihre Gruppe, die gerade mal aus drei Personen bestand, eigentlich gar nicht als Gesellschaft bezeichnen konnte. Der Bienenstich auf ihrem Teller schien Elli regelrecht anzuflehen. »Nun iss mich endlich. Die anderen«, damit meinte das süße Teil wohl Frieda und Remys Nichte Christine, »tun das ja auch.«

Elli wurde schon beim Anblick schlecht. Bienenstich war sicherlich dazu gedacht, einem bleischwer im Magen zu liegen, vermutlich um die Tragik des Begräbnisses auch körperlich einzuzementieren. Seit einigen Jahren mied Elli die Kuchenecke beim Bäcker. Schon allein der Anblick eines dieser pappsüßen Teile war ihr zu viel. Trotzdem nahm sie sich vor, den Kuchen heute zu essen, ganz bewusst.

Vielleicht sollte sie ein Testament aufsetzen und explizit darauf bestehen, dass es bei dem Essen im Anschluss an ihre Beerdigung keinen Bienenstich gab. Rein damit! Remy zuliebe. Schließlich war sie eine Süße gewesen – im wahrsten Sinne des Wortes.

»Es ist so unwürdig«, brach es urplötzlich aus Christine hervor, einer hübschen Frau mit blondem, glattem Haar, das sie dem Anlass entsprechend streng zu einem Dutt zusammengefasst hatte. »So unwürdig!«, schluchzte sie.

Frieda legte tröstend eine Hand auf den Arm von Remys einziger noch lebenden Verwandten. »Du hast ja so recht!«

Und wie recht Christine hatte. Eine Beerdigung, bei der der Urnenträger nicht aufzufinden war, hatte tatsächlich etwas Skurriles. Geschlagene zehn Minuten hatten sie vor Remys Urne gewartet, die ein Friedhofsangestellter einfach auf dem Boden abgesetzt hatte. Erst als Remys Nichte die Friedhofsleitung rebellisch gemacht hatte, stellte sich ein provisorischer neuer Urnenträger ein – der Azubi des Friedhofsgärtners, wie sich später herausstellen sollte. Völlig überfordert und vermutlich von der Friedhofsleitung falsch informiert, hätte er um ein Haar Remys sterbliche Überreste auch noch im falschen Grab versenkt.

»Ich muss mich frisch machen«, seufzte Christine und zog sich mit verweintem Gesicht in Richtung Toiletten zurück.

Nun fing Frieda wieder an, mit ihrer Kaffeetasse zu spielen, und ließ den Zeigefinger über den Rand kreisen. Das machte sie immer, wenn ihr irgendetwas auf der Seele brannte.

»Elli … Ich …«

»Ich weiß. Sie fehlt mir auch«, gab Elli ihr mit tröstendem Blick zu verstehen.

Überraschenderweise schüttelte Frieda den Kopf. »Das ist es nicht.« Sie sah Elli aus traurigen Augen an. »Ich muss morgen nach Frankfurt.«

Elli stutzte. Was konnte daran so schlimm sein, nach Frankfurt zu fahren? Vermutlich wollte Frieda ihre Tochter besuchen.

»Andrea hat endlich wieder einen Job gefunden, in einer Werbeagentur.«

»Das ist doch schön«, freute sich Elli aufrichtig.

»Benny ist noch zu klein für den Kindergarten, und einen Krippenplatz bekommt sie so schnell nicht. Ich hab ihnen angeboten, zu ihnen zu ziehen. Jemand muss sich doch um den Kleinen kümmern.«

Angesichts dieser Neuigkeiten konnte einem selbst ein Stück Bienenstich im Halse stecken bleiben.

»Du ziehst weg?«

Frieda nickte bedeutsam. »Ich wollte es dir schon gestern sagen, aber irgendwie …«

Na prima, das war dann wohl das Ende ihrer Kegelabende! Aber was noch viel schlimmer war: Von nun an hieß es für Elli, sich mit dem Gedanken anzufreunden, dass sie fortan wirklich mutterseelenallein war.

Nur zwei Filme in der Rückgabebox, darunter auch *Zeit der Unschuld*. Dabei hätte Elli nur zu gern gewusst, mit welcher »talentierten« Nachwuchsschauspielerin Norbert momentan zusammen war. Vermutlich war der Film am Vormittag zurückgegeben worden, als der Laden wegen der Beerdigung geschlossen war. Noch vor wenigen Jahren hatte Elli schon eine Stunde vor Beginn der Öffnungszeiten alle Hände voll zu tun gehabt. Vierzig bis sechzig Filme galt es aus der Einwurfbox herauszufischen, sie in der Datenbank als zurückgegeben zu markieren und in die Regale einzuräumen. Heutzutage waren zehn Filme schon viel.

Ellis bisheriger Trumpf war einzig und allein ihr profundes Filmwissen. Eine Online-Videothek konnte niemanden wirklich gut beraten. Das Dumme an der Sache war nur, dass die meisten Kunden gar keine Beratung mehr brauchten. Nach »irgendwas mit Action« konnte man auch online Ausschau halten. Wer interessierte sich heute noch für cineastische Leckerbissen? Höchstens eingefleischtes Filmfestpublikum und ein paar Medienschaffende. Davon konnte sie aber nicht leben.

Ein Blick auf die Wanduhr: erst zwei. Die Regale waren mehrfach abgestaubt. Kein Kunde in Sicht. Was tun? Vielleicht einen Film ansehen? Noch nicht einmal dazu hatte Elli mehr Lust. Die Post!, fiel ihr schlagartig ein. Sie hatte den Briefkasten heute noch gar nicht geleert, und zu ihrer großen Erleichterung stellte Elli fest, dass er gut gefüllt war. Zahlreiche Werbesendungen, Rechnungen und der Katalog eines Bücherclubs waren darunter – es gab also einiges zu tun. Zwischen den Prospekten entdeckte sie einen Briefumschlag aus grauem Umweltschutzpapier. O Gott! Bestimmt ein Brief vom Finanzamt. Etwa eine Betriebsprüfung? Oder ein Vorauszahlungsbescheid? Korrespondenz auf Umweltschutzpapier beinhaltete eigentlich immer unangenehme Neuigkeiten.

Diesmal war es allerdings ein Schreiben von der Bank. Sie wollten ihr den Kredit kündigen? »Die Einnahmen lassen keine glaubhaft darstellbaren Perspektiven mehr für den Dispositionskredit erkennen«, las Elli fassungslos. Dann folgte noch die Aufforderung, die laufenden Kontokorrentkredite bis zum Monatsende zurückzubezahlen. Das war das Aus! Woher sollte sie dreißigtausend Euro nehmen? Selbst wenn alle ihre Stammkunden – immerhin hatte sie noch gut dreihundert Einträge in der Kartei – künftig jeden Tag mindestens zehn Filme ausliehen, wäre die Pleite unvermeidbar.

Kraftlos ließ sich Elli auf den kleinen Bürostuhl am Tresen sinken. So kurz vor der Rente, schoss es ihr durch den Kopf. Hätte sie die paar Jahre nicht noch durchhalten können? Was hatte sie bloß falsch gemacht? Das bevorstehende Szenario lief wie ein Film vor ihrem geistigen Auge ab: Privatinsolvenz. Noch sieben Jahre, die sie von Sozialhilfe würde leben müssen. Gerade mal dreitausend Euro auf dem Sparbuch als eiserne Reserve – mehr hatte sie nicht. Das bisschen Schmuck, das sich über die Jahre angesammelt hatte, würde nicht reichen, um die Schulden zu bezahlen.

Elli verabscheute Selbstmitleid, doch woran sollte sie noch Halt finden? Ihr Freundeskreis kegelte mittlerweile mit Ausnahme von Frieda im Himmel. Remy leistete ihnen bestimmt schon Gesellschaft. Frieda würde wegziehen. Mit Steffi, die sowieso nur ab und zu kurzfristig eingesprungen war, als Kegel-Duo weiterzumachen oder sich künftig allein ins Ginos zu setzen – das waren keine verlockenden Perspektiven. Von Perspektiven zu sprechen war ohnehin eine Beschönigung der Situation. Nein, es wäre das nackte Grauen! Wie sollte es nun weitergehen? Worauf sollte oder konnte sie sich überhaupt noch freuen? Etwa auf ein paar Jahre mit bestenfalls kümmerlicher Rente? Rosemarie erschien vor ihrem geistigen Auge. Allein in einem Wohnstift?

Mittlerweile saß Elli völlig in sich eingesunken da, und auf einen Schlag erschien ihr alles schwarz. Die Frage, warum es sich überhaupt noch lohnen könnte, weiterzumachen, pochte wie ein Dampfhammer in ihrem Kopf. Vermutlich würde es noch nicht einmal jemand bemerken, wenn sie nicht mehr da wäre. Manchmal tat es einfach nur gut, förmlich in Selbstmitleid zu zerfließen. Und wie es gerade floss. Rauslassen! Einfach rauslassen!

Ob Doro überhaupt zu ihrer Beerdigung kommen würde? Immerhin hatte sie ihre ältere Schwester seit acht Jahren nicht gesehen. Ein Stück Bienenstich für Doro? Am Ende schmeckte ihr der Kuchen auch noch. Elli stellte sich vor, wie Frieda und ihre Schwester sich beim Leichenschmaus schweigend gegenübersaßen. Die beiden hatten sich nie kennengelernt, und da es der Anstand gebot, über Verstorbene nicht schlecht zu reden, würde Doro wohl lieber gar nichts sagen. Was für absurde Gedanken!

Elli starrte vor sich hin, betrachtete die bunten Werbeprospekte, die sich vor ihr stapelten, als ob diese ihr die vielen Fragen beantworten könnten.

Moment! Da hatte sich ja noch ein Brief mit in den Packen geschmuggelt. Ein orangefarbenes, hochwertiges Kuvert lugte heraus, allerdings ohne Absender. Elli zog es hervor. Was für eine schöne Briefmarke – aus Italien. Ein handgeschriebenes Adressfeld, eine schöne Schrift, so schwungvoll und lebendig. Elli konnte den Brief nicht schnell genug aufreißen. Unterschrieben von einem Fabrizio Cavalaro. Wer ist das denn?, überlegte sie. Schlagartig keimten Erinnerungen an zahlreiche Urlaube auf Capri auf – mit ihren Eltern. Was waren das für unbeschwerte Zeiten gewesen. Die goldenen Sechziger, als die Ferieninsel noch eine Perle war, der Inbegriff für Bella Italia, voller Magie und Tummelplatz der Reichen und Schönen. Jedes Jahr hatten sie die Sommerferien dort verbracht, in einer kleinen Pension. Wie hatte sie noch gleich geheißen?

Elli schloss die Augen und stellte sich das Gebäude vor:

ein schnuckeliges altes Haus, umgeben von Zitronenplantagen. Augenblicklich hatte sie den Duft der Früchte förmlich in der Nase. Natürlich! Fabrizio von Capri. Unglaublich! Das war der kleine Fischerjunge, mit dem sie und Doro als Kinder immer gespielt hatten. Fabrizio hatte ihr noch nie geschrieben. Eigentlich kannten sie sich ja überhaupt nicht – jedenfalls nicht als Erwachsene. Woher er wohl ihre Adresse hatte? Elli konnte den Brief nicht schnell genug aufreißen. Das Telefon klingelte. Egal, es sollte ruhig klingeln. Nichts war jetzt wichtiger als herauszufinden, was der ehemalige kleine Fischerjunge von Capri ihr mitzuteilen hatte.

Liebe Eleonore,
mein Brief wird Dich sicher überraschen. Ich hatte schon die Befürchtung, Dich nicht zu finden, aber es gibt einen Eintrag von Dir im Internet. Elisabeth hat mir immer wieder von Dir erzählt, von Deinen aufregenden Reisen und von Eurem schönen Kino. Deine Mutter war sehr stolz auf Dich. Du hast also tatsächlich Deinen Traum gelebt und das Kino zu Deinem Beruf gemacht. Wer kann das schon von sich behaupten? Elisabeth hat mir auch vom Tod Deines Mannes und dem Verkauf Eures Lichtspielhauses berichtet. Bei uns in Italien gibt es ebenfalls ein Kinosterben. Ich vermisse die gute alte Zeit. Erinnerst Du Dich noch an den Film Cinema Paradiso*?*

Leider kann man die Uhr nicht zurückdrehen. Man muss nach vorne blicken, deshalb schreibe ich Dir auch in einer zugegebenermaßen eher delikaten Angelegenheit. Ich glaube nämlich, dass Dir eine größere Erbschaft zusteht. Vermutlich wirst Du keine Benachrichtigung von den Behörden bekommen, denn sie haben kein Interesse daran, den rechtmäßigen Erben ausfindig zu machen. Es geht um ein Haus, ein Grundstück und vermutlich noch einige andere Vermögenswerte. Mehr kann ich Dir nur persönlich sagen. Bitte komm so schnell wie möglich nach Capri. Um die Jahreszeit ist die Insel wunderschön, wie Du sicher noch weißt. Nimm Dir ein Zimmer in der Villa Palma. Ich werde es dann erfahren, wenn Du eingetroffen bist. Hoffentlich sehen wir uns bald wieder.

Fabrizio

Eine Erbschaft? Wer um Himmels willen sollte ihr etwas vererbt haben? Und warum diese Geheimnistuerei? Abgesehen davon hatte Fabrizio recht: Im Frühling war Capri ein Traum, auch heute noch. Das azurblaue Meer, die steilen Küsten, die salzhaltige, schwere Luft, der Duft von Zitronen … Wäre es nicht schön, die alte Pension wiederzusehen? »Casa Bella«, fiel ihr der Name endlich wieder ein. Was für ein bezaubernder Name.

Von den Erinnerungen für einen Moment überwältigt, machte Elli sich erst jetzt die materiellen Konsequenzen dieses Briefes klar. Es ging um eine Erbschaft! Um Geld! Um eine Existenz! Die Bank hatte ihr eine Frist bis zum Ende des Monats eingeräumt.

»Es gibt einen Gott!«, posaunte Elli lauthals hinaus, in der Gewissheit, dass niemand ihren nach Pathos riechenden peinlichen Auftritt hören konnte.

Kapitel 2

Natürlich wäre es kein Problem, mit dem Flieger nach Neapel zu reisen und von dort mit der Fähre nach Capri überzusetzen. Dummerweise gab es in nächster Zeit, wie Ellis abendliche Recherche im Internet ergab, keine Billigflüge, und sie konnte den für sie zuständigen Sachbearbeiter in der Bank schlecht darum bitten, ihren Dispokredit für eine Flugreise nach Neapel noch einmal zu erhöhen, noch dazu wegen einer dubiosen Erbangelegenheit.

Nach der dritten Tasse Tee, die neben ihrem Notebook auf dem kleinen Küchentisch gemütlich vor sich hin dampfte, beschloss Elli, keine weiteren Recherchen mehr anzustellen. Kaum war der Rechner heruntergefahren und zugeklappt, fiel ihr Blick auf die gerahmten Bilder an der Wand neben der Anrichte. Kein Zweifel. Das Stillleben mit den knallgelben Zitronen, das sie vor Jahren auf dem Flohmarkt erstanden hatte, war ihr Lieblingsbild. Wie lange schon hatte sie es gar nicht mehr bewusst wahrgenommen? Erst Fabrizios Brief ließ das leuchtende Gelb der Früchte in noch kräftigeren Farben erstrahlen. Es erinnerte sie an Capri. Sofort stieg ihr wieder der Duft der Zitronenplantagen in die Nase. Es roch nach Frühling und nach guter Laune, aber wer wusste es schon, vielleicht war ja auch irgendetwas faul an Fabrizios Brief. Vielleicht wäre es nicht schlecht, wenn sie Friedas Meinung dazu einholte. Am frühen Abend war sie bei ihrer Tochter sicher telefonisch erreichbar.

»Ich schwöre dir, das stinkt zum Himmel«, gab Frieda ihr später mit Nachdruck zu verstehen. »Das klingt wie bei einem von diesen dubiosen Gewinnspielen. Erst hast du eine Reise gewonnen, und wenn du dann das Kleingedruckte liest, stellt sich heraus, dass die zusätzlich anfallenden Kosten für die Getränke, den Transfer und sonstige Leistungen teurer sind, als wenn du gleich eine Pauschalreise im Reisebüro gebucht hättest.«

»Und wenn es doch stimmt?«

»Elli! Das ist Unsinn. Wer auf Capri sollte ausgerechnet dir etwas vererben?«

»Genau das möchte ich ja herausfinden«, warf Elli mit Vehemenz ein.

»Wer weiß, vielleicht braucht dieser Fabrizio Geld. Erst lockt er dich nach Italien und redet dir ein, wie lukrativ irgendetwas ist, und dann schnappt die Falle zu.«

»Du weißt genau, dass ich kein Geld habe.«

»Umso schlimmer«, meinte Frieda nur. »Er hätte dir zumindest seine Telefonnummer geben können. Das Ganze ist mir nicht geheuer.«

Mit ihrer Miesmacherei und den Gegenargumenten erreichte Frieda letztlich genau das Gegenteil. Eigentlich typisch deutsch, fiel Elli auf. Bloß nichts riskieren, auf jeder noch so zarten Pflanze, die in ihrem Fall Hoffnung auf finanzielle Rettung versprach, herumtrampeln und alles schon im Vorfeld zerreden. Sie war allergisch dagegen, sogar hochgradig allergisch. Wie oft hatten irgendwelche amerikanischen Filmverleiher Druck auf sie und Josef ausgeübt und sie dazu zwingen wollen, ihre Massenware »made in

Hollywood« zu zeigen, anstatt auch mal einem kleinen Film eine Chance zu geben. Vergeblich, und der Erfolg an der Kinokasse hatte ihnen am Ende immer recht gegeben. Nein! Ihr die Reise nach Capri ausreden zu wollen, war ein hoffnungsloses Unterfangen.

»Ich fahre trotzdem!«, widersprach sie mit voller Überzeugung.

Das kurze Schweigen in der Leitung deutete darauf hin, dass Frieda daran zu knabbern hatte. »Na ja, ein bisschen Sonne und das gute Klima werden dir sicher guttun«, lenkte sie angesichts Ellis Entschlossenheit ein. »Wann fliegst du?«

»Gar nicht. Zu teuer.«

»Du willst mit dem Zug bis nach Neapel? Da bist du ja ewig unterwegs.«

»Ich fahre mit dem Auto. Gleich morgen früh!«

»Was?« Frieda klang entsetzt. »Mit Reinhards alter Karre schaffst du es doch nicht mal bis zum Brenner.«

»Und wenn ich den Wagen schieben muss!«, erwiderte sie trotzig und signalisierte zugleich, dass sie sich keine weiteren Miesmachereien anhören wollte.

»Aber ruf mich an, wenn irgendetwas ist, auf dem Handy.«

»Mach ich.«

Ein VW-Käfer Baujahr 1973 ist eigentlich ein Museumsstück, sofern er optisch noch in Schuss ist. Reinhard, Autofreak und Wirtschaftswunder-Nostalgiker, war zeit seines Lebens Käfer gefahren, jedenfalls bis zu seinem tragischen Bergunfall am Wilden Kaiser. Vom Schneesturm überrascht, hatte er sich entgegen allen Warnungen in den Kopf gesetzt, den Abstieg doch noch zu schaffen. Leider ein Trugschluss, der dafür gesorgt hatte, dass sich die Kegelrunde um eine weitere Person dezimiert hatte.

Elli hing an dem Gefährt, das ihr Reinhards führerscheinlose Frau geschenkt hatte. Das Erbstück hatte ihr bisher immer gute Dienste geleistet, zumindest vom Supermarkt bis nach Hause. Angeblich war so ein Käfermotor ja nicht totzukriegen, aber eine Alternative gab es sowieso nicht. Der Koffer war verstaut, die Kasse um fünfhundert Euro erleichtert. Auf dem Anrufbeantworter der Videothek hatte Elli die Nachricht hinterlassen, dass der Laden für eine Woche geschlossen sei. Pass, Auslandskrankenschein? Sie warf einen letzten Blick in ihre Handtasche: das Postsparbuch mit der eisernen Reserve, Pflaster, zwei Sonnenbrillen, eine Straßenkarte und eine alte Musikkassette mit Italo-Songs, die sie vor Jahren bereits ausgemustert und für die Reise wieder aus dem Keller ausgegraben hatte. Alles komplett. Zwischen den Brillenetuis lugte noch ein golden glitzerndes Etwas heraus: der Teelöffel von Elisabeth, ihrer Mutter. Auf so einer Reise konnte sie unmöglich auf ihren Glücksbringer verzichten!

Gott sei Dank kein Verkehr! Elli hatte sich mit Google-Maps ausgerechnet, dass sie in neun Stunden in Neapel sein konnte, doch allein bis Innsbruck hatte sie wegen eines Unfalls im zähflüssigen Verkehr schon zweieinhalb Stunden gebraucht. Immerhin war der lahme Käfer dabei nicht weiter aufgefallen. Alles unter neunzig Stundenkilometern ließ sich mit dem knallroten Gefährt, dessen Stoßstange trotz Garagenhaltung im Laufe der Jahre einige Rostflecken abbekommen hatte, prima machen.

Als Elli nun endlich freie Fahrt hatte und ordentlich auf die Tube drücken konnte, wurde aus dem rhythmischen

Tuckern, an das sie sich in den letzten Jahren gewöhnt hatte, ein lautes Röhren mit gelegentlichen ächzenden Protestlauten, die ihr sogleich ein Stoßgebet entlockten, da sie die Grenze gern lebend erreichen wollte. Noch vor dem Durchtreten des Gaspedals hatte Drupis »Piccola e fragile«, das aus der ebenfalls in die Jahre gekommenen Stereoanlage dröhnte, wie ein Lobgesang auf ihr kleines, zerbrechlich erscheinendes Markenzeichen des deutschen Wirtschaftswunders gewirkt. Bei über hundert Stundenkilometern war aufgrund der hohen Dezibelwerte in Reinhards Käfer von Drupi allerdings so gut wie nichts mehr zu hören.

Mist! Kopfschmerztabletten zu Hause vergessen. Bei diesem Höllenlärm, noch dazu in einem Wagen, der keine Klimaanlage hatte, war sie trotz ihres luftigen Sommerkleides der inzwischen schon recht starken Frühlingssonne hilflos ausgeliefert. Nach nur etwa zwei Stunden Schlaf, Konsequenz der Kofferpackorgie und der schier endlosen Gedankenschleifen, die um Capri gekreist waren, war es sowieso kein Vergnügen, eine derart lange Autofahrt anzutreten. Dennoch freute Elli sich auf Italien. Zu viele gute Erinnerungen hingen daran.

Zwar hatte sie gemeinsam mit Josef schon die halbe Welt gesehen, doch vermutlich hinterließ die erste große Liebe die nachhaltigsten Spuren. Nur so konnte sie sich erklären, warum der Strom deutscher Touristen, die in den Ferien wie die Lemminge nach Italien pilgerten – zumeist auch noch an denselben Ort und trotz eindeutig überhöhter Preise –, einfach nicht abreißen wollte. Dabei gab es rein objektiv betrachtet schönere Plätze, malerischere Landschaften, idyllischere Urlaubsoasen.

Sofort fielen ihr die tiefen Schluchten des Grand Canyons ein, die sie auf einer Ballonfahrt in Josefs Begleitung hatte erleben dürfen. Einfach atemberaubend. Wie sehr hatte Elli die dreiwöchige Canyon-Rundreise durch Nevada, Utah, Colorado und Montana beeindruckt. Unberührte Natur, befreiende Stille, klare Luft. Dazu Josef mit Cowboyhut wie der Marlboro-Mann – zumindest wenn man sich seinen Bierbauch wegdachte. Trotzdem schlug Ellis Herz höher, wenn sie an die kitschig-verträumte Landschaft der Toskana oder an die Fischer im Hafen von Capri dachte. Erfreulicherweise setzte sich nun die kräftige Stimme von Adriano Celentano, der sie mit »Soli« beglückte, gegen die Protestlaute des Käfers durch. Bis zum Brenner war es zum Glück nicht mehr weit. Der liebe Gott musste ihr Stoßgebet erhört haben.

»Italien, ich komme!«, rief sie und trat aufs Gas.

Die Intervalle, in denen Heinz ein zaghaftes Winseln an seiner Seite vernahm, wurden immer kürzer. Langsam, aber sicher würde er nach einem geeigneten Gassi-Rastplatz Ausschau halten müssen. Ein Blick auf die Tankanzeige unterstrich die Dringlichkeit einer Fahrtunterbrechung. In Österreich wäre das Benzin allerdings billiger gewesen. Heinz ärgerte sich darüber, dass er vor dem Brenner nicht noch einmal getankt hatte.

»Du darfst ja gleich raus«, tröstete er seinen treuen Begleiter und tätschelte ihm das kleine Köpfchen, was Oskar sogleich mit erfreutem Schwanzwedeln und Schmuseblick kommentierte.

Ein Chihuahua wusste nun mal ganz genau, wie er sein Herrchen für sich gewinnen konnte. Den Hals hinstrecken, kraulen lassen, mit diversen wohligen Fiep- und Grunzlauten Zustimmung signalisieren und für den Fall, dass es nicht reichte, sich blitzartig auf den Rücken werfen – die Hinterläufe entspannt gespreizt, die Vorderpfötchen vor der Brust, als würde er im Liegen Männchen machen. Dazu dieser verschmitzte und gerade deshalb so liebenswerte Blick. Oskar hatte weder ein Rehpinscher-Gesicht noch ein Schrumpfköpfchen. Ein richtiger Hund eben.

Oskar erinnerte Heinz zudem stets an seine Mutter, die ihm kein besseres Erbe hätte hinterlassen können. Er hätte es sowieso nicht fertiggebracht, Oskar in ein Tierheim abzuschieben. So ein kleiner Kerl fraß ja nicht viel und gab sich auch mal mit kürzeren Spaziergängen zufrieden. Der ideale Hund für seine langen Reisen, zumal ihn seine Mutter an ein Katzenklo gewöhnt hatte, das selbstverständlich zum Inventar des Wohnmobils gehörte. Einfach perfekt, und zwar nicht nur aus rein praktischen Erwägungen.

Oskar war ihm bald zu einem treuen Freund geworden, machte Heinz sich klar, als er das Fell des Hundes ordentlich durchknuddelte. Auf der einen Seite war er sehr einfühlsam und sensibel, auf der anderen Seite spielte er gerne den Chef. Nein, eigentlich war Oskar der Chef. Mit einem einzigen Augenaufschlag konnte er Steine zum Schmelzen bringen, und immer wenn Heinz sich einsam oder unwohl fühlte, schmiegte der Hund sich an seinen Bauch oder die Seite. Kaum auf der Straße oder sobald ein anderer Hund auch nur in Sichtweite kam, mutierte er allerdings zum Werwolf, ob nun Vollmond war oder nicht.

Mut und Herz – zwei Eigenschaften, die sich Heinz ebenfalls zuschrieb – machten den kleinen Kerl zu einem Seelenverwandten. Ein richtig süßer Fratz mit ausdrucksvollen, aber nicht aus den Höhlen quellenden Froschaugen, wie dies bei manch überzüchtetem Chihuahua der Fall war.

Tätschel, tätschel. Eines Tages würde er wegen Oskar noch einen Unfall bauen. Der nächste Rastplatz war in Sicht. Sogar mit Tankstelle! Blinker setzen und raus. Kaum war das Ticken des Blinkers im Führerhaus des Wohnmobils zu vernehmen, hüpfte Oskar auf die Hinterbeine, stützte sich mit den Pfoten am Fenster ab und lugte hinaus, wobei er in Propellergeschwindigkeit mit dem Schwanz wedelte. Pfoten vertreten und pinkeln waren angesagt. Die einfachen Dinge des Lebens, über die sich ein Chihuahua bis zur Ekstase freuen konnte. Wo war nur seine Geldbörse? Sicher irgendwo zwischen den Papieren im Handschuhfach. Oskars freudiges Winseln war ja kaum noch auszuhalten. Noch mal tätscheln, und dann ging alles sehr schnell.

Ein roter Käfer schoss zeitgleich mit ihm von links auf die einzige freie Tanksäule zu. Vollbremsung! Oskar segelte blitzartig vom Sitz. Das laute Gerumpel im hinteren Teil des Wohnmobils signalisierte Heinz, dass er Teile der Einrichtung später nicht mehr an ihrem Platz vorfinden würde. Eine Frau mit lockigem Haar versuchte unter größter Kraftanstrengung und ziemlich hektisch das Seitenfenster ihrer antik anmutenden Rostmühle herunterzukurbeln. Dem Äußeren nach zu urteilen würde die italienische Omi sicher gleich loswettern. »*Bastardo!*«, war das Mindeste, womit er rechnete. Die Alte hatte sie ja nicht mehr alle, einfach so aus dem Nichts auf die Tanksäule zuzuschießen.

»Geht's noch? Haben Sie denn keine Augen im Kopf?«, beschwerte die Fahrerin sich.

Aha, eine Deutsche also. Bodenlos! Auch auf Tankstellen gab es so etwas wie Vorfahrtsregeln. Fenster runter – natürlich vollelektrisch, was ihm ein Gefühl der Überlegenheit verlieh. Nun fing auch noch Oskar an, wütend zu kläffen. »Wer von rechts kommt, hat Vorfahrt!«

»Sie hätten mich um ein Haar gerammt«, plärrte sie.

»Es ist ja nichts passiert«, versuchte Heinz sie zu beschwichtigen.

»Das wäre ja noch schöner.« Sie schien sich einfach nicht beruhigen zu wollen.

Wie hieß es noch so schön? Der Klügere gibt nach. »Ich habs nicht eilig. Die Zapfsäule gehört Ihnen.«

»Pah!«

Typisch! Immer wollten sie das letzte Wort haben. Rückwärtsgang rein und nichts wie weg. Auf eine hysterische Deutsche hatte er jetzt wahrlich keine Lust. Offenbar hatte die Frau ihren Käfer nicht mehr ganz so gut im Griff. Er hoppelte wie ein Hase ruckartig an die Zapfsäule. Dass sie damit überhaupt noch durch den TÜV kam. Nun klemmte auch noch die Tür, die schließlich ruckartig aufflog und das Fast-Unfallopfer förmlich ausspie. Ganz schön frech von der Lady, ihm auch noch einen vorwurfsvollen Blick zuzuwerfen, als sie sich den Zapfhahn schnappte. Nach drei gescheiterten Anläufen, die den Anschein erweckten, als würde sie mit einer ausgewachsenen Anakonda um ihr Leben kämpfen, versenkte sie den Schlauch endlich im Tank ihrer Rostmühle.

Wurden Frauen ab einem gewissen Alter automatisch so zickig? Beim zweiten Hinsehen war sie zugegebenermaßen überaus attraktiv. Quirlig, ein hübsches Gesicht.

Ein herzerweichendes Winseln riss Heinz aus seinen Gedanken. Es wurde Zeit, Oskar ein bisschen herumzuführen. Was hatte seine Mutter immer gesagt? »Erst kommt der Hund, dann der Mensch.« Er hätte diesen Satz zwar niemals unterschrieben, aber angesichts der angespannten Lage war diese Maxime bestimmt keine schlechte Idee.

Im Grunde genommen hatte dieser versiffte Typ ja recht, musste Elli sich eingestehen, als sie im Stechschritt auf den Tankstellen-Shop zuschoss. Ja, sie war von links gekommen. Die Sonne hatte sie so stark geblendet, dass sie nur noch die Umrisse der Zapfsäule vor sich gesehen und dummerweise auch noch Vollgas gegeben hatte. Man sollte beim Autofahren eben niemals versuchen, mehr als zwei Aktionen gleichzeitig auszuführen. Nach der Sonnenbrille zu suchen, zu schalten und zwischendurch in der Handtasche zu wühlen, um ihren Geldbeutel ausfindig zu machen, war angesichts ihres von Ermüdung und Hitze gepeinigten Körpers wohl ein Tick zu viel gewesen.

Immerhin hatte der unfreundliche Kerl sich vom Acker gemacht. Das Wohnmobil, im Gegensatz zum Äußeren des Fahrers in einem Topzustand, parkte auf einem der freien Parkplätze unweit der Kasse. Aha! Das kläffende Viech, das durch die Scheibe gefährlich die Zähne gefletscht hatte, entpuppte sich bei näherem Hinsehen als Liliput-Ausgabe eines Hundes. Cremefarbenes Fell und flink wie ein Wiesel. Eigentlich ganz süß, was sie von dem Herrchen nicht gerade behaupten konnte. Wie konnte sich ein Mann in seinem Alter nur derart gehen lassen? Abgewetzte Jeans, ein T-Shirt, das auch aus der Ferne ungewaschen und verknittert aussah, und dann dieser Stoppelbart und das strohblonde, ungepflegte schulterlange Haar. Vermutlich lag der letzte Friseurbesuch Jahre zurück. Nun warf er ihr auch noch ein Lächeln zu. Vermutlich ein Übriggebliebener aus den Siebzigern, der eine Joint-Pause einlegte. Der arme Hund! Mit dem Herrchen war er echt gestraft. Abhaken!

Das Einzige, was jetzt zählte, war der kühle Luftstrom, der aus der Klimaanlage des Shops kam und ihr das Gefühl gab, endlich wieder tief durchatmen zu können.

»Siebenundvierzig fünfzig«, krächzte die Tankstellenangestellte mit Zigarette im Mund an der Kasse.

Ellis Geld machte sich zum Abflug bereit. Nach einem Blick auf die verlockenden Leckereien in der Vitrine gleich neben der Kasse kamen mit einem leckeren Parmaschinken-Sandwich und einem Bacio zum Nachtisch gleich noch einmal sieben Euro fünfzig dazu. Was soll's, dachte Elli. Eine kleine Stärkung konnte nicht schaden. Obgleich auf Sparkurs, entdeckte sie noch einen Tisch mit allerlei Bürobedarf und Souvenirs.

»Moment!«, bat sie die Kassenkraft und eilte zu der Auslage, die sie mit jedem Schritt immer mehr in ihren Bann zog. Was waren das für schöne, in Stoff eingeschlagene Notizbücher. Aufwendig und liebevoll gearbeitet, richtig edel. Erst jetzt machte Elli sich bewusst, warum sie sich davon magisch angezogen fühlte. Die Notizbücher erinnerten sie an ihr letztes Tagebuch. Wie lange war das her? Bestimmt eine halbe Ewigkeit. Eines der Büchlein, das mit einem Pfauenmotiv und Blumen in berauschender Farbenpracht verziert war, gefiel ihr ganz besonders gut. Warum hatte sie eigentlich aufgehört, ihre Gedanken niederzuschreiben?

Wie gelähmt stand sie für einen Moment vor der Auslage. Die Erinnerung daran, wie viel Freude ihr das Schreiben einst bereitet hatte, war überraschend schmerzhaft. Zeitmangel? Die damals neu eröffnete Videothek? Nein, das war nicht der Grund gewesen. Elli wusste im Grunde genau, warum sie nicht mehr an ihre eigenen Worte geglaubt hatte. Zwar hatten ihre Lehrer in der Schule sie für begabt gehalten, aber Jahre später, nach ihrem Studium der Theaterwissenschaften, als sie ihre ersten Gehversuche als Autorin unternommen hatte, kam das Aus.

»Ich lege Ihnen dringend nahe, nie wieder eine Zeile zu schreiben.« Gift und Galle hatten diese niederschmetternde Kritik aus dem Munde eines Lektors begleitet. Solche Worte schmerzten, erst recht von einem Profi, der sich Ellis Text auf Empfehlung ihrer seinerzeit im Verlagswesen tätigen Schwester, angenommen hatte. Dabei hatte Doro ihr den Mann als einen besonders versierten Lektor wärmstens empfohlen und ihr sein Wohlwollen zugesichert. Umso schlimmer hatte sein Urteil sie damals getroffen. Als talentfrei und gänzlich ungeeignet hatte er sie mit eiskaltem Blick aus einem Münchner Straßencafé entlassen.

Ihre Tagebucheinträge waren daraufhin immer kürzer geworden und bald ganz ausgeblieben. Vielleicht hatte der Mann, dessen Namen sie erfolgreich verdrängt hatte, ja sogar recht. »Talentfrei!«, hämmerte es nun wieder in ihrem Kopf, während sie noch immer in dem Tankstellen-Shop stand. Egal, schließlich hatte sie nicht vor, ihre Tagebücher jemals zu veröffentlichen. Warum sie ausgerechnet jetzt den Wunsch verspürte, dieses Notizbuch zu kaufen, war ihr ein Rätsel. Rein rational betrachtet war sie sich sicher, dass sie sowieso nichts hineinschreiben würde, doch irgendeine Kraft drängte sie wie ferngesteuert dazu.

Gleich fünfzehn Euro! Das konnte sie sich eigentlich gar nicht leisten. Aber es war doch so schön! Notfalls konnte sie das Pfauenbuch auch als Notizbuch in der Videothek verwenden. Her damit! Dass die Dame an der Kasse das Buch trotz der immer länger werdenden Warteschlange auch noch besonders liebevoll verpackte, bereitete Elli besondere Freude. Fast schien es, als ob die Italienerin ihr angesehen hätte, wie viel ihr dieses Notizbuch, das der Wiederaufnahme ihrer Tagebuchaufzeichnungen dienen sollte, wert war.

Jetzt nur noch mal schnell aufs Klo und dann weiter. Bei dem Schneckentempo, in dem sie unterwegs war, blieb ihr vermutlich sowieso nichts anderes übrig, als auf halber Strecke zu übernachten.

Kaum an ihrem Wagen angekommen, fiel ihr auf, dass der rechte Vorderreifen etwas platter aussah als die anderen. Ein Reifencheck konnte da sicher nicht schaden. Glücklicherweise entdeckte Elli ein Reifendruckmessgerät, das aussah, als könnte sie damit zurechtkommen. Um ihre zwei linken Hände in technischen Angelegenheiten wissend, nahm sie sich tapfer vor, den Reifendruck zu überprüfen. Igitt! Was war das für eine gelbe Flüssigkeit, die sie an der Hand kleben hatte, als sie das Ventil anfasste? Verlor der Käfer etwa Öl? Schnell suchte Elli mit der freien Hand nach einem Papiertaschentuch in ihrer Jackentasche. Gelbe Flüssigkeit? Öl hatte doch eine andere Farbe.

Gerade als sie sich die merkwürdige Substanz von den Fingern wischte, fiel ihr Blick auf das Wohnmobil. Der Althippie stand vor dem Fahrerhaus und pfiff nach seinem Hund. Elli suchte den Parkplatz nach dem Chihuahua ab und ertappte ihn dabei, wie er genüsslich einen weiteren Reifen ihres Wagens markierte. Hundepipi, o nein! Jetzt schien der Kerl sie auch noch zu beobachten, und seine schadenfrohe Miene ließ sich nicht fehlinterpretieren. Er amüsierte sich offenbar köstlich darüber, dass sie gerade in Hundeurin gefasst hatte. Das Schulterzucken, das mit einem breiten Grinsen einherging, machte Elli nur noch wütender. Angeekelt warf sie das Taschentuch in den Müllcontainer und lief wutentbrannt zurück zu ihrem VW-Käfer. Dass sich die Fahrertür auch diesmal nur sehr mühsam öffnen ließ, amüsierte den Blondschopf nur noch mehr.

Slapstick pur, nur leider auf ihre Kosten und obendrein

Unterhaltung auf RTL-Niveau. Eine Gehirnzelle weniger und der Kerl wäre vermutlich eine Pflanze. Nichts wie weg von hier!, dachte Elli und steckte den Schlüssel ins Zündschloss. Immerhin sprang Reinhards Erbstück sofort an. Sie gab Vollgas und rauschte mit Geruckel und Getöse von dannen.

Auf der Landstraße zu fahren war natürlich nicht der schnellste Weg, um nach Italien zu gelangen, dafür aber der billigste. Außerdem wäre es für die anderen Verkehrsteilnehmer auf der Autobahn eine Zumutung, ein tuckerndes Käferlein vor sich herzuscheuchen. Überholen strengte den Kleinen zudem viel zu sehr an. Nur nichts riskieren. Außerdem waren die unentwegten Signale mit der Lichthupe eindeutig zu viel für Ellis Nerven. Ein nostalgischer Aspekt kam natürlich auch noch hinzu.

Früher war sie die gleiche Strecke mit Doro und ihren Eltern gefahren, meistens in den Abend hinein. Gemütlich eingekuschelt in eine Decke auf der Rückbank ihres Ford Taunus 15 M – was für ein eleganter Wagen –, hatte sie die Aussicht auf die hohen Berge genossen, die im Schein der untergehenden Sonne lange Schatten warfen. Ab diesem Moment hatte die Freude auf die Sommerferien so richtig eingesetzt, und die gleiche Magie ergriff sie auch diesmal.

Nach Trento wurde die Fahrt jedoch immer kurvenreicher, auch die Straße war nun steiler und nur noch im zweiten Gang zu bewältigen. »Azzurro, il pomeriggio è troppo azzurro e lungo per me.« Adriano Celentano machte damals wie heute Laune und schaffte es, die Fahrgeräusche und Überholmanöver der schicken Familienkutschen und Sportwagen erträglicher zu machen. Selbst für die Wohnwagenfraktion aus Holland fuhr Elli offenbar zu langsam, und schon wieder war so ein weißer Brummer im Anmarsch. Jetzt nur brav rechts fahren, was angesichts der steilen Bergwand auf der engen Straße gar nicht so einfach war.

Diesmal hatte das Wohnmobil ganz schön viel Dampf drauf, wie sie mit einem Blick in den Rückspiegel feststellte. Warum fuhr dieser Idiot nur so dicht auf? Gut, der rege Gegenverkehr machte das Überholen im Moment so gut wie unmöglich. Kaum waren die entgegenkommenden Fahrzeuge weg, galt auf einem langen Abschnitt wieder absolutes Überholverbot – angesichts der vielen Serpentinen und schnell aufeinander folgenden Tunnel kein Wunder. Wieder begann das nervtötende Spiel mit der Lichthupe. Der Fahrer des Wohnmobils konnte sich doch wohl denken, dass sie nicht freiwillig so langsam fuhr, schließlich saß sie nicht in einem Porsche. Was war das bloß für ein weißer, zappeliger Punkt, der immer wieder hinter der Windschutzscheibe ihres Verfolgers auftauchte? Erst jetzt, als die Sonne über einer kleinen Wolke eine kurze Verschnaufpause einlegte und eine spiegelfreie Sicht nach hinten ermöglichte, erkannte Elli ihn: den Chihuahua.

Der unrasierte Blondschopf schien sie zu verfolgen und setzte jetzt auch noch zum Überholen an – trotz des Verbots! Der erste Versuch scheiterte kläglich. Blitzschnell war ein Cabrio um eine enge Kurve geschossen, und um ein Haar wäre ihr Verfolger nicht schnell genug eingeschert. Stress pur! Schweißperlen standen ihr auf der Stirn. Gott sei Dank lag nun ein längeres gerades Stück vor ihr. Da setzte das Wohnmobil hinter ihr erneut zum Überholen an. Mal sehen, wer hier wen überholt, meldete sich eine jeglicher Vernunft trotzende Stimme in ihr, die sie gar nicht an sich kannte. Vollgas!

Elli hatte das berauschende Gefühl, dass der Käfer, zumindest was den ohrenbetäubenden Lärmpegel im Wageninneren betraf, schlagartig zu einer Boeing 737 kurz vor dem Abheben wurde. In nur einer halben Minute von sechzig auf hundert, und da es gerade leicht bergab ging, war sogar noch mehr drin. Einhundertzehn Stundenkilometer! Sie hatte es tatsächlich geschafft, sich von der Stoßstange ihres Verfolgers zu lösen. Das war James-Bond-Feeling pur. Und Elli sah sich ganz gewiss nicht in der Rolle der biederen Miss Moneypenny. Schade, dass Q ihr nicht irgendwelche Spielereien in den Käfer eingebaut hatte.

Ihr Verfolger wollte sich aber nicht so leicht geschlagen geben und schien gerade seine persönliche Fortsetzung von Steven Spielbergs *Duell* zu inszenieren, dem nervenzerfetzenden Thriller, in dem ein schwerer Lastzug einen Pkw über die Landstraße scheucht. Der Fahrer des Wohnmobils betätigte nun Scheinwerfer und Hupe nonstop, doch vorbei kam er trotzdem nicht, auch ohne abgelassene Schmierseife oder eine Ladung per Knopfdruck auf die Straße abgeworfener Nägel.

»Lassen wir ihn noch ein wenig zappeln«, redete Elli auf den Käfer ein und dachte: Mal sehen, was die alte Kiste noch so draufhat. Einhundertzehn konstant – immerhin! Dann ein lauter Knall. Vor Schreck verriss Elli das Steuer und sah sich schon schlingernd im Straßengraben landen. Dann die Eruption. Reinhards Käfer spielte Vesuv, und das Hinterteil spie von jetzt auf gleich Rauch und Qualm. Panik! Am Ende würde der Wagen noch explodieren. Dazu kam ein Ächzen und Rumpeln aus dem Motorraum. Eine Vollbremsung war gar nicht mehr vonnöten. Polternd kam der Wagen am Straßenrand zum Stehen. Jetzt nur noch schnell die Handtasche schnappen und nichts wie raus hier. Elli hatte nicht die geringste Lust, in die Luft zu fliegen. Der

Wind trieb ihr den Rauch direkt ins Gesicht, als sie keuchend mitten in ein Mohnfeld rannte. Die frische Luft tat gut.

»Ich schätze, Sie sitzen jetzt fest.«

Elli drehte sich nach der bekannten Stimme um und sah ihren Verfolger in Begleitung des Chihuahuas, der höhnisch zu grinsen schien, auf sich zukommen.

»Ich weiß auch, wem ich das zu verdanken habe.« Ihr Versuch einer scharfen Erwiderung ging leider in einem erneuten Hustenanfall unter.

»Erst wie eine Schnecke schleichen und dann auf die Tube drücken.« Der Wohnmobilfahrer klang äußerst ungehalten.

»Sie haben mich bedrängt«, warf sie ihm vor.

»Und Sie haben mich kilometerweit behindert.«

»Vielleicht haben Sie die Überholverbotsschilder ja nicht gesehen«, hüstelte ihm Elli entgegen.

»Auf den letzten zwei Kilometern waren keine«, hielt er dagegen.

»Da bin ich ja auch schneller gefahren.«

»Sie fahren wohl nicht so oft.« Er warf einen Blick auf den Käfer, der mittlerweile weniger qualmte und entgegen Ellis Befürchtungen wenigstens nicht in die Luft flog. »Dass Sie mit dem Vehikel überhaupt so weit gekommen sind«, fügte er kopfschüttelnd hinzu.

Nun schien der Hund Interesse an ihr zu bekunden und wuselte zwischen ihren Beinen herum, während sie versuchte, den Reizhusten mit tiefen Atemzügen unter Kontrolle zu bekommen.

»Komm mir nicht zu nahe!« Ihre Warnung hielt den Hund nicht davon ab, auf Tuchfühlung zu gehen. »Nicht, dass er mich auch noch anpinkelt.«

»Das macht er nur bei Leuten, die er nicht mag.« Sehr charmant! »Platz!« Immerhin gehorchte der Hund aufs Wort und sah sie nun mit schief gelegtem Kopf von der Seite an. »Haben Sie ein Handy? Was frag ich, wer so ein Auto fährt …«

»Natürlich.« Elli kramte es sofort aus der Tasche und hielt es ihm triumphierend hin. Moment mal, kein Empfang.

Er merkte es wohl an ihrem verwirrten Gesichtsausdruck.

»Der Akku ist aber voll«, sagte sie nur.

»Prepaid-Karte?«, fragte er mit wissendem Lächeln. Woher wusste er das nur? »Mit Billiganbietern werden Sie in Italien kein Glück haben. Ich würde mal sagen, der Wagen hat einen Motorschaden, so, wie das geknallt hat. Wenn Sie möchten, rufe ich Ihnen gerne einen Abschleppdienst.«

Elli nickte dankbar. Was blieb ihr auch anderes übrig?

»Kaputt!«, konstatierte der etwa vierzigjährige italienische Automechaniker im Blaumann, der etwa zehn Minuten lang kopfüber im Heck des Käfers untergetaucht war.

Die Zeit hätte er sich sparen können. Heinz war zwar kein Kfz-Mechaniker, aber zu diesem Schluss war er auch schon gekommen, und zwar nach nur einem Blick auf das Gefährt der Deutschen, das immer noch vor sich hin dampfte.

»Was genau ist denn kaputt?«, fragte die rasante Fahrerin.

Hilflos zuckte der Mechaniker mit den Schultern. »Nix sprechen deutsch.«

Es war Heinz klar, was sie als Nächstes probieren würde. »Ist es der Motor?«, fragte sie in feinstem Oxfordenglisch.

Der Mechaniker schien sie immer noch nicht zu verstehen.

»Sprechen Sie vielleicht italienisch?«, wandte sie sich nun an ihn. Ihr hilfesuchender Blick war unwiderstehlich.

Er nickte und übersetzte dem Mechaniker gewandt die Frage. Das halbe Jahr auf dem Campingplatz in der Nähe von Pisa und die vielen Sprachkurse auf DVD machten sich spätestens jetzt bezahlt.

Der Mann antwortete ihm erleichtert, und die Deutsche brachte angesichts seiner Italienischkenntnisse den Mund nicht mehr zu.

»Es ist der Motor. Ihr Wagen ist reif für den Schrottplatz«, übersetzte Heinz die Antwort des Mechanikers.

Die Nachricht traf sie offenbar tief. Wie versteinert starrte sie auf ihren alten VW-Käfer, und als der Mechaniker auch noch damit herausrückte, dass sie dreihundertfünfzig Euro für den Abschleppdienst und die Verschrottung berappen durfte, knickte sie regelrecht ein. Die Art, wie sie mit traurigem Blick und einem Hauch von Verzweiflung hauptsächlich kleine Scheine aus der Geldbörse zog, machte Heinz klar, dass sie vermutlich nicht so viel Geld hatte. Warum sonst hätte sie mit dieser Rostlaube nach Italien fahren sollen? Der Mechaniker stellte den Koffer der Frau an den Fahrbahnrand, während sie ihre persönlichen Utensilien aus dem Wagen holte. Noch nicht einmal eine Wasserflasche hatte sie dabei. Offenbar keine geübte Reisende.

Während Oskar die Entsorgungsaktion interessiert verfolgte, beschloss Heinz spontan, erste Hilfe zu leisten. Angesichts der Hitze und des vielen Rauchs, den sie eingeatmet hatte, bestimmt keine schlechte Idee. Er kam gerade mit einer Wasserflasche und einem Pappbecher zurück, als der Wagen am Haken hing und die Arme mit ansehen musste, wie ihr Gefährt ächzend nach oben gezogen wurde. Die Frau konnte einem richtig leidtun, als sie dem nostalgischen Käfer mit einer sanften Handbewegung hinterherwinkte und dem Abschleppwagen noch so lange nachsah, bis er hinter einer Kurve verschwand.

»Etwas Wasser?«, bot er ihr galant an.

»Gerne.«

Heinz schenkte ihr etwas in einen Plastikbecher. »Wenn Sie möchten, kann ich Sie mitnehmen, aber ich rufe auch gerne eine Leihwagenfirma an. Die sind in Italien nur sehr teuer.«

Sie trank den Becher in einem Zug aus und war sofort in einem merklich besseren Zustand.

»Danke. Wohin fahren Sie denn?«

»Richtung Süden.«

»Ich muss nach Neapel«, sagte sie.

»Na, dann steigen Sie ein.«

Wenn man mehrere Stunden gemeinsam in einem Wagen zu verbringen gedachte, sollte man sich zumindest vorstellen, überlegte Heinz. Außerdem war er neugierig, wie die Frau hieß, die mit so einem Vehikel versuchte, ein Wohnmobil abzuhängen. »Heinz«, sagte er und streckte ihr die Hand hin.

Für einen Moment schien sie zu zögern, ergriff sie dann aber doch. »Eleonore.«

Kapitel 3

Elli fragte sich, wie man ein derart schönes Wohnmobil nur so herunterkommen lassen konnte. Ein Blick durch die offenstehende Tür erweckte den Eindruck, als wäre der Wagen mit allem ausgestattet, was das Herz begehrte: eine bequeme Sitzecke, die sich bestimmt zum Bett umfunktionieren ließ, eine Kochnische mit Herd, ein Kühlschrank sowie diverse Schubladen und Türen mit Fronten in hellen Holztönen. Selbst eine Mikrowelle war mit an Bord, und im Wohnbereich gab es sogar einen Fernseher. Vermutlich befand sich hinter der schmalen Tür neben der Küche auch noch ein Bad. Alles schön und gut, aber der Raum war übersät mit Kleidungsstücken, Zeitungen, benutztem Geschirr und allerlei Kleinkram – das pure Klischee eines typischen Männerhaushalts. Zudem roch es nach Bier. Eine leere Dose machte Elli sofort im Getränkehalter aus, zwei weitere standen auf dem Tisch im hinteren Bereich.

Immerhin hatte der Hund einen bequemen und auf den ersten Blick sauberen Platz, genau in der Mitte zwischen Fahrer- und Beifahrersitz. Unentwegt starrte er sie mit schief gelegtem Kopf und seinem unwiderstehlichen Streichle-mich-Blick an. Sobald sie ihm direkt in die ausdrucksstarken Augen sah, gesellte sich noch ein aufforderndes Winseln hinzu. Ihn mal an der Hand schnuppern zu lassen, konnte ja nichts schaden. Ihn kurz zu kraulen, sozusagen als versöhnende Geste, sicherlich auch nicht.

Heinz, der bis Brescia keinen Mucks von sich gegeben hatte, außer ihr zweimal Wasser anzubieten und nach der gewünschten Raumtemperatur zu fragen, nahm dies sofort zum Anlass, um Elli wieder wahrzunehmen. »Das ist Oskar. Sie dürfen ihn ruhig streicheln. Er ist ganz brav.«

Schwups saß der Hund auch schon auf ihrem Schoß, und nach wenigen Streicheleinheiten, die Heinz mit einem wohlwollenden Lächeln quittierte, drehte das Tier sich auf den Rücken und räkelte sich wohlig. Im Nu war Ellis Leinenkleid übersät mit kleinen weißen Haaren, und sie wegzuzupfen entpuppte sich als aussichtsloses Unterfangen. Der Stoff zog sie regelrecht an, wie ein Magnet Eisenpartikel.

»Er mag Sie.«

Heinz wurde ja richtig kommunikativ. Allerdings wäre ihr lieber gewesen, wenn er ihr eine Kleiderbürste in Aussicht gestellt hätte. Da entdeckte Elli im Seitenfach etwas, das aussah wie ein Puppenkleid.

Heinz hatte ihren verwunderten Blick bemerkt. »Das gehört Oskar.«

Als Elli das Hundemäntelchen mit Fellkragen herauszog, konnte sie sich ein Feixen nicht verkneifen. Der Gedanke, wie der Kleine wohl darin aussah, das Köpfchen umgeben von weißem Flausch, war einfach kaum zu schlagen.

»Kurzhaarchihuahuas sind verdammt verfroren. Der Mantel ist aus Helsinki. Dort war's bitterkalt.«

»Sie sind ganz schön herumgekommen.« Immerhin beantwortete er die Frage mit einem Grunzlaut, der sofort ihre Neugier weckte. »Machen Sie das statt Urlaub?«

»Nein, ich bin das ganze Jahr unterwegs«, verblüffte er sie. Sicher ein Rentner, der sich einen Lebenstraum erfüllte, dabei sah er noch gar nicht so alt aus.

»Das ist besser, als immer nur an einem Ort zu sein.«

»Wohin geht die Reise diesmal?«

»Richtung Sizilien und dann mit der Fähre weiter nach Afrika. Erst Ägypten, dann hoch nach Israel und weiter in den Libanon.«

Das hörte sich ja nach einem regelrechten Kamikaze-Parcours an. »Ist das nicht gefährlich? Was man vom Libanon so alles hört«, fragte sie, darum bemüht, eher beiläufig zu plaudern und sich nicht anmerken zu lassen, wie sehr er sie beeindruckte.

»Ich war schon mal dort. Halb so wild. Die Medien blähen alles auf. Wussten Sie, dass in den meisten Vierteln gar nicht geschossen wird? All die Bilder von zerbombten Häusern, das war nur ein kleiner Teil der Stadt.«

Respekt, der Mann hatte anscheinend Ahnung und bewegte sich, gemessen an der Anzahl seiner Gehirnzellen, im Laufe der Konversation von der Gattung der Pflanzen wieder in den IQ-Bereich eines Menschen, noch dazu eines interessanten.

»Ich möchte ins Tal von Ehden, den Garten Eden, das biblische Paradies, wo sich das Museum von Gibran befindet. Kennen Sie Khalil Gibran?«

»Den Propheten? Natürlich!«

Wollte die Expflanze sie etwa auch intellektuell herausfordern? Da galt es mitzuhalten, nicht dass er am Ende noch glaubte, sie sei zeit ihres Lebens über *Bild-Zeitungs*-Niveau nie hinausgekommen.

»Der Prophet.« Fehlte nur noch, dass sie wie in der Schule den Finger gehoben hätte. Immerhin war es ihr gelungen, ihrer Stimme beim Kokettieren den beiläufigen Ton gediegenen Understatements zu verleihen.

»Ein großartiger Philosoph und genialer Maler. Ich liebe seine Werke. Der Libanon wird von vielen kulturell unterschätzt«, fuhr Heinz fort.

Er war also auch noch an Kunst interessiert. Irgendwie wollte das mit dem ersten Eindruck, den er auf sie gemacht hatte, gar nicht zusammenpassen. Hoffentlich driftete das Gespräch jetzt nicht ins Politische ab, denn da müsste sie passen und sich somit eine Blöße geben.

»Stellen Sie sich vor, ich war noch nie bei den Pyramiden«, versuchte sie galant abzulenken.

»Sie sind wohl auch schon viel herumgekommen. Beruflich?« Oh, er begann sich für sie zu interessieren. Das waren ja ganz neue Töne.

»Mit meinem Mann, ja. Wir waren in der Kinobranche. Aber nach Ägypten hat es uns nie verschlagen. Man kann nun mal nicht alles im Leben haben.«

»Wer sagt das?«, fragte er und sah ihr dabei mit anklagendem Blick direkt in die Augen.

Nun war Elli perplex. »Für manche Dinge ist man irgendwann zu alt«, versuchte sie sich zu rechtfertigen.

»Blödsinn!« Er musterte sie so lange, dass sie Panik bekam, er könnte von der Fahrbahn abkommen. »Sie sind doch gerade mal Mitte fünfzig.«

Das ging allerdings runter wie Honig. »Sechzig«, sagte sie, um so wenig Stolz wie möglich in der Stimme bemüht. Es sollte lässig und selbstverständlich klingen.

»Sie haben sich gut gehalten.«

»Und Sie?«

»Ich bin achtundfünfzig«, erwiderte er.

Sie hatte ihn auf maximal Anfang fünfzig geschätzt.

»Junges Gemüse«, erwiderte er und lachte lauthals los.

»Ich finde, man sollte zu seinem Alter stehen und es genießen – in jeder Lebensphase«, sagte sie ihm.

»Man muss gar nichts. Alter ist etwas Individuelles. Mir schreibt jedenfalls niemand vor, wie ich mich zu fühlen oder zu geben habe.«

Ein weites Feld über die Theorie des Alters tat sich auf, und zu Ellis großem Erstaunen verging die Fahrt bis Verona wie im Flug. Bis Bologna hatten sie außerdem sämtliche interessanten Reiseerlebnisse ausgetauscht. Ihr wurde bewusst, wie sehr sie lange Gespräche über Gott und die Welt in den letzten Jahren vermisst hatte.

Wer war Dieter Bohlen wirklich? Diese Frage beschäftigte Dorothea immer noch, als sie sich mit ihrem Smart Fortwo in eine kleine Parklücke vor ihrer Wohnung, einem roten Backsteinhaus im Hamburger Hafenviertel, zwischen zwei protzige BMWs quetschte. Ein genialer Geschäftsmann mit trivialem Pragmatismus im Blut, ein Motivations-Messias, der öffentlich und sogar auf Seminaren für Topmanager Sinn und Zweck harter Arbeit erklärte? Oder einfach nur ein Prolet mit massentauglichem Geschmack, der sich gut zu vermarkten wusste?

Vielleicht hätte sie dies sogar herausgefunden, wenn sie nicht im Stau nach Köln, wo sie ihn hätte interviewen sollen, stecken geblieben wäre. Ein Verriss über ihn war trotzdem so gut wie sicher. Etwas anderes erwartete die Feuilletonredaktion des *Hamburger Tageblatts,* für die sie nun schon seit über fünfzehn Jahren als gefürchtete Kulturkritikerin mit messerscharfer Feder und einer ordentlichen Portion Zynismus malochte, auch gar nicht. Ihr konnte keiner erzählen, dass es bei den meisten Fernsehshows um Talent ging.

Vielmehr hatte sie den Eindruck, dass die Sendungen immer mehr zum Auffangbecken von Asozialen, Neurotikern, Arbeitslosen und ehemaligen Knackis wurden. Schließlich wollten die Sender ihren Zielgruppen gerecht werden.

Immerhin hatte sie es geschafft, der Casting-Veranstaltung in Köln beizuwohnen und einige Interviews zu führen, die ihr tiefe Einblicke ermöglichten. Fast jeder Zweite, den sie fragte, warum er hier sei, gab ihr ›rappend‹ zur Antwort, dass er ein Superstar werden wolle. »Hey, Mann, ich seh gut aus, Mann, geile Fresse, geile Stimme, geiler Arsch. » Auf dieses Zitat des siebzehnjährigen Jungen, der in seinem Muskelshirt und seinen Baggy Pants, deren Gürtellinie sich direkt über seinem Knie befand, wie eine Karikatur aussah, freute sie sich jetzt schon. Dorothea fieberte dem Verriss regelrecht entgegen. Gewürzt mit gesalzenen Statistiken, die bewiesen, dass der Produktlebenszyklus dieser vermeintlichen Superstars immer kürzer wurde, würde ihr Artikel sicherlich Beachtung finden.

Wo war nur ihr Hausschlüssel? Wieder einmal unauffindbar. Und dann noch das zerzauste Haar. Dorothea musterte sich in der Scheibe der verglasten Eingangstür und zupfte die vom Wind zerwühlten roten Haarsträhnen erst einmal in Form. Der Hausschlüssel würde in ihrer Prioritätenliste erst nach vorne rücken, wenn sie sich sicher sein konnte, dass sie wieder salonfähig war. Just als sie in die Umhängetasche fasste, klingelte ihr Handy. Ein Teil der Unterlagen, die sie sich in die Armbeuge geklemmt hatte, glitt bei dem Versuch, ihre Handtasche zu durchwühlen, zu Boden. Das Chaos war perfekt. Immerhin war das Telefon ausnahmsweise sofort zur Hand.

»Hallo? Menning?

»Ich bin's.«

Ein devotes »Ich bin's« aus dem Munde ihrer Tochter konnte nur eines bedeuten: Mama, ich brauche Geld.

»Anja.« Sie bemühte sich, einen Hauch von freudiger Überraschung in ihre Stimme zu legen, was angesichts der zu erwartenden monetären Forderungen nicht einfach war.

»Bist du schon zurück? Wie war's?«, fragte Anja, obwohl sie es ganz sicher nicht wissen wollte.

Für Smalltalk hatte Dorothea jedoch keine Zeit. Der Artikel musste bis morgen fertig werden. Andererseits durfte sie beim Aufklauben des auf der Straße verteilten Recherchematerials keine Zeit verlieren.

»Wie immer: stressig.«

»Mama, ich stecke in der Klemme.«

Surprise, surprise! »Wie viel?«, kürzte Dorothea gleich ab.

»Ich habe nächste Woche ein Vorstellungsgespräch und brauche neue Klamotten.«

»Dreihundert?« Bei den Übergrößen, die ihre Tochter brauchte, durfte man tief in die Tasche greifen.

»Danke, Mama. Du bist ein Schatz!«

Wohl eher eine Geldquelle. Warum hatte sich Anja nur für eine Ausbildung zur Köchin entschieden? Auch noch mit Abitur. Gut, sie konnte in der Küche regelrecht zaubern, aber als Frau in diesem Job zum Chef zu avancieren, war fast ein Ding der Unmöglichkeit.

»Überweist du's mir gleich heute?«

»Mach ich … Ich hab's eilig.«

»Schon klar. Mach's gut.«

Wieder ein Problem weniger, dachte Dorothea sich, als sie das Gespräch beendete. Jetzt noch schnell den Briefkasten leeren und ran an die Arbeit. Kaum fuhr man zwei Tage weg, quoll er förmlich über. Tonnen an Werbung,

Rechnungen, Bücher und Zeitschriften. Aber was war das denn? Ein per Hand adressierter Brief? Dorothea musterte ihn neugierig. Von einem Fabrizio? Aus Italien? Vermutlich nichts weiter als Werbung, die als ein persönliches Schreiben getarnt war. Sie hatte keine Zeit. Auf zum Verriss! Bohlen und Co. konnten sich auf was gefasst machen.

Von wegen neun Stunden Fahrt! Heinz hatte Elli erklärt, dass sie bei Eingabe der Fahrtstrecke auf Google-Maps wohl vergessen hatte, ihre Durchschnittsgeschwindigkeit einzugeben und auszuwählen, ob sie die Landstraße oder die Autobahn nehmen würde. Dennoch kein Grund zur Panik. Sie musste ja nicht zu einem bestimmten Zeitpunkt in Neapel sein. Wie schön wäre es jetzt gewesen, in ein nostalgisches florentinisches Viersternehotel einzuchecken. Elli kannte diese schillernde Seite der Stadt von zwei Reisen mit ihrem Mann – ein Traum, den sie sich allerdings angesichts ihrer immer knapper werdenden Finanzen abschminken konnte.

»Ich kenne hier in der Nähe einen ganz netten Campingplatz«, hatte Heinz vorgeschlagen, kurz nachdem die Sonne sich am Horizont von ihnen verabschiedet hatte.

Der Gedanke, mit diesem Mann eine Nacht im Wohnmobil zu verbringen, war alles andere als ersprießlich. Elli konnte dem Campen nun wirklich nichts abgewinnen – schon zu Schulzeiten nicht. Zu gleich vier verregneten einwöchigen Zeltlageraufenthalten mit einer evangelischen Jugendgruppe hatten ihre Eltern sie verdonnert, angeblich um ihre Selbständigkeit zu fördern. So etwas konnte man auch sprichwörtlich »ins kalte Wasser werfen« nennen. Schon nach nur drei Tagen hatte sie nichts Trockenes mehr zum Anziehen gehabt, und noch nicht einmal ein vernünftiges

Klo hatte es gegeben. Heinz hatte angesichts ihrer skeptischen Miene wohl ihre Gedanken gelesen, denn ohne dass sie ihn nach der Ausstattung des Campingplatzes fragen musste, schwärmte er ihr von sich aus vor, wie ungemein komfortabel es dort sei.

»Man hat heutzutage auf einem Campingplatz alles, was man braucht, und die frische Luft ist unbezahlbar. Also ich würde den Komfort meines Wohnmobils nie gegen ein mieffiges Hotelzimmer eintauschen.« Nachtigall, ich hör dir trapsen.

Es war ihm zwar nicht ganz gelungen, sie vom Luxus seines Wohnmobils, das sicherlich den Komfort eines guten Hotels zu bieten hatte, zu überzeugen, wohl aber, in ihr die Hoffnung auf einen Campingplatz mit vernünftigen Duschen und sanitären Anlagen zu wecken.

Bei der Anfahrt über die holprige Straße, die mitten durchs Gelände führte, wurde Elli allerdings etwas bange. Mit einem Schlag war es zudem stockfinster, dichter Wald, wohin man sah. Angeblich lag der Campo de' Fiori direkt an einem See – richtig malerisch. Außer ein paar im Lichtkegel der Scheinwerfer sporadisch aufblitzenden Wohnwagen und Wohnmobilen war aber nichts Malerisches zu sehen. Immerhin gab es ein spärlich beleuchtetes Landhaus, zu dem ein kleiner Weg führte.

»Dort kann man prima essen. Im Erdgeschoss sind übrigens die Duschen. Am See gibt's meistens ein Lagerfeuer, um das man dann noch zusammensitzt.« Damit drückte Heinz ihr samt den frischen Handtüchern auch gleich noch das Abendprogramm in die Hand.

Egal, immerhin hatte sie eine Bleibe und konnte froh sein, dass sie sich das Geld für die Übernachtung sparte.

Die Kunst des Lebens bestand darin, sich an den einfachen Dingen zu erfreuen, und wann immer es eine Gelegenheit dazu gab, tat Heinz dies aus vollem Herzen. Klares, warmes und zugleich weiches, kaum kalkhaltiges Wasser sowie ein Stück herrlich duftende Lavendelseife auf der Haut zu spüren, was konnte es Schöneres geben? Solche Dinge bewusst wahrzunehmen und dafür dankbar zu sein, tendierten die Menschen beim täglichen Überlebenskampf im Großstadtrevier zu verlernen. Ein jeder lief Gefahr, das Schöne um ihn herum nicht mehr wahrzunehmen. Kein Wunder, ging es doch beim täglichen Großstadttanz um die goldenen Kälber primär um Macht, Gier und Missgunst. Die Hektik und die denaturierten Lebensformen, die bei der Ernährung anfingen und bei zu wenig Bewegung an der frischen Luft aufhörten, konnten zu gar nichts anderem als zu einem unglücklichen Leben führen, stellte Heinz wieder einmal fest. Er nahm es als Beweis dafür, dass er wahrlich ein schönes Leben führte, und genoss beim Gedanken an die Welt, die weit hinter ihm lag, den warmen Strahl des Wassers und den Duft der Seife umso mehr.

Oskar erinnerte ihn zudem jeden Tag daran, wie einfach es war, glücklich zu sein. Der Hund freute sich auf sein Fressen, aufs Gassigehen, auf die vielen Gerüche, die er unterwegs erschnüffelte, und natürlich darauf, jeden Morgen mit seinem Herrchen aufzuwachen. Je einfacher und reduzierter man sich das Leben einrichtete, je mehr man sich von unnötigem Zivilisationsballast trennte, desto freier und offener für das Glück um einen herum war man.

Hoffentlich würde Eleonore die Begegnung mit den einfachen Menschen hier guttun. So, wie er sie einschätzte, war sie kein rundum glücklicher Mensch. Sie schien zu viel an vergangenem Glück festzuhalten. Lebte nicht im Hier und Jetzt. Die Art, wie sie auf der Autofahrt von den Reisen mit ihrem Mann geschwärmt hatte, klang so, als ob sie Lebensglück ausschließlich mit Vergangenem assoziierte. Eine richtige Früher-war-alles-besser-Pessimistin. Dennoch musste er sich eingestehen, dass er ihr Wesen als sehr angenehm empfand. Er hatte sich sogar dabei ertappt, dass er sich ein paar Mal von ihrem warmen Lächeln hatte verzaubern lassen, und immer wenn sie lächelte, verwandelte sie sich in eine attraktive Frau. Vielleicht waren es die Grübchen, vielleicht war es aber auch das Funkeln in ihren Augen oder ihr Herz für Tiere. Warum sonst hatte sie mit Oskar so schnell Freundschaft geschlossen?

Ob sie wohl noch mit mir zum Lagerfeuer an den See kommt?, fragte er sich, als er splitternackt aus einer der von schlichten Trennwänden separierten Duschen kam und sich mit dem Handtuch das Gesicht trockenrieb. Da riss ihn ein entsetzter Aufschrei jäh aus seinen Gedanken, und schlagartig standen sich zwei nackte Tatsachen gegenüber. An sich war das kein Problem für Heinz, wohl aber ein großes für sein Gegenüber. Eleonore, die sich hektisch die Hüften mit einem Handtuch umwickelte, was sich als schwierig erwies, weil sie gleichzeitig versuchte, ihre Brüste mit den Händen zu bedecken. Schließlich fiel ihr auch noch das Handtuch herunter.

Heinz wendete sofort den Blick ab und hielt sich demonstrativ die Hand vor die Augen. »Ich habe nichts gesehen, keine Sorge«, rief er mit zusammengekniffenen Augen, in der Hoffnung, sie zu beruhigen.

»Was machen Sie in den Frauenduschen?«, entrüstete Eleonore sich.

»Es sind Gemeinschaftsduschen«, stellte er klar und bereute, ihr nicht von Anfang an reinen Wein eingeschenkt zu haben. In Naturistencamps waren Gemeinschaftsduschen alles andere als unüblich. »Kann ich die Augen wieder aufmachen?«

»Nein!«, hallte es scharf durch den Duschraum.

Heinz vernahm nur das Geräusch eines über die Haut streifenden Handtuchs, dann ein Platschen auf dem Steinboden, gefolgt von einem leisen Tapsen.

»Jetzt?«

Keine Reaktion.

Er wagte es immer noch nicht, die Augen zu öffnen. Stille! Warum brauchte sie nur so lange? Augen auf. Sie war weg – vermutlich stinksauer auf ihn. Im Grunde genommen zu Recht.

Fast ein wenig zaghaft klopfte es an die Tür des Wohnwagens, die Elli beim Anziehen genau im Blick hatte. Ein bisschen wollte sie Heinz angesichts des Duschdebakels allerdings noch zappeln lassen.

»Eleonore, es tut mir leid. Ich hätte es Ihnen vorher sagen sollen«, drang seine reumütig gefärbte Stimme zu ihr herein.

Allerdings! Im selben Moment machte Elli sich klar, dass sie sich immerhin in seinem Wohnwagen verbarrikadiert hatte. Dass er überhaupt so sachte anklopfte und nicht einfach hereinkam, sprach für ihn. Bevor sie in die Schuhe geschlüpft war, würde sie ihn dennoch nicht hereinlassen.

»Moment«, rief sie und öffnete erst die Tür, nachdem sie sich im Spiegel ausgiebig begutachtet und als für die Zivilisation bereit eingestuft hatte.

Mit betretenem Blick stand er, noch immer in das Badetuch gewickelt, vor ihr und wirkte ziemlich verlegen. »Begleiten Sie mich noch zum See? Dort wird gegrillt, und Sie haben doch sicher Hunger. Ich zieh mich nur schnell an.«

»Mal sehen«, erwiderte sie eher desinteressiert, bevor sie sich an ihm vorbei nach draußen zwängte und auf einem der Klappstühle Platz nahm.

Richtig idyllisch war es hier. Grillen zirpten, von den anderen Wohnmobilen und Campingwagen leuchtete gemütliches Licht herüber – vom sternenklaren Himmel ganz zu schweigen. Kaum hatte sie die würzig-frische Nachtluft inhaliert, fiel ihr auf, dass sie gar keinen Grund hatte, so pampig zu sein, fast ein bisschen wie Doris Day in einer ihrer zahllosen Komödien, in denen sich Mann und Frau auf alberne Weise regelrecht bekriegten. Genau dieses Doris-Day-Gesicht hatte sie vorhin aufgesetzt. Heinz hielt sie jetzt bestimmt für eine richtige Zicke. Warum tat sie so etwas, so ganz entgegen ihrer Art? Heinz ließ ihr jedenfalls keine Zeit, um darüber nachzudenken. Dass Männer sich so schnell fertig machen konnten, war beneidenswert. Nachdem er sich anscheinend nie rasierte und die Haare einfach wachsen ließ, gab es vermutlich auch keinen großen Pflegebedarf.

Der kurze Weg zum See war vielversprechend. Am Ufer loderte bereits das Lagerfeuer. Mit einem unüberhörbaren Knurren meldete sich Ellis Magen lautstark zu Wort und veranlasste sie dazu, ihre Schritte in Richtung der Lichtquelle, von wo aus es nach frisch Gegrilltem roch, zu beschleunigen.

»Geht das, was ich anhabe?«, fragte sie Heinz, schon wieder einen Tick zu sehr wie Doris Day.

Er musterte sie im Gehen und erweckte den Eindruck, als sei ihm ihr Outfit egal. »Ist doch hübsch.«

Vermutlich hätte er das Gleiche gesagt, wenn sie sich in eine verschlissene Jeans gezwängt und für ein einfaches T-Shirt entschieden hätte.

»Nicht zu overdressed?«

Heinz besah den sommerlichen Zweiteiler genauer, der aus einem roten Kleid und einer cremefarbenen Stola bestand, in die Elli sich am Lagerfeuer einzukuscheln gedachte. »Nein.«

»Hätte ja sein können. Immerhin sind wir hier in einem Nudistencamp gelandet.«

»Dazu ist es inzwischen einen Tick zu kühl.«

Dafür war das Lagerfeuer umso wärmer. Das Knistern und die sprühenden Funken verbreiteten Romantik pur. Mehrere ältere Paare saßen kreisförmig um das Feuer herum, stocherten mit Holzstöcken, an deren Enden sie Kartoffeln aufgespießt hatten, darin herum oder wärmten sich die Hände. Zwei Camper mit Caps in Jeans und Turnschuhen – so viel zum Thema »overdressed« – kümmerten sich um den Grill. Und wie verführerisch das Essen duftete: Würstchen, Schweine- und Rindersteaks, Hähnchenflügel, Putenbrust, in Alufolie eingewickelte Kartoffeln und dazu ein Salatbuffet.

»Alles selbst gemacht. Jeder bringt in der Regel etwas mit«, klärte Heinz sie über die Gepflogenheiten der anscheinend eingeschworenen Camping-Gemeinschaft auf.

Einige musterten Elli neugierig von Kopf bis Fuß, als sie das Salatbuffet entlangschritt. »Aber wir haben gar nichts dabei.«

»Das macht nichts. Neuankömmlinge sind immer herzlich eingeladen«, erklang die freundliche Stimme einer älteren Frau neben ihr, die es mit Teller in der Hand ebenfalls auf das Salatbuffet abgesehen hatte. »Hallo, Heinz. Warst schon lange nicht mehr da«, wandte sie sich dann an ihn.

»Darf ich vorstellen? Liane – Eleonore.«

»Angenehm.« Liane, bestimmt schon Mitte siebzig und

mit knusprig braunem Teint, der ihr schlohweißes Haar besonders zur Geltung brachte, schenkte Elli ein warmes Lächeln. »Sie müssen unbedingt den Tomatensalat mit Ziegenkäse probieren. Der ist von mir.«

Ein schier unwiderstehliches Angebot. Elli schnappte sich gleich eine doppelte Portion, die sie genussvoll auf einen Pappteller vom Buffet lud.

»Leisten Sie uns doch ein wenig Gesellschaft«, fügte Liane hinzu.

»Gerne.«

Elli folgte ihr zu den Rentnern am Lagerfeuer. Zwei der älteren Herrschaften hielten sogar Händchen, was ihr einen Stich versetzte. Wie zärtlich einer der Männer die Hand seiner Frau streichelte. Täuschte sie sich, oder sah er sie immer noch verliebt an? Richtig süß. Auch Lianes Mann begrüßte seine bessere Hälfte mit einem warmen Lächeln. Harmonie pur. Wenn Josef doch nur noch leben würde, überlegte Elli. Dann könnten sie jetzt auch so romantisch am Lagerfeuer sitzen, zwar nicht in einem italienischen Nudistencamp, dafür aber in der Karibik. Das Schicksal hatte sie um die Erfahrung betrogen, gemeinsam alt zu werden. Vielleicht war es doch keine so gute Idee, sich zu all den glücklichen Paaren zu setzen und sich vor Augen führen zu lassen, was sie nicht mehr haben konnte.

»Ich hole uns zwei Campingstühle«, schlug Heinz vor.

Somit gab es kein Entrinnen mehr.

»Ich finde das Dreilagige von Aldi immer noch am besten«, tat Liane anscheinend allwissend kund und stieß damit auf breiteste Zustimmung.

»Ich finde das von REWE besser, das mit dem Kamillenduft«, warf ihr Gatte Rudolf ein.

Es ging nun schon knapp zehn Minuten um Toilettenpapier und nicht zuletzt um dessen Saugfähigkeit. Gut, dass sie schon gegessen hatte. Heinz schienen die kleinen Zankereien zu amüsieren. Sie sah ihm an, dass er nur mit Mühe ein Schmunzeln unterdrücken konnte. Obwohl die Gesprächsthemen einer gewissen Komik nicht entbehrten, stellte Elli fest, dass sie sich zusehends unwohl fühlte, und dies lag nicht nur an der apokalyptischen Mückenplage, die sich vom Feuer nicht abschrecken ließ. Obgleich die Viecher sie halb aussaugten und ihr süßes Blut offenbar mochten, stellte sich, den widrigen Umständen und dem Gespräch über Klopapier zum Trotz, auch ein Gefühl der Erleichterung ein – eine äußerst verwirrende Gefühlslage.

Die Unterhaltungen über Toilettenpapier, praktische Einweckgläser, empfehlenswerte Mikrofasertücher – was hatten sie in der letzten Stunde schon alles durch? – begannen Elli zu langweilen. Wie konnte einen etwas langweilen und zugleich erleichtern? Sie blickte in die Runde. Das händchenhaltende Paar, das sich bisher nur an der Debatte über die Einweckgläser beteiligt hatte, starrte seit mindestens einer halben Stunde regungslos ins Feuer – wie angewachsen. Elli ertappte sich bei dem Gedanken, dass die meisten in der Runde irgendwie ziemlich unlebendig aussahen. Ja, genau das war es. Unlebendig. Sie saßen zusammen, weil sie es so gewohnt waren. Gemeinsam alt werden, den Alltag teilen. Davon hatte sie immer geträumt, aber war dieser Zustand überhaupt erstrebenswert?

»Alles in Ordnung?«, fragte Heinz, der ihr Schweigen wohl bemerkt hatte.

»Wird man so im Alter?«, flüsterte sie ihm mit einem dezenten Blick auf die anderen ins Ohr.

Er überlegte, zuckte dann aber nur ratlos mit den Schultern. »Ich habe es Ihnen doch schon gesagt. Das Alter ist eine individuelle Angelegenheit.«

»Vermutlich wird man träge, wenn man schon so lange zusammen ist«, erwiderte sie leise.

»Ich schätze, das hat jeder selbst in der Hand.«

Elli versuchte sich Josef als alten Mann vorzustellen. Im Grunde genommen war er schon viel früher leicht träge geworden. Zwar waren sie viel gereist, aber das, was Elli an ihrem damaligen Leben so geschätzt hatte, waren weniger die aufregenden Gespräche und Momente mit ihm gewesen, sondern vielmehr ihre individuellen Lebensumstände. Partys, Empfänge, Filmpremieren, spannende Begegnungen mit interessanten Menschen – im Grunde genommen alles Einflüsse von außen. Was hatte er eigentlich dazu beigetragen? Es war erschreckend, zu dem Schluss zu kommen, dass die Impulse in ihrer Ehe fast immer nur von ihr ausgegangen waren. Was, wenn Josef so geworden wäre wie dieser Rudolf und sie sich in der Karibik am Strand tatsächlich mit Toilettenpapieranalysen die Zeit vertreiben würden?

Das war es! Darin lag die Erleichterung. Mit hoher Wahrscheinlichkeit, räumte sie ein, hätten Josef und sie sich in genau diese Richtung entwickelt. Gerade weil er sie allein zurückgelassen hatte und sie sich neue Freunde hatte suchen müssen, Menschen wie Frieda, mit der sie lebendige und bereichernde Gespräche über alles Mögliche führen konnte, befand Elli ihr Leben auf einmal als gar nicht mal so schlecht. Gerade weil sie ums Überleben der Videothek kämpfen musste und nicht so entspannt in den Tag leben konnte wie diese Paare, würde sie nicht so abstumpfen. Es galt das Prinzip Hoffnung. Zwar nahm ihr diese Einsicht nicht die Traurigkeit darüber, dass Josef nicht mehr lebte, aber nach vielen Jahren des Selbstmitleids und quälender

Einsamkeit vermochte dieser skurrile Abend ein großes Stück von dem Schmerz zu lindern, der bisher immer aufgekeimt war, wenn sie glückliche ältere Paare gesehen hatte. War sie jetzt etwa zur lustigen Witwe geworden?

Es war Elli vollkommen klar, dass Heinz ihr den Schlafplatz im Wohnwagen anbieten würde, und unter normalen Umständen hätte sie sein Angebot auch angenommen. Mal abgesehen davon, dass die Luft im hinteren Bereich des Wohnwagens förmlich stand und sich der leicht süßliche Biergeruch schon in die Polster gefressen hatte, war der einzigartige Sternenhimmel, der sich ihr am Firmament in seiner vollen Pracht darbot, einfach zu verlockend, um drinnen zu nächtigen. Vielleicht wollte sie dem Zelt auch nur eine zweite Chance geben, etwas nachholen, sich wieder fühlen wie mit dreizehn oder einfach nur die frische Luft genießen. Dank des Moskitonetzes, das Heinz über dem Eingang des Zeltes angebracht hatte, hatte sie sogar vor den lästigen Blutsaugern Ruhe. Eine Wasserflasche und eine Taschenlampe hatte er ihr auch noch dagelassen – für alle Fälle.

»Gute Nacht, schlafen Sie gut.«

Das klang seltsam vertraut. Wann hatte ihr das letzte Mal jemand kurz vor dem Einschlafen eine gute Nacht gewünscht?

Rückblickend fand sie den Tag überraschend schön. Vielleicht sollte sie ihn festhalten. Wollte sie wirklich ausgerechnet heute mit dem Tagebuchschreiben anfangen? Zu müde war sie nicht – und hatte es nicht etwas pubertär Romantisches, mit einer Taschenlampe nachts in einem Zelt herumzufuchteln? Elli zog die Tüte des Tankstellen-Shops aus der Tasche und packte das Notizbuch mit den edlen Pfauen aus. Der Einband fühlte sich gut an, das Papier war nicht zu glatt und nicht zu rau – einfach perfekt. Es lud förmlich dazu ein, etwas darauf zu notieren.

Sie legte die Taschenlampe so auf ihre Handtasche, dass die leeren Seiten gut ausgeleuchtet waren. Eine leere Seite! Sofort stieg ein ungutes Gefühl in ihr auf – die Erinnerung an ihre Schreibblockade, die unmittelbar nach dem Treffen mit dem Lektor eingesetzt hatte. Die Seiten schienen ihr auf einmal sagen zu wollen, dass ihr sowieso nichts Vernünftiges einfallen würde. »Elli, reiß dich zusammen!«, ermahnte sie sich; es war schließlich nur ein Tagebuch. Doch wie wollte sie es gestalten? Wo anfangen? Mit der Abfahrt? War es überhaupt sinnvoll, die Ereignisse chronologisch niederzuschreiben? Für wen? Außerdem müsste sie dann ständig am Ball bleiben und die Ereignisse eines jeden Tages festhalten, was unglaublich stressig werden konnte.

Als sie den Kugelschreiber aus dem Seitenfach der Tasche zog und in die Hand nahm, stellte sie fest, dass sie leicht zu zittern begann. Was für eine Angst vor dem ersten Wort, dem ersten Satz. Elli legte den Stift wieder zur Seite und lauschte für eine Weile dem entspannenden Zirpen der Grillen, das die Nacht erfüllte. Trotzige Wut stieg in ihr auf, Wut auf den Lektor. Auf sie selbst. Sie beschloss, einfach das aufzuschreiben, was ihr rückblickend auf den heutigen Tag als Erstes in den Sinn kam – egal ob gut oder schlecht. Wen kümmerte es schon?

Knackiger Hintern. Richtige Muckis. Behaarte Brust. Durch und durch männlich. Ich muss verrückt sein, die Situation so schamlos auszunutzen. Er hat die Augen zu, und ich schaue ihm fast sein bestes Teil ab. Steht einfach so ungeniert vor mir. Völlig unverkrampft. Und wie peinlich ich mit dem Handtuch herumgefuchtelt habe. Er hat mich gesehen, splitternackt. Kann ein Mann mich überhaupt noch anziehend finden? Warum frage ich mich das? Bin ich etwa auf Sex aus? Ich weiß bestimmt sowieso nicht mehr, wie das geht. Das letzte Mal war mit Josef. Morgengymnastik. Heinz ist bestimmt ein guter Liebhaber ... Wie ist das überhaupt bei Männern in seinem Alter? Verdammt, ich hatte schon so lange keinen Sex mehr! Wonach schmeckt ein Kuss eigentlich? Ich kann mich nicht einmal mehr daran erinnern, wie es sich anfühlt, wenn sich die Lippen zweier Menschen berühren. Heinz hat raue Lippen. Wie es sich wohl anfühlt, sie zu küssen? Und wie mag es sich anfühlen, wenn einen kräftige Hände zärtlich streicheln? Er hat etwas von Robert Redford. Das Grobe, aber auch das verdeckt Fürsorgliche. Elli, reiß dich zusammen, du bist sechzig. Ab einem gewissen Alter gibt es guten Sex nur noch im Kino. Heinz würde jetzt wohl wieder sein Veto einlegen. »Wer sagt das?« Ich beneide ihn um seine Freiheit.

Kapitel 4

Ein Winseln, dann ein Kläffen. Leider hatte der lebende Wecker keine Schlummertaste. Unnachgiebig wuselte der kleine, hektische cremefarbene Fleck vor Ellis Zelt herum und riss sie mit seinem Gebell aus dem süßen Sumpf ihrer Träume. Sie musste sich für einen Moment fangen. Bis eben saß sie noch mit Heinz beim Candle-Light-Dinner. Hummer hatte er ihr serviert und den besten Champagner, sogar einen dunklen Anzug hatte er für sie angezogen. Verrückt und umso kurioser, weil sich Elli gar nicht mehr daran erinnern konnte, wann sie das letzte Mal überhaupt von Menschen in ihrem Umfeld geträumt hatte. Waren es sonst nicht immer irgendwelche Filmsequenzen?

Dem Stand der Sonne nach zu urteilen hatte sie wohl ziemlich lange geschlafen. Kaum hatte sie das Zelt einen Spaltbreit geöffnet, nutzte Oskar die Lücke, um sie schwanzwedelnd zu begrüßen. Seine Freude schien überirdisch, und angesichts der Geschwindigkeit, mit der er auf sie zuschoss, blieb ihr keine Möglichkeit zur Gegenwehr. Pfeilschnell landete er auf ihrem Schoß und hüpfte an ihr hoch. Es folgte eine Hunde- statt der campingplatztypischen Katzenwäsche. Mal was Neues. Mit seiner flinken

Zunge hatte er sie in Windeseile abgeschleckt und keinen Millimeter ihres Gesichts ausgelassen.

»Oskar!«, pfiff Heinz, der bereits fertig angezogen, sprich in den Klamotten von gestern, vor dem Zelt stand, seinen Hund zurück. »Guten Morgen, Eleonore, das Frühstück ist fertig.«

»Ich muss mich erst noch ein bisschen zurechtmachen«, sagte sie, nachdem sie sein Lächeln erwidert hatte. Sie musterte ihn kurz, in dem Versuch sich vorzustellen, ob er im Anzug wirklich so gut aussehen könnte wie in ihrem Traum.

»Ach was, wir sind hier auf einem Campingplatz. Der Kaffee wird sonst kalt.«

Heinz versuchte Oskar, der nicht von ihrer Seite weichen wollte, aus dem Zelt zu locken. Der Hund wehrte sich regelrecht, zu seinem Herrchen zu gehen, und schmiegte sich stattdessen an Ellis Rücken, was Heinz ziemlich verwunderte.

»Verräter!«, warf er dem Kleinen augenzwinkernd vor, was Oskar jedoch ignorierte und dazu veranlasste, das Köpfchen noch fester an sie zu schmiegen.

»Fresschen«, köderte Heinz den Hund, doch der durchschaute den Trick sofort.

Damit blieb ihm nichts anderes übrig, als in Ellis Zelt zu kriechen. Sein Blick streifte dabei das Tagebuch, über dem sie gestern eingeschlafen war. Schlagartig fiel ihr wieder ein, welche Ergüsse sie darin verewigt hatte.

»Sie schreiben Tagebuch?«

Sofort verschwand es in ihrer Tasche. »Nein, nur ein paar Notizen.«

Hoffentlich hatte er in der Kürze der Zeit nicht gelesen, was da stand. Am Ende hielt er sie noch für eine Frau, die es mal wieder dringend nötig hatte. Wie peinlich!

Ein Fünfsternefrühstück in einer Wohnmobilküche zu zaubern, hatte sich als echte Herausforderung erwiesen. Erst jetzt fiel Heinz auf, mit wie wenig er unterwegs auskam. Vollkorntoast, verschiedene haltbare vegetarische Pasten, geschrotetes Korn, Sonnenblumenkerne, Soja-Milch und einen kleinen Kaffeevorrat – mehr brauchte er nicht. Die Auswahl an Hundefutter, die er mit sich führte, war deutlich größer. Auf die deutschen Rentner, die hier Jahr für Jahr ihren Urlaub verbrachten, war allerdings Verlass. Sie wussten, wo der nächste Supermarkt war, und spendeten ihm noch ein paar Leckereien, in der Annahme, Eleonore sei seine Freundin. Was für ein verrückter Gedanke!

Als sie sich kurz darauf an den gedeckten Tisch setzte, schien sie mehr als nur überrascht über die reichhaltige Auswahl: frisch gepresster Orangensaft, Cappuccino, frisches Weißbrot, toskanischer Honig, verschiedene Marmeladen, zwei hartgekochte Eier und Parmaschinken, den Heinz liebevoll um Brotsticks gerollt hatte.

»Sie haben sich aber Mühe gegeben.« Eleonore wirkte schwer beeindruckt.

»Nach einer Nacht im Zelt haben Sie sich das verdient.«

Ihr Strahlen war die morgendlichen Mühen wert, und ihr gesunder Appetit machte deutlich, dass er wohl ins Schwarze getroffen hatte.

»Ich habe nie verstanden, warum es immer heißt: ›Essen wie Gott in Frankreich‹. Gut, ich mag die Schokobrötchen und die Croissants, aber mehr essen die morgens nicht. Oder haben Sie in Frankreich schon mal ein vernünftiges Frühstück bekommen?«

Da hatte sie recht.

»Was frühstücken Sie denn so?«, fragte er neugierig.

»Eher wenig. Essen macht allein einfach keinen Spaß.«

Auch das stimmte. Heinz fiel ein, dass er seit ewigen Zeiten nicht mehr mit jemandem gefrühstückt hatte – von Oskar mal abgesehen.

»Der Vorteil daran ist, dass man seine Figur hält. Ist Ihnen denn noch nicht aufgefallen, dass Paare, die lange zusammen sind, mit der Zeit immer dicker werden?«

»Da haben wir ja großes Glück. Lieber schlank und allein, als gemeinsam fett werden.«

Elli musste unwillkürlich lachen. »Der Satz könnte auch von Frieda sein, meiner besten Freundin. Sie zählt allerdings zu den Ausnahmen, die die Regel bestätigen.«

»Kummerspeck?«

»Nein, wohl eher Heißhunger auf Schokolade.«

»Es ist trotzdem schön, mit Ihnen zu frühstücken«, musste er einfach loswerden.

Der Tag fing viel besser an, wenn einen ein anderer Mensch anlächelte. Und wie diese Frau lächeln konnte. Da waren sie wieder, ihre unwiderstehlichen Grübchen. Warum sagte sie nichts? Nur dieses Lächeln.

»Waren Sie nie mit jemandem zusammen?«, fragte sie, ganz offensichtlich um Beiläufigkeit bemüht.

Kein gutes Thema für ein harmonisches Frühstück. »Doch«, sagte er bewusst knapp.

Heinz war froh, dass Eleonore nicht weiter nachbohrte, auch wenn sie ihn leicht überrascht und noch eine ganze Weile fragend angesehen hatte. Sie hatte sicher mit einer ausführlicheren Antwort gerechnet, schien es ihm aber nicht übelzunehmen, dass er dieses Thema auszuklammern gedachte. Lieber das Frühstück genießen.

»Eleonore, möchten Sie noch etwas Kaffee?«

»Ich heiße Elli, jedenfalls für meine Freunde. Eleonore klingt so förmlich.«

»Ich habe leider keinen Spitznamen, den ich Ihnen im Gegenzug anbieten könnte, aber ich finde, wir sollten uns nicht länger siezen.«

»Darauf stoßen wir an.«

Wie gut, dass Liane ihm noch ein Fläschchen Prosecco mitgegeben hatte.

Nach dem opulenten Frühstück, das sich entgegen Ellis sonstigen Gewohnheiten den halben Vormittag hinzog, stellte sie sich die Frage, in welchen Film sie da bloß hineingeraten war. Heinz hatte es tatsächlich geschafft, sie mit seinen Reiseanekdoten unentwegt zum Lachen zu bringen, und auch ihre Abenteuer aus der Filmwelt schienen ihn fasziniert zu haben. Er hatte sogar Tränen gelacht, als sie ihm von dem der Länge nach aufgerissenen Premierenkleid erzählt hatte. Elli musste selbst immer noch darüber schmunzeln. Da investierte man zehntausend Francs, bückte sich auf dem roten Teppich vor dem Palais du Festival kurz nach der heruntergefallenen Eintrittskarte – und, ratsch, war es dahin. Es folgte ein Blitzlichtgewitter auf ihren hellblauen Schlüpfer, der es am nächsten Tag sogar bis ins Feuilleton der Lokalzeitung gebracht hatte. Ach, war das schön, mal wieder so richtig fröhlich zu sein und sich ungewaschen, ungekämmt und in Jogginghose dem Dolce Vita hinzugeben.

Gegen Mittag war es dann allerdings höchste Zeit, in die Puschen zu kommen. Dummerweise waren die Duschen ausgefallen, und Elli verabscheute nichts so sehr wie verschwitztes, strähniges Haar. Dass ältere Damen früher nur alle sieben bis vierzehn Tage zum Waschen und Legen zum Friseur gegangen waren, erschien ihr aus heutiger Sicht schier unglaublich. Heinz hatte zwar versucht, ihr einzureden, dass es sich bei der Hitze sowieso nicht lohnte, sich die

Haare zu waschen, aber darüber ließ sich nicht verhandeln. Nun saß sie da, den Kopf nach hinten gelehnt, und spürte, wie das warme Wasser sich wohltuend seinen Weg durch ihr Haar bis in den Nacken bahnte. Heinz hatte eine Schüssel und einen Eimer mit angewärmtem Wasser besorgt. Mitten in der malerischen toskanischen Landschaft, dem leuchtenden Gelb weiter Felder, den bunten Blumentupfern, den Pinien und einem Dorf, das sich am Horizont auf einem Hügel in der Ferne abzeichnete, gelangte Elli zu der Überzeugung, in einem Remake von *Jenseits von Afrika* gelandet zu sein. Sie war Meryl Streep und er Robert Redford.

»Reichst du mir mal das Shampoo?« Das in einem solch romantischen Moment zu fragen, grenzte schon an Frevel.

»Ich übernehme das schon, wenn du möchtest. Ich mache es wirklich gern«, bot Heinz mit sanfter, sonorer Stimme an.

Elli erstarrte für einen Augenblick. Sich die Haare waschen zu lassen hatte schließlich etwas sehr Intimes, doch ehe sie protestieren konnte, spürte sie bereits seine kräftigen Hände auf ihrer Kopfhaut. So fühlten sie sich also an. Sofort fiel ihr der Tagebucheintrag vom vergangenen Abend ein. Sanft verteilte Heinz den Schaum in ihrem Haar, und Elli merkte, wie sich ihre Gesichtszüge und ihr anfangs verkrampfter Nacken immer mehr entspannten.

»Ist es so recht?«, fragte er nach.

Und wie! Sie nickte. Nur nicht aufhören. Die Druckmassage, die er ihr angedeihen ließ, übertraf alles, was sie bisher beim Friseur erlebt hatte. Gänsehaut! Fast schien es, als ob durch seine Hände Energie erst über ihren Kopf und dann den ganzen Körper entlang fließen würde. Elli bemerkte, dass sie sogar leicht zu beben begann.

»Hast du das gelernt?«

»Am besten, du machst einfach die Augen zu.«

Kaum hatte sie die Lider geschlossen, setzte in ihrem Kopf auch schon das musikalische Thema von *Jenseits von Afrika* ein. Elli sah um sich herum die Savanne, Antilopen und Löwen. Dann spülte das warme Wasser den letzten Schaum aus ihrem Haar. Zeit zum Aufwachen.

Sanft legte Heinz ihr ein Handtuch auf den Kopf. »Fertig!«

Wie schade. Aus war der Traum von der afrikanischen Romanze, und statt eines Löwen hatte sich Oskar, die Hundwerdung eines afrikanischen Erdmännchens, neugierig vor ihr auf den Hinterpfötchen aufgebaut.

»Erbschaft, Erbschaft«, hämmerte es in Dorotheas Kopf. Was wusste dieser Fabrizio wirklich? Warum hatte er sie angeschrieben? Welches Interesse hatte er daran, ausgerechnet ihr eine Erbschaft zuzuspielen? Warum tat er so geheimnisvoll? Und was war mit Elli? Am Ende hatte der Italiener ihre Schwester auch angeschrieben. Fragen über Fragen!

Das Journalistenhirn lief auch Hochtouren, und obwohl sie ihre Hausaufgaben unmittelbar vor der Lektüre des Briefes, der zunächst in dem schier nicht zu bewältigenden Posthaufen untergegangen war, erledigt hatte, konnte sie sich immer noch keinen Reim darauf machen. Nach ihren Recherchen im Internet war nun zumindest klar, dass Fabrizio Cavalaro tatsächlich auf Capri lebte. Das war schon mal kein Fake. Er musste der Junge sein, mit dem sie und Elli als Kinder immer am Hafen gespielt hatten. Erbschaft! Sie konnte die Sache drehen oder wenden, wie sie wollte. Die einzig mögliche Verbindung zwischen ihr und Capri war ihre Mutter. Sie hatten auch nach dem Tod ihres Vaters nie offen darüber gesprochen, aber die zahlreichen Besuche ihrer Mutter auf der Insel über viele Jahre hinweg hatten ihr damals schon zu denken gegeben.

Nie hätte sie es gewagt, ihre Mutter darauf anzusprechen, aber Elisabeths Brief an ihre beste Freundin Charlotte, den Dorothea in einer Schatulle auf dem Dachboden ihres Elternhauses gefunden hatte, war für sie der stichhaltige Beweis gewesen, dass ihre Mutter ein Techtelmechtel auf der Insel hatte. Für die damalige Zeit schier unvorstellbar. Andererseits unterlagen Kinder zumeist der naiven Vorstellung, dass ihre Eltern keine sexuellen Bedürfnisse hatten. Damals erst recht. Heute glaubte niemand mehr an den Storch, und das Wort »Monogamie« stand kurz davor, aus dem Duden zu verschwinden.

Nur warum sollte ausgerechnet sie die Erbnachfolge ihrer Mutter antreten? War sie am Ende gar die Tochter eines Italieners? Gab es ein Testament? In Sachen Erbfolge bestand durchaus noch ein kleines Problem. Sie waren zu zweit. Wer weiß, vielleicht würde Elli ebenfalls Ansprüche stellen? Dorothea saß immer noch wie angewurzelt vor der Tasse Kaffee am Küchentisch ihres kleinen Apartments und starrte auf den Brief. Vielleicht wusste Elli mehr? Sollte sie ihre Schwester deshalb anrufen – nach all den Jahren, in denen sie sich auseinandergelebt hatten? Nein! Fest stand, dass sie diesem Brief nachgehen musste. Dieter Bohlen würde ihr sicher nicht davonlaufen.

Eigentlich hatte Heinz nach seinem Vorschlag, einen kleinen Abstecher nach Florenz zu machen, mit einem klaren Nein aus dem Mund seiner Begleiterin gerechnet. So, wie er Elli einschätzte, war sie bestimmt kein spontaner Mensch. Wider Erwarten erfreute sie ihn jedoch mit einem überraschenden »Warum eigentlich nicht?«. Wenn Florenz, dann nur in so angenehmer Begleitung.

An sich wäre es ihm nicht im Traum eingefallen, auch

nur einen Fuß in diese Stadt zu setzen. Nicht, dass Florenz nicht sehenswert wäre – ganz im Gegenteil, die heimliche Königin der Toskana konnte einen regelrecht berauschen. Er liebte Florenz wegen der großen Plätze, der Kunstschätze, der Gemälde und Skulpturen, die von atemberaubender Schönheit und Eleganz waren. Die Stadt hatte so viel zu erzählen, so viel Wärme und Herz. Ihr Panorama mit dem Dom und all den historischen Bauwerken am Fuße des Arno, der sich mitten durch die Stadt schlängelte, war auch diesmal wieder ein unvergesslicher Anblick. Selbst an touristischen Ecken wie dem Ponte Vecchio mit all den kleinen Läden konnte man die Stadt genießen, ihre Lebendigkeit spüren.

Dafür liebte er Florenz, wenngleich diese Liebe von sehr viel Kummer und Schmerz überschattet wurde, weil sein letzter Besuch zugleich den Anfang vom Ende seiner Ehe eingeläutet hatte. Die Stadt selbst trug natürlich keine Schuld daran, aber wenn man einmal an einem Ort Schreckliches erlebt, drei Regentage depressiv in einem Hotelzimmer verbracht und sich dabei klargemacht hatte, ein schlechter Ehemann zu sein, dann klebte diese schmerzhafte Erinnerung förmlich an jedem Stein. Sie lag in der Luft, schien omnipräsent zu sein. Zehn Jahre waren seither vergangen. Zehn Jahre hatte er Florenz gemieden wie der Teufel das Weihwasser. Es wurde allerhöchste Zeit für eine Konfrontationstherapie. Außerdem war er ja nicht allein. Elli würde ihn ablenken. Heinz hoffte inständig, dass die Stadt die hässliche Fratze, die sie ihm vor vielen Jahren gezeigt hatte, an der Seite seiner Begleiterin verlieren mochte.

Als ob Elli es gerochen hätte, führte ihr erster Besichtigungswunsch sie just zum Ponte Vecchio, seinem neuralgischen Punkt. Die »alte Brücke« gehörte sozusagen zum touristischen Pflichtprogramm in der Stadt. »Unglaublich, dass diese Brücke schon so alt ist«, sagte sie. »Vierzehntes Jahrhundert, oder?«

»Dreizehnhundertfünfundvierzig«, erinnerte er sich. Sein Zahlengedächtnis hatte ihn noch nie im Stich gelassen.

»Wie das Leben wohl damals so war?«, fragte Elli und blickte in Gedanken auf das gegenüberliegende Ufer.

Sicherlich wäre es faszinierend, sich vorzustellen, dass die Menschen vor dem Bau dieser die beiden Stadtteile verbindenden Brücke auf Fähren angewiesen waren und sich ein Großteil des Lebens zwangsläufig auf dem Fluss abgespielt haben musste, aber seine Gedanken kreisten eher um die jüngere Vergangenheit. Diesen Ort hätte er nur zu gerne gemieden, doch es sollte noch schlimmer kommen. Elli steuerte schnurstracks auf ausgerechnet jenen Juwelier zu, bei dem er seinerzeit gemeinsam mit seiner Frau die Eheringe ausgesucht hatte.

»Sind die nicht traumhaft?«, schwärmte sie. Der granulierte Schmuck gleich neben den Eheringen hatte es ihr offenbar angetan. »So etwas habe ich bei uns noch gar nicht gesehen.«

»Sehr schön«, erwiderte er wortkarg, den Blick in Gedanken an glücklichere Tage starr auf die Auslage gerichtet.

Auch Oskar schien der Goldschmuck zu gefallen. Fasziniert guckte er in die Auslage und bellte einmal laut, als Elli auf einen bestimmten Ring deutete. Die Zeit schien stehen geblieben zu sein. Hier hatte er seiner Frau auch die goldene Kette mit den Diamantaufsätzen gekauft, zur Versöhnung. Im Nachhinein wohl eher ein Bestechungsversuch. Wieder einmal war ihm eine Geschäftsreise wichtiger gewesen, als mit ihr gemeinsam den zehnten Hochzeitstag zu feiern. Sicher, es war nicht seine Schuld gewesen, dass sein Flug aus

New York gestrichen wurde, aber wie schlimm musste es für Margit gewesen sein, ausgerechnet ihren Hochzeitstag, auf den sie sich so gefreut hatte, allein zu verbringen.

Spätestens als sie die Piazza della Signora erreichten, sozusagen das Zentrum aller touristischen Aktivitäten, fiel Elli die Funkpause bei Heinz auf. Vielleicht hatten ihn die vierhundertdreiundsechzig Stufen der Kathedrale Santa Maria del Fiore geschafft, die sie unbedingt hatte erklimmen müssen, um den sensationellen Blick über die Stadt genießen zu können – schließlich hatte er auch noch Oskar tragen müssen. Ihre Konversation hatte sich auf die Kunstwerke im *duomo* beschränkt. Nun wusste Elli, dass der Dom im Jahre 1296 erbaut worden und die Fassade dank des genialen Konstrukteurs Filippo Brunelleschi nicht etwa gemalert war, sondern aus grünem, rosafarbenem und weißem Marmor bestand. Sein Allgemeinwissen war beeindruckend.

Vielleicht hatte Heinz ja eine besonders intensive Art der Wahrnehmung, wenn er mit Kunst in Berührung kam, und war deshalb so schweigsam? Ihr ging es da nicht anders. Auch wenn es nur eine Replik war, der Anblick Davids auf der weitläufigen Piazza machte auch Elli sprachlos und besaß zugegebenermaßen eine nicht zu unterschätzende erotische Komponente. Die nackten Tatsachen, die ihr hier und am Neptunbrunnen mit seinen fein gearbeiteten Skulpturen ins Auge sprangen, erinnerten sie an ihre Begegnung mit Heinz unter der Dusche. Er hatte ein bisschen was von diesem David, zumindest sein Hinterteil.

»Möchtest du noch ins Museum? Ich kann mit Oskar solange draußen warten. Nimm dir ruhig Zeit«, schlug er ihr vor.

Elli kannte die Galleria degli Uffizi bereits von einem

gemeinsamen Besuch mit Josef, der sie nach drei langen Stunden in der Warteschlange bei brütender Hitze mitgeschleppt hatte. Bei so vielen Menschen, die sich tagtäglich durch die Gänge des Museums wälzten, konnte man die traumhaften Gemälde von Michelangelo, Botticelli und Leonardo da Vinci sowieso nicht genießen.

»Nicht unbedingt. Lass uns lieber in einen Park gehen. Da hat Oskar auch mehr Spaß.«

Heinz nickte und wirkte merkwürdig erleichtert. Vielleicht war ihm ja doch alles zu viel. Je weiter sie sich von dem hoffnungslos mit überwiegend japanischen Touristen überlaufenen Zentrum entfernten, desto redseliger wurde er. Endlich mal wieder ein Lächeln, als sie sich durch die kleinen Gässchen schlängelten und die Gehwege freier wurden.

»Komm mit, du musst unbedingt Riccardos *tartufi* probieren«, läutete sozusagen den Wendepunkt in Heinz' Verhalten ein. Seine Augen schienen nun sogar zu leuchten, und sein Blick wanderte lebendig von einer Hausverzierung zur nächsten. Er entdeckte so vieles, an dem Elli achtlos vorbeigeschlendert wäre.

»Göttlich!«, urteilte Elli keine Viertelstunde später.

Mehr war zu diesen mit Eis gefüllten Schokobällchen nicht zu sagen. Die *tartufi,* die sie in Riccardos Straßencafé aßen, waren eine Sünde wert. Oskars Bettelblick war wohl auch dem Ober aufgefallen. Keine Minute später servierte er ihm ein Stück Salami auf einem Unterteller.

»Lass uns noch auf den Markt gehen«, schlug Heinz nun wesentlich unternehmenslustiger vor und schlenderte mit ihr durch malerische Gassen nach San Lorenzo. Angesichts der Zielgenauigkeit, mit der er nach den Galerien Ausschau hielt, kannte er das Viertel vermutlich in- und auswendig. Zum ersten Mal seit langem bereute Elli, dass sie nicht mehr so gut bei Kasse war. Was die Galerien und Handwerksläden, die sich hier aneinanderreihten, an Skulpturen zu bieten hatten, war besser als bei jedem Museumsbesuch. Am liebsten hätte sie die Läden leer gekauft. Geduldig ließ sie sich stattdessen erklären, wie man eine Keramikvase herstellte und welche Muster typisch für das Florenz des fünfzehnten Jahrhunderts waren. Ein kleiner, rundlicher Elefant aus Keramik, nicht größer als ein Tennisball, hatte es ihr ganz besonders angetan.

»Findest du den zu kitschig?«, fragte sie.

Heinz warf ein prüfendes Auge auf den Elefanten, dessen Bauch eine Sonnenblume zierte. »Keineswegs. Das ist alles Handarbeit.«

Also gut, kaufen, beschloss sie, doch ein Blick auf das Preisschild ließ sie erstarren. Das Tier hatte zwar vergoldete Stoßzähne und war goldbesetzt – aber gleich fünfundachtzig Euro? Das konnte sie sich beim besten Willen nicht leisten.

»Ist vielleicht doch ein bisschen zu kitschig«, gab sie vor, stellte den Elefanten wehmütig ins Regal zurück und floh zügig vor der vergoldeten Versuchung in die Abteilung mit den Tonarbeiten, wenngleich sie sich noch zweimal nach dem Objekt ihrer Begierde umdrehen musste. Heinz hingegen schien es die Porzellanabteilung ganz besonders angetan zu haben. Ziemlich ungewöhnlich für einen Mann, aber vielleicht interessierte er sich einfach nur nicht für Tonarbeiten, überlegte Elli. Bei der Herstellung einer Tonvase einmal selbst Hand anlegen zu dürfen hatte etwas unglaublich Sinnliches. Im Nu gebaren ihre zum Kelch geformten Hände eine kleine Vase – natürlich unter dem prüfenden Blick des Handwerkers, der sie mit seinen grauen Haaren und einer tief auf der Nase sitzenden Brille ein wenig an Pinocchios Vater erinnerte, den Puppenschnitzer Gepetto.

Überhaupt entpuppte sich Florenz als ein wahrer Rausch der Sinne. Elli wurde das Gefühl nicht los, dass sie die Stadt noch nie richtig wahrgenommen hatte. Die bisher gekannte Hochglanztouristik in den besten Hotels sowie im Bus oder Taxi von Attraktion zu Attraktion zu gondeln, hatte durchaus seinen Reiz. Aber was brachte es schon, die wichtigsten Sehenswürdigkeiten abzuklappern, ohne eine Stadt hautnah zu spüren? Genauso gut könnte man einen Reiseführer lesen oder sich eine DVD ansehen. Mit Josef hätte sie sich nie so entspannt durch die engen Gassen treiben lassen können. Alles nach Programm und ja nicht davon abweichen, lautete seine Devise. Dabei gab es so viel Schönes zu entdecken, wenn man nur die Augen offen hielt. Was für ein gelungener Tag!

Im Speisesaal des ländlich und mit einfachen Stühlen eingerichteten Restaurants, das sich für normale Touristen unauffindbar in einer zum Flussufer führenden Seitengasse befand, verströmten die Schinken und Würste, die über dem Tresen hingen, ihren einladenden Duft. Dabei lief einem leicht das Wasser im Mund zusammen, selbst jetzt noch, nach einem ziemlich reichhaltigen Drei-Gänge-Menü. Anscheinend war das Lokal ein echter Geheimtipp und zudem ein Toprestaurant, vor allem was die Preise anging, die Elli erst bewusst wurden, als der Ober am Nachbartisch abkassierte. Vielleicht hätte sie noch vor ihrer Bestellung nach einer Kakerlake Ausschau halten und sie wie Julie Andrews in *Victor/Victoria* in den letzten Gang schmuggeln sollen. Auf diese Weise konnten sie der Rechnung vielleicht noch entgehen. Gleich zweihundert Euro und das junge Paar hatte mit Sicherheit nicht mehr gegessen als sie. Das zweite Glas Chianti hatte sie bereits intus, und der Hauswein passte einfach perfekt zum Essen. Crostini Toscana mit Finocchiaia, eine Salami mit Fenchelsamen, als Vorspeise, danach Bistecca alla Fiorentina aus zartem Kaninchen und zum Abschluss Cantuccini, leckere Mandelkekse mit einem Glas Vino Santo – so speiste man bestimmt im Paradies.

Heinz hob sein Glas. »Auf unseren letzten Abend.« Ein Hauch von Traurigkeit war in seinen Augen zu lesen.

»Auf einen perfekten Abend«, korrigierte Elli ihn, obwohl sie wusste, dass sich ihre Wege mit ihrer Ankunft in Neapel trennen würden.

Kaum hatten sie mit eher betretenem Lächeln angestoßen, legte er eine Schweigeminute ein. Wo war nur seine gute Laune geblieben? Wo waren seine Geschichten über all das, was er in Bella Italia auf Reisen erlebt hatte? Etwas bedrückte ihn, und es ließ sich nicht leugnen, dass sie ebenfalls traurig war über den Abschied.

»Ich hätte mir gerne noch so viel mehr mit dir angesehen«, versuchte Elli, ihn und sich selbst zu trösten.

»Warum tust du es dann nicht?«, fragte er sie, während er sie ungewöhnlich ernst ansah.

»Ich muss nach Capri ... in einer Erbangelegenheit.«

Obwohl dies den Tatsachen entsprach und sie es deshalb auch ohne lange zu überlegen ausgesprochen hatte, spürte Elli den immer dicker werdenden Kloß in ihrem Hals. Wie sollte sie sein Verhalten interpretieren? Hatte er sich am Ende in sie verliebt? Nein, unmöglich!

Heinz nickte nur und rang sich förmlich ein Lächeln ab.

Vielleicht sollte sie versuchen, ihm ein wenig auf den Zahn zu fühlen. »Nein, auf gar keinen Fall!«, protestierte ihre innere Stimme. Sie würde sich nur lächerlich machen. Sicher, sie hatten sich gut verstanden, aber dem allzu große

Bedeutung beizumessen? Quälende Gedanken. Nun fing sie auch noch an, wie Frieda an ihrem Weinglas herumzuspielen.

»Irgendwie habe ich mich an dich gewöhnt, verrückt, oder?« Dieser Satz aus dem Munde eines Mannes hatte Gewicht und wog angesichts des Gegensatzes zwischen dem bemüht fröhlichen Unterton in der Stimme und dem, was seine Augen signalisierten, umso schwerer.

Der Kloß in Ellis Hals hatte mittlerweile die gefühlte Größe eines Fußballes und sorgte dafür, dass sie überhaupt keinen Ton mehr herausbrachte. Natürlich hatte sie sich auch irgendwie an Heinz gewöhnt, aber sie konnte doch nicht einfach so ihre Reisepläne über Bord werfen, um mit ihm eine Tour bis in den Libanon zu machen?

»Heinz, so ein Leben im Wohnwagen … Auf Dauer wäre das nichts für mich«, belog sie ihn und irgendwie auch sich selbst, denn kaum war der Satz ausgesprochen, kamen ihr schon die ersten Zweifel. Was wäre denn so schlecht daran? Was würde sie vermissen? Einem solchen Vorhaben standen vielmehr der damit einhergehende Bruch mit alten Gewohnheiten und das böse »man« im Weg als ihr eigener Wille. »Man« konnte doch nicht einfach sein Leben so mir nichts, dir nichts umkrempeln und mit einem Wohnmobil durch die Welt ziehen. Das machte »man« nicht. Obwohl sie diese Fesseln erkannte, war sie sich sicher, dass ihre Entfesselungskünste nicht ausreichten, um sich von den Imperativen dieses »man« zu befreien.

Heinz nickte verständnisvoll, und plötzlich schämte sich Elli dafür während einer weiteren Schweigeminute, die ihr noch etwas anderes klarmachte: Es waren nicht nur die eigenen Mauern und Fesseln, die sie nicht zu ignorieren imstande war, sondern der Umstand, dass sie sich nicht im

Traum vorstellen konnte, sich auf ihre alten Tage noch einmal zu verlieben. Dass sie Gefühle für Heinz hegte, ließ sich nicht leugnen. Die Vorstellung, diese auf einer gemeinsamen Weiterfahrt zu vertiefen, war jedoch zu revolutionär. Sie passten einfach nicht zueinander. Oder etwa doch?

Panik stieg in ihr auf und ging einher mit einem flauen Gefühl im Magen. Mittlerweile hatte sich ihr Weinglas bestimmt mehr als ein Dutzend Mal um die eigene Achse bewegt. Hirn einschalten! »Vernunft ist der beste Ratgeber im Leben«, hatte Josef immer gesagt, und damit lag er gewiss nicht falsch. Heinz erwartete sicher mehr von ihr, aber das hieße, sie müsste ihr gesamtes Leben in Frage stellen. Elli versuchte sich zu beruhigen. Vernunft war etwas Großartiges. Dies war einer der Vorteile, wenn man reifer war: Man hatte Lebenserfahrung und konnte Entscheidungen besser abwägen. Mit einem Mann wie Heinz konnte sie sicher viel Spaß haben, aber solide wäre die Beziehung zu ihm nicht. Warum also den Versuch starten, gerade erst frisch aufgekeimten Gefühlen nachzugehen? Deshalb hatte sie sich damals doch auch für Josef entschieden, für etwas mit Bestand, für festen Boden unter den Füßen.

»Ich versteh das schon. Ist ja auch nicht jedermanns Sache«, sagte Heinz nun, obwohl ihm deutlich anzumerken war, dass er etwas ganz anderes dachte.

Bedauerte er sie vielleicht dafür, dass sie die Mauern ihres selbst erschaffenen Gefängnisses, das ihr das Gefühl von Sicherheit gab, nicht durchbrechen konnte? Sah er etwa die Fesseln, die sie sich vermeintlich nur zu ihrem Besten angelegt hatte? Nun sah auch Oskar, der während des Essens erschöpft in einen komatösen Schlaf gesunken war und sich gerade streckte, sie mit treuem Hundeblick an. Ihn würde sie ebenfalls vermissen. So ein kleiner Schnuckel. Selbst an die Hundehaare auf ihrem Kleid hatte sie sich gewöhnt.

»Ich würde wirklich gerne bei euch bleiben, aber das geht nicht, auch wenn ich dein Herrchen sehr mag«, rechtfertigte sie sich vor ihm, nachdem Heinz in Richtung Toiletten verschwunden war. Nun sprach sie schon mit einem Hund über ihr Gefühlsleben.

»Wir können dann«, gab Heinz ihr zu verstehen, als er zurück war.

Elli blickte in Richtung des Obers. »Die Rechnung bitte.«

»Schon erledigt.«

»Das kann ich nicht annehmen, Heinz.«

»Doch, ich hab's gerne gemacht.«

Recht war ihr das nicht. Heinz hatte bestimmt auch nicht so viel Geld, andererseits blieb ihr nun noch ein bisschen was von ihren Reserven. Schlagartig fiel Elli wieder ein, weshalb sie überhaupt nach Italien gefahren war. Aus der Traum! Es galt ihre Existenz zu retten.

Ein Blick auf den Tacho, dessen Nadel sich irgendwo zwischen achtzig und neunzig Stundenkilometern eingependelt hatte, ließ Heinz schmunzeln. Offenbar hatte er das Gaspedal auf der letzten Teilstrecke nach Neapel unbewusst nicht wie üblich durchgetreten. Etwa wie früher nach den sonntäglichen Besuchen bei seiner Schwiegermutter. Margit hatte ihm immer vorgeworfen, dass er auf der Hinfahrt mit einhundert dahintuckerte und auf der Rückfahrt von Hamburg nach Berlin mit hundertvierzig Sachen zurückraste. Dies hatte sie völlig zu Recht als ein untrügliches Indiz dafür gewertet, dass er ihre Mutter nicht ausstehen konnte.

Nun war es wohl umgekehrt. Auch wenn sie während der Fahrt bei an diesem Morgen gerade noch erträglichen Temperaturen kaum geredet hatten, fühlte sich Ellis Nähe einfach gut an. Dabei war Heinz sich so sicher gewesen, dass er sich nie wieder in eine Frau verlieben könnte, dass ein Leben allein der Preis war, den er für seine Freiheit bezahlen musste. Glück hatte viele Säulen, und es kam lediglich darauf an, einem Haus, das darauf stand, genügend Halt zu bieten. Rein rational betrachtet hatte sich daran nichts geändert. Er konnte nach wie vor tun und lassen, was er wollte. Heute hier, morgen da. Der liebe Gott hatte ihn mit Gesundheit gesegnet. Warum stellten sich auf einmal solch starke Verlustängste ein, dass sich sein Fuß verselbständigte und die Muskulatur beim Treten des Gaspedals offenbar seit drei Stunden versagte?

Am liebsten hätte er Elli noch vor dem Schlafengehen seine Gefühle offenbart, aber für so etwas brauchte es den richtigen Zeitpunkt, und so müde, wie sie in das Zelt gefallen war, wäre dies kein guter Moment gewesen. Beim Frühstück gab es dann kein einziges Signal ihrerseits, um auch nur einen Hauch der gestrigen Romantik noch einmal aufblühen zu lassen. Nicht der leiseste Hinweis. Noch nicht einmal Zweifel an ihrer Entscheidung, getrennte Wege zu gehen. Verdammt, er hatte sich verliebt! Noch dazu in eine Frau, die überhaupt nicht zu ihm passte. Elli war viel zu eingefahren, und deshalb war es gut, dass sie sich heute trennten.

Ihr schien der Abschied ebenfalls schwerzufallen. Warum sonst blickte sie die ganze Zeit in Gedanken versunken aus dem Fenster? Vielleicht sollte es auch nicht sein. Vielleicht hatte er in seinem Leben noch eine Rechnung offen. Dass er Margit jahrelang vernachlässigt hatte, ließ sich vermutlich in einem Menschenleben nicht mehr tilgen, und wenn er sich einer Sache sicher war, dann der Gewissheit, dass er Elli nicht unglücklich machen durfte. Margit hatte ihn völlig zu Recht als einen Egoisten bezeichnet, und Egoisten lebten am besten allein. Der gelegentlich zu spürende Schmerz der Einsamkeit war der Preis, den er dafür bezahlen musste, und er wurde eindeutig schlimmer, als sie das Zentrum am Hafen erreichten und Heinz das Wohnmobil im absoluten Halteverbot abstellte. Von hier konnte Elli die Fähre nach Capri bequem erreichen. Ein erstes Hupen hinter ihnen machte deutlich, dass der Abschied nicht lange dauern würde. Hastig griff sie nach ihrer Handtasche, die sich beim Hervorziehen hinter dem Sitz kurz verkantete, wobei ihr kleiner Taschenspiegel auf den Boden des Wohnmobils fiel.

Erneutes Hupen.

»Lass dir Zeit. Die sollen warten«, sagte Heinz nur.

Elli hob den Taschenspiegel auf und stieg aus.

»Siehst du die blauen Büros da vorne? Dort kannst du dir ein Ticket für das Schnellboot kaufen«, sagte er mit bemüht gefestigter Stimme.

Elli nickte schweigend und blickte in Richtung der Hafenanlage. Genügend Zeit für Heinz, um schnell etwas aus der Jackentasche zu ziehen.

»Für dich. Ein kleines Andenken.«

Ellis Augen strahlten, und ihr Lächeln gab ihre Grübchen preis, als sie das Päckchen öffnete und den kleinen Keramikelefanten hervorholte, den er ihr in Florenz heimlich gekauft hatte.

»Du musst ihn immer mit dem Rüssel zum Fenster stellen. Das bringt Glück.« Heinz versuchte sich Ellis Freude und ihr glückliches Gesicht einzuprägen. Sie würden sich nie wiedersehen.

»Danke! Danke für alles ... Er bekommt einen Ehrenplatz«, versprach sie ihm mit hörbarer Rührung in der Stimme.

Auch Oskar schien zu spüren, dass ein Abschied in der Luft lag. Er winselte aufgeregt und tänzelte um Elli herum.

»Mach's gut, mein Kleiner!«

Wenigstens Oskar bekam seine Streicheleinheiten und eine feste Umarmung. Manchmal wäre es schön, ein Hund zu sein.

Elli stand auf und sah ihm in die Augen. »Gute Reise, Heinz. Ich ...«

Für einen Moment sah es so aus, als ob sie ihm noch etwas sagen wollte, aber lautes Hupen von mehreren Pkws, die nicht an seinem Wohnmobil vorbeikamen, schnitt Elli das Wort ab und zerstörte den Moment des Abschieds.

»Ich muss ...« Elli nickte und drückte ihm spontan einen Kuss auf die Wange.

Nun war er doch ganz froh, ein Mensch zu sein, wenngleich ein trauriger Mensch, der mit ansehen musste, wie die Frau, in die er sich verliebt hatte, mit ihrem Rollenkoffer im Schlepptau über eine grüne Ampel in Richtung des Ticketschalters eilte.

Kapitel 5

»Zwanzig Euro«, ertönte die freundliche, aber blechern laute Stimme der Fährdienstangestellten aus dem Lautsprecher, der vor dem verglasten Verkaufstresen angebracht war.

Elli hielt den Preis für ganz schön gesalzen, aber Capri war schon immer etwas für den großen Geldbeutel. Apropos. Ihr Lederetui mit den Geldscheinen musste irgendwo im Chaos ihrer Handtasche stecken. Vielleicht reichte ja auch das Kleingeld, das sie für gewöhnlich in dem handbestickten kleinen Portemonnaie aufbewahrte. Hektisch zählte sie nach: achtzehn Euro und vierunddreißig Cent. Mist! Jetzt musste doch einer von den großen Scheinen herhalten. Wie peinlich, dass sie ihr Lederetui nicht gleich zur Hand hatte. Hinter ihr hatte sich schon eine Schlange gebildet, und die ersten Unkenrufe wurden laut.

»Was dauert denn da so lange?«, moserte ein deutscher Tourist völlig entnervt und unüberhörbar.

Wo war denn nur das blöde Lederetui? Ihr Personalausweis, das Geld aus der Ladenkasse, das Sparbuch und sogar der Brief von Fabrizio waren darin aufbewahrt. Weg! Einfach verschwunden! Am besten sie leerte ihre Tasche schnell auf dem Tresen aus.

»Das glaube ich nicht«, unkte die unangenehme Touristenstimme erneut.

Weg! Es blieb dabei! Vermutlich hatte sie es verloren, nur wo? Hatte ihr nicht schon ihre Mutter immer eingebläut, dass man wichtige Dokumente stets vom Bargeld getrennt halten sollte? Der Taschenspiegel! Beim Aussteigen! Schon hatte sie die Szene vor Augen, als sich ihre Handtasche hinter dem Beifahrersitz verheddert hatte. O nein! Sie hatte noch nicht einmal seine Telefonnummer. Was tun? Auf alle Fälle erst einmal den hinter ihr Wartenden Platz machen, bevor jemand sie noch lynchte. Als Nächstes drängte sich die Frage nach dem Wohin auf. Die Hafengegend stand förmlich vor Dreck. Der bissige Geruchscocktail aus Abgasen, Moder, Fischresten und dem süßlichen Duft von verwesenden Abfällen aus den überquellenden Mülltonnen war kaum auszuhalten. Dazu kam noch die Hitze, die förmlich stand und einen fast erschlagen konnte, insbesondere wenn man es sich auf einem Mauervorsprung, der an die Hauptverkehrsstraße grenzte, mangels anderer Sitzgelegenheiten in der Nähe »bequem« machen musste und sowohl die Wärme von laufenden Motoren als auch den heißen Atem des Asphalts zu spüren bekam.

Ganze zwei Stunden hatte sie darauf gehofft, dass Heinz ihr verloren gegangenes Etui bemerken würde. Er wäre sicher sofort umgekehrt. Stattdessen fuhr er gemütlich in Richtung Sizilien. Mit den achtzehn Euro vierunddreißig kam sie jedenfalls nicht weit, und ewig konnte sie hier auch nicht sitzen bleiben. Elli dachte fieberhaft nach. Frieda! Sie könnte ihr Geld schicken. Vielleicht eine Blitzüberweisung oder eine Geldanweisung auf der Post. Irgendeine Möglichkeit musste es doch geben.

Mit einem Kleinkind auf dem Arm ließ es sich nun mal schlecht telefonieren. Ihr Enkel Benny, ein dreijähriger Blondschopf mit riesigen Kulleraugen und Wespen im Hinterteil, zupfte unentwegt an Frieda herum. Oktopus müsste man sein. Jedenfalls gelang es ihr zumindest mit einem ihrer beiden Tentakel, den Hörer in sicherer Entfernung von Benny ans Ohr zu pressen. Die Verbindung nach Italien war extrem schlecht, und Elli war kaum zu verstehen. Immerhin hatte sie bisher mitbekommen, dass der Käfer den Geist aufgegeben hatte und ihre Freundin es in Begleitung eines gewissen Heinz in dessen Wohnmobil bis nach Neapel geschafft hatte. Geld und Pass waren offenbar auch weg. Eine äußerst missliche Lage, in der sich Elli da befand.

»Deine Bank macht das ganz sicher nicht, schon gar nicht telefonisch. Die brauchen eine Girokontonummer in Italien, sonst überweisen die dir nichts«, desillusionierte Frieda ihre Freundin, die es sich offenbar ein bisschen zu einfach vorgestellt hatte, in Italien an ihr Geld heranzukommen.

»Was ist mit der Post? Dir haben sie damals in Paris doch auch die Handtasche geklaut.«

»Da fallen horrende Gebühren an, aber wenn ich mich recht erinnere, gibt es so was wie eine Faxüberweisung. Sobald ich das Geld hier am Schalter einzahle, schicken die ein Fax nach Italien, und du bekommst es dann ausgezahlt. Wie viel brauchst du?«

»Fünfhundert?«, fragte ihre beste Freundin kleinlaut.

»Geht klar. Wohin soll ich es schicken?«

»Am besten zur Hauptpost am Hafen. Dort spricht bestimmt irgendjemand deutsch oder englisch«, schlug Elli vor.

»Kannst du diesen Heinz denn nicht anrufen?«, erkundigte sich Frieda.

»Ich habe seine Nummer nicht.«

»Was hast du eigentlich vorhin gemeint, als du sagtest, dass er sehr nett war?«, musste sie nun doch noch schnell nachhaken.

»Frieda, das Kleingeld geht mir gleich aus. Er war eben nett. Er hat mich sogar gefragt, ob ich ihn begleiten will. In seinem Wohnmobil. Ich und campen. Stell dir das mal vor.«

»Also, ich hätte nicht nein gesagt«, witzelte Frieda, doch Elli war vermutlich gerade nicht in der Stimmung, darauf einzugehen.

»Ich verlass mich auf …« Tuuuut.

Die arme Elli. Jetzt war ihr bestimmt auch noch das Kleingeld ausgegangen. Hätte sie doch nur eine halbe Stunde früher angerufen. Frieda hatte ihrer Tochter versprochen, so lange auf den Kleinen aufzupassen, bis sie vom Einkaufen zurückgekehrt war. Sie überlegte, ob sie Benny zur Post mitnehmen sollte, und beschloss, Andrea kurz telefonisch Bescheid zu geben. Kaum hatte sie ihr Handy erreicht, gab sie das Vorhaben jedoch wieder auf. Andreas Telefon lag nämlich gleich neben ihrem eigenen auf der Kommode im Flur. Ihr Wohnungsschlüssel hing auch noch am Schlüsselhaken. Perfekt! Ihre Tochter würde vor verschlossener Tür stehen, wenn sie aus dem Haus ging. Die arme Elli. Schnell schrieb sie ihr eine SMS, dass sie erst am nächsten Morgen zur Post gehen konnte.

Spätestens als Elli mit ihrem Rollenkoffer im Schlepptau auf der Suche nach einem günstigen Restaurant durch das große Stadttor ging, aus dem unentwegt Menschen in beide Richtungen strömten, wurde ihr klar, dass Neapel nicht umsonst als die am dichtesten besiedelte Stadt Europas galt. Ihr Arm drohte jeden Moment abzufallen, und auch die Schulter schmerzte höllisch. Immerhin hatte sie nach Friedas SMS ihren Koffer schon bis zur Post geschleppt, um dort schon mal anzukündigen, dass sie für den nächsten Tag eine Überweisung erwartete. Freundlicherweise hatte sich ein deutschsprachiger Postangestellter ausnahmsweise, wie er mehrfach betont hatte, noch einmal telefonisch bei Frieda gemeldet, um ihr die genauen Daten durchzugeben.

Um ein Haar hätte Elli ihn um einen Vorschuss angebettelt, aber irgendwie würde sie auch so bis zum nächsten Morgen durchhalten. An ein Hotel oder eine Pension war mit ihrem mittlerweile auf zwölf Euro fünfzig geschrumpften Kapital nicht zu denken. In der Via Teldo, der schier nicht enden wollenden Fußgängerzone, gab es fast nur Boutiquen und kleine Warenhäuser, aber immerhin auch ein Fastfood-Restaurant. Da war man endlich in Italien und konnte sich gerade mal einen Burger mit Pommes sowie eine Literflasche Mineralwasser leisten. Die sieben Euro fünfzig, die ihr danach noch blieben, mussten bis zum nächsten Morgen reichen. Am besten sie schaute gar nicht mehr in die mit frischen Meeresfrüchten prall gefüllten Vitrinen der Restaurants, an denen sie auf der Suche nach einem schattigen Plätzchen in den Gassen der Altstadt vorbeikam.

So genau konnte sie sich an die Innenstadt von Neapel allerdings nicht mehr erinnern. Sie war mit ihren Eltern und Doro immer bloß kurz geblieben, in aller Regel nur dann, wenn sie die Fähre verpasst hatten. Irgendwo rechter Hand musste es jedenfalls zum deutlich kühleren historischen Stadtkern gehen. Vielleicht entdeckte sie dort sogar eine Parkbank für eine kurze Rast. Die Füße taten ihr inzwischen ordentlich weh und sehnten sich nach einer Verschnaufpause. Kaum in eine der schmalen Gassen eingebogen, fiel es einem schwer, sich dem eigenwillig maroden Charme der Stadt zu entziehen, und wenn man mit einem Rollenkoffer sowieso nicht schnell gehen konnte, war man der Reizüberflutung hilflos ausgeliefert.

Neapel war wie ein Schmelztiegel aus Himmel und Hölle. In welcher anderen Stadt hingen so viele Engel an den Gebäuden, Hausfassaden, Kirchenportalen und sogar an den Statuen? Und das alles mitten im Dreck. Immer wieder tauchten Kirchen und kleine Kapellen wie aus dem Nichts zwischen zwei Wohnhäusern auf, deren Putz oft schon ordentlich bröckelte. Selbst die Fassade eines der vielen Geschäfte, die ganzjährig Krippen nebst Zubehör verkauften, war von Graffiti verunziert. Auf der einen Seite blickte über dem Portal eines Wohnhauses die Muttergottes Elli aus mitleidigen Augen an, gleich daneben hing eine bestimmt schon hundertmal überklebte Werbung, die mit einem kleinen roten Teufelchen für einen Energy-Drink warb. Überall ohrenbetäubender Lärm, der kaum noch zu ertragen war, sobald eine Vespa mit angesägtem Auspuff an einem vorbeiknatterte.

Elli bekam kaum Luft in den engen Gassen, in denen sich die Einheimischen unentwegt anzuschreien schienen. Dazu wilde Gesten und eine ausdrucksvolle Mimik, ob bei dem Obstverkäufer, an dem sie gerade vorbeilief, oder dem jungen Paar, das sich in einer Auslage Schuhe ansah. Theatralik mit jeder Bewegung. Fast schien es, als wären alle Neapolitaner Schauspieler und müssten dies täglich unter Beweis stellen. Immerhin gab es in einer der Bars auf dem Weg einen Cappuccino für nur zwei Euro. Irgendwie musste sie sich ja wach halten. Zwar tat es verdammt gut, sich für ein paar Minuten hinzusetzen und die inzwischen ziemlich angeschwollenen Füße aus den Schuhen zu pellen, aber der Kaffee gab ihr den Rest.

Er war bestimmt dreimal so stark wie der, den sie vom Ginos gewöhnt war. Er peitschte sie dermaßen auf, dass die Menschenmassen um sie herum wirkten, als hätte jemand einen Film mit einem Zeitraffer aufgenommen. Auch der Geräuschpegel schien auf einmal viel schneidender und aufdringlicher zu sein. Nichts wie weg hier, dachte Elli und erinnerte sich daran, dass es bei den alten Festungsanlagen am Meer einige ruhigere Ecken gab. Für einen kurzen Moment des Friedens würde sich der Weg zurück durch die Stadt also lohnen.

Das Castel dell'Ovo lag mitten auf einer Halbinsel, die von der Hafenstraße, der Via Partenope, aus gut zu erreichen war. Dennoch hatte Elli nun eine weitere halbe Stunde Fußmarsch hinter sich. Malerische Hafenrestaurants umlagerten die imposante Burg, wo die letzten Touristen mit dem Licht der Abendsonne das Gebäude verließen. Jetzt einfach nur auf einem Mauervorsprung zu sitzen und aufs Meer hinauszublicken. Dies würde ihr Kraft geben. Wie sie den steilen Weg bis zu diesem Aussichtspunkt mit dem Koffer überhaupt hinter sich gebracht hatte, war ihr nach wie vor ein Rätsel. Immerhin hatte sich oben ein Galerist, dessen schattenspendende Räume sehr einladend aussahen, ihrer erbarmt und sie mit einem Glas kühlem Wasser wieder auf die Beine gebracht. Nun gab es nur noch sie und das Meer. Richtig idyllisch, wie die kleinen Fischerboote geschmeidig auf den silbern glitzernden Wellen tänzelten.

Unter anderen Umständen ließe es sich hier sicher sehr gut aushalten. Wenn Josef noch da wäre, würden sie an diesem lauen Sommerabend in einem der Restaurants direkt am Wasser sitzen und bei Kerzenlicht die feinste neapolitanische Küche genießen. Dummerweise stellte sich bei diesem Gedanken erneut Hunger ein. Vielleicht sollte sie noch einen Cappuccino mit viel Zucker trinken? Milch sättigt bekanntlich. Außerdem gab es in den meisten Bars etwas zu knabbern zu den Getränken dazu. Bergab war eines der Restaurants schnell erreicht. Wie das Essen duftete, als sie sich setzte. Selbst für eine Portion Spaghetti Bolognese, die der Ober vor ihrer Nase an einen Tisch mit Touristen in bester Feierlaune trug, würde sie jetzt einfach alles geben. In solch einer verwegenen Situation konnte man schon mal auf den Gedanken kommen, ein Schmuckstück als Zahlungsmittel anzubieten.

»Nein, die eine Nacht überstehst du!«, sagte Elli zu sich selbst. Trotzige Durchhalteparolen zu schwingen war das Einzige, was ihr jetzt noch helfen konnte. Die freien Tische waren begehrt. Einen Platz für Stunden zu belegen und dabei nur an einer einzigen Tasse Cappuccino zu nuckeln wurde sicherlich nicht gern gesehen. Gut, dass sie ihr Tagebuch dabeihatte. Zum einen ließ sich damit die Zeit gut totschlagen, zum anderen erweckte sie so vielleicht den Eindruck einer Intellektuellen, die in einen Schreibrausch verfallen war und darüber ganz vergessen hatte, etwas zu essen zu bestellen. Hoffentlich war dies die richtige Strategie, um sie vor einem sanften Rauswurf zu bewahren. Der Kugelschreiber lag diesmal überraschend ruhig in der Hand. Er fühlte sich gut an.

Liebevoll fuhr Elli über die leere Seite, ganz entspannt. Was für ein merkwürdiges Gefühl, nicht zu wissen, was man schreiben will, und dennoch die Gewissheit zu haben, dass eine Flut von Gedanken, Gefühlen und Eindrücken nur darauf wartete, ihren Weg auf die leere Seite zu finden, ganz von allein, wie von unsichtbarer Kraft diktiert. Elli genoss dieses Gefühl der Vorfreude, der Neugierde auf das, was sie wohl schreiben würde, und als sie damit begann, schien die Welt um sie herum zu verstummen. Es gab nur noch ihre Hand, das Papier und den Kugelschreiber, der sich mit jedem Wort, das aus ihr herausfloss, immer vertrauter anfühlte.

Einsam inmitten einer nimmermüden, sprudelnden Lebensquelle. So viel Lebensfreude und Bewegung. Tausende Herzen schlagen im Takt der vielen Motoren, die die Straßen verstopfen. Mein Herz hat keinen bestimmten Takt. Ich laufe gegen den Rhythmus einer Stadt. Mein Koffer fühlt sich an wie eine Fußfessel, dabei will ich gar nicht fliehen. Geduldig fliehe ich dennoch vor den Engeln und Teufeln. Meine Füße tragen mich zu einer Festung, obwohl die Seele schon so schwer geworden ist. Bin allein. Seit langem schon. Es fühlt sich vertraut an.

Wie lange habe ich nicht mehr an diesen Schmerz gedacht, ihn nicht mehr gefühlt? Jetzt sticht er auf mich ein. Daran kann weder das Azurblau des Himmels noch der ewige Tanz der Wellen etwas ändern. Sie sagen mir, dass ich dazugehöre, fordern mich auf, mitzutanzen, aber meine Füße sind dazu schon zu müde. Immerhin geben sie mir die Gewissheit, dass sich alles bewegt, dass auch ich mich bewege, obwohl ich gar nicht mehr weiß, wohin oder warum. Ich bin eine Suchende. Möchte wieder den Takt finden, irgendeinen Rhythmus, der mich treiben könnte, durch den Alltag, durch die Tage, Monate und Jahre. Möchte wieder mittanzen, unbeschwert und genauso leichtfüßig wie die vielen lächelnden Herzen dieser Stadt.

Morgendliche Frische hatte einen faden Beigeschmack, wenn einem das Kreuz weh tat und man nicht mehr wusste, wie man sich aufsetzen sollte. Die ersten Sonnenstrahlen bahnten sich ihren Weg durch einen Rosenbusch, den der Wind sanft hin- und herbewegte. Das Restaurantviertel war menschenleer, Katerstimmung lag in der Luft. Ein Wirt entleerte lautstark einen Eimer mit Abwasser. Aber erst der Lärm der knatternden Motorräder, der von der Hauptverkehrsstraße zu ihr herüberdrang, schaffte es, Elli dazu zu bewegen, sich zumindest einmal aufzusetzen. Willkommen in Neapel!

Dabei ist doch New York die Stadt, die angeblich niemals schläft, überlegte sie, immer noch schlaftrunken. Der nächtliche Charme des Hafenviertels war jedenfalls passé. Überall Schmutz, Müllbeutel und der Geruch von Abfällen statt des verführerischen Kaffeearomas, das sie zu Hause auf den neuen Tag eingestimmt hätte. Erst einmal strecken. Das war jedoch leichter gesagt als getan, wenn man die Nacht mit dem Kopf auf einem Koffer verbracht hatte.

»Buon giorno«, krächzte eine schlaftrunkene Stimme von der Parkbank neben ihr.

Sie gehörte einem jungen Italiener, der sich eben aus einer dünnen Decke schälte und sich rekelte. Verschlafene Augen und der Versuch, charmant zu lächeln – mehr an Motivation, sich in einen neuen anstrengenden Tag in dieser stressigen Stadt zu zwingen, gab es an diesem Morgen nicht. Scheinbar hatte sie vergangene Nacht intuitiv die richtigen Parkbänke gefunden, die gerne von den No-Budget-Touristen genutzt wurden. Wenn ihr der junge Mailänder gestern nicht in verständlichem Englisch versichert hätte, dass er hier bereits eine Nacht verbracht hatte und schon allein deshalb hier nichts passieren würde, weil am

Ende der Straße eine Polizeiwache war, hätte sie vermutlich die ganze Nacht kein Auge zugemacht. Aus ihr war ein Penner geworden, vielmehr eine Pennerin. Mit ihren sechzig Jahren ging sie ja wohl kaum mehr als Rucksacktouristin durch. Erst jetzt dämmerte ihr, wie sie in diese missliche Lage geraten war. Der Ober hatte sie kurz vor zwei freundlich, aber bestimmt darauf aufmerksam gemacht, dass er den Tisch abräumen wollte. Todmüde hatte sie sich daraufhin bis zu der Parkbank geschleppt. Wie erniedrigend.

Jetzt musste sie erst einmal frühstücken, und wenn es nur ein halbes, absolut nicht mehr frisch aussehendes Sandwich vom Vortag war, dessen Hälfte ihr der junge Mann gerade offerierte. Besser als gar nichts. *»Grazie, grazie mille«*, sagte sie – zu mehr reichten ihre bescheidenen Italienischkenntnisse nicht.

Immerhin kehrten mit den wenigen Bissen die Lebensgeister zurück. Sollte sie tatsächlich noch die Mineralwasserflasche mit ihm teilen? Anders war das über Nacht zu Granit gewordene Weißbrot wohl kaum zu bewältigen. Erstaunlicherweise spendete ihr der kleine Imbiss so viel Energie, dass sie den kurzen Fußmarsch zur Post am Hafen ohne große Mühe bewältigte. Die morgendliche Frische und die leichte Brise vom Meer, die die Abgase weitgehend von ihr fernhielten, taten ihr Übriges. Überhaupt schienen die Sterne am heutigen Tag besser zu stehen: Friedas Geld war angekommen.

»Ihren Ausweis bitte«, sagte der freundliche Mann auf Deutsch, als Elli vor ihm stand.

Es hatte geklungen wie der Anfang vom Ende. Der Pass lag vermutlich immer noch unbeachtet im Wohnwagen von Heinz. Manchmal sagen Blicke eben mehr als tausend Worte, rekapitulierte sie den Moment am Schalter auf dem

Weg zum Ticketschalter der Fähre. Vermutlich hatte sie so verzweifelt gewirkt, dass ihr Erscheinen am selben Schalter, an dem sie am Vortag die Geldanweisung angekündigt hatte, ausnahmsweise genügt. »Sie müssen hier unterschreiben.« Der Satz hatte wie der Einlass ins Paradies geklungen.

Nun war sie um fünfhundert Euro reicher. Damit konnte sie endlich das Fährticket mit dem Schnellboot bezahlen und war nur noch einundvierzig Minuten von Capri entfernt.

Kapitel 6

Fabrizios Herzschlag beschleunigte sich, als er aus einem der Fenster im Erdgeschoss auf die Zufahrt der Casa Bella blickte. Zwei schwarze Mercedes mit getönten Scheiben krochen bei flimmernder Hitze die malerische Serpentinenstraße hinauf. Ans Fensterputzen war jetzt nicht mehr zu denken. Vielmehr stellte sich die Frage, ob er nicht möglichst schnell das Weite suchen sollte. Hatte Roberto de Andre etwa mitbekommen, dass er zwei Briefe nach Deutschland geschrieben hatte? Kaum vorstellbar, es sei denn, Eleonore oder Dorothea hätten sich bereits mit den Behörden vor Ort in Verbindung gesetzt und schlafende Hunde geweckt. Ein Erschießungskommando! Warum sonst kamen sie gleich mit zwei Wagen? Einer davon gehörte ganz sicher de Andre.

Der Hotelier und Investor, der die Casa Bella lieber heute als morgen übernehmen wollte, hatte Fabrizio schon einmal aufgefordert, seine Sachen zu packen. Keine zwei Wochen war der alte Castiglione, dem die Casa Bella gehört hatte, unter der Erde. De Andre hatte es verdammt eilig!

Davonlaufen kam jedoch nicht in Frage. Fabrizio hatte nicht zwanzig Jahre seines Lebens in diesem Haus gearbeitet, um sich von einem Halsabschneider vertreiben zu lassen, auch wenn dieser aller Wahrscheinlichkeit nach beste Kontakte zur »ehrenwerten Gesellschaft« pflegte. Zumindest sah de Andre mal wieder aus wie der perfekte Mafioso, als er gemächlich im dunklen Anzug, mit nach hinten gegeltem Haar und Sonnenbrille aus dem Wagen stieg. Die anderen Herren wirkten in ihren dunklen Hosen und weißen, kurzärmligen Hemden nicht minder bedrohlich. War das eine Gangsteruniform? Nur keine Schwäche zeigen, redete Fabrizio sich gut zu. So schnell würde er sich nicht von diesem schönen Stück Erde vertreiben lassen.

»Fabrizio«, begrüßte de Andre ihn übertrieben freundlich, als er den Hauseingang erreichte. »Was für eine Überraschung!«, freute er sich, nur um von einer Sekunde auf die nächste das Gesicht gleich wieder zu verziehen, die Sonnenbrille in einer provokanten Geste abzunehmen und ihn anzusehen wie die Schlange das Kaninchen. »Allerdings eher eine unangenehme«, fügte er mit einem Seitenblick auf zwei seiner Begleiter hinzu, die daraufhin höhnisch lachten.

Fabrizios Halsschlagader fing an zu pochen, weniger aus Angst, sondern weil langsam, aber sicher Wut in ihm hochstieg.

»Warum bist du noch hier?«, wollte de Andre wissen.

»Ich wohne hier«, protestierte Fabrizio.

»Komm mir nicht wieder mit der alten Leier. Lebenslanges Wohnrecht, dass ich nicht lache. Du hast nichts Schriftliches in der Hand, und ich kann dich hier nicht länger gebrauchen.«

Aus den Augenwinkeln bekam Fabrizio mit, dass die Begleiter des ungebetenen Besuchers sich auf dem Grundstück verteilten. »Wer sind diese Leute?«, fragte er.

»Investoren. Es geht um sehr viel Geld«, untermauerte de Andre seine Forderung mit bedeutsamem Blick, bevor er ihm alarmierend freundlich die Hand auf die Schulter legte. »Fabrizio. Was ist das Wort eines alten Mannes schon wert?«

Dass er nicht mit völlig leeren Händen dastand und es seit den Briefen, die er Dorothea und Elli geschrieben hatte, wieder ein Fünkchen Hoffnung gab, das Feld nicht kampflos räumen zu müssen, stand ihm offenbar ins Gesicht geschrieben.

De Andre musterte ihn jedenfalls leicht irritiert. »Warum warst du auf dem Gemeindeamt?«

»Es müsste eine Ausschreibung geben. Das Grundstück gehört dir noch nicht«, wandte Fabrizio mit wachsendem Selbstbewusstsein ein.

Die Art, wie de Andre plötzlich zu lachen begann, machte Fabrizio klar, dass sein Gegenüber bereits einige Strippen bei der Gemeinde gezogen hatte. Der international agierende Hotelier kannte so gut wie jeden auf Capri und hatte einen großen Einfluss – auch auf die Politik. Dessen war sich Fabrizio absolut sicher. Abrupt gefror de Andres Lachen, und er setzte im Nu seine Patenmiene auf. Offenbar gefiel er sich in dieser Rolle.

»Keine weiteren Fragen. Und jetzt verschwinde von hier!«

Da hatte er sich geschnitten. »Ich bleibe!«, wagte Fabrizio dem Hotelier mutig zu trotzen.

»Keine kluge Entscheidung.«

»Da musst du mich schon erschießen lassen!«

Wieder musste de Andre herzhaft lachen. »Fabrizio, du hast zu viele Gangsterfilme gesehen. Lass uns das gütlich regeln. Wir auf Capri sind doch alle eine große Familie. Apropos, wie geht es eigentlich deiner Nichte? Ich habe gehört, Paola hat vor einem Monat geheiratet. Warst du nicht sogar auf ihrer Hochzeit in Rom …«

Woher wusste er das? Damit sah die Sache auf einen Schlag anders aus. Paola war alles, was Fabrizio noch an Familie hatte. De Andres Arm würde sicher bis nach Rom reichen, und Fabrizio zweifelte nicht eine Sekunde daran, dass er ihr etwas antun könnte. De Andres siegessicheres Lächeln machte ihm nur allzu deutlich, dass er sich offenbar verkalkuliert hatte.

Mit so viel Komfort war beim besten Willen nicht zu rechnen gewesen. Klimaanlage, bequem gepolsterte blaue Kunstledersitze und eine Bar. Die Expressfähre hatte den Komfort eines Passagierflugzeuges, aber leider auch denselben Lärmpegel, was sich bemerkbar machte, als der Kapitän, kaum hatten sie das Hafenbecken hinter sich gelassen, Vollgas gab und Kurs auf Capri nahm. Jetzt erst mal gemütlich frühstücken bei überraschend moderaten Preisen, wie Elli feststellte, als sie die Bordbar erreichte und nach leckeren Sandwichkombinationen Ausschau hielt. Trotz Friedas Finanzspritze galt es angesichts des als teuer bekannten Pflasters, auf das sie sich zubewegte, nach wie vor einen eisernen Sparkurs einzuhalten, aber verhungern ging ja wohl auch nicht. Hoffentlich war die Angelegenheit mit Fabrizio schnell geklärt und sie konnte schon bald wieder die Heimreise antreten.

»Ein Wasser und ein Sandwich mit Parmaschinken bitte«, gab sie ihre Bestellung auf Deutsch auf.

»Gerne, *signora*«, erwiderte der Barmann in der Uniform der Fährgesellschaft und reichte ihr eines der Sandwiches aus der Glasvitrine.

Rein damit! Elli war richtig ausgehungert und schlang das Brötchen regelrecht herunter, während sie die Mitreisenden beobachtete. Was um alles in der Welt wollten all diese

Menschen auf Capri? Die Fähre war bis auf den letzten Platz besetzt. Vermutlich waren die meisten Passagiere Tagesausflügler, die sich unbedingt die Blaue Grotte ansehen wollten. Jedenfalls waren auffallend viele Japaner und Amerikaner darunter. Mehr als zwei Drittel, stellte sie fest, als sie den Blick über die blauen Stuhlreihen schweifen ließ. Moment mal, inmitten der japanischen Masse ragte ein Fremdkörper heraus. Hochgesteckte rote Haarsträhnen lugten über einem Sitz hervor. Sicherlich entbehrten Vorurteile gegenüber Frauen mit roten Haaren jeglicher rationalen Grundlage, aber Elli mochte sie nicht, was einzig und allein an ihrer Schwester Doro lag, die ebenfalls rotes Haar hatte.

»Ihr Wasser«, meldete sich der Barmann zurück und reichte ihr das Glas.

Die Fahrt dauerte noch gut eine halbe Stunde. Wie wäre es mit noch einem Eintrag in ihr Tagebuch? Es lugte aus der Tasche hervor und schien ihr förmlich zuzurufen: »Nimm mich heraus.« Sie blätterte es auf und las den Eintrag vom Tag zuvor. Um Himmels willen! Plötzlich wurde ihr klar, dass es ihr alles andere als gut gegangen war. Rabenschwarz klangen die Zeilen, aber was hatte der Lektor, dem sie es zu verdanken hatte, dass sie nie wieder hatte schreiben wollen, noch mal vor Jahren zu ihr gesagt? »Ein guter Autor muss durch die Tiefen des Lebens waten und sich an existenzielle Grenzen bringen, jeden Tag.«

Das klang ziemlich anstrengend. Noch so einen Tag wie den vergangenen wollte sie jedenfalls nicht am laufenden Band erleben. Es ließ sich zudem kaum leugnen, dass viele der besten Autoren dem Alkohol nicht abgeneigt waren und zahlreiche Abstürze hinlegten. Aber dies galt wohl für viele Künstler. Am Ende hatte der Miesepeter sogar recht? Ihr gefiel jedenfalls, was sie da geschrieben hatte. Es klang lebendig, und letztlich fühlte sie sich trotz aller Strapazen so lebendig wie seit langem nicht. Neapel zum Anfassen, jedenfalls aus gestriger Sicht. Wie schön, dass es so etwas wie ein Tagebuch gab.

»Dieses verdammte Neapel!«, fluchte Dorothea leise vor sich hin. In den Straßen hatte es gestunken wie die Pest, genau wie früher, als ihre Eltern sie Jahr für Jahr dazu gezwungen hatten, Urlaub auf Capri zu machen. Gut, dass die Stadt seit gut einer halben Stunde am Horizont verschwunden ist, dachte sie beim Blick aus dem Fenster der Fähre und sah den Schaumkronen zu, die am Bug des Schnellbootes entlangsprudelten. Vermutlich hatte sie deshalb keine Lust mehr verspürt, in Italien Urlaub zu machen. Von wegen Bella Italia. Nur ein einziges Mal hatte sie sich von ihrem Exmann Werner dazu verleiten lassen, gemeinsam mit Anja in Caorle einen Kurzurlaub zu verbringen. Wie man das eben so machte, wenn die Kinder noch zu klein für Flugreisen waren und sich schon mit ein paar Quadratzentimetern Strand zufriedengaben.

Was bildeten sich diese Halsabschneider in den Touristenorten überhaupt ein? In jedem Land der Welt bezahlte man ein Zimmer und keine verdammte Kopfpauschale. Pro Nase hatte der Spaß seinerzeit einhundert Mark gekostet. Das waren schlappe dreihundert für das schier ungenießbare Essen, eine Dusche, die nur aus einem Duschkopf und einem Loch im Boden bestand, und Betten, die noch mit Sprungfedermatratzen ausgestattet waren. Dazu bestes Sardinen-Feeling am Strand, umgeben von Österreichern, die im breitesten Schmäh ihre Alltagsprobleme debattierten. Dies war das wahre Gesicht von Bella Italia! Immerhin war sie auf dem Weg vom Flughafen in Neapel bis zur Anlegestelle der Fähre in den Genuss eines vollklimatisierten Taxis gekommen. Allein die paar Meter bis zum Ticketschalter hatten sich als Zumutung für ihre empfindliche Nase erwiesen. Und jetzt auch noch diese Fährfahrt, umringt von unentwegt kichernden Japanern.

»Excuse me!« Doro bahnte sich einen Weg durch die Gruppe. Sie ertrug das Gekicher einfach nicht mehr, und sich die Füße ein wenig zu vertreten, konnte nicht schaden – trotz des Wellengangs. Ein Amaretto an der Bar, die nur wenige Meter entfernt war, würde ihre angegriffenen Nerven sicher wieder beruhigen. Bei dem Wellengang war dies allerdings trotzdem ein ziemlich langer Weg. Entweder sie hoppelte mit, oder sie hangelte sich wie ein Äffchen von Sitz zu Sitz. Wenn dann auch noch ein Rollkoffer im Weg stand, hatte das Ganze etwas von einem Gameboy-Spiel, bei dem kleine Männchen über Hindernisse hüpfen müssen. Einhundert Punkte für jeden Koffer, der einen nicht erschlug und den man erfolgreich übersprang, ohne sich dabei das Genick zu brechen. Zu dumm, dass einer der Koffer plötzlich ein Eigenleben entwickelte und ihr mitten in die Bahn rollte. Platsch. Den Boden der Fähre zu küssen zählte bestimmt nicht zu den Dingen im Leben, auf die Dorothea besonders wild war, aber ihre Hände und Arme waren leider nicht stark genug, um sich rechtzeitig abzufedern.

»I am sorry«, hauchte ihr eine der Japanerinnen zu.

Dass die Frau trotz des Malheurs, das der Hartschalenkoffer made in Japan angerichtet hatte, sie auch noch freundlich anlächelte, trieb Dorothea zur Weißglut.

Haltung bewahren!, ermahnte sie sich und lächelte freundlich zurück, um Größe zu demonstrieren. Mehr gab die erniedrigende Situation gegenwärtig leider nicht her. Aber es sollte noch viel schlimmer kommen. Gerade als ihre

Halsmuskulatur sich ein wenig entkrampfte und Dorothea mit Erleichterung feststellte, dass sie sich bei der Aktion nicht das Genick gebrochen hatte, blickte sie in das Antlitz eines Relikts aus prähistorisch anmutender Vergangenheit: Elli. Das war doch ihre Schwester Elli!

»Doro? … Doro!«

Das musste sie sein. Nein, das war sie. Ihre Schwester hatte sich kaum verändert in den letzten Jahren, außer dass sie ein paar Fältchen mehr unter den Augen hatte. Doro lag tatsächlich zu ihren Füßen am Boden. Die Arme! Hoffentlich hatte sie sich nicht weh getan, was angesichts einer gewissen Starre, mit der ihre Schwester sie anblickte, nicht ganz auszuschließen war.

»Elli?«, röchelte Doro, offenbar am Ende ihrer Kräfte.

Ihre Schwester! Leibhaftig vor ihr. Was um Himmels willen machte sie auf dieser Fähre? Dann fiel es ihr wie Schuppen von den Augen. Das Testament! Fabrizio! Er hatte Doro also auch angeschrieben, schoss es Elli durch den Kopf, als sie ihre helfende Hand ausstreckte.

»Alles okay?«

Bevor ihre Schwester die Frage beantworten konnte, ließ sie die Hände vom Kopf über den Nacken bis zur Rückenpartie wandern.

»Ich denke schon.«

»Was machst du denn hier?«

Doro, jetzt wieder in der Senkrechten, sah sie mindestens so fassungslos an. »Rhetorische Fragen waren noch nie deine Stärke, meine Liebe.«

Bei Doros scheinbar angeborenem Zynismus war Elli hin- und hergerissen zwischen Überraschung und Freude, aber auch einem gewissen Unwohlsein. Es ging nämlich schon wieder von vorne los mit den Sticheleien, und mit einem Schlag war klar, weshalb sie vor Jahren in gegenseitigem Einvernehmen beschlossen hatten, den Kontakt zueinander abzubrechen.

»Hast du etwa auch …?«, stammelte Elli, immer noch völlig perplex.

»Was denn sonst? Meinst du, ich bin scharf auf einen Capri-Urlaub?«

»Fabrizio?«, fragte Elli sicherheitshalber nach.

»Nein, der Heilige Geist!«, stellte Doro klar.

»Wusstest du, dass er mir auch geschrieben hat?«

»Nein, war aber naheliegend.«

»Naheliegend?« Elli begriff die Welt nicht mehr. »Dann weißt du mehr als ich.«

»Rutsch mal rüber.« Doro hatte schon wieder das Heft in der Hand, genau wie früher. Im Erteilen von Anweisungen war sie ja groß, und wie immer war ihren Wünschen Folge zu leisten. Doro kam auch gleich zum Punkt. Auf der einen Seite war das gut, weil Elli darauf brannte, Näheres über die mysteriöse Erbschaft zu erfahren, auf der anderen Seite war es aber auch enttäuschend. Da sahen sie sich nach so vielen Jahren wieder, und ihre Schwester fragte nicht einmal nach, wie es ihr ging.

»Pass auf, es ist ganz einfach. Du musst nur logisch denken und die Fakten betrachten. Wir haben angeblich etwas geerbt, allerdings bestimmt nicht von Fabrizio. Der lebt ja noch. Von wem also dann?«

Elli wusste keine Antwort darauf und zuckte daher nur ratlos mit den Schultern.

»Ich will es kurz machen. Mama hatte damals was mit einem Italiener, mit einem gewissen Alessandro, um genau zu sein.«

»Mama? Und woher weißt du das überhaupt?«, fragte Elli ziemlich schockiert.

»Ich hab dir nie davon erzählt, aber … Ich habe nach Papas Tod einen ihrer Briefe an Charlotte gelesen. Du weißt doch, ihre beste Freundin. Da sucht man auf dem Speicher nach einem alten Ballettkostüm und stößt auf die finstersten Abgründe der eigenen Mutter.«

Elli kam aus dem Kopfschütteln nicht mehr heraus. Zu dem emotionalen Tumult, den ihre Schwester bereits in ihr ausgelöst hatte, gesellte sich nun auch noch Fassungslosigkeit.

»Warum hast du mir nie etwas davon erzählt?«

»Du hättest es nicht verkraftet.«

Damit hatte Doro wohl recht. Die Frage war nur, ob sie es jetzt verkraften würde. Mal eben en passant zu erfahren, dass die eigene Mutter eine geheime Liebschaft gehabt hatte, war nicht ganz einfach wegzustecken. Eine Art Leichenstarre ergriff augenblicklich Besitz von ihr. Sie konnte gar nicht anders, als ihre Schwester anzustarren.

»Alessandro …«, stammelte sie.

»Vielleicht hat er sie so sehr geliebt, dass er ihr etwas vermachen wollte. Oder er ist unser leiblicher Vater. Eine andere Erklärung gibt es nicht.«

»Aber Mama hätte doch nie …«

»Ja, was denkst du denn? Jedes Jahr Capri. Hat da bei dir etwa nie ein Glöckchen geklingelt? Selbst als Papa tot war, ist sie immer noch auf diese verdammte Insel gefahren.«

Pause! Das konnte kein Mensch auf einen Schlag verdauen. »Und Papa?«

»Der hat anscheinend nichts gemerkt. Darüber komme ich übrigens bis heute nicht hinweg. Das muss man doch mitbekommen, aber anscheinend hatte Mama es faustdick hinter den Ohren.«

Von der Heiligen zur Hure. Das wurde ja immer besser. Diese Enthüllung konnte de facto nur bedeuten, dass sie tatsächlich Erbinnen waren.

»Ich frage mich nur, warum Fabrizio in dem Schreiben an mich nichts von dem Brief an dich erwähnt hat.«

»Frag mich was Leichteres!«

Kapitel 7

»Wenn bei Capri die rote Sonne im Meer versinkt«, trällerte ein mit einer schweren Digitalkamera bewaffneter deutscher Tagesausflügler in bester Urlaubsstimmung. Leider mit ziemlich schräger Stimme, die nur vom Lärm der Motoren etwas gedämpft wurde.

Vom Deck aus beobachtete Elli, wie die Fähre ihre Pforten öffnete und die ersten Touristen auf den langen Landungssteg entließ, der direkt zur Marina Grande führte. An diesem Dreh- und Angelpunkt kam kein Capri-Besucher vorbei.

»Bella, bella, bella Marie, vergiss mich nieeeee.« Der Mann konnte den Mund einfach nicht halten.

Rudi Schuricke würde sich im Grab umdrehen. Selbst die Kinder des selbsternannten Sängers verdrehten bereits die Augen. Offenbar schämten sie sich für ihren Vater, der die Blicke aller Anwesenden auf sich zog.

»Ist das ein sehr berühmtes Lied?«, fragte eine japanische Touristin auf Englisch, aber der Mann verstand sie offenbar nicht. »Berühmt« war gar kein Ausdruck. Der Schlager war sozusagen der Inbegriff aller Capri-Sehnsüchte der Deutschen, die in den Siebzigern sogar ein Ford-Modell nach der Insel benannt hatten.

Vor Elli lagen zehn Quadratkilometer perfekte Italien-Nostalgie, bewohnt von knapp dreizehntausend Einheimischen, die jeden Tag mehrere tausend einfallende Touristen zu verdauen hatten – zumindest stand es so in der Broschüre, die sie am Fährhafen mitgenommen hatte.

»Sieht alles noch genauso aus wie damals«, bemerkte Doro, leicht genervt vom Schub der nachrückenden Passagiere, die ihr Tagesprogramm anscheinend möglichst schnell in Angriff nehmen wollten, da sie nur wenige Stunden auf der Insel hatten. Im Nu hatte sich das friedliche Hafennest in eine bunte Ameisenkolonie verwandelt. Wenn Lenin, Joseph Beuys, Jean-Paul Sartre oder Oscar Wilde dies zu ihrer Zeit schon erlebt hätten, wären sie ganz bestimmt nicht immer wieder hierhergekommen, dessen war Elli sich sicher. Wie Capri wohl vor Wiederentdeckung der Blauen Grotte ausgesehen hatte? Ellis Blick streifte die Hafenmauer, die ganz offensichtlich schon einige Jahre auf dem Buckel hatte. So ähnlich hatte sie sie in Erinnerung, als ob die Zeit stehen geblieben wäre.

»Lass die anderen ruhig erst einmal alle vorbei. Mich regen die Kichererbsen sowieso auf«, bemerkte Doro.

Sie spielte damit auf eine Gruppe in der Tat kichernde Japaner an, die sich gerade an ihnen vorbeizwängten. Ihre Schwester bestimmte, was zu tun war, wie immer. In diesem Fall war es aber eine weise Entscheidung, um nicht ständig vorwärts geschoben zu werden oder jemandem vor den Füßen herumzulaufen.

»Wenn man bedenkt, dass hier früher so gut wie gar nichts los war«, überlegte Elli laut, als sie für einen Augenblick stehen blieb, sich an die Hafenmauer lehnte und zur felsigen Küste hinübersah, die den Ort regelrecht einkesselte.

»Du übertreibst. Die Fähren waren eben kleiner.« Doro hatte keinen Sinn für Romantik oder Nostalgie. Daran hatte sich in den letzten Jahren wohl nichts geändert.

»Ich meine ja auch ganz früher. Zur Zeit der Römer.«

»Tiberius hat es sich hier bestimmt gutgehen lassen. Hat hier einfach Dauerurlaub gemacht und von einer Trauminsel aus bequem die Welt regiert – nicht schlecht. Ich sollte einen Artikel über ihn schreiben.«

»Wusstest du, dass Capri erst in der letzten Eiszeit zu einer Insel geworden ist?«

Doro zog die Augenbrauen hoch, ein untrügliches Zeichen, dass sie ihrer Schwester so viel Wissen gar nicht zugetraut hätte. Immerhin war sie die gescheite Journalistin und Elli bloß der verträumte Kinotrottel. Mal einen Punkt gegen Doro zu erzielen machte Elli daher richtig Spaß.

Wie eine Seehundkolonie in der Brunftzeit tummelten sich Touristen und Einheimische am hoffnungslos überfüllten Strand, einem der wenigen, die es überhaupt auf der Insel gab. Wenn Dorothea sich recht erinnerte, waren die einzigen schönen Strände, die Capri zu bieten hatte, schwer zugänglich oder in öffentliche Bäder umfunktioniert worden – gegen Bares versteht sich. Zu den kleinen, direkt an Steilhängen gelegenen Buchten musste man oft regelrecht klettern, zumindest brauchte man aber eine gute Kondition. Dann doch lieber Karibik oder Gran Canaria mit ihren schönen, weitläufigen Stränden. Steinstrände waren sowieso nicht ihr Ding. Entweder die Steine waren zu heiß oder so spitz, dass sie sich wie Messerstiche in die Fußsohlen anfühlten.

Gut, dass sie erst einmal einen Tisch in einer der Bars direkt am Wasser ergattert hatten. Hier galt es nun so lange auszuharren, bis sich der Touristenstrom deutlich ausgedünnt und Elli ihren nostalgischen Anflug überwunden hatte. Bloßes Wunschdenken! Ein Blick in das verklärte Gesicht ihrer Schwester genügte, um zu wissen, dass sie sich auch noch einen zweiten Drink genehmigen musste.

»Da unten. Dort haben wir doch immer gespielt. Erinnerst du dich noch an deinen giftgrünen Badeanzug, den dir Mama gekauft hat?«, säuselte Elli offenkundig nostalgietrunken.

Richtig, das potthässliche Teil. »Wie könnte ich den vergessen? Er stand mir doch so gut«, versuchte sie ihre Schwester mit spitzer Ironie zu desillusionieren.

Hoffentlich riss Elli nicht noch mehr alte Wunden auf. Den blumenbesetzten Wunschbikini hatten ihre Eltern ihr stoisch verweigert. Zu teuer, hatte es geheißen. Das grenzte ja fast an Kindesmisshandlung! Wie hatte sie sich am Strand geschämt. Ein Psychologe würde dieses Erlebnis wohl als einen einschneidenden Wendepunkt in ihrem Leben bezeichnen. Vielleicht sogar als den Moment, in dem sie beschlossen hatte, sich von niemandem mehr etwas aufdrängen oder sagen zu lassen, weder von ihren Eltern noch vom Rest der Welt.

»Ich finde, das war eine verdammt schöne Zeit«, schwärmte Elli mit Blick auf das Meer.

Kein Wunder, dass sie immer so gut drauf war. Aus ihr hatten ihre Eltern damals ja auch keinen Laubfrosch gemacht. Elli hatte ihren rosa Wunschbikini mit den weißen Streifen bekommen. Wenn auch angeblich nur, weil er sehr günstig war. Damals war Dorothea diese Erkenntnis jedoch nicht in den Sinn gekommen. Es ging darum, dass Elli immer alles haben durfte, was sie wollte, und sie nicht. Das Nesthäkchen, Mamas und Papas Liebling, dem man keinen Wunsch abschlagen konnte.

»Wenn ich ehrlich bin, war ich an keinem Ort der Welt jemals so glücklich wie hier«, führte Elli ihre Sirenengesänge fort.

Einfach unerträglich.

»Das hat die Jugend so an sich, meine Liebe. Wenn uns unsere Eltern jedes Jahr in die Lüneburger Heide geschleppt hätten, hätte das den gleichen Effekt gehabt.«

»Nein, Capri hat etwas ganz Besonderes. Immer noch.« In an Pathos nicht zu überbietender Weise inhalierte Elli bedeutungsschwanger die Luft und schloss genießerisch die Augen.

Wie auf Droge und Ellis Drogen waren mit Sicherheit ihr Hang zur hoffnungslosen Romantik und die Fähigkeit, sich in eine Parallelwelt hineinzuträumen, die anscheinend nur sie sehen konnte. Sie kannte Elli gar nicht anders. Schon als Kind hatte sie eine übersprudelnde Phantasie. Selbst das schlichteste Erdloch war zum verwunschenen Elfengefängnis mutiert, die Bauruine zum Schloss und das Klettergerüst zum Mast eines Piratenschiffs. Beneidenswert, wenn man auch im Alter noch in der Lage war, das Schöne einfach aus allem herauszufiltern.

Darin war ihre Schwester unschlagbar, und nichts regte Dorothea mehr auf. Das Einzige, was zählte, war die Realität, nackt und unbeschönigt. Nur schien ihre Schwester dies stoisch zu negieren, und das Schlimme daran war, dass sie damit auch noch durchkam. Vielleicht war es aber auch nur eine Form von Eskapismus, zumindest jetzt. Immerhin hatte Elli vor einer Stunde erst erfahren, wer ihre Mutter wirklich war. Schon wieder lächelte ihrer Schwester ein Ober zu. Es war derselbe, der ihr selbst noch vor zehn Minuten gehetzt und ohne sie zu beachten einen *caffè latte* auf den Tisch gestellt hatte. Nun ja, vielleicht stand er nicht auf rothaarige Frauen mit Sommersprossen und fahler Haut.

»Ich reiße dich ja nur ungern aus deinen Träumen, aber ich kann es mir beruflich nicht leisten, hier einfach nur so herumzusitzen.« Sie kramte Fabrizios Brief aus ihrer Tasche. »Wenn der uns verarscht, dann gnade ihm Gott!«

Hektisch signalisierte sie dem Ober, indem sie mit ihrem Portemonnaie wedelte, dass sie zu zahlen gedachten. Je eher sie diese ominöse Villa Palma fanden, die ihnen Fabrizio als Treffpunkt vorgeschlagen hatte, desto besser.

Elli stellte erstaunt fest, dass man mittlerweile auf ziemlich komfortable Art in den oberen Teil der Stadt gelangen konnte. Es war nur noch ein Katzensprung mit der *funicolare,* einer modernen Seilbahn, die vom Hafen aus gut zu erreichen war. Im Nu erhob sich das an die Steigung des Berges angepasste Gefährt und glitt geschmeidig über die Dächer der Unterstadt durch eine palmgesäumte Schneise nach oben.

Was für eine grandiose Aussicht auf das Meer und die malerischen Häuser, die sich rund um den Hafen rekelten. Allerdings musste sie sich strecken, um einen Blick darauf zu erhaschen. Aufgrund der langen Wartezeiten hatten sich mit Sicherheit mehr Leute in die Bahn gepresst, als erlaubt waren. Die Lücke zwischen zwei sich ständig hin und her bewegenden Köpfen eines sich rege unterhaltenden Paares zu erwischen war nicht gerade einfach.

»Ich hab mich immer schon gefragt, wie sich eine Ölsardine in der Büchse fühlt. Eng, laut, heiß und überfüllt. Eben Bella Italia!«, warf ihre Schwester brottrocken ein und erntete für diesen Satz betretene Blicke von Touristen, aber auch von Einheimischen, die sie offenbar verstanden.

Eine Runde Fremdschämen stand auf dem Programm. Doro war es auch früher schon ziemlich egal gewesen, was andere von ihr dachten, spätestens jedoch ab der Pubertät. Eigentlich ein Zug, um den Elli sie ein wenig beneidete. Dass sie in den letzten Jahren noch einen Tick zynischer geworden war, darum beneidete sie ihre Schwester allerdings nicht. Wurde man automatisch so, wenn man für das Feuilleton einer großen Zeitung arbeitet?

»Schau mal, die kleinen Boote am Hafen. Die sehen doch aus wie gemalt.«

Vielleicht musste man sie ja nur auf das Schöne aufmerksam machen. Immerhin hatte Elli es geschafft, dass Doro einen Blick hinunter zur Bucht riskierte. Sie erntete ein beiläufiges Nicken, was übersetzt so viel hieß wie, dass ihre Schwester den Anblick wohl auch für wunderschön befand.

»Frischluft!« Doro japste theatralisch, als ob sie gerade knapp dem Erstickungstod entronnen wäre.

Jetzt waren es nur noch ein paar Treppen nach oben, zur Piazzetta, dem eigentlichen Herz Capris. Dort hatten sie mit ihren Eltern jeden Abend eine Runde gedreht. Sehen und gesehen werden, lautete das Motto. Tagsüber war, vermutlich wegen der Mittagshitze, jedoch noch nichts von der mediterranen Gemütlichkeit zu spüren.

»Hast du eine Ahnung, wo dieses Hotel sein könnte?«, fragte sie Doro. »Hoffentlich nicht zu weit weg von hier. Ich habe nämlich keine Lust auf eine Bergtour mit meinem Koffer.«

Vermutlich hätte Doro ihre gestrige Gewalttour durch Neapel gar nicht überlebt – mit dem Riesenkoffer, in dem man bequem eine Leiche hätte verschwinden lassen können, ganz sicher nicht. In dem Moment bahnte sich ein kleines gelbes Transportfahrzeug, voll beladen mit Gepäck, hupend seinen Weg durch die Menge und tuckerte in Richtung der höher gelegenen Hotels.

»Wir könnten doch den Transportdienst nehmen.«

»Bist du verrückt? Ich zahl doch keine zehn Euro für einen Kofferträger«, entrüstete sich Doro.

»So teuer?«, fragte Elli ungläubig.

»So stand es zumindest im Internet.«

Doro auf Sparkurs? Das war doch gar nicht ihre Art. Angesichts des Verlustes ihrer Reserven an Bargeld, das mittlerweile vielleicht in Heinz' Wohnmobil schon die Landesgrenze passiert haben dürfte, war es wohl besser, sich körperlich zu ertüchtigen. Also weiter schleppen, nur in welche Richtung? Von der Piazzetta blindlings der Masse über den Hauptweg in die Altstadt zu folgen ergab keinen Sinn.

»Du kannst doch ein bisschen Italienisch. Frag doch mal jemanden.« Elli erinnerte sich, dass ihre Schwester im Internat für zwei Jahre Italienisch als Wahlpflichtfach belegt hatte. Natürlich nicht aus Leidenschaft für Land und Leute, sondern weil ihr der Lehrer so gut gefallen hatte.

Doro sprach daraufhin den nächstbesten Passanten an, dessen Äußeres darauf schließen ließ, dass er von hier war. Sie hielt ihm Fabrizios Brief unter die Nase, deutete auf den Namen des Hotels und fragte nach der Adresse.

»*Sí, sí,* la Villa Palma ... Gehe bis dritte Straße, dann rechts. Nichte mehr weite. Iste sehr schöne *casa.*«

»Danke.« Doro wirkte unendlich erleichtert.

Dennoch hatte sie wohl nicht damit gerechnet, dass »dritte Straße« doch noch ein ganzes Stück zu laufen war. Mit ihrem Kleiderschrank auf Rollen im Schlepptau, zunehmender Blässe und der schweißnassen Stirn sah sie aus wie das Leiden Christi in Person. Dazu noch ihr weißes, durchgeschwitztes T-Shirt. Fast wie Jesus in *Ben Hur* auf der Via Dolorosa, nur dass sie am Ziel nicht der Ölberg, sondern tatsächlich ein sehr hübsches Haus mit schönen kleinen Terrassen, die in den Berg hineingebaut waren, und ein freundlicher Empfang erwarteten.

»*Buon giorno, signore.* Frau Sattler, Frau Menning?«, fragte der kompakte Italiener an der Rezeption, der auch der Bruder von Danny de Vito hätte sein können.

Elli nickte überrascht.

»Signor Cavalaro hat ein Zimmer für Sie reserviert. Es ist bereits bezahlt.«

Die Sache wurde ja immer mysteriöser.

»Hätten Sie vielleicht noch ein zweites Zimmer?«, bohrte Doro nach.

Die Vorstellung, mit Elli wie früher gemeinsam in einem Raum nächtigen zu müssen, schien ihr offenbar ganz und gar nicht zu behagen.

»Tut mir leid. Wir haben nur noch ein Zimmer frei.«

»Haben Sie zufällig die Telefonnummer von Herrn Cavalaro? Wir müssten ihn dringend sprechen.« Doro gedachte wohl, ordentlich Dampf zu machen.

Der Hotelier überlegte kurz und wirkte in seiner Andacht, die einen sakralen Touch hatte, als hätte ihn gerade jemand darum gebeten, das Beichtgeheimnis zu brechen. »Ich gebe Fabrizio Bescheid, dass Sie da sind. Er meldet sich dann bei Ihnen.«

Noch bevor Doro darauf etwas erwidern konnte, wandte er sich ab und nahm einen Schlüssel vom Haken, den er ihnen mit einem zuversichtlichen Lächeln überreichte. »Ich wünsche Ihnen einen schönen Aufenthalt.«

Genau wie früher! Kaum hatten sie das Hotelzimmer betreten, steuerte Elli zielstrebig auf das Bett am Fenster zu. Dorothea fühlte sich sofort an den alten Streit um die Frage erinnert, wer welche Bettseite für sich in Anspruch nehmen durfte. Fenster oder Schrank! Dorothea wollte immer auf der Fensterseite schlafen. Ihre Schwester natürlich auch. Einmal hatten sie sich sogar darum geprügelt, bis ihre Mutter schlichtend eingeschritten war. Fortan hatte eine Münze entschieden, wer wo schlafen durfte.

»Wir können ja wieder eine Münze werfen«, schlug sie Elli prompt vor.

»Die Klügere gibt nach«, erwiderte ihre Schwester daraufhin eingeschnappt. Wie auf Knopfdruck und genau wie früher. Den Satz hatte sie aus Ellis Munde schon so oft gehört.

Sieg!, dachte sie. Doch er schmeckte bitter. Es war ziemlich albern, sich wie zwei kleine Mädchen zu streiten. Aus dem Alter von Hanni und Nanni waren sie ja wohl heraus. Umso erstaunlicher, dass die alten Mechanismen, die sich offenbar tief in sie hineingefressen hatten, in der Lage waren, den Verstand komplett auszuschalten.

Um ein Haar hätte Dorothea auf das Bett am Fenster verzichtet, aber eine derart abgedroschene Phrase, die zudem verdächtig nach ihrer Mutter klang, konnte sie Elli beim besten Willen nicht durchgehen lassen. Jetzt erst einmal frisch machen. Der Stoff ihres T-Shirts klebte regelrecht auf der Haut. Immerhin entbrannte kein neuer Streit darüber, wer zuerst ins Bad durfte.

Elli verzog sich mit ihrem moralischen Sieg der Klügeren auf die Terrasse, auf der Gott sei Dank zwei gleiche Korbsessel standen. Es war also kein weiterer Streit vorprogrammiert, und sie konnte entspannt duschen und sich auf die zugegebenermaßen traumhafte Aussicht auf die Küste freuen. Wie nicht anders zu erwarten, gab es die gute italienische Dusche mit dem Loch im Boden noch immer. Warum sich die in Europa verbreitete Duschkabine in Italien nicht durchsetzte, war Dorothea ein Rätsel. Dennoch tat der warme Wasserstrahl gut. Er entspannte, und für einen Moment trat so etwas wie Ruhe ein. Allerdings überkam sie auch ein überraschend schlechtes Gewissen. Die ganze Aufregung um den Brief, der hektische Aufbruch, ihre vielen Projekte, die sie hinten anstellen musste, und nicht zuletzt die stressige Reise hatten sie so sehr auf Trab gehalten, dass sie Elli nicht einmal danach gefragt hatte, wie es ihr mit der Videothek erging.

Elli war immerhin ihre Schwester, und gerade das Déjà-vu bei der Wahl der Bettseite hatte ihr offenbar unbewusst einen ganzen Strom an guten Erinnerungen entlockt. Trocknete sie sich deshalb so gemächlich ab? Kostete sie etwa melancholische Anwandlungen aus, die sie an sich gar nicht kannte? Auf alle Fälle blieb ihr so genügend Zeit, um sich längst vergessenen Gefühlen hinzugeben. Solange Fabrizio nicht auftauchte, konnte sie sich diesen Luxus sogar leisten.

»Weißt du eigentlich noch, wann wir uns das letzte Mal gesehen haben?«, fragte sie, als sie sich frisch umgezogen zu ihrer Schwester auf die Terrasse setzte.

»Auf Mamas Beerdigung«, sagte Elli ohne nachzudenken. »Vor acht Jahren, um genau zu sein.«

Nun war die Stimmung auf einen Schlag noch friedlicher als erhofft. Friedhofsstille! Ein wachsendes dumpfes Gefühl im Bauch setzte ein – trotz der grandiosen Aussicht auf purpurfarbene Blüten, die an einer Felswand vor ihr sprießten und die kleinen Häuschen am Hang malerisch umrankten.

»Eigentlich eine Schande«, setzte Elli nun auch noch nach.

Was sollte sie darauf bloß sagen?

»Wir haben uns einfach aus den Augen verloren ... Ich war viel unterwegs. Mein Job ...«, log sie. Natürlich gab es einen Grund, weshalb sie Elli nicht mehr hatte sehen wollen, erst recht nicht nach Josefs Tod.

»Das Ganze ist doch schon viel früher eingeschlafen.« Elli sah ihr direkt in die Augen.

Hatte sie etwa tatsächlich darunter gelitten, dass sie sich so lange nicht gesehen hatten? Kaum vorstellbar.

»Ich hab das nie verstanden. Gut, wir haben uns schon immer gestritten, aber so richtig ernst war es nie. War da etwa mal was, von dem du mir nie erzählt hast?«, bohrte Elli nach.

Nicht hier und jetzt. Alte Wunden, die noch dazu bereits vernarbt waren, riss man nicht mit Gewalt wieder auf. »Du hättest dich doch auch melden können.« Den schwarzen Peter musste sie so schnell wie möglich abgeben.

»Doro. So oft, wie du mich von deiner Sekretärin hast abwimmeln lassen. Ich weiß nicht, wie viele Stunden ich dir in all den Jahren auf den Anrufbeantworter gesprochen habe, und alles, was zurückkam, waren Pflichtanrufe zu Weihnachten, Ostern und zum Geburtstag.«

Natürlich hatte Elli recht, aber sie hatte es auch nicht anders verdient. Ihrer Schwester nach so vielen Jahren einzuschenken, dass sie ihr die Schuld an ihrem verkorksten Leben und vor allem an ihrer miesen Ehe gab, würde Fässer von der Tiefe des Pazifiks aufmachen, und dazu hatte sie momentan weder Lust noch die Nerven.

»Solche Dinge passieren nun mal. Man lebt sich auseinander. Du warst in deiner Kinowelt, und ich habe mich mit meinem Diktiergerät im Großstadtdschungel durchgeschlagen. Das hat eben einfach nicht mehr zusammengepasst, verstehst du?«

Wieder nicht die Wahrheit, aber eine theoretisch glaubhafte Ausrede. Hoffentlich schluckte Elli sie. Warum auch nicht? Immerhin war diese Pille ziemlich geschmacksneutral. Ihrer Schwester reinen Wein einzuschenken hätte nach Zyankali geschmeckt und vermutlich auch so gewirkt.

Elli nickte, offenbar tief in Gedanken versunken und irgendwie traurig.

Dann das erlösende Klingeln des Telefons. Fabrizio!

Die Osteria des alten Pedro war der ideale Treffpunkt. Abseits des Ortskerns gelegen, nachmittags so gut wie keine Gäste und mit den gemütlichen Nischen verwinkelt genug, um diskrete Gespräche führen zu können. Dorothea und Eleonore in der Casa Bella zu treffen, wäre ein Ding der Unmöglichkeit. Dessen war sich Fabrizio sicher. Erst recht nach de Andres unmissverständlicher Drohung, seiner Nichte etwas anzutun. Er durfte auf gar keinen Fall mit den beiden Deutschen in Verbindung gebracht werden. In einer derart delikaten Angelegenheit musste man vorsichtig sein. Ihnen seine Adresse im Brief mitzuteilen und sie nicht zunächst in einem anderen Hotel einzuquartieren, auch wenn es umständlich war, wäre viel zu riskant gewesen. Entweder hätten sie ihn gleich kontaktiert, zumindest telefonisch, und ihm vielleicht nicht geglaubt, oder sie hätten gleich einen Anwalt eingeschaltet, der sich mit den hiesigen Behörden in Verbindung gesetzt hätte. Dann wäre sofort aufgeflogen, dass er den Stein ins Rollen gebracht hatte.

Noch wusste de Andre nicht, dass er versuchte, Eleonore und Dorothea dazu zu kriegen, um das Erbe zu kämpfen. Die beiden würden ihn ganz sicher nicht hinauswerfen und die Pension vielleicht sogar weiterführen lassen. Er würde sein Zuhause nicht verlieren, aber war es nach de Andres

Drohung nicht zu riskant, das gefährliche Spiel fortzuführen? Der Hotelier konnte vielleicht doch eins und eins zusammenzählen, sobald die Schwestern auf dem Gemeindeamt vorstellig würden. Was sollte er nur tun? Ihnen die Fakten zu offenbaren, könnte das Leben seiner Nichte in Gefahr bringen. Andererseits waren die beiden Frauen seine einzige Chance, die Pension weiterführen zu können.

Selbst der Wein konnte die Wogen seiner aufgewühlten Gedanken nicht mehr glätten. Was war wichtiger? Seine Existenz und das Versprechen, das er Castiglione an dessen Sterbebett gegeben hatte, oder Paola, die dabei war, in Rom mit ihrem Mann eine Familie zu gründen? Nach einem weiteren Schluck hatte Fabrizio sich entschieden. Genau zur rechten Zeit, denn kaum hatte er das Glas abgesetzt, kamen Dorothea und Eleonore herein. Die Frauen wechselten kurz einen Blick und steuerten zielstrebig auf seinen Tisch zu.

»Hallo, Fabrizio.«

Eleonores Lächeln war warm, Dorotheas Miene eher finster. Eigentlich wie früher, das gleiche Gesicht, nur dass sich ein paar Falten darin eingegraben hatten.

»Schön, dass ihr kommen konntet. Setzt euch.«

»Wie geht es dir?«, fragte Elli interessiert.

»Die Jahre vergehen, und man schlägt sich so durch. Und dir? Ich habe gehört, du hast kein Kino mehr.«

Dorothea hatte offenbar keine Lust, sich auf Smalltalk einzulassen. Sie legte den Brief auf den Tisch, genau vor ihn. »Kommen wir zur Sache. Was soll das Ganze? Der Brief, die Heimlichtuerei?«

Fabrizio schluckte und blickte hilfesuchend zu Elli hinüber, aus deren Gesicht sich das freundliche Lächeln mittlerweile verabschiedet hatte. Die beiden Frauen starrten ihn eindringlich fragend an.

»Wie soll ich es sagen … Die Erbschaft …« Wie kam er aus dieser Sache nur je wieder heil heraus?

»Was ist damit?«, hakte Dorothea sofort nach. »Geht es um einen Nachlass für unsere Mutter? Du hast sicher gehört, dass sie nicht mehr lebt.«

»Du weißt Bescheid?« Damit hatte er nicht gerechnet. Offenbar waren sie darüber im Bilde, dass ihre Mutter ihre große Liebe auf Capri gefunden hatte. »Mir tut das alles furchtbar leid … Ich habe mich getäuscht«, stotterte er.

Dorotheas Augen verengten sich – kein gutes Zeichen. »Getäuscht? Was heißt hier getäuscht? Warum hast du uns angeschrieben? Und worin überhaupt getäuscht?«

Wenn ihm doch nur irgendein anderer plausibler Grund für eine Erbschaft einfallen würde als der, dass jemand einen ihm nahestehenden Menschen begünstigte. Der erlösende Gedanke wollte nicht kommen, aber vielleicht gelang es ihm ja, ein kleines bisschen am Rad der Wahrheit zu drehen.

»Nun … eure Mutter … ihr wisst, dass …«

»Mit wem war sie zusammen?«

»Einer der Patrone, dem die Olivenhaine etwas nördlich von hier gehörten, ist vor kurzem verstorben. Ich bin mit einem der Vorarbeiter gut befreundet. Angeblich war er jahrelang heimlich mit einer Deutschen zusammen, aus Hamburg, genau wie eure Mutter. Alles hat perfekt zusammengepasst … Er hatte keine Familie mehr …«

»Gibt es ein Testament?«

»Das ist es ja … Angeblich gab es eines, aber dann war es plötzlich verschwunden.«

Dorothea und Eleonore gaben ihm mittlerweile das Gefühl, sich vor der Heiligen Inquisition rechtfertigen zu müssen.

»Wer hatte es denn gefunden?«, wollte Eleonore wissen.

»Der Vorarbeiter«, schwindelte er weiter, in der Hoffnung, sich nicht komplett in seiner Lüge zu verstricken.

»Hat er es vielleicht verschwinden lassen?«, bohrte Doro gleich nach.

»Nein, die Putzfrau hat es wohl verlegt.« Verdammt, die beiden konnten einen ganz schön in die Enge treiben. Jetzt war auch noch eine Putzfrau, die es gar nicht gab, ins Spiel gekommen.

»Dann ist es also wieder da? Fabrizio, worauf willst du eigentlich hinaus?« Doros Ton war mittlerweile so scharf wie ein Rasiermesser.

»Der Patron hat sein Vermögen der Gemeinde vermacht. Es tut mir sehr leid.«

»Heilige Jungfrau Maria, bitte mach, dass die beiden mir das abkaufen«, flehte er. Allein die Muttergottes konnte ihm jetzt noch helfen.

Dorothea und Eleonore wechselten erneut einen Blick. Wie von der Tarantel gestochen fuhr Dorothea hoch und griff wütend nach dem Brief. Sie zerknüllte das Schreiben und warf es zu Boden. Dann blickte sie auf ihre Uhr.

»Wenn wir Glück haben, erwischen wir heute noch die Fähre zurück nach Neapel«, sagte sie.

Eleonore starrte ihn wie gelähmt an.

»Was ist, willst du dir diesen Unsinn etwa noch länger anhören?«, fuhr Dorothea ihre Schwester an.

»Ihr könnt gerne noch bleiben. Ich zahle euch das Hotel und das Essen. Ich ...« Fabrizio hatte mittlerweile das Gefühl, wie ein Hund zu winseln.

»Kein Wort mehr!«, drohte Dorothea ziemlich überzeugend.

»Aber man bestellt doch nicht auf Verdacht ... Fabrizio. Was ist bloß in dich gefahren? Ich hab meinen Laden zugesperrt. Ich …« Ellis vorwurfsvoller Blick und ihre Fassungslosigkeit waren schlimmer als Dorotheas Zorn.

Ohne ihn eines weiteren Blickes zu würdigen stürmte Dorothea hinaus, während Eleonore kopfschüttelnd aufstand. Sie musterte ihn noch eine ganze Weile, bevor sie sich ebenfalls wortlos umdrehte und nach draußen ging.

Doro war wie vom Erdboden verschluckt. Elli stand mutterseelenallein und etwas ratlos vor der kleinen, heruntergekommenen Osteria. Hier, in den verwinkelten Gassen, war keine Menschenseele unterwegs. Warum hatte ihre Schwester nicht auf sie gewartet? Am helllichten Tag wird ihr ja wohl hoffentlich nichts passiert sein, dachte Elli und blickte sich um. Aus welcher Richtung waren sie gekommen? Sie erinnerte sich an das Schild einer Schneiderei und hoffte, Doro noch einholen zu können. Kaum erreichte sie die nächste Kreuzung, lugte Doro um die Ecke und winkte sie zu sich herüber – hinter eine Hausmauer. Hatte sie jetzt völlig den Verstand verloren?

»Doro, was soll das?«

Anstatt zu antworten, spähte ihre Schwester schon wieder um die Ecke. Elli dämmerte, dass sie Fabrizio zu beschatten gedachte und ihm auflauerte.

»Hast du gesehen, wie der geschwitzt hat?«, fragte Doro.

»Ja und?« Elli war sich immer noch nicht ganz darüber im Klaren, was Doro mit der Beschattungsaktion bezwecken wollte.

»Sag bloß, du hast ihm dieses Märchen geglaubt?«

»Ich weiß nicht«, gab Elli ganz offen zu.

»Elli! So einen Blödsinn gibt's vielleicht in einem billigen B-Movie, aber doch nicht im wahren Leben.«

»Möglich ist alles.«

»Niemand bestellt zwei Deutsche, mit denen er früher mal befreundet war, einfach so nach Capri. Auf Verdacht. Außerdem glaube ich nicht, dass Mama ein Verhältnis mit einem Olivenhainbesitzer hatte.«

»Warum nicht?«

»Erstens hat Mama Oliven gehasst, wie du dich vielleicht erinnern kannst, und zweitens hätte Papa sicher etwas mitbekommen, wenn sie sich auf irgendwelchen Olivenhainen herumgetrieben hätte.«

»Irgendwo muss sie sich mit ihrem Alessandro ja getroffen haben«, überlegte Elli laut.

Wieder lugte Doro um die Ecke. »Falsche Fragestellung. Welches Interesse hat Fabrizio? Jetzt erzähl mir bloß nicht, dass er uns etwas Gutes zukommen lassen wollte, nur weil wir ihm damals Himmel und Hölle, Mau-Mau und Canasta beigebracht haben.« Noch ein Kontrollblick.

»Was hast du vor?«

Just in diesem Moment fiel eine Tür ins Schloss, kurz darauf entfernten sich Schritte. Nun konnte Elli sich nicht mehr halten und spähte selbst um die Ecke. Fabrizio hatte soeben die Osteria verlassen.

»Nichts wie hinterher!«, rief Doro.

Wie geschickt und zugleich unfreiwillig komisch ihre Schwester die Verfolgung aufnahm. Mit schleichendem Schritt drückte sie sich möglichst nah an den Hausmauern entlang und nutzte jede Nische, die sich ihnen bot, um von Fabrizio nicht entdeckt zu werden. Es sah ganz danach aus, als würde er zurück ins belebtere Zentrum laufen, was es für sie etwas einfacher machte, ihm mit diskretem Sicherheitsabstand zu folgen und ihn dabei nicht aus den Augen zu verlieren. Nach einer weiteren Weggabelung tat sich am Ende der Straße ein großer öffentlicher Parkplatz auf.

»Hoffentlich ist er nicht mit dem Auto unterwegs. Sonst hängt er uns gleich ab«, bemerkte Doro leicht beunruhigt.

In der Tat sah auch Elli sich nicht hinter einem fahrenden Auto herjoggen, doch glücklicherweise erspähte sie gleich neben dem Parkplatz einen Taxistand. Ein Geschenk des Himmels.

»Folgen Sie diesem Wagen, aber bitte unauffällig«, war einer jener Sätze, die man aus unzähligen Kriminalfilmen kannte. Elli mitten in einer Verfolgungsjagd. Kintopp pur! Glücklicherweise sprach der Taxifahrer ganz passabel deutsch und stellte angesichts eines Fünfzigeuroscheines, den Doro geistesgegenwärtig sofort zur Hand hatte, keine weiteren Fragen.

Fabrizios Wagen, ein Fiat Panda kurz vor der Rente, verließ den Parkplatz und fuhr in Richtung Ortsausgang. Irgendwie schien es dem Taxifahrer, einem kleinen, untersetzten älteren Herrn mit Schnurrbart, sogar Spaß zu machen, sich unter ihrer Regie an den Fiat zu heften. Mittlerweile war Elli davon überzeugt, dass Doro recht hatte. Fabrizio hatte irgendetwas vor ihnen zu verbergen. Selbst sein Fahrstil deutete darauf hin. Um ein Haar wäre ihm eine der Serpentinen, die sich an der Küste entlangschlängelte, zum Verhängnis geworden. Auf halber Strecke schob sich ein Sportwagen zwischen sie und den Panda. Auf diese Weise erregten sie wenigstens keinen Verdacht.

»Irgendwie kommt mir der Weg bekannt vor.«

Jetzt, da Doro es sagte, fiel es auch Elli auf. Das Kreuz am Wegesrand, die kleine Badebucht, die nur über steile Treppen zu erreichen war, die schroffe Felswand, in die eine Marienikone eingearbeitet war, die Zitronenplantagen. Kein Zweifel! Diesen Weg waren sie immer zur Casa Bella gefahren. Jetzt müsste jeden Moment die Abzweigung kommen, die an einem kleinen Hügel und einer Zitronenplantage vorbei direkt zu der Pension führen müsste. Fabrizios Wagen fuhr aber weiter, um nur wenige Minuten später doch ins Landesinnere abzubiegen. Die Taxifahrt führte zu einem Friedhof, einem ziemlich alten Friedhof, nach der verfallenen Friedhofsmauer zu urteilen.

»Erbschaft und Friedhof, ein interessanter Zusammenhang. Findest du nicht?«, fragte sie Doro.

Ellis Schwester war deutlich anzusehen, dass ihr Journalistenhirn bereits auf Hochtouren lief und unzählige Kombinationen durchrechnete. Offenbar versuchte sie, Fabrizios mögliche Motive wie ein Puzzle zusammenzusetzen.

»Vielleicht liegt hier dieser Plantagenbesitzer«, mutmaßte Elli.

»Glaub ich nicht«, erwiderte Doro und erweckte den Eindruck, als ob sie gerade mit den letzten Puzzleteilen spielte.

Fabrizio ließ den Wagen einfach am Straßenrand stehen und verschwand schnellen Schrittes durch das Eisentor. Der Taxifahrer erfasste die Situation sofort und bog in einen kleinen Trampelpfad ein, dessen seitliche Böschung den Wagen ausreichend vor neugierigen Blicken verbergen würde.

»Bitte warten Sie hier«, sagte Doro zu dem Taxifahrer, der ihr zunickte. »Was ist das für ein Friedhof?«, fragte sie dann.

»Hauptsächlich Deutsche und Engländer sind hier begraben – und auch einige Reiche.«

Elli konnte es nicht erwarten, den Friedhof zu sehen, und spürte, dass sie ganz dicht davor waren, Fabrizios Geheimnis zu lüften. Ihm diskret hinter Böschungen und auf Parallelwegen zu folgen, erforderte das Geschick eines Slalomläufers. Wohin das Auge auch sah, überall standen aufwendig gearbeitete Grabsteine, auf denen sogar die Namen von Deutschen zu lesen waren, verstorben Anfang des neunzehnten Jahrhunderts. Der Taxifahrer hatte also recht. Engelsstatuen auf Portalen und sogar kleine Grabhäuser, die Elli sofort an Père Lachaise in Paris erinnerten, säumten die begrünten und gepflegt wirkenden Wege, auf denen sie Fabrizio hinterherschlichen.

»Er bleibt stehen.« Doro zog Elli am Arm und riss sie in die Hocke.

Fabrizio stand vor einem eher schlichten Grab und redete wild gestikulierend auf den Grabstein ein. So etwas Skurriles hatte sie zuletzt auf einem Friedhof in New Orleans am Grab der Voodoo-Priesterin Marie Laveau erlebt, der man magische Kräfte nachsagte. Der leichte Wind und das Rascheln der Blätter machten es ihnen unmöglich, zu verstehen, was er sagte. Er lief auf und ab, wobei er unentwegt redete, und nun fiel er auch noch auf die Knie und sackte in sich zusammen.

»Schuldig! Er fühlt sich schuldig«, diagnostizierte ihre Schwester, und wie es aussah, lag sie damit richtig.

Mit einem Mal war der Spuk vorbei. Fabrizio bekreuzigte sich kurz und eilte zum Ausgang. Kaum außer Sichtweite, gab es kein Halten mehr. Das Grab! Darin lag vermutlich der Mann, mit dem ihre Mutter viele Jahre eine Affäre gehabt hatte.

»Alessandro Castiglione«, las Doro die Inschrift keine Minute später vor. »Mein Gott, der ist ja erst seit zwei Wochen unter der Erde.« Um dies zu erkennen, hätte es noch nicht einmal eine Grabinschrift gebraucht. Die Erde war dunkel und flockig, das Grab war frisch bepflanzt, und es war eindeutig ein neuer Grabstein, auf dem nur der Name stand.

»Er war alleinstehend. Keine Familie«, schlussfolgerte Doro. Ihre Schwester musste Elli wohl angesehen haben, dass sie ihr nicht ganz folgen konnte. »Sonst würde doch Familie Castiglione auf dem Grabstein stehen.«

»Du meinst, es gibt keine Angehörigen, die etwas erben könnten?«

»Außer er hätte noch weitere Kinder.«

Alessandro Castiglione, hämmerte es in Ellis Kopf. »A. C., die Initialen«, brummelte sie vor sich hin.

»Was? Welche Initialen?«, fragte Doro irritiert.

»Mamas Teelöffel.«

»Welcher Teelöffel?«

»Sie hat ihn mir kurz vor ihrem Tod geschenkt, als Glücksbringer. Auf der Rückseite sind die Initialen A. C. eingraviert.«

»Hat sie dir gesagt, woher sie den Löffel hat?«

»Angeblich vom Flohmarkt.«

Doro lachte auf. »Sie hatte es ja wirklich faustdick hinter den Ohren, unsere liebe Frau Mama. Ich fasse es nicht.«

»Aber was will Fabrizio dann von uns? Was geht ihn das Erbe von diesem Castiglione an? Und vor allem, was haben wir damit zu tun?«

»Das, meine Liebe, werden wir herausfinden.«

Kapitel 8

In einer Stunde sollte die Fähre nach Messina ablegen. Die Schiffspassage vom italienischen Festland nach Sizilien dauerte nicht lange, doch Oskar tendierte auf Fähren dazu, förmlich auszulaufen. Gut, dass es inzwischen auch Reisetabletten für Hunde gab. Zwar musste er sich bei stärkerem Wellengang nicht mehr übergeben, aber seine Blase spielte verrückt. Wie üblich durfte der Autoreifen eines Lkws dran glauben.

Schon wieder fiel Heinz Elli ein – und ihr rostiger Käfer, den Oskar ebenfalls markiert hatte. Eigentlich fiel sie ihm ständig ein. Es gab fast nichts, was ihn nicht an Elli erinnerte. Auf der Straße von Neapel in den Süden hatte jemand neben ihm im Cockpit gefehlt. Da war eine Lücke, die selbst Oskar nicht auszufüllen im Stande war. Heinz hatte keinen Hunger mehr und fragte sich mit einem Mal, was er in Sizilien eigentlich wollte. Die Katakomben von Palermo kannte er doch schon. Sollte er allen Ernstes hinfahren, nur um sein Lieblingsrestaurant im Süden der Insel noch einmal zu besuchen?

Oskar schien es ähnlich zu ergehen. Auch er hatte kaum etwas gefressen, und immer wieder hüpfte er aus seinem weichen Hundekorb auf den Beifahrersitz, schnupperte daran und kuschelte sich in die Polster, auf denen Elli gesessen hatte. Ob der Hund sie ebenfalls vermisste? Heinz hoffte inständig, dass die Erinnerung an sie, dank all der neuen Eindrücke, die auf ihn warteten, verblassen würde. Elli hatte recht. Wir passen wirklich nicht zusammen, sagte er sich, als er die letzten Minuten vor der Abfahrt nutzte, um im Inneren seines Wohnmobils aufzuräumen. Als er dabei die Bierdose einer finnischen Marke fand, die gut ein Vierteljahr unter dem Sitz gelegen haben musste, machte ihm das nicht nur klar, dass er dabei war, zu verwahrlosen. Vielmehr erinnerte ihn die Dose schon wieder an Elli, nämlich daran, dass sie die Nase gerümpft hatte, als sie zum ersten Mal in das Wohnmobil gestiegen war.

Konnte er denn nichts mehr tun, ohne unentwegt an sie denken zu müssen? Das war ja schon fast wie ein Fluch. Neugierig lugte er unter den Beifahrersitz, doch statt der erwarteten Tüten und weiteren Dosen entdeckte er ein Lederetui. Darin waren Ellis Reisepass, verschiedene andere Dokumente, die Bescheinigung einer Auslandskrankenversicherung, Bargeld und ihr Personalausweis. Oje – sie hatte seine Handynummer nicht und umgekehrt. Ohne eine Sekunde zu überlegen, packte er Oskar zurück in seinen Korb, scherte aus der Warteschlange für die Fähre aus und nahm Kurs auf das Verkehrsschild, das den Weg auf die Autobahn nach Neapel wies. Der Gedanke, dass Elli ohne Pass und Geld dastand, war ihm schier unerträglich.

Es hatte Dorothea nur einen kurzen Anruf in der Redaktion gekostet. Ein einfacher Internetzugang hätte es auch getan, aber warum sollte sie umständliche und zeitintensive Nachforschungen anstellen, wenn sie zwei Praktikanten hatte, die für so etwas einsetzbar waren? Außerdem hätte es zu lange gedauert, wieder in die Stadt zu fahren, um dort ein Internetcafé ausfindig zu machen. Von den horrenden Taxikosten mal abgesehen. Alessandro Castiglione entpuppte sich als der Eigentümer der Casa Bella. Nun war alles klar. Deshalb war ihre Mutter also jedes Jahr dort hingefahren. Der Rabatt, den sie als alle Jahre wiederkehrende Touristen eingeräumt bekamen, hatte offenbar nichts mit ihrer Treue als Feriengäste zu tun gehabt, sondern vielmehr mit der Untreue ihrer Mutter.

Der Taxifahrer machte mit ihnen bestimmt das Geschäft seines Lebens. Die Strecke vom Friedhof zur Casa Bella würde die Rechnung in schwindelerregende Höhen treiben. Auf der Anhöhe, die das Taxi nach einer scharfen Rechtskurve entlangfuhr, schien die Zeit tatsächlich stehen geblieben zu sein. Die Zitronenplantage, das struppige Grün, das hier und da hinter schroffen Felsen hervorlugte, und selbst das Haus – alles unverändert.

»Kannst du dich an diesen Castiglione überhaupt noch erinnern?«, fragte sie Elli, als sie dem Taxifahrer beim Aussteigen auf der kleinen Zufahrt vor der Casa drei weitere Fünfziger in die Hand drückte.

Ihre Schwester schüttelte den Kopf. Dorothea war sich aber sicher, dass sich der Eigentümer gelegentlich hatte blicken lassen. Vielleicht fanden sie in der Pension ja irgendeinen Hinweis auf ihn und sein Aussehen.

Vermutlich hatte der Verstorbene schon vor vielen Jahren das Haus verkauft. Es sah bei näherem Hinsehen doch etwas mitgenommen aus. Die blütenweiße Fassade hatte mehr als ein paar graue Stellen bekommen. Die Eisengitter der Balkone und Terrassen hatten Rost angesetzt, was bei der Insellage und der feuchten Meeresluft noch kein Indiz dafür war, dass die Pension seit längerem leer stand. Die frischen Blumen und die Grünanlagen erweckten eher einen gepflegten Eindruck.

»Die Pension ist jetzt bestimmt in privater Hand«, überlegte sie laut.

Der Parkplatz war jedenfalls bis auf einen Wagen leer. Touristen waren keine in Sicht, dafür aber Fabrizios Panda, der hinter einem Schuppen im Schatten stand. Diesmal redet er sich nicht heraus, nahm sie sich vor, und auch Ellis Miene wirkte entschlossen. Nachdem sie Fabrizio im Garten bei der Zitronenernte ausfindig gemacht hatten, stellte Dorothea ihn zur Rede.

»Wir waren auf dem Friedhof, am Grab von Alessandro Castiglione«, sagte sie in scharfem Ton.

Der Satz hatte voll und ganz genügt, um ihm klarzumachen, dass er jetzt mit der Wahrheit herausrücken musste. Fabrizios hängenden Schultern und dem Gesichtsausdruck nach zu schließen, hatte es nicht den Anschein, als ob er ihnen weitere Bären von irgendwelchen Olivenhainbesitzern und ominösen Putzfrauen, die Testamente verschwinden ließen, aufbinden wollte.

Fast erschien es Fabrizio so, als ob Alessandro ihn direkt anblicken würde. Als die Aufnahme entstanden war, war der Hotelier im besten Alter gewesen, Mitte dreißig. Stolz posierte er vor seiner kleinen Pension, die er zwei Jahre nach dem Zweiten Weltkrieg in nur drei Monaten förmlich aus dem Boden gestampft hatte. Normalerweise hing diese gerahmte Schwarz-Weiß-Fotografie im Büro, aber Dorothea und Eleonore wollten dem Mann, mit dem Elisabeth den Vater der beiden betrogen hatte und der zugleich ihr leiblicher Vater war, verständlicherweise ins Gesicht sehen.

»Ein sehr attraktiver Mann. Bei dem wäre ich vielleicht auch schwach geworden«, schwärmte Dorothea.

In Eleonores Augen las er hingegen nur Abscheu. »Der hat mir mal ein Eis spendiert. Am Hafen.« Sie schien sich an Alessandro zu erinnern.

»Die beiden haben sich sehr geliebt, soweit ich das als Außenstehender beurteilen kann.«

»Wo haben sie sich getroffen?«, fragte Dorothea nach.

»Alessandro hatte ein Boot. Später, nach dem Tod eures Vaters, ist er ihretwegen sogar in die Pension gezogen. Da mussten sie sich ja nicht mehr verstecken.«

»Der Segelschein! Sie hat uns nie zum Segeln mitgenommen«, erinnerte sich Dorothea.

»Und Papa war immer so schnell seekrank«, fügte Eleonore hinzu.

»Deshalb hat sie uns nie mitgenommen. Angeblich weil es viel zu gefährlich war«, entrüstete sich Dorothea.

Die beiden starrten auf die Fotografie und waren offenbar tief erschüttert.

Dorothea schob das Bild schließlich ein Stück zur Seite und fixierte Fabrizio. »Und jetzt die Wahrheit! Hat Alessandro Castiglione unserer Mutter nun etwas vermacht oder nicht?«

»Nein«, erwiderte er, diesmal wahrheitsgetreu.

Eleonore und Dorothea erstarrten für einen Moment in Ratlosigkeit.

»Aber warum um alles in der Welt hast du uns dann geschrieben? Was willst du von uns?«, fragte Dorothea ihn mit überraschend sanfter Stimme.

Nun mussten die Karten endgültig auf den Tisch. Er hatte wahrlich lange genug gepokert. Der Besuch an Castigliones Grab hatte Fabrizio klargemacht, dass er viel zu weit gegangen war, indem er die beiden nach Italien zitiert hatte. Noch dazu aus purem egoistischem Interesse, wie er sich eingestehen musste. Es ging letztlich um seine Existenz! Pure Gefälligkeit oder der Wunsch, den beiden zu einem unverhofften Erbe zu verhelfen, waren ganz sicher nicht die Triebfedern seines Handelns gewesen. Dafür schämte er sich nun. »Ich glaube, dass die Pension euch gehören sollte, zumindest einer von euch.«

Die beiden sahen ihn an, als hätte er komplett den Verstand verloren.

Dorothea schien sich als Erste zu fangen. »Einer von uns? Und wer soll das bitteschön sein?«, fragte sie.

»Du musst das doch von irgendwoher wissen«, setzte Eleonore nach.

»Ich weiß es von meinem Vater. Er hat es mir kurz vor seinem Tod erzählt.«

»Jetzt blicke ich überhaupt nicht mehr durch.« Eleonore schwenkte die weiße Flagge. »Was hat denn dein Vater damit zu tun?«, fragte sie.

»Gustav, euer Vater ... er war ja oft bei uns am Hafen und hat nicht selten gerne mal was getrunken. Die beiden haben sich gut verstanden, und eines Abends hat Gustav wohl zu viel von unserem hausgemachten Limoncello erwischt.«

Eleonore und Dorothea hörten ihm gespannt zu. Er musste einen Schluck Wasser trinken, da ihm die Stimme zu versagen drohte.

»Er war an dem Abend sehr unglücklich. Eure Mutter war wieder einmal auf Segeltour. Gustav hat den Verdacht geäußert, dass seine Erstgeborene nicht von ihm sei.«

Jetzt war es raus! Dorothea wurde augenblicklich kreidebleich, rang um Fassung.

»Wie ist er darauf gekommen?« Elli wirkte mindestens so schockiert wie ihre Schwester.

»Gustav und eure Mutter hatten schon lange nicht mehr miteinander geschlafen, den ganzen August nicht. Das war neunzehnhundertachtundvierzig. Gustav hatte eine Lebensmittelvergiftung und lag drei Wochen in Neapel im Krankenhaus. Du bist im Mai neunundvierzig auf die Welt gekommen, Dorothea. Mein Vater meinte damals, dass Gustav noch nicht einmal mehr ausschließen wollte, dass Eleonore ebenfalls von Alessandro ist.«

»Angenommen, das stimmt, was hast du mit der ganzen Geschichte zu tun?«, fragte Dorothea, die sich offenbar gefangen hatte.

»Ich habe zwanzig Jahre in der Casa Bella für Alessandro gearbeitet. Er wollte, dass ich sie nach seinem Tod weiterführe, aber das geht nur mit eurer Hilfe. Es gibt offiziell keine Erben, und ein einheimischer Hotelier will sich die Pension unter den Nagel reißen. Er hat sehr gute Kontakte …«

»Was, wenn wir nachweisen können, dass wir Alessandros Töchter sind? Glaubst du etwa, dass du die Pension dann weiterführen kannst? Wie naiv ist das denn?« Dorothea hatte damit wohl recht.

Fabrizio blieb nichts anderes übrig, als schuldbewusst zu nicken. Ja, die Annahme war wohl mehr als naiv, aber zugleich seine einzige Chance. Wer würde ihn mit seinen fünfundsechzig Jahren denn noch einstellen? Er würde sein Zuhause verlieren, nicht nur die Pension, an der er so hing.

»Wie sollen wir das bitte schön nachweisen? Es gibt kein Testament, oder etwa doch?«, fragte Eleonore ihn mit nachdenklicher Miene.

Fabrizio schüttelte den Kopf. »Der alte Castiglione hat

sich in den letzten Jahren um nichts mehr gekümmert. Ich habe trotzdem schon das ganze Haus durchsucht. Jeden Winkel. Nichts!«

Die beiden wirkten nun ebenfalls etwas ratlos.

»Ich hatte gehofft, dass ihr vielleicht etwas wisst, dass eure Mutter euch irgendwann reinen Wein eingeschenkt hat. Vielleicht ein Brief, ein Dokument …«

Einhelliges Kopfschütteln und tiefe Ratlosigkeit waren in Eleonores und Dorotheas Augen zu lesen. Was hatte er da nur angerichtet?

Mitten in der Nacht wachte Elli schweißgebadet auf. Fahles Mondlicht schien über die offene Terrassentür in das Hotelzimmer. Dass Doro friedlich neben ihr schlief, beruhigte sie augenblicklich, doch kaum war sie aus der momentanen Orientierungslosigkeit erwacht, spürte Elli, wie Wut in ihr hochstieg. Wut auf Doro. Der Traum! Sie hatte auch allen Grund, wütend auf ihre Schwester zu sein. Das soeben im Schlaf Erlebte war so intensiv gewesen, dass Elli spontan beschloss, es niederzuschreiben. Sie musste es einfach festhalten. Ein Stück Kindheit hatte sie eben erleben dürfen, einen entscheidenden Moment, der nun förmlich danach schrie, im Licht der kleinen Schreibtischlampe in ihrem Tagebuch verewigt zu werden.

Der Mann mit dem Eis hat strahlende Augen und ein warmes Lächeln. Er steht am Strand. Es ist so heiß, dass der Sand flimmert. Meine Mutter steht neben ihm. Wie hübsch sie doch ist in ihrem Petticoat. Schönes, langes dunkles Haar. Rote Lippen wie Gina Lollobrigida. Sie lacht, ist glücklich. Der Mann fährt mir durchs Haar. Seine Hand ist zärtlich. Er reicht mir ein Eis. Erdbeere und Nuss. Der

Mann und meine Mutter gehen Hand in Hand zum Wasser. Ich drehe mich nach den beiden um. Dabei rutscht mir das Eis von der Waffel, fällt in den Sand. Ich will es aufheben, doch Doro stampft es mit dem Fuß noch tiefer hinein. Sie lacht mich aus. Ich will nach meiner Mutter rufen, aber sie ist verschwunden, mit dem Mann.

Kapitel 9

Das einzig Schöne an diesem Raum waren der bis an die Decke sprießende Ficus benjamini und das verlockende Stück Käsekuchen, das nur darauf wartete, von Frau Krüger verspeist zu werden. Als Anja die für sie zuständige Sachbearbeiterin betrachtete, die sich wie ein Chamäleon Ton in Ton in ihr fahlgrau eingerichtetes Büro integrierte, stellte sie fest, dass selbst deren ergrautes Haar perfekt zur grauweiß gesprenkelten Arbeitsplatte des Schreibtisches passte. Tagein, tagaus in einem solchen Büro zu sitzen und die trockene Luft aus den leise surrenden Klimaanlagen einzuatmen, anstatt sich mit den verlockenden Düften zu umgeben, die eine gute Küche zu bieten hatte, würde sie auf Dauer umbringen.

»Frau Menning, Sie scheinen sich über den Ernst der Lage nicht ganz im Klaren zu sein«, drohte Frau Krüger und blätterte dabei geschäftig in der Akte, die vor ihr auf dem Tisch lag. »Sie sind jetzt schon zweimal nicht zum vereinbarten Vorstellungsgespräch erschienen«, fuhr sie mit monotoner Stimme fort.

»Da war ich krank. Migräne.« Anja war klar, dass sie dafür bestenfalls ein mitleidiges Lächeln ernten würde, und prompt musste sie es über sich ergehen lassen.

»Zumindest die Putzstelle hätten sie annehmen können. Zehn Euro die Stunde ist schließlich nicht schlecht.«

»Ich habe eine Putzmittelallergie«, versuchte sie sich zu rechtfertigen und fuhr mit den Händen durch ihr schulterlanges Haar, als ob diese Geste eine Allergie untermauern würde.

»Für die mir bis heute noch kein Attest vorliegt.«

»Sie bekommen es«, versprach Anja ihr und fragte sich bereits, welche Symptome sie sich wohl ausdenken musste, um ihren Hausarzt zu überzeugen.

»Hören Sie. Eigentlich müsste ich Ihnen jetzt die Bezüge kürzen. Das wollen Sie doch sicher nicht, oder?«

Anja schüttelte den Kopf wie ein kleines Mädchen, dem gerade ein Schulverweis angedroht worden war. Die Mitleidsmasche konnte sie ja mal probieren.

»Warum machen Sie keine Umschulung? Sie haben eine sehr angenehme Stimme. Ich könnte Sie mir gut in einem Callcenter vorstellen«, sagte Frau Krüger, nun wieder freundlich.

Callcenter! Sollte sie sich etwa den ganzen Tag mit irgendwelchen unzufriedenen Kunden herumschlagen? Nein! Das kam nicht in die Tüte. Die neunmalkluge Sachbearbeiterin sollte ihr schön einen Job in ihrem gelernten Beruf besorgen.

»Ich bin Köchin. Da muss es doch irgendeine Stelle geben. Vielleicht in einem Hotel, meinetwegen auch außerhalb.«

»Als Küchenhilfe wäre das alles kein Problem, aber Sie sind überqualifiziert, und die Stellen als Küchenchef sind rar gesät.«

Schau einer an. Die Frau konnte sogar ironisch sein. Natürlich würde Anja keine Stelle als Küchenchef bekommen, aber als gelernte Fachkraft sollte es durchaus möglich sein, in einem normalen Restaurant unterzukommen.

Frau Krügers Feingefühl reichte dann doch so weit, um einzusehen, dass sie sich die letzte Bemerkung hätte sparen können. »Ich habe die komplette Datenbank nach offenen Stellen im Gastronomiebereich durchforstet«, versuchte sie sich zu rechtfertigen.

»Dann wenigstens eine Stelle, bei der man mit anderen Menschen zu tun hat. Vielleicht als Verkäuferin.«

»Schwierig, schwierig«, sinnierte die graue Eminenz und hackte eifrig auf der Tastatur ihres Computers herum. »Ich hätte da schon ein paar Anfragen, aber …«

»Was aber?«

»Es sind eher repräsentative Tätigkeiten, und ich fürchte, nur wegen Ihrer schönen braunen Augen …«

»Sagen Sie doch gleich, dass ich dafür zu fett bin. So etwas nennt man Diskriminierung«, platzte es aus Anja heraus.

»Ich kann durchaus mit Ihnen mitfühlen«, heuchelte Frau Krüger.

Pah, eine Frau, deren makellose Figur darauf hindeutete, dass Mutter Natur sie mit käsekuchentauglichen Genen ausgestattet hatte, konnte definitiv nicht mitfühlen, was es hieß, täglich um die zwanzig Kilo Übergewicht mit sich herumzuschleppen.

»Es ist nun mal so, dass dickere Menschen rein statistisch betrachtet häufiger krank sind als dünnere. Die Arbeitgeber scheuen davor zurück.« Weiter kam sie nicht, da Anjas Handy klingelte.

»Entschuldigen Sie bitte.«

Frau Krüger nickte und starrte wieder auf ihren Bildschirm.

»Mama? Oma hat was …? Das glaub ich einfach nicht … Was? Eine Erbschaft?«

Sofort wurde die Sachbearbeiterin hellhörig und schielte

verstohlen zu ihr herüber. Hartz IV und Erbschaft passten ja auch irgendwie nicht so gut zusammen. Sicher würde sie gleich einen Aktenvermerk machen. Warum hatte Anja dieses Wort auch in den Mund nehmen müssen?

»Wo? Du meinst unter den abgedeckten Möbeln? Ach so, der Schrank ... Mama, ich kann jetzt nicht reden ... Ich melde mich nachher mal bei dir.«

Anja war baff, und so, wie die Sachbearbeiterin sie musterte, sah sie wohl aus, als hätte sie gerade der Blitz getroffen. Derart viele Neuigkeiten auf einen Schlag waren nicht so schnell zu verdauen. Oma Elisabeth hatte also einen italienischen Lover gehabt. Das allein reichte, um Anja für Stunden zu beschäftigen. Ausgerechnet ihre Oma, die immer einen grundsoliden Eindruck auf sie gemacht hatte. Dass sie unter Umständen jetzt auch noch italienisches Blut in den Adern hatte ... einfach unfassbar! Dazu kam die mögliche Erbschaft. Geld! Ihre Mutter würde ihr sicher etwas davon abgeben. Vielleicht könnte sie sich dann wenigstens einen schönen Kiosk kaufen und ihr eigener Chef sein, selbst wenn sie dann nur Frikadellen und Nudeln verkaufen würde. Alles war besser, als sich weiterhin diskriminieren zu lassen oder in einer menschlichen Legebatterie, die sich Callcenter nannte, dahinzuvegetieren.

»Ich muss los! Schicken Sie mir doch bitte die Unterlagen für die Umschulung.«

So schnell, wie Anja sich ihre Jacke schnappte, konnte die Sachbearbeiterin gar nicht schauen. Nun lächelte sie Frau Krüger noch einmal unverbindlich zu und eilte aus dem Büro. Es gab jetzt Wichtigeres zu tun.

»Meinst du wirklich, dass Anja noch irgendwelche Sachen von Mama auf dem Dachboden findet?«, rief Elli ihrer

Schwester in Richtung Badezimmer zu, während sie sich die Haare mit einem Handtuch frottierte. Doro hatte ihr heute den Vortritt gelassen. Ein Wunder! »Ach, und ist meine Bürste vielleicht im Bad?«

»Wie ich Anja kenne, hat sie da oben nie aufgeräumt.« Doro, in ein riesiges Badetuch eingewickelt und mit einem Handtuchturban auf dem Haupt, tapste aus dem Bad und reichte Elli die Bürste.

Ein netter Zug, dennoch musste sie sich schon wieder über Doro ärgern. Elli konnte sich nicht erinnern, dass sie jemals ein gutes Wort über ihre Tochter verloren hatte. Eigentlich ein Unding. Welche Mutter redete schon so über ihr Kind? Doro hielt Anja offenbar für nichtsnutzig.

»Warum auch? Die alten Sachen von Mama stehen doch sowieso nur herum«, nahm Elli ihre Nichte in Schutz.

»Wenn ich den ganzen Tag auf Kosten der Steuerzahler herumsäße, würde ich schon mal ein bisschen ausmisten.«

»Vielleicht hätte ich das Haus seinerzeit doch nehmen sollen«, überlegte Elli laut.

»So ein Blödsinn. Du hattest doch damals noch ein Haus«, entgegnete Doro. »Außerdem habe ich dich vor acht Jahren großzügig ausbezahlt, falls ich dich daran erinnern darf.«

Da sie nun schon einmal beim Thema Finanzen waren: Was, wenn sie die Pension tatsächlich erbten? Seltsamerweise hatten sie gestern Abend das Thema komplett ausgeklammert. Doro hatte sich nach einem kleinen Snack an der Piazzetta mit zwei Flaschen Wein auf die Terrasse verzogen. Ein untrügliches Zeichen dafür, dass auch sie daran zu knabbern hatte, vielleicht einen italienischen Vater zu haben. Alessandro Castiglione war beim gemeinsamen Abendessen immer häufiger in ihren Erinnerungen aufgetaucht. Mehr und mehr kleine, rein zufällige Begegnungen, die sie nun in einem anderen Licht betrachteten, waren dabei zutage getreten.

»Wir sollten die Pension verkaufen. Ich könnte das Geld gut gebrauchen«, schlug Doro vor, als sie sich auf ihre Bettseite setzte und begann, sich die Fußnägel zu lackieren.

»Meinst du, bei mir ist das anders?«, erwiderte Elli.

»Natürlich nur, falls du ebenfalls Castigliones Tochter bist.« Der spitze Unterton in der Stimme ihrer Schwester gefiel Elli ganz und gar nicht. Um sich wohl auf keine weitere Diskussion einlassen zu müssen, stand Doro auf und verschwand wieder im Badezimmer.

Da war sie wieder, die Doro aus ihrem Alptraum von vergangener Nacht, der ihr noch immer in den Knochen steckte. Ihre Schwester würde die Eiskugel garantiert tiefer in den Sand drücken, wenn es um Geld ginge. Noch war nichts verloren. Vielleicht erwies sich alles sowieso nur als ein Hirngespinst von Fabrizio. Andererseits, der Mann in ihrem Traum: Alessandro. Warum fühlte sie sich zu ihm hingezogen? Warum hatte sie in ihrem Traum so viel Wärme verspürt und weit mehr Vertrautheit empfunden als jemals bei ihrem leiblichen Vater? Vielleicht redete sie sich das alles ja auch nur ein. Bloßes Wunschdenken! Ein dummer Alptraum, weiter nichts.

Elli beunruhigte dieser Gedanke so sehr, dass sie innehielt und sich mit der Haarbürste in der Hand im Spiegel der Kommode betrachtete. Allerdings sah sie, völlig in Gedanken, förmlich durch sich hindurch. Da waren sie wieder, die alten Sorgen. Falls sich das Erbe tatsächlich als Seifenblase entpuppte, hätte sie sich die Reise nach Capri sparen können. Dann hätte sie auch noch die letzten Finanzreserven aufgebraucht. Das Geld vom Sparbuch war ja bereits weg.

Ob Heinz ihr Lederetui in dem Chaos seines Wohnmobils jemals finden würde? Und wenn schon. Er konnte das Geld sicher gut gebrauchen. Elli beschloss, nicht mehr daran zu denken. Da fiel ihr Blick auf die kleine Schachtel, die Heinz ihr beim Abschied in Neapel gegeben hatte. Sie lugte aus ihrer Handtasche auf der Kommode hervor. Elli nahm sie heraus und betrachtete den kleinen Elefanten. Wo Heinz jetzt wohl war? Bestimmt schon in Sizilien oder auf der Überfahrt nach Afrika. Schade, auf einmal bereute sie es doch, nicht mit ihm gefahren zu sein. Die Pyramiden würde sie in diesem Leben wohl nicht mehr sehen.

»Am besten, ich gehe gleich mal zur Gemeinde und erkundige mich, welche Unterlagen wir bräuchten, um eine Vaterschaft nachzuweisen«, sagte Doro, die mit rot lackierten Fußnägeln aus dem Bad kam. »Wir sollten zumindest unsere Ansprüche anmelden. Kommst du mit?«

Elli schüttelte den Kopf. Wenn es darum ging, etwas herauszufinden, konnte sie ihrer Schwester sowieso nicht das Wasser reichen. Außerdem hatte Fabrizio ihnen vorgeschlagen, mit ihnen in die Casa Bella zu fahren. Er hatte ganz recht. Sie sollten sich ihr vermeintliches Erbe erst einmal gründlicher ansehen.

Es fühlte sich schon verdammt komisch an, nach drei Jahren »on the road« das Wohnmobil auf einem bewachten Parkplatz am Hafen zurückzulassen. Die Straßen waren jedoch zu eng, und die Insel war klein genug, um sie auch zu Fuß oder mit dem Taxi erkunden zu können. Außerdem erinnerte Heinz sich daran, dass Ausländern während der Saison selbst die Anreise mit einem Pkw verboten war. Oskar würde es auch guttun, wenn er einen ganzen Tag lang auf seinen vier Pfoten unterwegs war. Nichts liebte der Kleine mehr als Ausflüge mit seinem Herrchen.

Eigentlich hätte Heinz es sich schenken können, an der Piazetta nach der Pension aus Ellis Brief zu fragen. Oskar schien einen sechsten Sinn dafür zu haben, wo sich Elli aufhielt, jedenfalls zog er schon in die richtige Richtung, noch bevor der Einheimische ihm den Weg weisen konnte. Aber wer wusste schon, ob sie überhaupt nach Capri übergesetzt hatte. Vielleicht hatte Elli sich bei der deutschen Botschaft einen neuen Pass besorgt und war längst wieder in Deutschland? In diesem Fall würde er ihr Lederetui bei der Polizei abgeben. Heinz hoffte jedoch inständig, dass Elli noch hier war. Der Gedanke, sie wiederzusehen, beschleunigte seinen Puls. Es waren nur noch wenige Meter bis zum Hotel. Wenn Oskar sich nicht irrte, dann würde er sie hier finden.

Nachdem Doro sich auf den Weg ins Dorf gemacht hatte, genoss Elli die wärmenden Sonnenstrahlen. Sie saß mit der zweiten Tasse Kaffee und dem Rest des Frühstückes, das man ihnen auf dem Zimmer serviert hatte, auf der Terrasse ihres Zimmers. Was für eine friedliche Idylle. Nur das sanfte Rauschen der Blätter des Baumes vor ihr war zu hören. Einlullende Ruhe und besser als jeder Beruhigungstee. Da zerriss ein lautes Kläffen die Stille, allerdings schien es nicht von draußen, sondern aus ihrem Hotelzimmer zu kommen. Im nächsten Moment hörte sie ein hektisches Hecheln und Scharren an der Tür.

»Moment«, rief sie in Richtung der Tür.

Schlagartig wurde das Bellen lauter. Dazu gesellten sich hysterisches Winseln und eine Männerstimme.

»Oskar!«

Elli sprang auf und konnte die Tür auf einmal nicht schnell genug öffnen. Oskar schoss wie ein weißer Blitz auf sie zu, hüpfte an ihr hoch und tänzelte wie ein Derwisch um sie herum.

»Oskar, was machst du denn hier?«

Im Nu waren ihre Hände patschnass geleckt. Der kleine Kerl schien sich gar nicht mehr beruhigen zu wollen, selbst dann nicht, als Heinz in Begleitung des Hoteliers die Zimmertür erreichte.

»*Scusi, signora*. Der Herr ...«

»Heinz!« Elli traute ihren Augen nicht.

»Elli!« Heinz schien von innen heraus zu strahlen, als er sie sah, und ihr erging es nicht anders.

Angesichts von Oskars Tänzeln und Heinz' Strahlen bedurfte es keiner weiteren Erklärung. Der Hotelier sah ein, dass dieser Besuch äußerst willkommen war, und verabschiedete sich mit einem Nicken.

»Du hast etwas bei mir verloren.« Er reichte ihr das Lederetui.

Elli nahm es entgegen und schüttelte fassungslos den Kopf. »Danke. Du bist also bis hierher gefahren ... Ich ... Wie hast du mich überhaupt gefunden? Ach ja, der Brief. Komm doch erst mal rein«, stammelte sie, gerührt und überwältigt zugleich. »Es ist noch Kaffee übrig. Magst du einen?«

»Gerne.«

»Und für dich haben wir sicher noch ein Schälchen mit Wasser«, wandte sie sich nun an Oskar.

Der Hund schien jedes Wort zu verstehen, was sein vor Freude kreisender Schwanz eindrucksvoll belegte.

Heinz nahm auf einem der Korbsessel Platz. Elli konnte es immer noch nicht glauben, dass er leibhaftig vor ihr saß und solche Mühen auf sich genommen hatte, um sie ausfindig zu machen. Jeder andere hätte ihr die Sachen einfach nach Deutschland geschickt, an die auf dem Personalausweis angegebene Adresse.

»Ich dachte, du wärst längst auf dem Weg nach Ägypten …« Elli schenkte ihm Kaffee ein.

»Das dachte ich auch, aber es sollte wohl nicht sein.«

»Jetzt habe ich ein richtig schlechtes Gewissen.«

Heinz lächelte sie für einen Moment nur an. »Es ist schön, dich wiederzusehen«, sagte er, nachdem er an seinem Kaffee genippt hatte. »Und Oskar freut sich auch.«

Offensichtlich, denn der kleine Hund hatte es sich bereits auf ihrem Schoß bequem gemacht.

»Ein Erbe ohne Ausweis anzutreten. Das wäre sicher schwierig geworden«, mutmaßte Heinz und traf damit voll ins Schwarze.

Erst jetzt erinnerte Elli sich, dass sie ihm erzählt hatte, weshalb sie nach Capri wollte. »Der Ausweis ist noch das geringste Problem«, erwiderte sie.

Heinz zog neugierig die Augenbrauen hoch. Sollte sie ihn in die ganze Geschichte einweihen? Elli fuhr Oskar durchs Fell und kam dabei zu dem Schluss, dass es eigentlich überhaupt keinen Grund gab, ihm nicht von den jüngsten Ereignissen zu erzählen. Vielleicht konnte er ihnen sogar einen Rat geben? Außerdem fühlte es sich gut an, dass er hier war.

Der Boden war so staubig, dass Anja jeden einzelnen ihrer Schritte sehen konnte. Abdrücke wie auf Schnee, nur dass der vermeintliche Schnee grau war. Die abgedeckten Möbel wirkten im fahlen Licht der Dachluke irgendwie gespenstisch, und die vielen Spinnweben sowie das Knarzen der alten Deckenbalken taten ihr Übriges. Wie sich die Möbel und der Geschmack der Menschen doch über Jahrzehnte verändern konnten – ebenso wie die Qualität des Mobiliars. Wohin Anja auch blickte, standen Möbel aus Massivholz, das mit viel Liebe zum Detail gearbeitet worden war. Eingelassene Fliesen und Glasornamente kamen zum Vorschein, als sie mit der flachen Hand den Staub der Jahrzehnte von einer Kommode wischte, die ihr den Weg zu den großen Schränken versperrte. Ihre Großmutter hatte zweifelsohne einen guten Geschmack gehabt.

Die Kommode zu verrücken, erwies sich als echte Herausforderung. War die vielleicht schwer! Anja erinnerte sich, dass dies der Grund war, weshalb sie die Möbel damals nicht entsorgt hatten. Irgendwo in diesem eingestaubten Chaos mussten die Briefe sein, die hoffentlich belegen konnten, dass sie ein Haus auf Capri geerbt hatten. Ihre Mutter hatte sie genau instruiert, in den Kommoden und auf einem der großen Holzschränke nachzusehen. Offenbar konnte sie sich nicht mehr genau erinnern, wo sie die Korrespondenz ihrer Großmutter mit ihrer besten Freundin Charlotte gefunden oder verstaut hatte. Vielleicht in einer der Kommodenschubladen?

Was da alles zum Vorschein kam. Eine wunderschöne Puderdose aus Keramik, ein eingetrocknetes Tintenfass, Muscheln, die vermutlich von Capri stammten. Warum sonst sollten sie auf einem Stapel Fotos mit angegilbten Urlaubserinnerungen aus Italien liegen? Anja zog die Bilder heraus und blätterte den Stapel neugierig durch. An eine der Aufnahmen konnte sie sich sogar noch erinnern. Sie war gerahmt, und darauf war eine kleine Pension zu sehen, die auf einem Hügel stand. Ihre Großmutter hatte ihr oft von diesem charmanten Gästehaus erzählt – ihre zweite Heimat. Ja, genau das waren ihre Worte gewesen. Obwohl es nur eine Schwarz-Weiß-Aufnahme war, konnte sich Anja gut vorstellen, wie schön es dort sein musste. Auf Capri zu leben, wäre bestimmt traumhaft.

Ein wenig erinnerte sie die Pension an einen kleinen bayerischen Gasthof in Elmau, wo sie kurz nach Abschluss ihrer Ausbildung als Aushilfe tätig gewesen war. Große Hotelküchen in guten Häusern waren zwar ein besseres Karrieresprungbrett, aber nichts ging über eine Küche in familiärer Atmosphäre, noch dazu an einem schönen Ort. Anja beschloss, das Foto in ihrem Arbeitszimmer aufzustellen. Vielleicht brachte es ja Glück.

Auch in den anderen Schubladen war die holzgeschnitzte Schatulle, in der die Briefe liegen sollten, nicht aufzufinden, doch dann blieb der wandernde Lichtkegel ihrer Taschenlampe an einem dunklen Gegenstand hängen, der auf einem der wuchtigen Holzschränke stand. Das musste sie sein. Nur mit Mühe und vor Aufregung pochendem Herzen erreichte Anja mit den Händen gerade mal die Kante des Schrankes. Im Nu waren ihre Finger schwarz vom Dreck der letzten Jahrzehnte. Die Schatulle! Sie streckte sich, doch erst als sie in einer halsbrecherischen Aktion auf ein altes Schaukelpferd stieg, kam sie heran. Darin lag hoffentlich der Schlüssel für eine gesicherte Zukunft.

»Einhunderttausend«, machte Roberto de Andre dem Bankangestellten am anderen Ende der Leitung klar und spielte dabei mit dem Brieföffner aus Metall. Er war mit einem hell schimmernden Griff aus Muranoglas gefertigt und passte perfekt zu dem altehrwürdigen Stil der anderen bürotauglichen Kunstobjekte, die auf seinem Schreibtisch lagen. Ein Kredit in dieser geringen Höhe war nichts weiter als eine Formalität. Die Pension, vor allem aber das Grundstück waren mehr als das Zehnfache wert und ließen sich mit Sicherheit auf das Fünfzehnfache steigern, wenn er aus der Casa Bella erst einmal ein Luxushotel gemacht hatte. Zehntausend Euro gingen an seinen alten Schulfreund Lorenzo bei der Gemeindeverwaltung, der dafür gesorgt hatte, dass es zu keiner öffentlichen Ausschreibung kam.

Korruption hin oder her, er würde aus diesem göttlichen Stück Erde ein Paradies machen, was am Ende natürlich auch der Stadt zugutekommen würde. Einen besseren Investor als ihn gab es sowieso nicht. Fabrizio Cavalaro würde ihm nun ebenfalls keine Steine mehr in den Weg legen. Der Gedanke daran, dass der alte Herr weiß wie die Wand der Pension geworden war, als er ihm damit gedroht hatte, seiner Nichte etwas anzutun, belustigte ihn. Dabei kannte er Paola nur flüchtig und wusste gerade mal, dass sie irgendwo in der Nähe von Rom lebte. Das war einer der Vorteile, wenn man den zwielichtigen Ruf genoss, mit der Mafia in Verbindung zu stehen.

Was hieß schon Mafia? Selbst wenn es so wäre. In welchem westeuropäischen Staat gab es keine Korruption, diverse Seilschaften und den berühmten Vitamin-B-Faktor? Die ganze Politik funktionierte so. Waren Lobbyisten in Brüssel letztlich nicht auch Mafiosi? Scheinbar hatten sie alle von der »ehrenwerten Gesellschaft« gelernt.

Das Leben meint es gut mit mir, sagte er sich, als er gutgelaunt vom Büro auf die Terrasse seiner Villa in perfekter Hanglage am Monte Solaro trat und den traumhaften Ausblick auf die Faraglioni-Felsen genoss, einem der Wahrzeichen seiner Heimat. Um ihn herum nichts als die Villen der Reichen und Schönen, mit riesigen Grundstücken und eigenen Anlegestellen, direkt am Meer gelegen. Vielleicht besaß er sogar eines der schönsten Anwesen hier, und darauf war er verdammt stolz.

»Papa?« Die Stimme seines Sohnes drang von der Tür zum Flur herüber.

Beunruhigt blickte Roberto auf die Armbanduhr. Paolo hatte er erst für den Abend erwartet. Er schätzte es gar nicht, wenn jemand seine Pläne in irgendeiner Form durchkreuzte, selbst wenn sie privater Natur waren. Nichtsdestotrotz bereitete es ihm, da Paolo nur noch selten zu Besuch kam, jedes Mal große Freude, seinen Sohn zu sehen. Der Herr Doktorand hatte ja kaum noch Zeit für ihn. Vermutlich ein vorgeschobenes Argument, wegen des ärgerlichen Umstandes, dass sie sich immer häufiger über Paolos Fachgebiet, nämlich die Fragen moderner und ökologisch verträglicher Hotelführung, in die Haare bekamen. Gelegentliche Streitigkeiten hin oder her – er war trotzdem stolz auf seinen Sohn. Ein prächtiger Bursche war aus ihm geworden. Dunkles, kräftiges Haar, sportlich, charmant, im Prinzip ganz der Papa, als er noch jung war.

»Paolo. Ich hätte dich doch abholen lassen«, begrüßte Roberto ihn mit einer Umarmung, die sein Sohn etwas steif erwiderte.

»Sicher, mit der Limousine.«

Die alte Leier. Paolo hatte Probleme, zu ihrem Reichtum zu stehen. Wie konnte es ihm nur unangenehm sein, standesgemäß von einer Limousine vom Flughafen abgeholt zu werden? Andere würden sich die Finger danach lecken, im Gegensatz zu seinem eigenen rebellischen Sohn.

»Ich wollte dir keine Umstände machen«, log er offenkundig. Immerhin eine diplomatische Antwort. Von wem hatte er die hohe Kunst der Diplomatie wohl gelernt? Wieder ein Grund, stolz auf den kleinen Rebellen zu sein.

»Wie lange bleibst du diesmal?« Länger als eine Woche hatte Paolo es auf Capri noch nicht ausgehalten.

»Mal sehen. Ich möchte noch nach Thailand. Wegen der Promotion«, erwiderte Paolo.

»Es wird Zeit, dass du endlich mit dem Studieren aufhörst. Meine Hotels warten auf dich.«

»Du weißt, dass ich dir das nicht versprechen kann.«

Keine fünf Minuten da, und schon schaffte Paolo es, sein Blut in Wallung zu versetzen. Ausgerechnet sein Sohn hatte sich den Floh ins Ohr setzen lassen, dass es so etwas wie alternativen Tourismus gab. Die Ressourcen der Gastländer nicht ausbeuten. Integration. Natürliche Rohstoffe beim Bau der Hotels. Biotourismus. Alles schön und gut, aber damit war nun mal kein Geld zu verdienen.

»Wir werden sehen«, antwortete er mit strengem Blick, was Paolo jedoch eher erheiterte. Was war nur in diesen Jungen gefahren? Ausgerechnet jetzt klingelte das Telefon: Lorenzo. »Entschuldige mich bitte.«

Paolo nickte und machte es sich auf einem mit venezianischen Motiven versehenen Antiksofa bequem.

»Hallo Lorenzo. Was? Sag das noch mal!«

Roberto musste sich augenblicklich setzen. Angeblich war eine Deutsche auf dem Gemeindeamt aufgetaucht und behauptete, die Tochter von Alessandro Castiglione zu sein. »Tochter? Castiglione hatte eine Tochter?«

Roberto suchte Halt an seinem Schreibtisch. »Hat sie etwas in der Hand?«, bohrte er nach.

»Noch nichts«, erwiderte Lorenzo am Telefon. »Angeblich sind aber irgendwelche Dokumente aus Deutschland unterwegs.«

Verdammt! »Halte alle Informationen zurück. Ohne Testament geht gar nichts.« Roberto legte kreidebleich auf.

»Schlechte Nachrichten?«, fragte Paolo interessiert nach. Er blieb seinem Sohn die Antwort schuldig. Mit Sicherheit hatte Fabrizio etwas damit zu tun. Nun bereute er es doch, kein echter Mafioso zu sein.

Elli amüsierte sich darüber, wie überrascht Fabrizio war, als sie in Begleitung von Heinz und eines Chihuahuas am Eingang der Villa Palma aufkreuzte. Er hatte sie gleich nach dem Frühstück angerufen und angeboten, sie ein wenig auf dem Grundstück der Casa Bella herumzuführen und sie mit den Örtlichkeiten, aber auch mit der Pension selbst ein bisschen besser vertraut zu machen.

»Heinz ist ein Freund aus Deutschland. Ich würde ihm das Haus gerne zeigen.« Damit war alles gesagt, und Fabrizio schien sich damit zufriedenzugeben.

Mit einer einladenden Geste öffnete er Heinz sogar die Tür seines Pandas. Oskar hüpfte sogleich hinein und machte es sich gemeinsam mit seinem Herrchen auf dem Rücksitz bequem. Dann öffnete Fabrizio Elli galant die Beifahrertür, und sie dankte ihm mit einem Lächeln. Auf der kurzen Fahrt zur Pension machte Elli sich klar, dass es ihr sehr gut getan hatte, mit Heinz über die Hintergründe der Erbangelegenheit zu sprechen. Ganz im Gegensatz zu Doro schien ihn die Geschichte emotional sehr mitzunehmen. Dass er anscheinend ein richtiger Familienmensch war, der den Gedanken, einen unbekannten Vater zu haben, nicht ertragen konnte, hatte Elli überrascht. Noch mehr hatte ihn aber die Frage beschäftigt, ob Castiglione von seinen beiden deutschen Töchtern gewusst hatte. »Vermutlich nicht«, hatte er vorsichtig gemutmaßt, und auch Elli war zu diesem Schluss gekommen. Der Hotelier hätte sie doch sonst sicher gleich als Erbinnen eingesetzt.

»Hast du Dorothea eine Nachricht hinterlassen?«, fragte Fabrizio sie vom Steuer aus und sah nach einem kurzen Seitenblick gleich wieder auf die letzten hundert Meter der Serpentine, die zur Casa Bella führte.

»Natürlich. Doro hätte längst wieder da sein müssen. Dass Behördengänge hier so lange dauern«, wunderte sie sich.

»Das ist bestimmt ein gutes Zeichen. Vielleicht konnte sie bereits einiges klären«, mutmaßte Heinz.

»Ich bin gespannt, ob Anja etwas findet. Ohne Dokumente haben wir wohl kaum eine Chance.«

Heinz nickte nachdenklich in ihre Richtung.

»Die Casa Bella war hier mal eine der ersten Adressen. Wir waren immer ausgebucht. Hoffentlich geht die Pension nicht in fremde Hände über«, sagte Fabrizio besorgt.

Elli musterte ihn nachdenklich. Er ging also immer noch davon aus, dass er in der Pension bleiben konnte. Dies kollidierte allerdings mit Doros Plänen, das Haus zu verkaufen. Es wäre unfair, ihn in diesem Glauben zu belassen, daher sagte sie: »Meine Schwester würde die Pension sicherlich verkaufen.«

Fabrizio zuckte förmlich zusammen. Konnte er denn so blauäugig sein zu glauben, dass sie als zwei Deutsche seinetwegen eine Pension auf Capri führen würden? Das wäre ein Ding der Unmöglichkeit.

»Vielleicht findet sie ja einen Käufer, der das Haus übernimmt.«

Die Aussicht schien Fabrizio jedoch nicht sonderlich zu beruhigen. Sein vorwurfsvoller Blick, als er den Motor des Wagens ausschaltete, sprach Bände.

»Ein wunderschönes Anwesen«, schwärmte Heinz, der als Erster ausstieg und schon vor der Casa Bella stand. »Hier würde ich auch gerne mal Urlaub machen.«

»Sie sind herzlich eingeladen«, bot ihm Fabrizio spontan an.

»Wirklich? Gerne … Und Oskar?«

»Kein Problem.« Der Italiener tätschelte den kleinen Hund und begann danach mit seiner offiziellen Führung.

An sich ein Grund zur Freude, aber dass er einfach über ihren Kopf hinweg entschieden hatte, dass Heinz hierbleiben durfte, konnte Elli noch nicht so recht einordnen. Ganz schön unverfroren von Heinz, Fabrizios Angebot einfach so anzunehmen, ohne nachzufragen, ob ihr das recht sei. Elli beschäftigten diese Gedanken so sehr, dass sie bei Fabrizios Führung durch die Zitronenplantage so gut wie nichts von den interessanten Ausführungen über die Qualität des Bodens und die ideale Lage der Pension mitbekam.

Heinz war hier, und er würde wohl noch ein paar Tage bleiben. Beunruhigend, obwohl sie sich auch freute, dass er da war. Auf der anderen Seite wühlte seine Gegenwart sie auf. Sicher würde er ihr früher oder später wieder Avancen machen – an sich etwas sehr Schmeichelhaftes –, dennoch hatte sich die Trennung am Hafen von Neapel, obgleich sie unerwartet schmerzhaft gewesen war, richtig angefühlt. Sie war nun mal nicht für die Straße geboren. Dass er jetzt hierbleiben würde, machte das Fass, von dem sie glaubte, dass es bereits fest verschlossen war, wieder auf. Fest stand, dass Heinz bei ihr für eine nicht erklärbare innere Unruhe sorgte.

Letztlich ging es darum, ihren Laden zu retten. Ihr Leben. Daran würde, so hoffte sie zumindest, weder die romantische Pension noch Heinz oder Oskar, der unentwegt um sie herumwuselte, etwas ändern.

Dorothea traute ihren Augen nicht. Fabrizio, Elli und ein gebräunter Mann mit von der Sonne gebleichtem, fast weißem Haar saßen unter den aufgespannten Sonnenschirmen einträchtig beim Essen auf der Terrasse der Casa Bella.

Ein kleiner Chihuahua hockte zu Ellis Füßen und sah sie schwanzwedelnd an, offenbar in der Erwartung, dass er etwas abbekam.

»Doro!« Elli begrüßte sie als Erste mit einem gutgelaunten Lächeln.

Das würde ihr sicher gleich vergehen, wenn sie ihrer Schwester von dem Besuch auf dem Gemeindeamt erzählte.

»Das ist Heinz«, stellte Elli den Blonden vor, der offenbar in der Pension zu Gast war.

»Dorothea.« Sie reichte ihm die Hand.

Dieser Heinz wirkte aus der Nähe recht attraktiv. Dorothea hatte immer einen Blick für interessante Männer gehabt. Er sah aus, als ob er schon viel erlebt hätte. Sie spürte das an der Aura eines Menschen. Dazu diese wachen blauen Augen. Er war sicher kein unbeschriebenes Blatt und somit jemand, der ihre Neugier weckte.

»Wie war's?« Elli brannte auf die Neuigkeiten.

»Möchtest du noch etwas essen?«, bot ihr Fabrizio an.

Die Caprese, Mozzarella mit Tomaten, sah verlockend aus.

»Es ist alles nicht so einfach. Sie haben mich erst mal eine gute Stunde warten lassen, bis sich überhaupt jemand für mich zuständig gefühlt hat.« Konnte sie überhaupt offen vor einem Fremden reden? Sie warf erst dem Blonden einen fragenden Blick zu, dann Elli.

Heinz erfasste die Situation offenbar sofort und stand auf. »Ich drehe mit Oskar mal ein paar Runden.«

»Nein, bleib ruhig«, sagte ihre Schwester. »Ich habe Heinz von unserem Dilemma mit der Erbschaft erzählt«, wandte Elli, die wohl ihre Gedanken gelesen hatte, sich nun an sie. »Wir kennen uns schon eine Weile«, fügte sie hinzu, wohl in der Absicht, ihr ihre Skepsis zu nehmen. »Ich bin mit Heinz nach Neapel gefahren.«

Heinz nahm erst wieder Platz, als sich ihre Gesichtszüge entspannten.

Dorothea setzte sich mit an den Tisch. »Ich will es kurz machen: Wir haben so gut wie keine Chance. Um nachzuweisen, dass wir Castigliones leibliche Kinder sind, müsste man einen Gentest machen. Das Problem dabei ist, dass sie ihn nicht mehr exhumieren. In Deutschland ginge so etwas vielleicht, aber auch nur dann, wenn man ein berechtigtes Interesse nachweisen kann. Schließlich geht es hier nicht um einen Mordfall.«

»Was, wenn Anja die Briefe findet und wir so ein berechtigtes Interesse nachweisen können?«, warf ihre Schwester ein.

»Das könnten wir probieren, aber wir sind hier in Italien. Du wirst ganz sicher keinen Richter finden, der eine Exhumierung anordnet, nur weil zwei Deutsche sich einbilden, ein Haus auf Capri geerbt zu haben.«

Ellis Miene verfinsterte sich sichtlich.

»Solange wir kein Testament vorweisen können, ist da nichts zu machen.« Dorothea brachte es noch einmal auf den Punkt.

Auch Fabrizio ließ augenblicklich die Flügel hängen.

»Es gäbe da durchaus noch eine andere Möglichkeit«, sagte Heinz und blickte in die Runde. Dorotheas, aber auch Ellis und Fabrizios Blicke klebten förmlich an ihm. »Wo hat der Verstorbene denn gewohnt?«, fragte er Fabrizio.

»Die letzten Jahre hat er in einem Trakt im zweiten Stock gelebt.«

»Dort müssten doch noch irgendwelche persönlichen Dinge zu finden sein, oder?«

»Du meinst, dass vielleicht doch noch irgendwo ein Testament herumliegt?«

Elli schien nicht ganz zu blicken, worauf Heinz hinauswollte. Genmaterial, natürlich! Was für eine grandiose Idee!

»Seit Signor Castigliones Tod hat niemand außer mir die Räume betreten«, fuhr Fabrizio fort.

»Na, worauf warten wir dann noch?«, fragte Dorothea, die Heinz für seinen Einfallsreichtum am liebsten umarmt hätte.

Schon nach wenigen Minuten auf ihrem Rundgang durch Castigliones Wohntrakt, der aus zwei Zimmern und einem Bad mit WC bestand, kam Elli zu dem Schluss, dass ihr vermeintlicher italienischer Vater ein Sammler gewesen sein musste. An den Wänden hingen unzählige Bilder unterschiedlichster Stilrichtungen mit Motiven aus aller Welt, die er wahrscheinlich von seinen vielen Reisen mitgebracht hatte. Zudem schien er eine Vorliebe für Engel zu haben. Neapolitanisches Flair. Putten auf Bilderrahmen, auf Kerzenständern, Lampenschirmen und sogar auf Skulpturen.

Doro und Fabrizio nahmen sich das Arbeitszimmer vor, Elli begleitete Heinz, der schnurstracks aufs Badezimmer zusteuerte. Sie mussten gar nicht lange suchen. Eine Haarbürste lag auf der kleinen Ablage des verspielt gefliesten Badezimmers, das aussah, als sei es nicht regelmäßig gereinigt worden: Kalkreste am Wasserhahn, eingestaubtes Aftershave, ein verschmierter Seifenhalter. Es sprach alles dafür, dass in der Haarbürste tatsächlich noch Alessandro Castigliones Haare hingen.

»Ich hab sie!«, freute sich Elli.

Heinz, der dazu noch einen Kamm entdeckt hatte, bürstete ein ganzes Büschel Haare heraus. »Damit haben wir genug für einen Gentest.«

»Bist du dir ganz sicher?«, wollte Elli wissen.

»Ein alter Freund von mir war bei der Kripo. Glaub mir, das reicht locker für eine vollständige Genanalyse.«

»Und?« Doros Stimme drang aus dem Nebenraum.

»Alles okay, wir haben das Material«, rief Heinz in ihre Richtung.

»Ich hab auch was entdeckt. Du wirst es nicht glauben.«

Elli war gespannt und eilte ins Wohnzimmer, wo Doro ihr mit einem Fotoalbum und einem Adressbuch entgegenkam und ihr beides reichte. Sofort nahm sie in dem großen, gepolsterten Sessel im Arbeitszimmer Platz und blätterte neugierig durch Alessandros Leben. Selbst als kleiner Junge hatte er schon diese großen ausdrucksstarken Augen gehabt.

»Blättere mal ein paar Seiten vor.« Doro setzte sich zu ihr auf die Armlehne des Sessels.

Fabrizio und Heinz lugten über die Sessellehne ebenfalls auf die Bilder. Zwei Seiten weiter tauchten die ersten Fotos von Elisabeth auf, Arm in Arm mit Alessandro.

»Ist das eure Mutter?«, fragte Heinz.

Elli nickte und blätterte weiter. Auf der nächsten Seite stieß sie auf eine Reihe von Aufnahmen, die auf einem Segelboot entstanden waren.

»Der Segelkurs«, kommentierte Doro trocken.

Nach Segelkurs sah die traute Zweisamkeit allerdings ganz und gar nicht aus: Mama in der Bademode der Sechziger und daneben ein muskulöser, gutaussehender Mann mit kräftigen Schultern und einem bezaubernden Lächeln. In dieser Zeit hatten sie ahnungslos mit Fabrizio im Wasser geplanscht, Muscheln gesammelt oder waren mit ihrem »Vater« am Strand spazieren gegangen. Einfach unfassbar, selbst nach all den Jahren.

»Jetzt blättere mal ein bisschen weiter.« An Doros Blick war abzulesen, dass noch einiges an Interessantem zutage kommen würde.

Aus den Sechzigern wurden die Siebziger. Immer mehr Frauen, die allesamt nicht wie Italienerinnen aussahen, waren auf den Bildern zu sehen. Elli warf Fabrizio einen fragenden Blick zu.

»Er hat nie etwas anbrennen lassen«, erinnerte der Italiener sich.

Das wurde ja immer schöner. Mama war also nur eine von vielen Trophäen gewesen, und das Beste daran war, dass die Frauen immer wieder abwechselnd abgebildet waren.

»Das erklärt, warum Mama ihm nie von uns erzählt hat.«

Doros These ergab Sinn, wenngleich sie schwer zu verdauen war.

»Du meinst, Alessandro Castiglione war nichts weiter als ihr Lover?« Elli fiel es schwer, sich an diesen Gedanken zu gewöhnen.

»Warum denn nicht? Sie hatte eine Familie, Verantwortung … Ich glaube, dass sie uns trotzdem eine gute Mutter und unserem Vater eine gute Ehefrau war. Vielleicht war sie ihrer Zeit voraus.«

Was hatte denn Treue mit Modernität zu tun?

»Doro, sie hat uns alle betrogen!«, stellte Elli in aller Deutlichkeit klar. Sowas konnte man doch nicht als angebliche Modernität verharmlosen oder gar herunterspielen.

»Hattest du noch nie einen Seitensprung? Noch nicht mal einen klitzekleinen?«, versuchte ihre Schwester sie zu provozieren.

»Nein! Wo denkst du hin?«, empörte Elli sich. »Ich habe Josef nie betrogen!«

Irgendwie sahen sie jetzt alle fast mitleidig an, als wäre

sie die Jungfrau Maria. Vielleicht bildete sie sich das aber auch nur ein.

»Haben Sie eine Ahnung, was so ein Gentest kostet? Von privat, meine ich«, fragte Doro Heinz.

»Ein paar tausend Euro, schätze ich.«

»Und wie lange dauert so etwas wohl?«, setzte ihre Schwester nach.

»Ein paar Wochen bestimmt, aber ich fürchte, dass sich das Ganze über Monate, wenn nicht gar Jahre hinziehen könnte.« Die Einschätzung war sicherlich realistisch. »Wenn ich alles richtig verstanden habe, fällt das Grundstück an die Gemeinde. Dort hat natürlich niemand Interesse daran, es an Ausländer abzugeben«, fuhr Heinz fort.

Anwälte, Gutachten, die man anfechten konnte, eine Verhandlung, die mehrere Instanzen durchlaufen würde – wahrlich keine berauschenden Aussichten.

»Ich frage mich, was das Haus wohl wert ist.« Doro standen im Nu die Euro-Zeichen in den Augen – als wäre sie Dagobert Duck.

»Du willst es immer noch verkaufen? Wir könnten die Pension wiedereröffnen. Die Casa Bella ist eine gute Einnahmequelle«, protestierte Fabrizio euphorisch.

»Eine Pension auf Capri? Niemals, oder, Elli?«, fragte Doro.

»Fabrizio, wir brauchen das Geld!«, erwiderte Elli nur.

Ihr war klar, dass dies schlechte Neuigkeiten für ihn waren, dementsprechend niedergeschlagen wirkte er. Kaum hatte er die Hiobsbotschaft einigermaßen verdaut, meldete sich sein Handy zu Wort.

»Hallo … Ja … Ich komme.« Nun war er auch noch merkwürdig blass. »Ich muss in die Stadt. Ihr findet euch ja zurecht, und wenn ihr wollt, könnt ihr gerne alle hier wohnen«, bot Fabrizio an.

»Jedenfalls so lange, bis jemand von der Gemeinde vorbeikommt und uns alle rauswirft«, ergänzte Doro.

»Das glaube ich kaum. Die Gemeinde hat mir ein Wohnrecht eingeräumt, bis sich ein Käufer findet. Die sind doch froh, wenn sich jemand um das Haus und das Grundstück kümmert«, beruhigte Fabrizio ihre Schwester.

»Und, hast du Lust?«, fragte Doro sie.

Klar hatte Elli Lust. Einen schöneren Flecken Erde gab es auf Capri sowieso nicht, und wer wusste schon, wie lange sie hierbleiben konnten. Einen Rechtsstreit über mehrere Monate konnte sie sich jedenfalls nicht leisten. Gleich hierzubleiben fühlte sich zudem so abenteuerlich aufregend an wie eine Hausbesetzung. Kampflos würden sie ihr Erbe jedenfalls nicht aufgeben, schon gar nicht, seit klar war, dass ihre Mutter einem italienischen Schwerenöter auf den Leim gegangen war. Einem sympathischen und äußerst attraktiven Schwerenöter, zugegebenermaßen.

Elli stellte sich gerade die Frage, ob sie ihm nicht auch verfallen wäre. Dazu war sie aber viel zu vernünftig, und damit war sie zeit ihres Lebens gut gefahren. So gut, dass sie spontan nach Italien gereist und auf eine Erbschaft angewiesen war, die sie nur mit viel Glück zugesprochen bekommen würden. Vernunft zahlte sich offenbar aus, sagte sie sich mit giftigem Zynismus, den sie bisher nur von ihrer Schwester kannte.

Kapitel 10

Ein echter Überlebenskünstler hatte immer einen Plan B. Daran glaubte Fabrizio felsenfest. Prinzip Hoffnung. Jedenfalls gedachte er gerade im Hinblick auf den bevorstehenden Termin mit Roberto de Andre, dem er ein Treffen in einer Bar im belebten Zentrum vorgeschlagen hatte, nicht aufzugeben. Tausend Gedanken kreisten auf dem Weg vom zentralen Parkplatz durch die engen Gässchen in seinem Kopf. Wie hatte er nur annehmen können, dass Castigliones Töchter, sofern sie überhaupt beide Erbinnen des Hauses waren, sich darauf einlassen würden, die Pension weiterzuführen? Sicher, während der Saison war die Casa Bella nicht zuletzt aufgrund ihrer traumhaften Lage immer gut gebucht gewesen und die regelmäßigen Einnahmen in Form einer Pacht waren sicher nicht zu verachten, aber warum um alles in der Welt war es ihm nicht in den Sinn gekommen, dass sie die Casa Bella ebenfalls verkaufen könnten?

Nur weil sie sich als Kinder so gut verstanden hatten? Weil Eleonore und Dorothea hier auf Capri ihre Ferien verbracht hatten? Vermutlich hatten sie nicht die geringste Ahnung, wie lukrativ eine Pension in dieser Lage auf Dauer sein konnte. Wie es aussah, brauchten beide das Geld, und zwar so schnell wie möglich. Undank war der Welt Lohn. Er hätte sie ja nicht anzuschreiben brauchen. Nun musste er mit einer neuen Strategie in die Offensive gehen, allein um seiner Nichte willen.

»Wer sind diese beiden Frauen?« De Andre verlor keine Zeit mit irgendwelchen Begrüßungsfloskeln, als Fabrizio sich zu ihm an den Tisch setzte.

Er war offensichtlich wütend. So wütend, dass er, ohne darauf zu achten, ein Zuckerstück nach dem anderen in den Espresso gab, der vor ihm auf dem Tisch stand.

»Ich habe sie auch erst heute kennengelernt«, log Fabrizio, ohne rot zu werden. »Wie es aussieht, sind sie Castigliones Töchter. Zwei Deutsche«, fuhr er, um einen entspannten Tonfall bemüht, fort.

Roberto schlug aus Zorn mit der flachen Hand so stark auf den Tisch, dass die Tassen und Untersetzer auf und ab sprangen. Einige andere Gäste der kleinen Bar am Rande der Piazzetta drehten sich bereits nach ihnen um. Dorotheas Besuch bei der Gemeinde hatte wohl ordentlich für Wirbel gesorgt. Fabrizio hatte bewusst diesen belebten Treffpunkt gewählt, weil angesichts der neuen Sachlage nicht auszuschließen war, dass de Andre seine Leute auf ihn hetzte, damit sie ihn verprügelten. An einem öffentlichen Platz würde auch er so etwas nie wagen.

»Willst du mich auf den Arm nehmen? Woher wissen diese Frauen, dass sie etwas geerbt haben? Gibt es ein Testament?«

»Nein!«

»Warum sind sie dann in der Casa Bella?«

Fabrizio wurde augenblicklich mulmig zumute, als de Andre sich mit beiden Zeigefingern auf die Augen deutete. »Ich sehe und höre alles.«

Der Hotelier hatte ihn also beobachten lassen. Mit diesem Mann war nicht zu spaßen.

»Die beiden können nachweisen, dass sie die rechtmäßigen Erbinnen sind«, sagte er.

»Und wie wollen sie das anstellen?« Roberto schien ihm die Behauptung nicht abzunehmen.

»Mit einem Gentest.«

De Andre fing lauthals an zu lachen. Fast schien es, als wollte er sich gar nicht mehr beruhigen.

»Ein Gentest! Meinst du etwa, ich lasse zu, dass sie Castiglione noch mal ausgraben?«

»Das ist nicht mehr nötig. Sie haben seine Haare. Das reicht.«

Sofort fror die Miene seines Gegenübers ein. Roberto brauchte offenbar einen Moment, um dies zu verdauen. Fabrizio war erleichtert, dass sein Plan B offenbar Früchte trug. Nun hatte er ein Druckmittel in der Hand und konnte de Andre vielleicht davon überzeugen, dass er auf ihn angewiesen war. »Um diesen Anspruch durchzusetzen, braucht man zwar Zeit. Andererseits kommst du auch nicht an die Pension heran, wenn ein Verfahren läuft.« In de Andre schien es heftig zu arbeiten.

Seine Verunsicherung musste Fabrizio einfach ausnutzen. »Ich könnte dir helfen. Gegen eine kleine Provision. Du bekommst das Haus zu einem günstigen Preis. Ich will zehn Prozent. Und du lässt meine Nichte in Ruhe.«

De Andres Gesichtszüge entspannten sich augenblicklich. Er schätzte es offenbar, Geschäfte dieser Art zu machen. Nein, sie waren vielmehr sein Lebenselixier, und Fabrizio war froh, dass er darauf bauen konnte.

Eigentlich hatte Elli geplant, gleich nach Fabrizios Rückkehr ihren Koffer aus der Villa Palma zu holen, doch dann fiel ihr ein, dass das Hotel ihnen das Zimmer sowieso in Rechnung stellen würde. Schließlich war es nach ihrem Ausflug in Alessandros Vergangenheit schon spät am Nachmittag, und in der Regel musste man bis zur Mittagszeit ausgecheckt haben.

»Der Tag ist zu schön, um auf Fabrizio zu warten. Wir könnten uns ein wenig die Insel ansehen«, hatte sie daher Heinz und ihrer Schwester spontan vorgeschlagen.

Begeisterung pur bei Heinz und, was Elli verblüffte, auch bei Doro. Überhaupt war ihr sofort aufgefallen, dass sich Doro und Heinz ausgezeichnet verstanden. »Ein Mann von Welt«, hatte ihre Schwester geschwärmt. Auch auf der kurzen Taxifahrt zurück in den Ort hatten die beiden kaum Augen für die herrliche Serpentinenlandschaft – offenbar fehlte ihnen jedes Interesse für die Insel, die ihnen mit jeder Kurve immer neue spektakuläre Panoramen bescherte. Was waren das für überwältigende Steilhänge, von den Wellen malerisch mit weißer Gischt umsäumt. Und erst die in allen Grüntönen schimmernden Sträucher, die bizarren Felsfragmente, die in die Landschaft gestreuten romantischen Häuser, die Capri jedem Besucher zum Geschenk machte. Elli beobachtete die beiden im Rückspiegel. Sie redeten ohne Unterlass, und es fühlte sich an, als wären sie in ihre eigene Welt abgetaucht.

»Ich kann dem nur zustimmen. Presse und Medien. Es geht immer nur darum, die beste Geschichte zu verkaufen. Ich könnte Ihnen unzählige Geschichten von meinen Kollegen erzählen. Mit Recherche und objektiver Kriegsberichterstattung hat das alles nichts mehr zu tun. Man wird vom Redakteur gebrieft und muss den Artikel dann exakt auf die Zielgruppe zuschreiben«, tönte Doro wie im Rausch. Das war Selbstbestätigung pur für die politischen Ansichten von Heinz. Anscheinend waren da zwei Nahostspezialisten aufeinandergetroffen, und Heinz' Geschichten über seinen ersten Besuch im Libanon waren wie Öl in Doros frisch entflammtes Feuer, das selbst dann nicht erlöschen wollte, als sie an der Einfahrt zur Villa Krupp aus dem Taxi ausstiegen.

»Mir war schon klar, dass die Amerikaner die Berichterstattung manipulieren«, tönte Doro großspurig, anstatt den herrlichen Ausblick zu genießen, den ihr der Spaziergang im Park der Villa Krupp bot.

Mittlerweile hatte sich Elli bereits etwas abgesondert, mit Oskar, dem der intellektuelle Austausch seines Herrchens mit der wortgewaltigen Frau wahrscheinlich auch zu viel wurde. Irgendwie fühlte sie sich wie die Hundesitterin, und hätte Heinz sich nicht wenigstens ein paar Mal nach ihr umgedreht oder zumindest versucht, sie in das Gespräch mit einzubeziehen, wäre sie am liebsten an einer Weggabelung stehen geblieben und hätte die beiden weiterlaufen lassen. Wahrscheinlich wäre ihnen das noch nicht einmal aufgefallen.

»Ist es nicht wunderschön hier?«, versuchte sie Heinz und ihre Schwester etwas einzubremsen und die Aufmerksamkeit auf Capri und damit natürlich auch wieder ein bisschen auf sich zu lenken.

Doro und Heinz blieben kurz stehen und schienen die sanfte Abendsonne, die die Hügel mittlerweile in warmes Licht tauchte, für einen Augenblick tatsächlich zu genießen. Höchst irritierend. Noch vor wenigen Tagen hatte Heinz schließlich sie angebaggert. Seine Gefühle hatten ehrlich gewirkt, doch nun hatte er offenbar eine neue Gesellschafterin gefunden. Vielleicht ging es ihm ja auch nur darum, jemanden zu haben, mit dem er sich unterhalten konnte. Andererseits hatte sie deutlich zu verstehen gegeben, dass sie nichts von ihm wollte. Ihr Unwohlsein hatte doch nicht etwa mit Eifersucht zu tun? Nein, aus dem Alter war sie heraus, beschloss Elli tapfer.

Diese Gedanken weiterzuverfolgen war sowieso unmöglich, da Doro es gerade mal schaffte, für fünf Minuten den Mund zu halten, gerade so lange, bis sie im Park des Großindustriellen Krupp an der Statue von Lenin vorbeiliefen. Eine größere, in Stein gehauene Ironie im Hinblick auf das einst eisige Ost-West-Verhältnis konnte man sich überhaupt nicht denken. Der Kommunist zu Gast im Hause des Kapitalisten. So irre tickte die Welt. Vermutlich zogen sich Gegensätze an, oder die beiden hatten mehr Gemeinsamkeiten, als die Presse dem Volk verkaufte. Soviel Elli wusste, war Lenin mehrfach auf Capri gewesen und hatte inmitten der capresischen Idylle gemeinsam mit Maxim Gorki über die Zukunft Russlands nachgedacht.

»Wie man sich an einem so schönen Ort revolutionäre Gedanken zur Machtübernahme durch das Proletariat machen kann.« Elli versuchte sich mit ihrem bescheidenen Beitrag wieder ins Spiel zu bringen, stellte jedoch enttäuscht fest, dass sie Doro damit nur zu einer längeren Ausführung über Capri als Sommercamp für junge Bolschewiken animiert hatte. Nichts regte sie mehr auf, als wenn sich jemand in den Vordergrund drängte. Wie schon so oft nahm ihre Schwester ihr einfach das Heft aus der Hand und gab es bis ans Ende der Via Krupp nicht mehr her. Erstaunlich, wie die Verhaltensmechanismen aus der Kindheit ganz automatisch abliefen, obwohl sie sie als solche erkannte. Ihre große Schwester war vermutlich mit einem Alphatiergen zur Welt gekommen und besaß die Fähigkeit, alles an sich zu reißen, ohne dabei aufdringlich zu wirken. Elli hatte das Gefühl, den beiden nur noch hinterherzutraben. Kaum waren sie am Ende des Zickzackkurses angelangt, den Krupp seinerzeit hatte anlegen lassen, um Capri mit dem Meer zu verbinden, ging es im Licht der untergehenden Sonne auch schon wieder nach oben. Ganz schön anstrengend!

»Oskar muss mal«, verkündete Elli, in der Hoffnung, den intellektuellen Vollrausch, in den sich Doro und Heinz hineingeredet hatten, mit einer kurzen Verschnaufpause zu unterbrechen. Das Spiel setzte sich fort, bis sie wieder den Stadtkern von Capri erreichten. Die Piazzetta zeigte ihnen nun ihr zweites Gesicht. Kaum waren die Tagestouristen auf den Fähren nach Neapel oder zu den vielen anderen kleinen Urlaubsorten entlang der Amalfiküste unterwegs, kamen die Einheimischen hervor. Kein hektisches Strömen mehr durch die Gassen. Stattdessen flanierten die Damen in ihren edlen Kostümen mit ihren Begleitern in feiner Herrenrobe gemütlich auf und ab. Paare schlenderten an den Bars entlang. Man traf sich, war unter sich. Nur noch wenige Touristen waren jetzt zu sehen.

Dies machte den Zauber Capris aus, den Elli so sehr liebte, die Ruhe, die der Ort verströmen konnte, wenn die Sonne im Meer versank. Endlich Ruhe auf der Piazzetta, wenn man von Doros Ergüssen über Rilke absah, der sich ihrer Meinung nach von der Insel nachweislich hatte inspirieren lassen. Per Du waren Doro und Heinz mittlerweile auch schon. Hatten sich da etwa zwei gesucht und gefunden?

Ellis zunehmend finsterer Miene und dem Umstand nach, dass sie ihre ganze Aufmerksamkeit Oskar widmete, fragte sich Heinz, was mit ihr los war. Den ganzen Nachmittag kaum ein Wort von ihr. Sie hatte sich regelrecht abgesondert. Wenn er sich mit irgendeiner x-beliebigen Frau so lange unterhalten hätte, könnte er ihr Verhalten ja noch verstehen. Aber Dorothea war ihre Schwester und hatte zudem viel zu erzählen, zugegebenermaßen fast ein bisschen zu viel. Sie hatte ihn regelrecht in Beschlag genommen, doch es wäre unhöflich gewesen, sie schroff abzuweisen. Außerdem war es spannend, sich mit ihr auszutauschen. Wie man es machte, war es wohl verkehrt.

»Hier könnte ich es noch eine Zeitlang aushalten«, versuchte er Dorotheas Redefluss sanft zu unterbrechen und betrachtete dabei nicht nur die Umgebung der kleinen Bar, in die sie eingekehrt waren, sondern sah auch Elli an. Vielleicht sagte sie ja irgendetwas darauf, anstatt Oskar noch die letzten Haare vom Nackenfell wegzukraulen.

»Wer weiß, vielleicht müssen wir das ja sogar«, erwiderte Elli, offenbar in Gedanken an die Erbangelegenheit. »Nichts ist schlimmer, als sich jahrelang mit Anwälten auseinanderzusetzen«, fuhr sie fort.

Nun hieß es, am Ball zu bleiben, bevor sich Dorothea wieder einschaltete. »Ich würde erst einmal abwarten, was die Gemeinde zu der neuen Sachlage meint«, versuchte er sie zu trösten.

Sie wirkte immer noch abwesend, fast als ob sie an einem weiterführenden Gespräch gar nicht interessiert sei. »Ich bin müde. Ihr entschuldigt mich.« Elli setzte dazu an, einen Zehneuroschein aus ihrer Geldbörse zu ziehen.

»Ich übernehme das schon«, bot er ihr an.

»Nein, nein. Lass nur«, insistierte sie, legte den Geldschein auf den Tisch und stand auf. »Gute Nacht!«

Von Dorothea kam gerade mal ein kurzes Nicken. Konnte es sein, dass sich die beiden Schwestern nicht gut verstanden? Dann hätte Elli einen Grund mehr, sauer auf ihn zu sein.

»Elli hat wohl einen schlechten Tag«, stellte er fest, in der Hoffnung auf weiterführende Erläuterungen von Dorotheas Seite.

»Ach was, sie war schon immer eine Spaßbremse«, musste Dorothea loswerden, was Heinz ihr ein wenig übelnahm. »Trinken wir noch ein Glas?«, fragte sie ihn.

»Es ist wirklich schon spät.«

Dorothea war immerhin feinfühlig genug, um sein Signal richtig zu interpretieren. »Ich war schon immer ein kleines Plappermäulchen«, gestand sie lächelnd.

Nun konnte Heinz ihr gar nicht mehr böse sein.

»Weißt du, Elli und ich haben uns schon als Kinder nicht sonderlich gut verstanden. Andererseits, wer hält es schon an meiner Seite aus?«

»Na, so schlimm ist es nun auch wieder nicht«, lenkte Heinz versöhnlich ein. Als er den letzten Schluck aus seinem Weinglas nahm, hatte er das Gefühl, dass sie ihn musterte.

»Du magst Elli, habe ich recht?«

Heinz blieb gar nichts anderes übrig, als zu nicken.

»Dabei kennt ihr euch doch noch gar nicht so lange.«

»So etwas kommt vor, aber ich fürchte, es beruht leider nicht auf Gegenseitigkeit.«

»Elli ist sehr eigen. Hat sie dir von ihrem Mann erzählt?«

»Nur am Rande.«

»Josef war, wie soll ich sagen, ein Traummann, wobei ich diesen Begriff überhaupt nicht mag. Jeder weiß, dass es so etwas gar nicht gibt. Josef war ...«, Dorothea suchte offenbar nach Worten. »Ein Traummann«, ergänzte Heinz schmunzelnd. Sie nickte mit einem hilflosen Schulterzucken. »Er sah verdammt gut aus, hatte Manieren. Nein, er hatte mehr. Er hat Elli alle Wünsche von den Lippen abgelesen. Und ins Filmgeschäft hat er auch gut gepasst.«

»Da hat so jemand wie ich wohl keine Chance.«

»Ich fürchte, meine Schwester hat zu hohe Ansprüche«, sagte Dorothea trocken.

Das waren ja niederschmetternde Einsichten!

An Schlaf war in dieser Nacht nicht zu denken. Elli wechselte wieder einmal die Position, doch selbst die heißgeliebte stabile Seitenlage, mit bis knapp unter die Nase hochgezogener Bettdecke, bisher eine Garantin für süßes Wegschlummern, verfehlte ihre Wirkung. Immerhin war Doro nur eine Viertelstunde nach ihr in der Villa Palma angekommen – ein sicheres Zeichen dafür, dass sie sich nicht weiter an Heinz herangemacht hatte.

Vielleicht hätte sie mit ihrer Schwester darüber reden sollen, anstatt sich schlafend zu stellen, aber was hätte das gebracht, außer sich lächerlich zu machen. Nun fing Doro auch noch an zu schnarchen, und damit war der Wunsch nach Schlaf völlig aussichtslos. Auf dem Rücken konnte Elli sowieso nicht einschlafen. Ihr Blick fiel auf ihr Tagebuch, das auf dem Sekretär lag und im Mondlicht, das durch die Terrassentür hereinfiel, leuchtete. Elli stand auf. Vielleicht sollte sie versuchen, ihre Gedanken ein bisschen zu ordnen. Hieß es nicht immer, dass man sich etwas von der Seele reden konnte? Schriftlich funktionierte es sicher auch. Wenn sie sich auf die Terrasse setzte und sich leise verhielt, würde Doro bestimmt nicht wach werden.

Ich habe den Fehler schon einmal gemacht! Nein, ich habe ihn immer wieder gemacht. Peinlich! Pubertär! Nur weil sie mit ihm redet, sich mit ihm versteht. Soll sie ihn ruhig haben! Eine Journalistin »on the road«. Das passt doch wie die Faust aufs Auge. Doro schreibt auf ihre alten Tage Reiseberichte und sieht die Pyramiden. Stopp! Ich bin eifersüchtig! Und wie! Mit sechzig! Ich bin sechzig! Ich hatte Josef. Hatte. Zusammenreißen! Heinz passt nicht zu mir. Hoffentlich mache ich heute überhaupt ein Auge zu.

Das grelle Sonnenlicht traf Elli wie ein Blitz. So musste sich ein Vampir fühlen, der am helllichten Tag aus der Gruft stieg. Nun riss Doro auch noch den zweiten Vorhang ruckartig zur Seite. Sofort zog sich Elli die Decke schützend übers Gesicht.

»Guten Morgen, Elli. Los, raus aus den Federn. Fabrizio hat eben angerufen. Er holt uns in einer Viertelstunde ab.«

Elli war zu nichts anderem als einem lahmen Stöhnen fähig und versuchte, die Lähmungserscheinungen der viel zu kurzen Nacht abzuschütteln. »Viertelstunde, Fabrizio, Umzug, Koffer packen«, hämmerte es in ihrem Kopf.

Sie zwang sich angesichts von Doros Geschäftigkeit nun doch endlich dazu, aufzustehen und sich einer Katzenwäsche im Bad zu unterziehen. Kaum war der letzte Schuh im Koffer, meldete sich auch schon der Rezeptionist, um ihnen mitzuteilen, dass Signor Cavalaro unten auf sie warte.

Um ein Haar wäre Elli in Fabrizios Panda gleich wieder eingeschlafen, was Doro jedoch bemerkte und deshalb sofort Abhilfe schaffte, indem sie das Fenster herunterkurbelte und Elli der frischen Zugluft aussetzte. Immerhin zwang niemand sie zu morgendlicher Konversation, was bei der lauten Musik des capresischen Radiosenders, die aus den Lautsprechern dröhnte, auch gar nicht möglich gewesen wäre.

Wie gut, dass die Zimmer in der Casa Bella ungefähr

gleich groß waren. Das bedeutete kein Streit mit Doro, ganz im Gegenteil: Sie hatte Elli sogar gefragt, welches Zimmer ihr lieber sei. Vielleicht hatte ihre Schwester ja gemerkt, dass gestern wieder einmal die Pferde mit ihr durchgegangen waren. Ziemlich sicher sogar, so griesgrämig wie sie sich am späten Abend von ihr und Heinz zurückgezogen hatte.

Heinz, der in der Pension an der gedeckten Frühstückstafel auf sie wartete, war an diesem Morgen ebenfalls bestens gelaunt. Irgendwie hatte er es geschafft, aus der mittelalterlich anmutenden Espressomaschine der Casa Bella einen Kaffee zu zaubern, der Ellis Lebensgeister weckte. Frisch gestärkt mit leckerem Marmeladentoast, sah die Welt schon wieder viel freundlicher aus. Heinz rekelte sich wohlig und schien den Moment in vollen Zügen zu genießen.

»Strahlender Sonnenschein, eine schöne Terrasse, frischer Kaffee und Fabrizio holt uns noch Gebäck – was will der Mensch mehr?«, fragte er selbstzufrieden und reichte Oskar ein Stück Wurst aus der Dose.

Doro nippte genüsslich an ihrem Kaffee, lehnte sich mit geschlossenen Augen zurück und schien ebenfalls die wärmende Morgensonne zu genießen. Nach wie vor verlor sie kein Wort über den vergangenen Abend. Markant! »Ich frage mich, was die Pension wohl wert ist«, überlegte sie stattdessen laut.

»Das hängt immer davon ab, was man in die Immobilie hineinstecken muss, und natürlich vom Wert des Grundstücks«, meinte Heinz beiläufig, während er Oskar weiter fütterte.

»Was schätzt du?«, fragte Elli.

»Das Grundstück ist bestimmt jede Menge wert. Die Lage ist einmalig. Das Haus selbst … Ich weiß es nicht.« Heinz war mit dieser Frage anscheinend überfordert.

Da kam Fabrizio mit dem italienischen Gebäck zurück und hatte griffige Antworten auf ihre Fragen parat. »Das Haus ist ziemlich baufällig. Erst letztes Jahr hatten wir einen schlimmen Wasserschaden. Die Rohre sind ebenfalls alt.«

Seine Einschätzung ging dummerweise in eine Richtung, die ihr gar nicht behagte. Auch Doro schien die frische Brioche im Hals stecken zu bleiben. Das Hefeteilchen stand ungewollt für die heftigen Brocken, die sie gerade zu schlucken hatten.

»Das Meeresklima vertragen die Hausmauern leider nicht so gut, da bröckelt überall der Putz. Man müsste die Casa Bella komplett renovieren, auch wegen des Schimmels. Das ist schließlich nicht gesund.«

Elli überlegte, ob sie ihre Brioche genau wie Heinz in den Kaffee tunken sollte. »Schimmel hab ich gestern bei der Führung aber keinen gesehen«, wunderte sie sich.

»Kein Wunder. Hier in Italien bestellt man eben schnell Handwerker, die das dann einfach überstreichen.«

»Gibt es sonst noch etwas, das wir wissen sollten?«, fragte ihre Schwester, die mittlerweile versteift dasaß.

»Na ja, die Lage. Die heftigen Winde. Das Haus liegt recht ungünstig genau am Hang.«

»Also ich habe bis jetzt noch nichts davon gemerkt«, erwiderte Elli und wische sich demonstrativ gleich den Schweiß von der Stirn.

»Vor allem im Herbst und im Winter. Außerdem gibt es keine vernünftige Heizung.«

»Damit können wir das Gebäude abschreiben. Sehe ich das richtig, Fabrizio?« Doro sah äußerst desillusioniert aus.

»Man muss eben ein bisschen investieren, aber ich kann verstehen, wenn euch das zu viel wird.«

Immerhin rückte er jetzt mit der Wahrheit heraus. Gestern hatte er kein Wort darüber verloren. Im Gegenteil. Hatte er nicht versucht, ihnen die Pension als gute Einnahmequelle schmackhaft zu machen? Warum machte er jetzt alles regelrecht madig? Elli rekapitulierte noch mal: Sie hatten ihm deutlich zu verstehen gegeben, dass sie die Pension, sofern sie sie überhaupt erbten, nicht halten konnten. Sosehr sie auch überlegte, sie konnte sich auf Fabrizios Sinneswandel keinen Reim machen.

»Und das Grundstück?«, fragte Doro. »Das ist doch eine traumhafte Lage hier.«

Noch bevor Fabrizio etwas erwidern konnte, schaltete sich Heinz ein. »Darüber brauchen wir ja wohl gar nicht erst zu reden. Capri – der Inbegriff von Bella Italia. Die Insel ist nur etwa zehn Quadratkilometer groß. Platz ist knapp. Und das hier ist ein riesengroßes Grundstück mit einer Zitronenplantage darauf.«

Fabrizio schien diese Einschätzung nicht so recht zu schmecken, was Elli noch nachdenklicher stimmte.

»Das denke ich auch.« Sie hoffte inständig, dass Fabrizio kein Gegenargument einfiel, aber prompt griff er ihre Diskussion um den Anwalt wieder auf.

»Ich fürchte, es wird Jahre dauern, bis die Sache durch ist«, fuhr Fabrizio fort.

»Wir werden uns einen italienischsprachigen Anwalt aus Deutschland nehmen. Der macht bestimmt Druck«, sagte Doro mit einer Spur aufkeimendem Optimismus.

»Das ist hier nicht gern gesehen«, erwiderte Fabrizio.

Elli dämmerte, dass er ihr Vorhaben tatsächlich torpedieren wollte, und Doro dachte wohl das Gleiche. Der Blick, den ihre Schwester ihr zuwarf, war jedenfalls eindeutig.

Elli fasste sich ein Herz, ihre Gedanken offen auszusprechen. »Fabrizio. Ich weiß, du bist davon ausgegangen, dass wir in die Pension investieren, aber eines ist komisch. Gestern war mit dem Haus noch alles in Ordnung, und jetzt redest du es schlecht.«

Fabrizio sah sie entgeistert an. »Nein, nein, das stimmt so nicht. Ich war sogar in der Stadt und habe mich mit jemandem getroffen, der Interesse an der Casa Bella hat.«

Diese Nachricht überraschte Elli allerdings gewaltig.

»Er hat einflussreiche Kontakte und ist zahlungskräftig.«

»Aber er hat keinen Anspruch auf die Pension?«, hakte Doro nach.

»Natürlich nicht. Momentan gehört das Haus der Gemeinde, die damit tun kann, was immer sie will. Das heißt, sie kann es auch verkaufen.«

Elli dämmerte, worauf Fabrizio hinauswollte. Der Investor würde sie sozusagen ausbezahlen, und sie müssten ihre Ansprüche auf das Haus abtreten, vermutlich notariell beglaubigt.

»Hältst du es für möglich, dass dieser Interessent uns auszahlt?«

Fabrizio lächelte und untermauerte somit ihre Vermutung. »Ich könnte ein Treffen mit ihm arrangieren. Aber ich muss auch an mich denken. Wie wäre es mit zehn Prozent Provision für mich? Ihr wisst, ich habe keine Rücklagen für später.«

Damit war klar, warum er Haus und Grund so schlecht gemacht und von den vielen Investitionen gesprochen hatte.

Elli blickte zu Doro, die zögerlich nickte.

»Was denkst du, Heinz?« Elli war nun doch froh, dass eine neutrale Person mit am Tisch saß.

»Das klingt doch auf den ersten Blick ganz vernünftig.«

Paolo fragte sich an diesem Morgen, warum er überhaupt nach Capri gekommen war. Abgesehen von einem Abendessen, das von zahlreichen Anrufen gestört worden war, hatte er seinen Vater kaum zu Gesicht bekommen. Die ganze Zeit hatte Roberto über seine neuen Hotels und Expansionsabsichten geredet. Warum konnte er sich nicht damit abfinden, dass sein Sohn eine andere Auffassung vom Beruf des Hoteliers hatte? Undank hatte er ihm vorgeworfen. Es war immer dieselbe Kerbe, in die sein Vater schlug.

Immerhin hatte sein Vater ihm bisher ein großartiges Leben finanziert. Das Studium der Touristik in Rom sowie zahlreiche Auslandsaufenthalte, Sprachkurse und Praktika in Spanien, Schweden, der Schweiz, Frankreich und in Deutschland. Letztere natürlich in den Hotels seiner eigenen Kette oder in angeschlossenen Partnerunternehmen. Typisch Daddy! Als er an diesem Morgen allein auf der Terrasse der Villa am Hang des Monte Solaro saß, fragte er sich, warum sein Vater nicht mit ihm frühstückte. War er ihm so wenig wert?

Nach dem Tod seiner Mutter hatte sich sein Leben schlagartig verändert. Wie gerne war er früher in den Semesterferien nach Capri gekommen. Im Nachhinein musste er zugeben, dass er mit der Insel primär Erinnerungen an seine Mutter verband. Als noch beide Elternteile lebten, hatte sich sein Vater zumindest ab und zu für familiäre Angelegenheiten interessiert. Seit dem Tod seiner Frau hatte er dagegen nur noch sein Geschäft, sprich seine Hotels, im Kopf. Geld, Macht und am besten noch der Bürgermeisterposten. War das Größenwahn oder Kompensation? Paolo wusste es bis heute nicht. Obwohl er sich keinen idyllischeren Flecken Erde als diesen ausmalen konnte, wünschte er sich dennoch zurück in seine kleine Studentenbude in der

Nähe des Vatikans, die er gegen den Willen seines Vaters statt der Eigentumswohnung im besten Wohnviertel bezogen hatte.

Sein Vater hatte ihn so weit gebracht, dass er noch nicht einmal mehr gern Italiener war. Wer längere Zeit im Ausland verbracht hat, der löst sich zwangsläufig von seinen Wurzeln. Auch dies war ein Umstand, der ›Big Daddy‹ ganz und gar nicht passte. Am allermeisten gerieten sie allerdings über seine Vorliebe für Deutschland in Streit. Sein Vater stand kopf, wenn die deutsche Nationalmannschaft gegen Italien gewann. Einmal hatte er sich nach einer Niederlage der Azzurri gegen die Deutschen am nächsten Tag sogar eine schwarze Krawatte angezogen. Ein Wahnsinniger! Als er eines Tages offen angesprochen hatte, dass er ein Praktikum in Deutschland machen wolle, hatte sein Vater das regelrecht als Kriegserklärung aufgefasst.

»Guten Morgen, Paolo.« Unglaublich! Wollte Papa tatsächlich mit ihm frühstücken? »Hast du gut geschlafen? Die gute Luft auf Capri. Junge, du hast ja Augenringe. Du rauchst doch nicht etwa?«

»Nein, Papa.«

»Geh ein bisschen am Strand spazieren. Heute Abend musst du fit sein.«

Fit? Das konnte nur bedeuten, dass er sich irgendeiner gesellschaftlichen Verpflichtung stellen musste. Er musterte seinen Vater fragend.

»Das Limoncello-Fest«, antwortete er.

Richtig! Wäre er doch nur einen Tag später angereist. Das alljährliche Limoncello-Fest. Alles, was auf Capri Rang und Namen hatte, würde am Abend erscheinen.

»Wir haben deutsche Gäste. Das freut dich doch sicher.«

»Wen denn?«

»Geschäftspartner. Zwei sehr nette ältere Damen. Du musst unbedingt einen guten Eindruck machen.«

Dies gab dem Begriff »Pflichtbesuch« wieder eine legitime Grundlage. Sein Vater finanzierte ihm das Studium, und dafür musste er gelegentlich für repräsentative Zwecke herhalten. Letztlich ein akzeptabler Deal.

»Worum geht es?«

»Die beiden besitzen ein Grundstück und eine Pension, die ich kaufen werde. In bester Lage.«

»Wie viele Hotels brauchst du denn noch?« Bekam sein Vater denn nie genug?

»Das ist eine Frage der Ehre«, sagte Roberto mit patriotischem Blick. »Ich kann es wohl schlecht den Deutschen überlassen. Also, heute Abend um acht dann. Und zieh dir was Ordentliches an.«

»Um welches Objekt geht es denn?«

»Um die Pension vom alten Castiglione.«

Paolo erinnerte sich noch gut an Alessandro Castiglione. Der Hotelier hatte zum handverlesenen Freundeskreis seines Vaters gehört. Ein Lebemann, der perfekt in das Raster seines Vaters passte.

»Was haben die beiden deutschen Frauen damit zu tun?«

»Alessandro … Du weißt doch sicher noch, dass er eine Schwäche für schöne Frauen hatte?«

Aha, daher wehte der Wind. Die beiden waren also Castigliones Töchter und damit die Erbinnen.

»Was wollen diese Frauen mit einer Pension auf Capri anfangen?«, fragte sein Vater.

Ein durchaus naheliegender Gedanke, aber was, wenn sie doch etwas damit anfangen konnten? Auf alle Fälle war er neugierig, wie Castigliones Töchter aussahen.

Die Einladung zum Limoncello-Fest würde ihr und Doro die Chance geben, den Interessenten für die Casa Bella kennenzulernen und sich etwas vom Castiglione-Kuchen abzuschneiden. Fabrizio hatte bereits Nägel mit Köpfen gemacht und ein Treffen auf dem Fest arrangiert. Der Kontakt schien noch dazu ein alteingesessener Adeliger zu sein: Roberto de Andre. Ein schöner Name.

Elli glaubte felsenfest daran, dass der Name ziemlich viel über einen Menschen verriet. Vermutlich stammte der Mann aus einer angesehenen italienischen Familie. Der Gedanke, ihn am Abend auf dem Fest zu treffen, gefiel ihr immer besser. Damit hätten sie alle Probleme auf einen Streich gelöst. So konnten sie sich nicht nur die lästigen Behördengänge sparen, sondern auch das Geld für die Anwälte.

Roberto de Andre hatte sie in seine Villa eingeladen. Nicht schlecht! Wenn alles klappte, dann hätte sich die Reise nach Capri glatt gelohnt. Ein hoffnungsfroher Gedanke und zugleich der letzte Satz in ihrem überfälligen Brief an Frieda, in dem sie für ihre Freundin die turbulenten Ereignisse der letzten Tage kurz zusammenfasste. Ihr all das am Telefon zu erzählen, hätte sie ein Vermögen gekostet, außerdem tat es gut, die Ereignisse beim Erzählen noch einmal Revue passieren zu lassen. Die Gedanken zu ordnen, gab ihr zudem das Gefühl, ein wenig zur Ruhe zu kommen.

Fabrizio hatte ihr netterweise einen Stapel Ansichtskarten aus dem Bestand der Pension überlassen. An Friedas Pinnwand war schon viel zu lange keine Karte mehr von ihr hinzugekommen. Ihre Freundin würde sich sicher darüber freuen, falls es ihr heute noch gelingen sollte, die vielen Karten in den Briefumschlag zu pressen.

»Wie findest du das Kleid?« Doro platzte in einem viel

zu engen Fummel in ihr Zimmer, wie in alten Zeiten, wenn sie sich für eine Schulparty in Schale geworfen hatten.

»Ich weiß nicht«, sagte sie. Das war angesichts eines Kleides, das Doros Hohlkreuz alles andere als kaschierte und ihren Hintern überproportional betonte, eine ziemlich diplomatische Antwort.

»Und? Kann ich es anziehen oder nicht?«, insistierte ihre Schwester.

»Doro, der Empfang ist kein Faschingsball, und ich glaube nicht, dass sie dich als Daisy Duck reinlassen.«

Sofort tänzelte Doro zu dem Spiegel an der Garderobe und musterte sich von allen Seiten. »Mein Gott! Du hast recht. Ich habe ja einen richtigen Pferdehintern.«

»Das hast du gesagt«, stichelte Elli vergnügt und amüsierte sich darüber, wie ihre Schwester den Stoff des Kleides an ihrem Entenbürzel vergeblich zurechtzupfte.

»Was ziehst du eigentlich an?«, fragte Doro sie.

»Ich habe nichts dabei. Ich gehe so, wie ich bin.«

»Auf einen Empfang? Hast du überhaupt eine Ahnung, wie sich die Italienerinnen für so etwas aufdonnern?«

»Na, und wenn schon. Es ist ja geschäftlich. Ich glaube nicht, dass sich Roberto de Andre für unsere weiblichen Reize interessieren wird.«

»Trotzdem … Ich ziehe wohl besser mein blaues Kostüm an«, sinnierte Doro.

Warum war ihre Schwester nur so aufgekratzt? Normalerweise hielt sie nichts von Empfängen, auf denen sie aus beruflichen Gründen oft genug herumstehen musste. Aber in Italien griffen ihre Prinzipien offenbar nicht.

»Das ist bestimmt ein Graf. Irgend so ein schwerreicher Capreser. In solche Kreise kommt man ja normalerweise nicht rein«, schwärmte sie.

»Schreib doch eine Reportage darüber«, erwiderte Elli trocken.

»Ach, Elli, jetzt sei doch nicht so unromantisch.« Doro stürmte aus dem Zimmer. Rein geschäftlich würde der Empfang in de Andres Villa sicherlich nicht, zumal Doros Flirt-Motor eben anscheinend angesprungen war. Es war schon erstaunlich, welche romantischen Energien Italien in ihrer Schwester weckte. Vielleicht lag Doros Begeisterung aber auch daran, dass sie als geladene Journalistin sonst immer nur Zaungast auf Empfängen und Society-Treffen war, ein geduldetes Übel, das über die Feiernden berichten musste. Einmal selbst und rein privat eingeladen zu sein, hatte sicher einen ganz anderen Stellenwert.

Irgendwie war Doros Ausgelassenheit ansteckend. Elli ertappte sich dabei, wie sie sich nun doch in ihrem Schrank nach etwas anderem zum Anziehen umsah, aber egal, was sie herauszog, damit konnte sie unmöglich auf einen Empfang gehen. Vielleicht sollte sie sich in der Stadt noch schnell eine passendere Robe besorgen?

Armani, Versace oder Valentino? Die sündhaft teuren Versuchungen in den Auslagen der Edelboutiquen luden zum Träumen ein. Elli hätte eine solche Auswahl auf einer kleinen Urlaubsinsel gar nicht erwartet, aber auf Capri war alles anders. Die Via Camerelle zweigte direkt von der Piazzetta ab, und Elli glaubte sich in einer Miniaturausgabe der Champs-Élysées im Hochsommer.

Wann war sie das letzte Mal shoppen gewesen? Es musste Jahre her sein, vermutlich mit Josef. Ja, es war sogar ganz sicher mit ihm gewesen, und zwar an der Croisette. Er hatte ihr ein Abendkleid für den Gang über den roten Teppich gekauft. Wie ein Star hatte sie sich darin gefühlt, jedenfalls bis zu dem Moment, in dem ihr Kleid riss und das Blitzlichtgewitter nicht ihrem Qutfit, sondern ihrer Unterwäsche gegolten hatte. Das musste 1982 gewesen sein, in dem Jahr, als das Palais eingeweiht worden war und das alte Casino abgelöst hatte.

Genau so ein Kleid lächelte sie nun aus dem Schaufenster der Armani-Boutique an. Das Rot war etwas dezenter, aber der Schnitt ähnelte jenem der edlen Robe von damals. Entweder war so etwas wieder in Mode, oder die Kleider von Armani hatten generell einen eher zeitlosen Schnitt.

»Das sieht ja fast so aus wie das Kleid, das mir Josef vor Jahren in Cannes gekauft hat«, schwärmte sie.

»Schick.«

Doro warf nur einen kurzen Blick darauf, denn sie hatte selbst ein ganz anderes Modell im Visier. Einen paillettenbesetzten Traum in Grün, der sicher gut mit ihrem roten Haar harmonierte. Auch Heinz, den Doro überredet hatte, sie zu begleiten, war von dem Kleid sehr angetan. Die Meinung eines Mannes schien ihr wichtig zu sein, allerdings war Heinz mit seiner einfachen Garderobe bestimmt der Letzte, den man in Modefragen als Experten heranziehen konnte.

»Wenn mir jemand gesagt hätte, dass ich in meinem Leben noch mal auf einen Empfang komme, ich hätte glatt mein altes rotes Kleid ändern lassen«, sagte sie mit Bedauern zu ihrer Schwester. Warum waren die meisten Kleider, die sich in einem halbwegs normalen Preisrahmen bewegten, nur so furchtbar eng?

»Kleider kann man kürzen und enger nähen lassen, aber drei Nummern größer, das geht nun mal nicht, Elli.«

Wirklich sehr charmant diese Anspielung auf die Alterspfunde, die sie seit den Wechseljahren einfach nicht mehr loswurde und die ihr nun, bei der Anprobe des ersten Kleides, besonders ins Auge stachen. So sah eine abgebundene Blutwurst aus. In ein solches Teil müsste man sie regelrecht einschweißen.

»Elli, ist das hier nicht großartig?«, rief Doro ihr zu, die schon wieder im Verkaufsraum stand.

Elli riskierte einen Blick durch die Umkleidekabine und musterte ihre Schwester kritisch. »Das Teil kannst du aber auch nur mit einem Push-up tragen. Der Ausschnitt ist ganz schön gewagt«, konterte sie.

Diese Retourkutsche hatte sich Doro verdient. Sie war spindeldürr und flach wie ein Brett. Erst jetzt bemerkte Elli, dass Heinz ihren Austausch an Komplimenten feixend verfolgte. Klar, solche Probleme hatte er nicht.

»Elli, du solltest unbedingt mal das Rote anprobieren. Ich glaube, es wird dir gut stehen«, ermutigte er sie und reichte ihr das Armani-Kleid, das sie sich wahrscheinlich in hundert Jahren nicht leisten konnte.

Er sollte recht behalten, es passte wie angegossen. Kaum hatte Elli die Umkleidekabine verlassen, machte Heinz von ihr ein Bild mit seinem Handy. Es fühlte sich an wie damals. Der rote Teppich, die Fotografen und sie gemeinsam mit Josef auf dem Weg zur Premiere von Werner Herzogs *Fitzcarraldo*.

»Sie sehen wirklich toll darin aus«, schwärmte die italienische Verkäuferin, die selbst in einem Müllsack auf jedem Laufsteg der Welt bestehen könnte.

Heinz war so nett, für sie zu übersetzen, und er schien sich in der Rolle zu gefallen.

»Wie teuer ist es?«, fragte Elli zögerlich.

»Zweitausendfünfhundert Euro«, erwiderte die Mandelaugenschönheit.

Elli schluckte. Der gesalzene Preis riss sie schlagartig aus ihren Träumen. Die vornehme Blässe, die sich daraufhin einstellte, war wohl auch der Verkäuferin nicht entgangen.

Sie gab Heinz zu verstehen, dass sie Elli beim Preis entgegenkommen würde. Zweitausendzweihundert. Mehr könne sie ihr aber beim besten Willen nicht nachlassen.

Elli hatte gar keinen Spielraum, um ganz genau zu sein.

»Ich werde es mir überlegen.« Eigentlich gab es da nichts zu überlegen. Eine reine Höflichkeitsfloskel, weiter nichts.

»Ich kann dir das Geld leihen. Schließlich geht es ums Geschäft«, bot Doro an, die mit ihrem Kleid bereits an der Kasse stand.

Schön und gut, aber was, wenn die Erbschaft wie eine Seifenblase platzte? Ihre eiserne Reserve für ein Abendkleid aufs Spiel zu setzen, kam nicht in Frage.

»Das ist nett von dir, aber lass mal. Ich finde schon noch etwas«, sagte Elli in so einem traurigen Ton, dass selbst die Verkäuferin ganz geknickt dreinblickte. »Ich kann mir ja ein gelbes Strandkleid kaufen. Das passt dann wenigstens zum Limoncello-Fest. Da wird Roberto de Andre bestimmt Augen machen«, versuchte Elli die allgemeine Mitleidsstimmung wieder etwas aufzulockern.

»Oh, Sie sind zu dem Limoncello-Fest eingeladen?«, fragte die Verkäuferin begeistert und richtete ihren Blick auf Heinz, der ihre Frage bereitwillig übersetzte.

Offenbar war die Veranstaltung auf der ganzen Insel ebenso bekannt wie der Name de Andre.

Elli nickte.

»Nehmen Sie das Kleid mit. Sie können es mir morgen wiederbringen«, sagte die Mandelaugenschönheit unverhofft.

Wenn das mal kein verlockendes Angebot war.

»Ich bräuchte bloß eine kleine Sicherheit.« Klar, ohne

Kaution würde die Frau sich zu weit aus dem Fenster lehnen. Nur, woher nehmen und nicht stehlen?

»Ich übernehme das«, bot Doro an. »Und für mich bitte das grüne hier.«

Ihre Schwester konnte es sich offenbar leisten, ein Kleid für immerhin tausendfünfhundert Euro einfach mal so für einen Abend mitzunehmen.

Elli musste den roten Traum gleich noch mal anprobieren. Nicht, dass der Stoff sich als Leihgabe nicht eignete. Zerknittert oder ausgeleiert brauchte sie es nicht zurückzubringen. In der Umkleidekabine stellte sie erleichtert fest, dass das Kleid eine reelle Chance hatte, den Abend zu überleben. Sie musste einfach nur gut darauf aufpassen.

»Okay?«, fragte die Verkäuferin, als sie die Umkleidekabine verließ.

Elli nickte. »Danke, Doro.«

»Gern geschehen«, erwiderte sie.

Auch Heinz schien sich zu freuen, denn beide lächelten ihr zu. Doro wollte gar nicht mehr aufhören zu grinsen. Hatte sie nicht eben sogar gefeixt, als Elli sich umgedreht hatte, um die Plastiktüte mit ihrem Armani-Schatz in Empfang zu nehmen? Neugierig blickte sie sich um. Vielleicht hatte sie sich auch nur getäuscht.

»Darauf sollten wir trinken«, schlug Doro in bester Laune vor.

Auch die Verkäuferin strahlte, als hätte sie eben das Geschäft des Tages abgeschlossen. Seltsam.

»Ich werde dann mal eine kleine Inseltour machen«, sagte Heinz überraschend. »Ihr seid heute Abend sowieso nicht da, und ich habe von Capri noch nicht viel gesehen. Oskar braucht auch ein bisschen Auslauf.«

Täuschte sie sich, oder wirkte Heinz geknickt?

»Ich wünsche euch einen schönen Abend, und lasst euch von diesem de Andre nicht um den Finger wickeln.«

»Worauf du dich verlassen kannst!«, versicherte ihm Doro, die wohl der Meinung war, dass sie in ihrem Outfit für alles Kommende bestens gewappnet war.

Oskar wartete draußen schon sehnsüchtig auf sein Herrchen und begrüßte Heinz, der sich von ihnen winkend verabschiedete, überschwänglich.

Kapitel 11

Oma Elisabeth hatte nicht übertrieben! Anja war von den ersten capresischen Eindrücken, die sie auf dem kurzen Weg vom Hafen bis zur Oberstadt gewonnen hatte, restlos begeistert. Irgendwo ganz in der Nähe musste die Villa Palma liegen. Eine kurze Rast an der Piazzetta war nach den Reisestrapazen der letzten Stunden überfällig, doch kaum hatte der Ober ihr den Cappuccino serviert, war die Ruhe auch schon vorbei. Sie fragte sich, ob der spontane Entschluss, nach Capri zu fliegen, ihr nicht jede Menge Ärger einbringen würde.

Eigentlich hätte sie um vier Uhr ein Vorstellungsgespräch gehabt – in einem Callcenter, doch darauf hatte sie nicht die geringste Lust gehabt. Wie gut, dass sie einen zuverlässigen und einfühlsamen Hausarzt hatte, der ihr schon vor Wochen eine schwere Migräne bescheinigt hatte. Natürlich hatte sie nicht mal Kopfschmerzen, aber sie würde sicher welche bekommen, wenn sie in so einem Job arbeiten müsste. Mit diesem Argument ließ sich ihr immer wieder aufkeimendes schlechtes Gewissen beruhigen. Immerhin lebte sie seit einer Weile auf Kosten der Steuerzahler. Natürlich hätte sie ihrer Mutter die gesammelten Briefe von Oma Elisabeth auch schicken können, aber am Postschalter hatte es geheißen, es könne unter Umständen mehrere Tage dauern, bis das Paket in Capri ankam. Ein anderer Paketdienst hatte gleich ein halbes Vermögen dafür verlangt.

Was war ihr also anderes übriggeblieben, als Mamas jüngsten Kleiderzuschuss für einen Billigflug nach Neapel zu verwenden und sich mit einem Extrakoffer, in den die Schatulle mit den unzähligen Briefen gerade so hineinpasste, auf den Weg zu machen. Immerhin hatte ihre Mutter sie beauftragt, die Briefe zu besorgen. Die neuen Klamotten mussten also warten.

Die trüben Gedanken verflogen überraschend schnell, als das Taxi von der Serpentinenstraße abbog und sich ihr die Casa Bella, die immer noch wie auf der Fotografie ihrer Großmutter auf dem Hügel stand, in voller Pracht offenbarte. Vergessen war auch der Ärger darüber, dass sie den Koffer umsonst zur Villa Palma hochgeschleppt hatte. Ihre Mutter hätte ihr auch Bescheid geben können, dass sie umgezogen war. Am liebsten wäre sie schon kurz vor dem Haus ausgestiegen und die letzten Meter durch die kleine Zitronenplantage gelaufen.

Sie wusste, dass es auf der ganzen Welt keine besseren Zitronen gab. Was könnte sie alles daraus zaubern? Saucen, Nachspeisen, vielleicht ein Zitronensorbet. Anja lief augenblicklich das Wasser im Mund zusammen. Zitronen gehörten in jede gute Küche. Ihre intensive Färbung und der vollmundig-fruchtige Geschmack machten sie einzigartig, auch zum Dekorieren. Sie nahm sich fest vor, ein paar dieser saftigen Früchte mit nach Hause zu nehmen. Ob ihre Mutter sich vielleicht doch über ihren Überraschungsbesuch freute? Dies wäre allerdings ziemlich ungewöhnlich. Hatte sie sich eigentlich in den letzten Jahren jemals gefreut, wenn Anja sie besucht hatte? Eigentlich nicht. Die Sache sähe ganz sicher anders aus, wenn sie nach dem Abitur nicht beschlossen hätte, eine Ausbildung zur Köchin in Angriff zu nehmen. Ab diesem Moment hatte es einen regelrechten Knick in dem Verhältnis zu ihrer Mutter gegeben. Aber warum sich jetzt darüber Gedanken machen? Sie war in Italien, und der Anblick der Casa Bella war einfach nur überwältigend.

»Fünfundzwanzig Euro«, verlangte der Taxifahrer.

Ganz schön happig, dachte sie. Egal, Hauptsache sie war endlich am Ziel. Dass ihre Mutter alles daransetzen würde, sich dieses Haus zu sichern, war klar. Die Aussicht war atemberaubend, und hier Urlaub zu machen, musste traumhaft sein. Noch besser aber, sagte sie sich, als sie rastsuchend auf der Terrasse Platz nahm und sich in die vor ihr liegende Zitronenplantage verliebte, wäre es wohl, wenn man hier für immer wohnen könnte. Nur, wovon würde man hier leben? Kaum zu Ende gedacht, füllte sich die Terrasse vor ihrem geistigen Auge mit zahlreichen Gästen, üppige Speisen auf den Tellern vor ihnen. Dazwischen huschten mehrere Ober geschäftig hin und her. Wieder blickte sie zum Haus, dann in die Weite des Feldes und zurück zum Haus. Hier bin ich, hier bleib ich! Das war einfach eine tolle Location. Die Anfahrt dauerte nicht lange, und aus so einer schönen alten Pension ließe sich auf jeden Fall etwas machen. Ein Restaurant mit regionaler Spezialitätenküche zum Beispiel. Eine wahre Goldgrube. Statt der Würstchenbude eröffnete sie eben ein Restaurant auf Capri. So abwegig ihr der Gedanke im ersten Moment erschien, so verführerisch war er.

»Die Pension hat geschlossen.« Die Stimme, die sie aus ihren Träumereien riss, kam von dem nahegelegenen Schuppen und gehörte einem quirligen Italiener.

»Ich suche meine Mutter«, antwortete sie nur.

Der Mann stutzte.

»Ich bin Anja Menning.«

Sofort glitt ein breites Lächeln über sein Gesicht. »Anja, willkommen in der Casa Bella. Möchten Sie etwas trinken?«

»Ist meine Mutter da?«

»Sie ist in der Stadt.«

»Darf ich mich ein bisschen umsehen?«

»Natürlich.«

Heinz hatte sich eigentlich vorgenommen, den ausgedehnten Spaziergang entlang der einsamen Trampelpfade auf den Hochplateaus der westlichen Steilküste zu genießen. Stattdessen kreisten seine Gedanken nur um Elli. Dorothea hatte wohl recht. Er war beim besten Willen kein Traummann. Wenn man so wie er aus niedersten Beweggründen für das Scheitern einer Ehe verantwortlich war, dann befand man sich Lichtjahre davon entfernt. Rein rational betrachtet wusste er, dass er aus seinen Fehlern lernen konnte, außerdem wollte er die Ereignisse von damals am liebsten ungeschehen machen. Aber zugleich war da die Angst, sich gar nicht ändern zu können.

Würde er sonst schon seit Jahren mit dem Wohnmobil durch die Welt gondeln? Seine Freiheit war ihm das Wichtigste. Um seinen Lebensdurst zu stillen. Zwar ging es nun nicht mehr um Macht und Geld, aber immer noch um das, was *ihm* wichtig war. Keiner Frau war es zuzumuten, ein solches Leben auch nur in Betracht zu ziehen. Er musste sich Elli aus dem Kopf schlagen und versuchen, sich auf andere Dinge zu konzentrieren. Immerhin hatte er seinen kleinen, treuen Begleiter, der mit ihm durch dick und dünn ging und der sich freute, wenn er bei ihm sein durfte. Ein Hund konnte durchaus ein Partnerersatz sein, in manchen Fällen sogar ein besserer Lebensgefährte als ein Partner, jedenfalls in durchschnittlichen Ehen, aber es war und blieb nun mal ein Tier.

Bereits zwei Tage mit dieser Frau hatten ihm schlagartig klargemacht, wie schön es sein konnte, einen liebenswerten Menschen um sich zu haben. Jemanden, der ihn anlächelte, mit dem er sich austauschen konnte. Diese göttlichen Grübchen! Es war wie ein Fluch, ein Gift, das er so schnell wie möglich wieder loswerden musste. Das war jedoch leichter gesagt als getan. Selbst die perfekte Idylle von Anacapri hatte nicht genug Kraft, um ihn abzulenken. Wie hatte er sich nach der Lektüre von Axel Munthes *Das Buch von San Michele* auf die dazugehörige Villa gefreut. Der Autor faszinierte ihn. Der Leibarzt der schwedischen Königin hatte der Insel nicht nur eine traumhaft schöne Villa mit ausgedehnten Gärten hinterlassen, die vor antiken Kunstschätzen und Skulpturen nur so strotzte, sondern sich auch für den Erhalt der Natur eingesetzt. Was für eine verrückte Idee, gleich den ganzen Monte Barbarossa zu kaufen, um die grausame Jagd auf Singvögel zu unterbinden.

Genau jenen Berg konnte er von der Terrasse der Villa aus nun sehen. Gen Osten hatte man eine gute Sicht auf die Marina Grande. Einen schöneren Aussichtspunkt gab es auf der ganzen Insel nicht, doch kaum hatte er die Aufnahme mit seinem Handy gemacht, konnte er nicht widerstehen und musste sich noch einmal das Bild von Elli in der roten Abendrobe ansehen. Er war wie besessen von ihr, und daran konnten weder der Spaziergang zum Castello Barbarossa noch der betörende Duft des malerischen Myrtefeldes oder die Gondelfahrt hinauf zum Monte Solaro etwas ändern. Wie gern hätte er all diese Eindrücke mit Elli geteilt.

Immerhin kam Oskar voll und ganz auf seine Kosten. Wann blieben sie schon mal so lange an einem Ort? Für den Hund war es ein großes Abenteuer, und letztlich war es das doch auch für ihn, versuchte er sich einzureden. Er konnte tun und lassen, was er wollte, und musste auf niemanden Rücksicht nehmen. Der pure Luxus! Sich selbst zu überzeugen, dass er jeden Grund hatte, dankbar und glücklich zu sein, war nicht ganz einfach, aber wie durch ein Wunder erinnerte ihn das Innenleben von San Michele Arcangelo an sein bisher sehr schönes Leben und seine Pläne. In ihm wuchs das Gefühl, nicht nur Durchhalteparolen geschwungen zu haben, sondern es richtig zu machen.

Auf dem Boden der Kirche mit dem achteckigen Grundriss waren Szenen des biblischen Paradieses abgebildet, darunter auch Leonardo Chineses berühmte Mosaike, die Adam und Eva im Garten Eden zeigten. Ausdrucksstarke, fein gearbeitete Gesichter, Gesten, Motive, Engel, ein Einhorn, Gärten von malerischer Finesse. Das monumentale Kunstwerk war umgeben von Altären und kleinen Kapellen, die in die Seitenschiffe eingearbeitet waren. Das Mosaik erinnerte Heinz an das Ziel seiner Reise: Ehden, das Paradies, die libanesische Bergwelt.

Heinz glaubte nicht an schicksalhafte Begebenheiten, doch nun führte das biblische Motiv ihm wieder vor Augen, was ihn interessierte, was ihn in den letzten Jahren nicht nur angetrieben, sondern auch glücklich gemacht hatte. Er sollte versuchen, Elli zu vergessen, und sich wieder auf den Weg machen – zumindest sobald er sich sicher sein konnte, dass hinsichtlich der Erbschaft für die beiden Schwestern alles glatt lief. Ohne diese Gewissheit abzureisen, wäre schier unmöglich, altes Lebensglück und Lebenspläne hin oder her.

Ein labberiges Sandwich während des Fluges, dazu ein paar Crisps, ein Pizzastück mit kalorienfreier Pepsi und ein Weißbrotsandwich auf der Fähre – das reichte gerade mal zum Überleben. Anja spürte, wie ihr Magen anfing, fordernd zu grummeln. Kein Wunder, es war schon später Nachmittag. Gegen den Hunger gedachte sie etwas zu unternehmen. Sofort!

Auf die Führung durch die Casa Bella, die ihr Fabrizio angeboten hatte, konnte sie vorerst verzichten. Stattdessen hatte sie die fast dreißig Quadratmeter große Küche, die nicht nur nach Landhausstil aussah, sondern echter Landhausstil war und das Herz des Hauses darstellte, sofort in Beschlag genommen. Von mehreren Eisenhaken hingen Töpfe, Pfannen und Kochgeschirr aller Art, aber auch getrocknete Peperoni und Knoblauchzehen. Eine Obstschale war mit Äpfeln und Zitronen gefüllt. Der alte, dickbauchige weiße Kühlschrank, der aussah wie aus den sechziger Jahren, war übervoll mit frischen Lebensmitteln. Fabrizio hatte für seine Gäste eingekauft. Anja genoss es, über den knarrenden Dielenboden zu schreiten, und begutachtete mit Hingabe die Kochutensilien, die Fabrizio ihr zeigte.

»Jetzt wird gekocht«, sagte sie begeistert.

»Du bist gelernte Köchin?«, fragte der Italiener erstaunt.

»Ich habe sogar eine Ausbildung zum Küchenchef«, berichtigte sie ihn, nicht ohne ein bisschen Stolz in die Stimme zu legen.

Anja nahm sich vor, Fabrizio und sich selbst so richtig zu verwöhnen. Auf dem Speiseplan standen neben einem knackigen Salat, der außer Essig und frisch gepresstem kaltem Olivenöl noch ein wenig Zitronensaft und Himbeermarmelade vertrug, Nudeln in einer Öl- und Knoblauchsauce, die

Anja mit hauchdünn geraspelten Zitronenschalen zu verfeinern wusste.

So eine Küche war einfach traumhaft. Genügend Platz zum Austoben und dank der großen Fenster beim Zubereiten der Mahlzeiten eine fantastische Aussicht auf den Steilhang – schöner konnte man es doch gar nicht haben. Fabrizio zeigte sich mehr als begeistert darüber, dass wieder Leben in diesen Raum kam. Er assistierte ihr beim Putzen des Salats und presste die Knoblauchzehen. Nach nur knapp einer halben Stunde war alles fertig und mundete draußen im Freien in der würzig frischen Luft gleich noch mal so gut.

»Spaghetti wie bei *mamma*«, schwärmte Fabrizio.

Aus dem Mund eines Italieners war dies das größte Kompliment, das Anja sich denken konnte, und dennoch blieb Fabrizio der letzte Bissen förmlich im Halse stecken. Sie folgte seinem erstaunten Blick und bemerkte im Gegenlicht der Sonne einen jungen Mann mit dunklem Haar, der gerade die letzte Biegung auf dem Weg zur Pension nahm.

»Fabrizio«, rief er nach oben und winkte ihnen zu.

Der Italiener kannte den Wanderer also.

»Paolo«, begrüßte er den Studenten, als dieser die Terrasse erreichte. *»Come stai?«*

Paolo antwortete nicht. Stattdessen starrte er Anja an, was Fabrizio ziemlich irritierte.

»Anja?« Er fixierte sie derart fassungslos, dass Anja in der Annahme, sich überall mit Sauce beschmiert zu haben, an sich herabsah. Erst als sie im Gegenlicht der Sonne die Augen zusammenkniff, schälte sich aus den dunklen Umrissen nach und nach ein bekanntes Gesicht heraus.

»Paolo de Andre?«, fragte sie vorsichtig.

»Mensch, Anja! Was machst du denn hier?«

Sie versteifte regelrecht, als Paolo sie mit einem strahlenden Lächeln, aber noch immer völlig verdattert musterte. Ein Wunder, dass er sie überhaupt erkannt hatte. Das letzte Mal, als sie sich gesehen hatten, hatte sie bestimmt zwanzig Kilo weniger auf die Waage gebracht.

»Ihr kennt euch?« Fabrizio war sichtlich durcheinander.

»Anja.« Mehr brachte Paolo nicht mehr heraus, bevor er sie in den Arm nahm, fest drückte und ihr Herz zum Pochen brachte – einerseits vor Aufregung, andererseits weil schlagartig alte Gefühle aufkamen. Tief aus ihrem Bauch stieg eine ferne Erinnerung an Leidenschaft, Freundschaft und Vertrauen auf, aber auch wachsende Unruhe und Gedanken an Unausgesprochenes. Die Umarmung dauerte eine halbe Ewigkeit. Paolo schien sie gar nicht mehr loslassen zu wollen.

»Möchtest du was essen?« Etwas Besseres fiel Anja nicht ein.

»Hab schon gegessen, aber was hältst du von einem Spaziergang?«

Paolo stand tatsächlich leibhaftig vor ihr. Anja schüttelte fassungslos den Kopf, was Paolo missinterpretierte.

»Keine Lust?«, fragte er.

»Doch, und wie!«

Die Zitronen an den Bäumen erstrahlten im Licht der Nachmittagssonne in einzigartig kräftigem Gelb und leuchteten wie Farbtupfer inmitten der saftig grünen Blätter. Das Meer schien blauer zu sein als sonst, genau wie der Himmel. Seine Heimat war schön, zumindest fühlte es sich heute so an. Anja! Seine erste große Liebe fuhr mit den Händen über die Zitrusfrüchte und genoss den frischen Geruch mit geschlossenen Augen. Sie hatte nichts von ihrer Sinnlichkeit eingebüßt und auch ihr süßes Lächeln nicht. Es musste gut zehn Jahre her sein, als sie sich das letzte Mal gesehen hatten, in Berlin, als sie sich während ihres Praktikums in einem der Partnerhotels seines Vaters kennengelernt hatten.

»Du solltest nicht so sehr auf deinen Vater schimpfen. Immerhin haben wir es ihm zu verdanken, dass wir uns begegnet sind«, durfte er sich von Anja anhören, als er ihr vom Kaufvorhaben seines Vaters erzählte, der den Hals anscheinend niemals voll genug bekam. Ihr Gegenargument war nicht von der Hand zu weisen. Paolo erinnerte sich daran, dass Anja die Stelle in der Küche damals über einen heißen Draht ihrer Großmutter zu einem Freund seines Vaters bekommen hatte. Was war das damals für ein traumhafter Sommer, in dem er sich bis über beide Ohren in sie verliebt hatte, und zwar unsterblich, wie das bei der ersten großen Liebe nun mal so ist.

»Warum hast du dich damals nicht mehr gemeldet?« Diese Frage hatte Paolo jahrelang gequält. Hatte er etwas falsch gemacht? Sie hätte ihn besuchen können. In Südafrika, New York, London. In den besten Küchen der Welt hätte sie an seiner Seite arbeiten können.

»Paolo, wir kommen nun mal aus verschiedenen Welten«, sagte Anja, mit einer Spur von Traurigkeit in der Stimme. »Als du in New York warst, hatte ich meinen ersten Job und konnte mir nicht so oft freinehmen. Du warst ständig unterwegs, Geld spielte für dich nie eine Rolle. Da konnte ich nicht mithalten und … Ich hatte einfach Angst, dass wir keine Chance haben.«

»Warum hast du mir das nie gesagt?«, fragte er sie enttäuscht.

»Vielleicht war ich zu feige. Wir waren gerade mal ein

Jahr zusammen, du hattest große Pläne. Außerdem lief es bei mir nicht sonderlich gut in der Zeit, als du weg warst.«

»Was ist passiert?«

»Ich hab, kurz nachdem du in New York warst, meinen ersten Job verloren. Ich hätte noch nicht mal das Geld gehabt, dich zu besuchen. Und seither … Es wurde nicht viel besser. Mal war ich eine Saison hier, mal da. Arbeit rund um die Uhr … Tja, und seit drei Jahren bin ich arbeitslos. Ich schätze, bei dir ist es etwas besser gelaufen.«

Paolo nickte beschämt. Er wusste genau, dass er ohne die Unterstützung seines Vaters nicht da wäre, wo er heute stand. Er würde nach seiner Promotion, dank seiner Sprachkenntnisse und der Auslandsaufenthalte mit Leichtigkeit überall auf der Welt eine Anstellung finden, und zwar auch in Hotels, die nicht seinem Vater gehörten.

»Ich hätte auf meine Mutter hören und etwas Anständiges lernen sollen. Versicherungs- oder Bankkauffrau. Irgend so einen langweiligen Beruf, mit dem man schnell viel Geld verdient.«

»Nein! Du warst eine sehr talentierte Köchin! Erinnerst du dich noch, als du Ingwer in den Schmorbraten getan hast? So was macht kein normaler Mensch, aber die Gäste waren begeistert. Es war richtig, diesen Weg zu gehen.« Paolo erinnerte sich daran, wie sehr er damals Anjas Zivilcourage bewundert hatte. Gegen den Willen der Mutter und mit einem erstklassigen Abitur eine Lehre als Köchin zu machen, erforderte einiges an Souveränität.

»Außerdem kannst du das noch immer machen. Hey, wo ist dein unverbesserlicher Optimismus von damals geblieben?«

Anja rang sich ein Lächeln ab. »Sieh mich doch an! Ich hatte irgendwann einfach keine Kraft mehr, optimistisch zu sein. Ich hab ja noch nicht mal mehr die Kraft, einem Stück Kuchen von Aldi zu widerstehen«, sagte sie und lächelte selbstironisch.

»Wenn du den Kuchen gebacken hättest, könnte ich das auch nicht.«

»Du hast kein bisschen von deinem Charme verloren«, erwiderte sie.

»Hast du heute Nachmittag schon etwas vor?«

»Lass uns mit dem Boot rausfahren. Hast du Lust?«

Anja nickte, und ihr Lächeln verriet, wie sehr sie sich darauf freute. Paolo wusste, dass sie noch so gut wie nichts von seiner Heimat gesehen hatte. Natürlich hatte er vor, ihr die schönsten Stellen zu zeigen, und dazu gehörte zweifelsohne auch eine Umrundung der Insel auf dem Seeweg. Eine halbe Stunde lang hatte sie ihn mit Fragen über seine vielen Reisen und Erfahrungen in fernen Ländern gelöchert, doch als sie vor der Yacht seines Vaters stand, verschlug es ihr die Sprache. Dies war wohl doch einer der bisher verkannten Vorzüge, wenn man einen reichen Vater hatte. Anja dachte jetzt bestimmt, dass er damit Eindruck schinden wollte. Sei's drum! Dann war sie eben beeindruckt, um nicht zu sagen in Ekstase, als er nach Verlassen des Hafenbeckens beschleunigte und Anja es sich nicht nehmen ließ, »I feel the need for speed« lauthals in den Wind zu schreien.

»Bevor wir da durchfahren, musst du die Augen schließen und dir etwas wünschen«, sagte er ihr, als er mit dem Boot Kurs auf die Faraglioni-Felsen nahm. Angeblich gingen bei der Fahrt durch die von Meer und Wind ausgehöhlten Felsen alle Wünsche in Erfüllung.

»Das glaubst du doch nicht im Ernst.«

»Doch«, log er und ertappte sich dabei, dass er selbst die Augen schloss.

Das Erste, was ihm dabei in den Sinn kam, war Anja. Es hatte in den letzten Jahren viele Frauen in seinem Leben gegeben, aber sie waren nichts als Abenteuer gewesen, Begegnungen, die ihn nach kurzer Zeit gelangweilt oder mit einer tiefen inneren Leere zurückgelassen hatten. Viele Frauen waren auf sein Geld und seine Kontakte aus gewesen, andere hatten selbst nur ein Abenteuer gesucht. Das Gefühl von Geborgenheit, das er an Anjas Seite in Berlin verspürt hatte, empfand er auch jetzt, als er in der Hoffnung, die Felsen nicht zu rammen, blind mit dem Boot durch das Nadelöhr schoss.

»Hey, mach die Augen wieder auf«, rief Anja panisch. »Wir sind längst durch.«

Kaum hatten sie die Felsen hinter sich gelassen, steuerte er schnurstracks, wenn auch ungewollt, auf eines der Touristenboote zu – auf Kollisionskurs, noch dazu mit voller Kraft voraus. Blitzschnell manövrierte er das Boot in die andere Richtung. Der Motor röhrte, das Heck sank tief in die schäumenden Wellen. Kreischend wie in der Achterbahn neigten sie sich mit dem Boot, das in Schräglage an den Ausflüglern vorbeizog, wobei ein ordentlicher Schwall Wasser auf die Touristen schwappte. Ein Stimmengewirr aus Japanisch, Englisch und Schwedisch ertönte, und jemand rief ihnen Flüche hinterher. Anja hatte offensichtlich großen Spaß daran.

»Die werden in der Grotte sowieso nass.«

»Zeigst du sie mir?«, fragte Anja.

»Das willst du nicht wirklich.«

»Doch. Ich habe sie noch nie gesehen.«

»Na gut!« Er nahm Kurs auf die Grotta Azzurra, die bei dem Tempo nur einen Katzensprung entfernt war.

»Da warten wir ja ewig«, mutmaßte Anja, als er den

Anker in der Nähe der zahlreichen Touristenboote auswarf.

»Keine Sorge, ich kenne ein paar der Bootsleute. Wir müssen nur warten, bis einer von ihnen wieder herauskommt.«

Den Besuch des Wahrzeichens von Capri hatte sie sich offenbar wesentlich romantischer vorgestellt. Im Sekundentakt spie die Grotte ein Ruderboot nach dem anderen heraus, nur um im nächsten Moment neue Boote, völlig überladen mit Touristen, in sich hineinzusaugen. Ein gutes Dutzend Ausflugsboote mit bestimmt zwei- bis dreihundert Touristen wartete darauf, von einem der kleinen Ruderboote angesteuert zu werden.

»Früher musste man hierher schwimmen. Ich kann den ganzen Wirbel um die Grotta Azzurra sowieso nicht nachvollziehen«, sagte Paolo kopfschüttelnd.

»Aber das blaue Licht soll einzigartig sein.« Anja war vom Capri-Virus anscheinend schon erfasst.

»Nichts als ein Mythos. Früher war die Grotte für die Capreser nur eine von vielen, bis achtzehnhundertsechsundzwanzig zwei Maler hier auf der Insel aufgetaucht sind. Irgendjemand muss ihnen den Floh ins Ohr gesetzt haben, dass die Grotte vom Teufel heimgesucht wird. Die beiden haben sich dorthin rudern lassen und glaubten, ein Weltwunder entdeckt zu haben. Dann haben sie die Grotte gemalt, natürlich schöner als in Wirklichkeit. Das Gemälde war in ganz Europa zu sehen, und seitdem muss bis heute jeder in diese Grotte. Willst du etwa immer noch hin?«

»Klar! Und du singst ›O sole mio‹ für mich.«

»Sag, dass das ein Witz ist. Du weißt genau, dass ich nicht singen kann.«

»Und ob«, insistierte sie und lächelte dabei unwiderstehlich frech.

»Federico«, rief er einem der Bootsmänner zu, den er anscheinend kannte. Der ältere Mann mit dem von Wind und Sonne gegerbten Gesicht winkte ihnen zu, und keine fünf Minuten später unternahmen sie unter den neidischen Blicken der am Steg und auf den Booten Wartenden eine exklusive Sonderfahrt zu zweit in das blaue Vergnügen. Viel war von dem in der Tat umwerfenden Blau erwartungsgemäß nicht zu sehen. Zu viele schwarze Silhouetten der vielen anderen Boote brachen das Licht. Das Stimmengewirr war infernal.

Paolo sang sich die Seele aus dem Leib und kämpfte tapfer gegen den asynchronen Kanon aus mehreren Versionen von »Santa Lucia« an. Bildete er sich das nur ein, oder hatte Anja ihn für einen Augenblick verliebt angesehen? Schwer zu sagen, doch spätestens als sie aus Federicos Boot auf ihre Yacht kletterten und er ihr galant die Hand reichte, war er sich sicher. Anja hatte ihn verliebt angesehen, und zwar genauso wie früher.

Noch zwei Stunden, bis sie ein persönlicher Chauffeur abholen würde. Elli hatte Herzklopfen. Ein Empfang! Endlich mal wieder ein richtig opulenter Empfang. Nach allem, was Fabrizio ihnen über das Limoncello-Fest von Roberto de Andre erzählt hatte, würden sich am Abend viele interessante Menschen in der Villa am Monte Solaro einfinden. Und sie war mittendrin. Knapp vier Stunden waren sie unterwegs gewesen. Zwei Kosmetikläden, einen Friseurbesuch auf Doros Kosten, was sie ihr hoch anrechnete, und ein Schuhgeschäft hatten sie hinter sich. Eigentlich hatte Elli sich noch schnell für ein Stündchen hinlegen wollen, und Doro ging es wohl ähnlich, doch daraus wurde nichts. Schon auf der Hinfahrt hatte sie ein junges Paar bemerkt, das es sich auf der Terrasse der Casa Bella bequem gemacht hatte.

»Anja!«, gellte ihre Schwester, als sie näher kamen.

Das war unverkennbar ihre Nichte, aber wer war der gutaussehende junge Mann an ihrer Seite, der mit ihr herumschäkerte?

Doro stürmte förmlich aus dem Taxi, das diesmal Elli bezahlte, und eilte schnellen Schrittes hinauf zum Haus. Elli hatte Mühe hinterherzukommen, doch Neugier beflügelte sie.

»Mama … Tante Elli«, begrüßte Anja sie.

»Was machst du denn hier?« Doro war immer noch fassungslos.

»Erinnerst du dich noch an Paolo?«

Das überraschte Elli allerdings auch. Anja kannte jemanden von hier?

»Paolo?«, sinnierte ihre Schwester laut.

»Wir waren mal zusammen, als ich in Berlin war. Das hier ist meine Tante Elli«, stellte Anja sie vor.

Sofort stand der junge Mann auf und reichte ihr höflich die Hand. »Angenehm, Paolo de Andre.«

Doro mal außer Fassung zu sehen, belustigte Elli.

»Der Sohn von Roberto de Andre?« Ihre Schwester wollte es anscheinend ganz genau wissen.

»Ja, er ist mein Vater.« Paolo ahnte wohl, dass sich Anja und ihre Mutter noch einiges zu sagen hatten.

»Ich muss dann mal los … Wir sehen uns später. Ich hole dich dann ab.«

Die Art, wie Paolo Anja anlächelte und ansah, war ein untrügliches Zeichen dafür, dass er sie sehr mochte, ein Umstand, den ihre Schwester mit wachsender Verwirrung wahrnahm.

»Kannst du dich echt nicht mehr an Paolo erinnern?«, fragte Anja ihre Mutter.

»Vage. Aber warum bist du eigentlich hier?«

»Die Briefe. Du wolltest doch die Briefe«, versuchte Anja sich zu rechtfertigen. Ihr Lächeln wich unverkennbar einer eher defensiven Haltung, als sich Doro zu ihr an den Tisch setzte.

»Die hättest du mir auch schicken können.«

Elli war fassungslos. So begrüßte man doch nicht seine eigene Tochter. Die alte Wut auf Doro kam augenblicklich wieder hoch. Wie oft hatte sie ihr schon vorgeworfen, dass sie schlecht über Anja sprach oder ihre Tochter zu sehr unter Druck setzte. Dass die beiden sich zur Begrüßung nicht mal in den Arm genommen hatten, sprach Bände.

»Mama, die Kiste ist riesig. Es hätte Wochen gedauert ...«

»Ja, tut mir leid. Es war sicher gut gemeint, aber wie es aussieht, brauchen wir die Briefe nicht mehr«, lenkte Doro ein.

»Warum das denn?« Anja war nun komplett verwirrt.

»Wahrscheinlich müssen wir gar nicht mehr nachweisen, dass uns das Haus zusteht. Wir haben einen Interessenten mit guten Kontakten zur Gemeinde, der es uns auch so abkauft.«

»Wie soll das denn gehen?«, brach es aus Anja hervor.

»Das Haus ist momentan herrenlos und fällt daher an die Gemeinde. Der Investor kann es kaufen, und wir bekommen Geld. Das vermeidet Ärger für alle Seiten.«

Anja nickte erstaunlich gefasst und setzte sogleich nach: »Ich finde es schade, dass ihr die Pension verkaufen wollt. Es ist doch total schön hier. Habt ihr euch schon mal überlegt, was man alles daraus machen könnte?«

Damit lag Anja gar nicht mal so falsch. Auch Fabrizio hatte bereits in diese Richtung gedacht. Verpachten wäre eine Alternative, aber da am Abend bereits die Verhandlungen stattfinden sollten, war es für einen Strategiewechsel vermutlich zu spät.

»Wir verkaufen es. Basta!«

»Ich finde, Anja hat recht. Wir sollten nichts überstürzen«, warf Elli ein, in der Hoffnung, ihrer Nichte damit zumindest die Chance zu geben, sich zu erklären.

»Mama, ich habe immer von so einer Gelegenheit geträumt. Eine eigene Pension! Außerdem ist Paolo hier, und irgendwie …«

»Unsinn! Von deinen Träumereien habe ich genug. Letztes Jahr hast du mir noch mit einer Würstchenbude in den Ohren gelegen, und jetzt willst du eine Pension auf Capri führen.«

Elli verstand nicht, was daran so abwegig war. Immerhin hatte ihre Nichte eine sehr gute Ausbildung. Dafür, dass es für Frauen so gut wie unmöglich war, in den Küchen der großen Hotels Karriere zu machen, konnte Anja nun mal nichts.

Ihre Nichte war sichtlich genervt und erhob sich wie ein kleines Kind, das man soeben des Küchentisches verwiesen hatte, um auf ihr Zimmer zu gehen.

»Ich stell dir die Kiste mit den Briefen vor die Tür«, sagte sie patzig und eilte ins Haus.

»Doro, ich bin wirklich entsetzt, wie du Anja behandelst. Sie kommt den langen Weg hierher, bringt dir die Briefe …«

»Ich kenne meine Tochter besser. Sie wollte sicher nur ein paar Tage Urlaub in Italien machen. Abgesehen davon: In Erziehungsfragen lass ich mir nicht reinreden, schon gar nicht von dir. Ich gehe mich jetzt umziehen.« Damit eilte auch Dorothea ins Haus.

Drehten jetzt alle völlig durch?

Anja stand vor der Kiste, die an die zweihundert Briefe enthielt. Natürlich hatte sie sich bereits ein wenig eingelesen. Ein Großteil der Umschläge enthielt amtliche Korrespondenz, Rechnungen, Bestätigungen von Versicherungen, aber auch viel Privates war dabei. Einen Brief hatte sie gleich ganz vorne hingesteckt, denn er enthielt sozusagen den Schlüssel zum Tresor. Nun beschloss Anja jedoch, ihn herauszunehmen und in ihrem Zimmer zu verstecken, am besten unter dem Kopfkissen. Dieser Brief würde ihrer Mutter die Alleinherrschaft über die Casa Bella bescheren, doch so unwürdig, wie ihre Mutter sich eben verhalten hatte, und angesichts der vielen Jahre, in denen sie Anja wie ein Stück Dreck behandelt hatte, blieb der goldene Schlüssel erst einmal schön unter Verschluss.

Eigentlich sollte sie ihrer Mutter dankbar sein für den Auftritt auf der Terrasse. Immerhin wusste sie jetzt, woran sie war, und von der neuen Sachlage ließe sich vielleicht sogar profitieren. Auf der Rückfahrt von der Blauen Grotte hatte sie mit Paolo über ihre spontane Idee gesprochen, die Pension weiterzuführen und ein Nobelrestaurant daraus zu machen. Damit würde ein lange gehegter Traum in Erfüllung gehen, aber Paolo war sich sicher gewesen, dass sein Vater mit der Pension andere Pläne hatte. Die Casa Bella würde ihren Charme verlieren, einen Swimmingpool verpasst bekommen und jenen urigen ländlichen Reiz einbüßen, in den Anja sich auf Anhieb verliebt hatte. Sie war richtig gespannt auf das Fest, auf dem sie auch Paolos Vater kennenlernen würde.

Kapitel 12

Dass sie das noch einmal erleben durfte. Mit einer schwarzen Limousine abgeholt zu werden, das hatte sie bisher nur zu ihren Glanzzeiten an der Seite von Josef genießen dürfen. Einmal in Cannes, dank einer Einladung von Paramount, und einmal auf eigene Kosten, um in New York bei der Verleihung der International Emmy Awards, zu der sie wegen Josefs Jurorentätigkeit eingeladen waren, Eindruck zu schinden. Und dann noch dieses elegante Abendkleid, das sie heute Abend groß ausführen würde. Selbst Doro hatte ihr beim Einsteigen gestanden, dass sie traumhaft aussah. Dieser Roberto de Andre hatte einfach an alles gedacht. Es gab sogar Champagner auf dem Weg zu der Villa, die in einer der besten Gegenden Capris und damit vermutlich ganz in der Nähe der kleinen Marina und des Krupp-Weges lag – zumindest war beides auf der Fahrt dorthin von einer Serpentine aus kurz zu sehen gewesen.

»Der Graf lässt sich nicht lumpen«, stellte Elli zufrieden fest, nippte an dem Champagner und sah dabei draußen eine Villa nach der anderen vorbeiziehen.

»Erstens ist er bestimmt kein Graf, und zweitens würde ich das als guter Geschäftsmann auch so machen. Du darfst nicht vergessen, dass er auf die Casa Bella scharf ist.«

»Eigentlich gehört sie uns ja noch gar nicht.«

»Das spielt keine Rolle. Hauptsache, er zahlt uns aus.« Doro war schon immer durch und durch pragmatisch veranlagt, aber warum zog sie trotz Anjas Interesse für keinen Moment in Erwägung, die Casa Bella zu behalten? Elli war sich sicher, dass ihr, hätte sie selbst eine Tochter, das Glück ihres eigenen Kindes am wichtigsten wäre. Andererseits hatte sie leicht reden. Zum einen hatte sie dank Josefs eingeschränkter Fertilität keine eigenen Kinder, und zum anderen kannte sie Anja nur von ihren gelegentlichen Besuchen. So ein Tochter-Mutter-Verhältnis, das wusste sie von Frieda, konnte es durchaus in sich haben, und egal wie man es machte, man machte es offenbar immer verkehrt. Insofern hatte sie gar kein Recht, Doro irgendetwas vorzuhalten, auch wenn ihr Bauchgefühl anderer Meinung war.

»Hast du wirklich noch nie darüber nachgedacht, die Casa zu behalten?« Elli riskierte noch einmal einen Vorstoß in diese Richtung, nur um sicherzugehen, dass Doro sich die Entscheidung gründlich überlegt hatte.

»Hat dir Anja diesen Floh etwa ins Ohr gesetzt?«

»Offenbar hängt sie daran, und ich würde es ihr wirklich zutrauen.«

»Elli, wir brauchen Geld. Das mit der Pacht kannst du vergessen«, sagte Doro bestimmt.

»Das wäre im Grunde auch ein regelmäßiges Einkommen.«

»Ich möchte endlich meine Hypothek loswerden. Gesparte Zinsen sind ein noch viel besseres regelmäßiges Einkommen. Glaub mir«, sagte sie mit ernstem Blick.

Das Thema war also abgehakt. Allerdings kam es natürlich auch darauf an, was Roberto de Andre ihnen anbot. Sie konnten nicht davon ausgehen, dass die Gemeinde ihm die

Pension kostenlos überließ. Konnte er es sich da überhaupt leisten, sie ebenfalls auszubezahlen? Wie es aussah, ja. Nach einer kleinen Rechtskurve tauchte ein Traum von einer Villa in Festbeleuchtung vor Elli auf. Das Anwesen stellte alles in den Schatten, was sie auf dem Weg hierher gesehen hatte. Eine ausgedehnte, verträumt beleuchtete Gartenanlage mit Palmen, Sukkulenten, kleinen Steinmauern und einer opulenten Blumenpracht, die jedoch nicht protzig wirkte, umgab das dreistöckige Gebäude mit gleich zwei Terrassen in perfektem High-Society-Flair. Zahlreiche Fahrzeuge parkten am Straßenrand. Etwa zwei Duzend Partygäste in Kleidung, mit der sie es ohne ihre Leihgabe niemals hätte aufnehmen können, standen am Buffet, ließen sich bedienen oder unterhielten sich am Pool, Champagner- oder Cocktailgläser in der Hand. Der Chauffeur öffnete mit einer einladenden Geste die Tür.

Auch Doro zeigte sich beeindruckt und meinte: »Das ist durchaus einen Bericht wert. Die Schönen und Reichen auf Capri.«

»Signor de Andre erwartet Sie bereits«, sagte der Chauffeur und deutete auf einen mit bunten Steinen dezent beleuchteten gepflasterten Weg, der direkt zum Haupthaus führte. Erst jetzt fielen Elli die kleinen Limonenbäume auf, die anlässlich des Festes aufgestellt worden waren.

»Tutti Frutti«, feixte Doro und blickte in Richtung des Pools. »Hugo Egon Balder würde sich hier garantiert wohl fühlen.«

Dann sah Elli sie. Die Menschwerdung einer Limone, eine bildhübsche Blondine mit prallem Busen, die einen mit Limonen verzierten Bikini trug und an einer Bar, auf der sich unzählige Limoncello-Flaschen türmten, kleine Drinks verteilte. Obgleich Doro mit ihrem Vergleich der Form nach recht hatte, sah Limonen-Pamela in der geschmackvoll arrangierten Szenerie alles andere als billig aus.

Wer von den vier Herren, die auf der kleinen Piazza vor dem Haus standen, war wohl Roberto de Andre?, fragte sich Elli. Die durchweg adretten Männer in ihrem Alter unterhielten sich angeregt, nur einer aus dem Kreis blickte immer wieder zu ihnen herüber. Das musste er sein!

Ein bildhübscher Mann mit dunklem Haar löste sich aus der Gruppe und begrüßte die beiden Schwestern mit einem Perlweiß-Lächeln. »Willkommen auf meinem Fest. Ich freue mich sehr, dass Sie hier sind.«

Ausdrucksstarke Augen, ein kräftiger, aber nicht zu fester Händedruck, ein geschmackvoller Ring mit einem Opal am Mittelfinger, dazu ein leger aufgeknöpftes Hemd, das einen Blick auf den behaarten, gutgebauten Oberkörper freigab – Roberto de Andre war eine äußerst charismatische Erscheinung.

»Sie müssen Eleonore sein.«

Elli nickte völlig überwältigt von all den Eindrücken.

»Und Sie Dorothea.«

Auch Doro war ausnahmsweise mal sprachlos und schien viel zu sehr damit beschäftigt, die vielfältigen Eindrücke zu verarbeiten.

»Wenn ich mir die Bemerkung erlauben darf, Sie sehen bezaubernd aus. Begleiten Sie mich doch bitte nach oben. Ich möchte Sie den anderen Gästen vorstellen.« Mit verschmitztem, aber unaufdringlichem Lächeln bot er ihnen jeweils einen Arm an. Eine ziemlich vertraute Geste, doch angesichts der neugierigen und bewundernden Blicke der drei Männer, mit denen sich der Gastgeber eben noch unterhalten hatte, war es Elli ein großes Vergnügen, sich so galant auf eine Party geleiten zu lassen.

Ihre Kollegen von der Klatschsparte hätten an diesem Empfang ihre wahre Freude gehabt. Soweit Dorothea dies aus den Gazetten und dem, was sie en passant im Zuge ihrer journalistischen Tätigkeit mitbekommen hatte, beurteilen konnte, war das *Who is Who* der gesamten Amalfiküste zugegen. Einige Gesichter hatte sie irgendwo schon mal gesehen, andere sahen zumindest so wichtig aus, dass man automatisch annehmen musste, sie irgendwo schon einmal gesehen zu haben. Sie schüttelte nicht nur dem Bürgermeister die Hand, sondern auch einem griechischen Werftbesitzer, der Moderatorin einer italienischen Talkshow, dem Generalvertreter von Ferrari, einem der Designer von Versace und dem Kurator des capresischen Kulturerbes. Die meisten ihrer Gesprächspartner sprachen deutsch oder englisch. Der Empfang war ganz nach Dorotheas Geschmack.

»Ich habe unlängst einen Ihrer Artikel gelesen«, gestand David, ein holländischer, sommersprossiger DJ, der oft in Deutschland unterwegs war und letztes Jahr bei mehreren Raves in Hamburg aufgelegt hatte. »Woran arbeiten Sie gerade?«, wollte er wissen.

Wie gut, dass sie ihre Recherche über Dieter Bohlen noch im Kopf hatte. Das gerade erst angelesene Wissen über die europäische Musikszene kam gut an.

Wo war eigentlich Elli? Sie drehte sich um und entdeckte ihre Schwester mit Roberto de Andre am Limoncello-Stand, wo sie sich von der üppigen Blondine gerade nachschenken ließ. Anscheinend verstand sie sich sehr gut mit dem Gastgeber. Die beiden lachten vergnügt und stießen ausgelassen miteinander an. Vielleicht war das eine gute Gelegenheit zu ihnen zu stoßen, überlegte Dorothea, um langsam, aber sicher die Fühler in Richtung des Geschäftlichem auszustrecken.

»Möchten Sie auch einen Limoncello?«, fragte sie David, in der Hoffnung, sich unter diesem Vorwand in seiner Begleitung ganz dezent und zufällig zu Elli und Roberto de Andre zu gesellen.

»Gute Idee. Das Zeug ist unwiderstehlich.«

»Ich kann bis heute nicht verstehen, warum der Film *Es begann in Neapel* heißt, er spielt doch ausschließlich auf Capri«, wunderte Roberto de Andre sich. »Meine Tante Lucia hat den Film geliebt. Sie war zwar keine Nachtclub-Sängerin wie die Loren, aber sie hat mindestens so schön gesungen wie sie und hatte sicher auch ihr Temperament.«

»Die Liebesgeschichte hat nicht funktioniert. Ich habe Sophia Loren für keinen Moment geglaubt, dass sie sich in Clark Gable verliebt hat«, erinnerte sich Elli.

Dass Roberto de Andre sich so gut mit Filmen auskannte und sie nun schon seit mindestens einer halben Stunde über die gute alte Zeit des Kinos sprachen, hatte sie angenehm überrascht.

»Richtig, sie war viel zu steif. Aber der Film war eine gute Werbung für Capri und natürlich für Italien.«

»Der kleine Nando hat sowieso alle an die Wand gespielt.« Elli fiel erleichtert ein, dass es in diesem Film ebenfalls um eine Erbschaft ging. Michael Hamilton, gespielt von Clark Gable, musste den Nachlass seines Bruders regeln, und der kleine Dieb Nando, sein Neffe, gehörte sozusagen dazu. Das war die Gelegenheit für eine geschickte Überleitung auf den eigentlichen Anlass ihres Kommens.

»Vielleicht war er zu beschäftigt mit dieser Erbschaft. Um ehrlich zu sein, kann ich das in meiner Lage im Moment sehr gut nachvollziehen«, sagte sie.

De Andre schien zu verstehen. »Machen Sie sich keine Sorgen. Wir finden schon eine Lösung, aber denken Sie nicht auch, dass dieser Abend viel zu schön ist, um über Geschäftliches zu sprechen?«

Das war eine klare Ansage, und sie konnte ihm deswegen noch nicht einmal böse sein. Hoffentlich stand sie jetzt nicht wie eine geldgierige Hyäne da. Andererseits hatte er ihnen ein Angebot machen wollen.

»Da seid ihr ja.« Doro tauchte wie aus dem Nichts in Begleitung eines jungen Mannes auf, den sie ihr kurz als David vorstellte. »Stellen Sie sich vor, ich bin bis jetzt noch nicht dazu gekommen, Ihren Limoncello zu probieren«, klinkte sie sich geschickt in das Gespräch ein.

»Dann wird es aber Zeit.« Ein Blick von Roberto de Andre genügte, und die Blondine in Limonen-Outfit reichte Doro und David ein Glas.

»Auf einen wunderschönen Abend«, schlug sie zum Toast vor.

»Auf die Ehre, Sie heute hier zu Gast zu haben.«

Doro nickte, sichtlich beeindruckt vom Geschmack des erfrischenden und belebenden Likörs, an dem sie nicht nur einmal nippte. Genießerisch verdrehte sie die Augen. »Ich habe noch keinen besseren getrunken.«

»Ein altes Familienrezept. Damit gelingt es mir jedes Jahr, meine Freunde nach Capri zu locken.« Die Art, wie der Gastgeber ihre Schwester anlächelte, verriet Elli, dass er sie sehr sympathisch fand. Und die Art, wie er mit einem Auge auf ihren Ausschnitt schielte, verriet sogar weitergehendes Interesse, aber vielleicht redete sie sich das auch nur ein. Sie hatte er ebenfalls bewundernd gemustert, keinesfalls aufdringlich, sondern genau so, wie es eine Frau als Kompliment empfindet.

»Wir hatten noch gar keine Gelegenheit, uns zu unterhalten«, sagte Doro.

Das ging jetzt aber eindeutig in eine falsche Richtung. Elli hatte Roberto de Andre bereits dazu auserkoren, mit ihr zu tanzen, und sobald Doro ihn in den Fingern hatte, konnte sie diesen Wunsch sicher begraben.

»Der Abend ist ja noch jung«, warf Elli sogleich ein.

Da entdeckte sie Filippo, der für die italienische Tageszeitung *La Repubblica* schrieb, unter den Gästen. Gut, dass de Andre ihn ihr vorhin vorgestellt hatte.

»Was für ein Zufall«, sagte sie zu Doro, »der Herr hier ist ein Kollege von dir. Darf ich vorstellen, Filippo Guatto. Er schreibt fürs Feuilleton der *La Repubblica*.« Elli pries den Journalisten, mit dem sie sich zuvor nur kurz an der Bar unterhalten hatte, in den höchsten Tönen.

Filippo war etwa in Roberto de Andres Alter, aber auf einer Attraktivitätsskala, gemessen an den Vorzügen des Gastgebers, bestimmt am unteren Ende. Er war ziemlich dick, weiß wie eine Wand und trug einen schwarzen Anzug sowie eine riesige grellrote Brille, mit der er sich wohl den Anstrich eines Intellektuellen verleihen wollte. Glücklicherweise sprang er sofort auf ihr Manöver an.

»Dorothea. Woran arbeiten Sie gerade?«

Nun war Doro in Zugzwang, und die wertvollen Sekunden, bis ihre Schwester sich etwas einfallen lassen konnte, um die Stubenfliege Puck wieder loszuwerden, musste sie nutzen. Elli blicke so sehnsüchtig sie nur konnte hinüber zur Tanzfläche, wo eine kleine Combo für romantische Stimmung sorgte. Einige Paare tanzten bereits zu »Senza una Donna«. Zucchero hätte den Song nicht besser singen können, doch zum Tanzlied umarrangiert, hatte der Song eine völlig neue Dimension.

De Andre verstand ihr Flehen. »Hätten Sie Lust, mit mir zu tanzen?«

Und ob sie Lust hatte, aber noch viel größeres Vergnügen bereitete es ihr, Doros vorwurfsvollen Seitenblick erleben zu dürfen. Nachdem ihre Schwester den Fehler begangen hatte, den Namen Dieter Bohlen in den Mund zu nehmen, war die Stubenfliege Feuer und Flamme. Den würde sie bestimmt nicht so schnell wieder los.

Die Osteria lag irgendwo inmitten des Nichts, weitab des touristischen Trubels. Heinz mochte in die Jahre gekommene alte Restaurants sehr, an denen hier und da sogar schon mal der Putz abbröckelte. Richtig urig und mit den Weinreben, die sich die Mauer entlangrankten und an den Eisenstangen zum schattenspendenden Dach verwoben, war es ein traumhafter Platz für eine Rast.

Landgasthäuser waren zudem preiswert und hatten oft eine gute regionale Küche. Außerdem konnte man so viel leichter mit Einheimischen in Kontakt kommen. Zu dumm, dass er der einzige Gast war. Was Elli wohl gerade machte? In ihrem fantastischen Kleid bezauberte sie gewiss alle Gäste. Nur zu gerne hätte er sie darin gesehen, doch der Gedanke, in der Casa Bella herumzulungern, in dem Wissen, dass sich die anderen auf das Fest vorbereiteten, war nicht sehr ersprießlich gewesen. Viel lieber hatte er den Nachmittag auf den Wanderwegen im Landesinneren, die an blühenden Tälern entlangführten, verbracht.

Oskar war völlig erledigt und schlief bereits tief und fest neben ihm auf einem einfachen Plastikklappstuhl. Am Ende müsste er den Hund noch tragen. Ob sie es wohl schafften, sich mit Roberto de Andre zu einigen? Was war das überhaupt für eine merkwürdige Angelegenheit? Ein Investor wollte eine Pension von jemandem erwerben, der sie offiziell noch gar nicht besaß. In Italien war zwar vieles möglich, aber Geschäfte dieser Art waren höchst ungewöhnlich. Andererseits, was ging ihn die Sache überhaupt an? Gar nichts. Trotzdem nagte die Befürchtung an ihm, dass sich Elli und Dorothea über den Tisch ziehen lassen könnten.

Elli war nach allem, was er von ihr mitbekommen hatte, dringend auf das Geld angewiesen. Der großspurige Capreser dagegen mit Sicherheit nicht. Vielleicht sollte er noch einmal unter vier Augen mit Elli reden, ihr zumindest ein paar Tipps geben. Lange genug hatte er in seinem früheren Leben, wie er es nannte, als Investmentbanker Kunden in finanziellen Fragen beraten. Es ging ihn dennoch nichts an. Aber Elli ging ihn etwas an ... Oder vielleicht doch nicht?

»Möchten Sie noch einen Espresso?«

Heinz nickte in Richtung des Obers, der ihn offenbar sanft dazu auffordern wollte, an einen Aufbruch zu denken. Wenn nur alle Entscheidungen im Leben so einfach wären.

Nichts war schlimmer, als sich mit Kollegen auf einem Empfang, noch dazu mit mittlerweile deutlich gestiegenem Limoncello-Pegel, über die Arbeit zu unterhalten. Schon wieder schenkte ihr die Limonenfrau nach. Das Zeug schmeckte aber auch zu gut. So richtig süffig und frisch, aber auch verdammt stark.

Ohne den Likör würde sie den nicht enden wollenden Vortrag über die marode italienische Presselandschaft und darüber, wo Berlusconi angeblich überall die Finger drin hatte, jedoch nicht ertragen. Noch viel schlimmer aber war das, was sich ihr auf der Tanzfläche darbot. Elli und Roberto de Andre schwoften immer noch im Pulk der anderen Paare. Sie lächelten sich an, klatschten gelegentlich in Richtung der Combo und tanzten immer weiter. Was hatte ihre Schwester bloß vor? Dorothea nahm noch einen Limoncello, und zwar auf ex. Nein, sie wollte nicht wissen, welchen Artikel die Stubenfliege als Nächstes plante. Viel mehr interessierte sie, warum sich Elli so an den Gastgeber heranmachte. Die Combo spielte »Save your kisses for me«, einen Foxtrott. Auf der Tanzfläche herrschte gute Laune. Déjà-vu! Und was für eins, das Dorothea regelrecht eine Faust in die Magengrube rammte.

»Ist Ihnen nicht gut?«, erkundigte sich ihr Kollege besorgt.

»Vielleicht ein bisschen zu viel Limoncello«, log sie. »Bitte entschuldigen Sie mich.«

Zu ihrer großen Erleichterung ging er ihr nicht nach. Dorothea holte sich ein Glas Wasser und musste sich setzen. Neunzehnhundertsechsundsiebzig: Es fühlte sich an, als wäre sie, ohne es zu merken, in ein tiefes schwarzes Loch gefallen, das sie in eine andere Zeitebene katapultiert hatte. Damals hatte Elli genau auf jenen Song mit Josef getanzt, auf einem Filmempfang, um genau zu sein. Eine unvergessliche Nacht, fast schon traumatisch.

Zwei Wochen, nachdem sie Josef auf der Pressekonferenz zu Martin Scorseses *Taxi Driver* kennengelernt hatte, war sie sich sicher gewesen, dass er der richtige Mann für sie war. Fast jeden Abend hatten sie sich gesehen. Es war Liebe auf den ersten Blick, jedenfalls für sie, bis zu jenem Abend und diesem dämlichen Song über Küsse, die für jemand anderen bestimmt waren. Wie sie diese Liedzeile hasste. Elli hatte ihr Josef an jenem Abend ausgespannt und es natürlich so geschickt eingefädelt, dass alles von ihm ausgegangen war. Hätte sie ihre Schwester nur nicht die Eintrittskarte gegeben, die sie noch übrig hatte. Elli war schon damals total kinovernarrt gewesen. Sie einem Mann vorzustellen, der in der Branche tätig war – das hatte gar nicht gutgehen können.

Am liebsten hätte sie sich übergeben. Aus Roberto de Andre wurde dank der Limoncello-Vergiftung in ihrer mittlerweile getrübten Wahrnehmung Josef im dunklen Anzug, der wie ein Geißbock mit Elli vergnügt auf der Tanzfläche herumhüpfte. Gut, dass diese Eurovision Songs nur drei Minuten dauerten. Endlich hielten *Brotherhood of Man* den Mund. »Fuoco nel Fuoco« von Eros Ramazotti, ein Lied, das sie sehr mochte, riss sie augenblicklich aus dem Schmerz, für den sie Elli lange Zeit regelrecht in die Hölle gewünscht hatte. Stopp! Sie war auf einer tollen Party, und sie wollte nicht das Geringste von Roberto de Andre. Wenn ihre Schwester den Mann haben wollte, warum nicht? Dennoch wurmte es sie tief im Inneren. Auf in den Kampf! Jetzt war sie dran. Wie ferngesteuert ging sie zur Tanzfläche und gesellte sich wider jede Vernunft und indem sie beste Laune vortäuschte leichtfüßig tänzelnd zu den anderen. Höchste Zeit, Elli abzuklatschen!

Es war der gleiche Sternenhimmel wie damals, an dem milden Frühlingsabend des 21. Mai. Diesen Tag hatte sich Elli dick im Kalender angestrichen. Es war der Tag, an dem Josef in ihr Leben getreten war. Ausgerechnet heute spielte die Combo ihr Lied – »Save your kisses for me«. Unfassbar! Für einen Moment hatte es sich genauso angefühlt wie damals, nur dass Roberto ein wesentlich besserer Tänzer war und noch dazu besser aussah als Josef. Daran gab es nichts zu rütteln. Ihr Mann hatte Elli an jenem Abend so oft auf die Füße getreten, dass sie eine Woche lang ein Pflaster auf dem linken kleinen Zeh hatte tragen müssen.

Wie sich gewisse Dinge im Leben wiederholten. Und schon wieder war ihre Schwester da. Doro war einfach auf der Tanzfläche aufgetaucht und hatte sich Roberto in null Komma nichts geschnappt. Abgeklatscht! Wie früher in der Tanzschule. Obendrein schien sie sich für ihn zu interessieren, genau wie damals für Josef. Anscheinend waren sie dazu verdammt, in einem ewigen Schwesternwettstreit zu liegen, einem Wettstreit, den Doro meistens gewonnen hatte.

Das hatte schon im Kindergarten angefangen, fiel es Elli ein, als sie ein ruhiges Plätzchen in der Nähe des Pools gefunden hatte. Doros selbstgemaltes Bild war natürlich das allerschönste gewesen, ihr Faschingskostüm das beste. Wer hatte bei den Einschulungsfotos in der Mitte gesessen, weil der Fotograf ihr rotes Haar für so schön befand? Wer war in der Schule immer Klassenbeste? Wer hatte den Lesewettbewerb gewonnen? Wer war dazu auserkoren worden, im Orchester die erste Geige zu spielen? Wer hatte auf dem Abschlussball das Tanzturnier gewonnen? Wer war Mamas und Papas Vorzeigemodell des perfekten Kindes gewesen?

Doro, Doro und nochmals Doro. Nur einmal hatte sie es nicht geschafft, den Sieg davonzutragen. Wie hieß es noch so schön? Glück im Spiel, Pech in der Liebe. Nur, was hatte sie jetzt von ihrem Glück? Josef war tot. Aber war sie denn wirklich glücklich?

»Ein Glas Wein gefällig?«

Elli nickte dem Ober zu und nahm sogleich einen kräftigen Schluck. Natürlich war sie mit Josef glücklich gewesen, und als ob sie dies sich und aller Welt kundtun müsste, lächelte sie so gefällig sie nur konnte zu all den Paaren hinüber, die knutschend oder händchenhaltend an ihr vorbeiliefen. Ein junger Mann tätschelte den Po seiner Begleiterin – Leidenschaft pur. Er blinzelte verschmitzt in ihre Richtung, als er sich von Elli ertappt fühlte. Hatte Josef je so etwas bei ihr gemacht? Ein weiterer Schluck Wein musste augenblicklich her, denn die Antwort lautete: Nein! Ihr Blick wanderte zum Pool, aus dem sich gerade kräftige Oberarme hochzogen, die zu einem Traum von einem Mann gehörten. Verdammt sexy, dieser Kerl, nur leider war das passende Gegenstück, eine hübsche Brünette, nicht weit. Und wie sie sich küssten. Die Leidenschaft des Zungenkusses war förmlich bis hierher zu spüren.

Sie nahm noch einen Schluck Wein, diesmal auf die ketzerische Frage, ob sie im Leben vielleicht etwas verpasst hatte. Allein so etwas zu denken! Was sollte sie denn schon verpasst haben? Die Welt hatte Josef ihr zu Füßen gelegt. Ohne ihn würde sie vielleicht heute noch Rechnungen für einen mittelständischen Malereibetrieb schreiben. Aber hatte sie ihn jemals so richtig sexy gefunden? Oder er sie?

»Darf ich Ihnen nachschenken?«

Blöde Frage. Natürlich. Der Ober musste es ihr bereits angesehen haben, denn bevor sie überhaupt dazu kam, zu nicken, war ihr Glas schon wieder voll. Allerdings nicht für lange. Noch ein kräftiger Schluck, als der Popokneifer wieder an ihr vorbeilief und ihr frech, aber durchaus charmant zuzwinkerte. Warum in Gottes Namen hatte Josef sie nie in den Hintern gezwickt?

Dorothea stellte fest, dass Elli irgendwie niedergeschlagen wirkte, als sie in Robertos Armen an ihrer Schwester vorbeitanzte. Kaum hatten sie Blickkontakt, setzte Elli ein Lächeln auf, das Roberto de Andre sofort erwiderte. Sie kannte Elli gut genug, um zu wissen, dass dies kein herzliches, sondern ein ziemlich verkrampftes Lächeln war. Dabei entblößte sie ihre Zähne immer etwas mehr und zwang die Wangenmuskulatur förmlich dazu, den Mund zu einem Lächeln auseinanderzuspreizen. Sehr schön!

Auch wenn Dorothea nicht die geringste Absicht hegte, mit diesem Wichtigtuer anzubandeln, machte es ihr Spaß, Elli ein bisschen zappeln zu lassen, weshalb sie konsequenterweise sofort etwas mehr auf Tuchfühlung ging. Ellis Lächeln blieb unverändert, wahrscheinlich bekam sie gleich einen Gesichtskrampf. Auch einige andere Gäste suchten stets Blickkontakt zu dem großen Zampano in ihren Armen. Man merkte Roberto de Andre, der ihr schon beim ersten Tanz das Du angeboten hatte, sofort an, dass er eine wichtige Position in Capri einnahm. Einige der anderen Tanzenden, aber auch Partygäste, die an der Tanzfläche vorbeigingen oder mit einem Glas in der Hand am Rand verweilten, winkten ihm dezent zu oder nickten wohlwollend in seine Richtung. Roberto war der geborene Partykönig, und tanzen konnte er auch. Dass dies angesichts der Schleimspur aus so viel Wohlwollen und Bewunderung überhaupt noch möglich war, grenzte an ein Wunder.

»Wie viele Hotels besitzt du eigentlich?« Dorothea sah keinen Grund, ihn nicht direkt darauf anzusprechen. Ein Mann wie er mochte es sicher, wenn eine Frau ihm Gelegenheit gab, sich zu profilieren.

»Zwölf in Italien und zehn Partnerhotels auf der ganzen Welt.«

Dorothea nickte beeindruckt und beschloss, ihm noch ein wenig mehr zu schmeicheln. »Und da hast du noch Zeit, um Limoncello zu brennen?«

»Für wichtige Dinge nehme ich mir eben Zeit. Außerdem ist es eine alte Familientradition. Mein Urgroßvater hatte eine Limonenplantage hier auf der Insel«, sagte er voller Stolz.

»Na, jetzt verstehe ich, warum du die Pension unbedingt haben möchtest.« Dorothea musste versuchen, aus ihm herauszukitzeln, was ihm die Casa Bella wert war.

»Mir gefällt die Lage. Warum sollte ich immer nur auf dem Festland expandieren?«

»Was hast du mit der Pension vor?«

»Bitte nicht jetzt. Der Abend ist viel zu schön für Geschäfte.«

»Bitte stille meine Neugier.« Lockerlassen kam nicht in Frage. Dorothea spürte genau, dass sie ihn gleich so weit hatte.

»Du bist ganz schön hartnäckig.«

»Das haben Journalistinnen so an sich.«

»Ich beabsichtige, ein exklusives Hotel auf dem Gelände zu bauen.«

Ziemlich selbstsicher der Knabe.

»Wenn wir uns einigen.« Dorothea bemühte sich um den Tonfall einer Geschäftsfrau. Er sollte ruhig spüren, dass sie genau wusste, weshalb sie und ihre Schwester hier waren.

Noch bevor Roberto etwas erwidern konnte, tauchte Anja in Begleitung von Paolo am Limoncello-Stand auf. Den Gastgeber musste dies kalt erwischt haben. Er geriet sofort aus dem Takt und blieb wie angewurzelt stehen. Das lag mit Sicherheit daran, dass sein Adonis mit ihrem Pummelchen, die so gar nicht hierher passen wollte, aufgetaucht war. Am Ende hatte er sie gar nicht eingeladen?

»Dein Sohn?«

»Du kennst Paolo?« Dies brachte ihn anscheinend völlig durcheinander.

»Allem Anschein nach ist er der Freund meiner Tochter.«

Täuschte sie sich, oder war sein charmantes Lächeln mit einem Schlag verschwunden?

»Bitte entschuldige mich.« Schon war nicht nur Robertos Lächeln, sondern auch er selbst verschwunden.

»Das Zeug schmeckt himmlisch gut.«

Anja ließ sich den ersten Limoncello fast wie ein Weinkenner auf der Zunge zergehen. Den zweiten trank sie, um die langsam aufsteigende Nervosität zu bekämpfen. Mit ihrer Jeans und der schlichten Bluse wirkte sie inmitten der aufgedonnerten Gäste in den teuersten Labels wie eine Außerirdische. Vermutlich hielten die anderen sie für die Putzfrau, die sich auf das Fest verirrt hatte. Vielleicht wäre es sogar besser gewesen, wenn sie zu Hause geblieben wäre.

War Paolo vielleicht deshalb noch mit ihr an der Marina Piccola spazieren gegangen? Wenn ein Fest erst mal in vollem Gange war und die Gäste einen gewissen Alkoholpegel erreicht hatten, fiel ein unpassend gekleideter Gast sicher nicht so sehr auf. Nein! Erstens hatten sie sich an dem lauschigen kleinen Hafen über alte Zeiten im Berliner Hotel seines Vaters köstlich amüsiert, zweitens trug Paolo auch nur eine Jeans, und drittens hatte ihr bisher niemand Beachtung geschenkt. Außer vielleicht der Mann, der mit ihrer Mutter bis eben noch auf der Tanzfläche gestanden hatte und sie nun leicht entgeistert ansah. Bildete sie sich das bloß ein oder klang Paolos »Mein Vater« etwas respektlos, als müsste er sich für ihn entschuldigen. Anja war sich nie sicher, ob sie einfach nur besonders gute Antennen für solche Zwischentöne hatte oder dazu neigte, viel zu pessimistisch zu sein. So, wie es aussah, mochten die beiden Männer sich nicht sonderlich, oder es lag irgendeine Verstimmung, von der sie nichts wusste, in der Luft.

»Hallo, Paolo. Möchtest du mich nicht vorstellen?« Die Frage hatte einen leicht vorwurfsvollen Unterton und beinhaltete Unausgesprochenes, nämlich »den nicht eingeladenen Gast«. Immerhin sprach der Gastgeber exzellent deutsch, aber das konnte man wahrscheinlich von einem international operierenden Hotelier auch zu erwarten.

»Anja, meine Freundin.« Nun lehnte sich Paolo aber weit aus dem Fenster. Gut, sie waren früher mal zusammen gewesen, aber rechtfertigte dies, dass er sie mit weit aufgefächerten Pfauenfedern ausgerechnet seinem Vater vorstellte? »Wir kennen uns noch aus Berlin«, fügte er hinzu.

»Aus Berlin ...« Paolos Vater wirkte nachdenklich. »Anja?«, versuchte er sich krampfhaft zu erinnern.

Sie nickte beschämt, als Roberto de Andre sie musterte und vermutlich gerade darüber nachgrübelte, ob sein Sohn jemals mit einer pummeligen Frau zusammen gewesen sein konnte.

»Machen Sie Ferien auf Capri, mit Ihrer Mutter?«

»Ja, es hat sich kurzfristig so ergeben.« Die Wahrheit konnte sie ihm jetzt ja wohl schlecht sagen. So richtig sympathisch war Paolos Vater nun wirklich nicht.

»Wie gefällt es Ihnen auf Capri? Ich bin mir sicher, Paolo hat Ihnen schon einiges gezeigt.«

»Großartig. Hier ist es so schön, dass ich am liebsten für immer dableiben würde.« Bewusst blinzelte sie Paolo an und erzielte damit prompt die gewünschte Wirkung.

Sein Vater erschrak fast ein bisschen bei dieser Bemerkung, was Paolo amüsierte.

»Darf ich meinen Sohn für einen Moment entführen?« Roberto de Andre blickte sich kurz um und entdeckte ihre Mutter am Buffet. »Da ist ja Ihre Mutter. Warum leisten Sie ihr in der Zwischenzeit nicht ein bisschen Gesellschaft?«

Wenn das mal keine Kampfansage war. Sie warf Paolo einen verliebten Blick zu. »Aber bleib nicht zu lange, Schatz.«

Paolo verstand sofort und spielte mit. »Versprochen.«

Der Gastgeber glühte offenbar und führte seinen Sohn regelrecht ab. Dass Paolo sich noch einmal kurz nach ihr umdrehte und ihr zuzwinkerte, bekam sein Vater Gott sei Dank nicht mit. Immerhin wusste sie jetzt, woran sie war, jedenfalls was ihre beruflichen Pläne betraf. An privater Front war sie sich auf einmal gar nicht mehr so sicher, ob Paolos Interesse nicht eher aus dem Umstand erwuchs, dass er seinen Vater gerne provozierte. Hatte er sie etwa deshalb auf das Fest mitgenommen? Die in den letzten Jahren herangewachsene Pessimistin in ihr meldete sich lautstark zu Wort, und Anja zwang sich, ihr den Mund augenblicklich zu verbieten.

»Sag mal, spinnst du jetzt total? Was willst du von dieser … dieser …«

Seinen Vater so wütend zu sehen, bereitete ihm Freude. »Deutschen? …«

»Paolo! Das ist hoffentlich nicht dein Ernst. Du könntest jedes Mädchen haben. Sie liegen dir zu Füßen. Deine Freundin Barbara war so eine hübsche junge Frau und erst ihre Figur … So eine Frau …«

»Du hast *mamma* doch auch geliebt, oder?«, fiel Paolo ihm ins Wort. »War sie etwa schlank?«

»Lass gefälligst *mamma* aus dem Spiel.«

Paolo wusste, dass seine Mutter der wunde Punkt seines Vaters war. In der Ehe der beiden hatte eben jener Mann, dem einfach alles gelang, der sich nie irrte und immer recht hatte, schlicht und ergreifend versagt. Eine einzige Anspielung auf die Tatsache, dass seine Frau ihn nach einem Streit verlassen wollte und auf dem Weg in den Hafen mit ihrem

Wagen verunglückte, hatte seinen Vater bisher stets einbremsen können. Wie eine Reißleine, an der Paolo gelegentlich zog, wenn er mit normalen Argumenten nicht weiterkam. Diesmal wollte sich die erhoffte Wirkung jedoch nicht einstellen.

»Anja ist einfach nicht die Richtige. Paolo, was geht nur in dir vor?«, fuhr sein Vater fort.

Er lief mittlerweile auf der Rasenfläche im hinteren Teil des Gartens wie ein Tiger im Kreis. Nervös lugte er immer wieder in Richtung der Partygesellschaft. Paolo war klar, dass ihn niemand in diesem aufgelösten Zustand sehen sollte.

»Junge, verstehst du denn nicht, was hier abläuft?«

»Was soll denn schon ablaufen? Ich habe die Frau wiedergetroffen, in die ich vor Jahren unsterblich verliebt war, und es fühlt sich noch genauso an wie damals.«

Sein Vater faltete die Hände und richtete ein stummes Stoßgebet gen Himmel. »Heilige Jungfrau Maria, lass Paolo zur Vernunft kommen.« Dann holte er tief Luft und wandte sich ihm wieder zu. »Sie ist die Tochter von Dorothea Menning. Wahrscheinlich hat diese Frau Anja auf dich angesetzt. Alles Berechnung, verstehst du?« Kaum war der Satz ausgesprochen, zuckte er wie Louis de Funès zusammen, und seine Augen weiteten sich, als hätte er eben den Sinn des Lebens erfasst.

»Nein, jetzt verstehe ich … Vielleicht hat Anja alles eingefädelt. Sie ist scharf auf die Pension. Vielleicht wusste sie, dass Castiglione und … oder ihre Mutter wusste es. Ist ja auch egal.«

»Papa, woher soll Anja das denn gewusst haben? Das ist doch absurd.«

»Und woher soll Fabrizio es gewusst haben? Wenn noch

nicht einmal ich die leiseste Ahnung davon hatte?«, fragte sein Vater ihn mit erhobener Stimme.

So hysterisch hatte er ihn ja noch nie erlebt. Noch ein Blick vom Garten zurück in Richtung Pool, nicht dass jemand ihn gehört hatte.

»Hör auf, mit mir zu spielen, Paolo.« Die Hände seines Vaters legten sich fast zärtlich auf seine Wangen. »Bitte sag mir, dass das alles nicht wahr ist. Dass es nur ein Spiel ist.« Seine Miene hellte sich wieder auf. »Du willst mich ärgern. Gut, es ist dir gelungen, aber jetzt lass uns wieder normal sein. Alles ist gut, oder?«

»Das sagst mir ausgerechnet du. Für dich ist das ganze Leben ein einziges Spiel. Die Gefühle anderer sind dir völlig egal.«

»Paolo!«, entrüstete sich Roberto.

»Ich weiß nicht, was du vorhast, aber ich warne dich. Keine Spielchen mit Anja, auch nicht mit ihrer Mutter und schon gar nicht mit ihrer Tante.«

»Es geht um die Pension, mein Junge.«

»Nein, es geht um dich. Weil du den Hals nicht voll genug bekommen kannst.«

»Wie redest du denn mit mir?«

»So hätte ich schon lange mit dir reden sollen.« Paolo wandte sich zum Gehen.

»Wenn du jetzt gehst …«

»Na los, enterbe mich, streich mir die Schecks. Mehr hatte ich in den letzten Jahren ja sowieso nicht von dir.«

Von seinem Vater würde er sich jedenfalls nicht den Abend verderben lassen. Zumindest kannte Paolo seinen Vater gut genug, um sicher zu sein, dass er ihm ab jetzt aus dem Weg gehen würde.

Es musste weit nach Mitternacht sein. Dorothea taten die Füße so was von weh. Eigentlich sollte sie Elli in der Limousine verrotten lassen. Aus eigener Kraft würde sie, bei dem Limoncello- und Weinpegel, den Weg bis zur Casa Bella nicht mehr schaffen. Am meisten ärgerte sie sich aber darüber, dass der Abend ergebnislos verlaufen war, zumindest in geschäftlicher Hinsicht. Dafür gab es jetzt ganz andere Ergebnisse. Ihre Tochter hatte mit dem Sohn des Mannes angebandelt, der mit ihnen ins Geschäft kommen wollte, und Elli hatte sich ihren neuen Geschäftspartner wohl auch noch als Objekt der Begierde in den Kopf gesetzt.

Zwar hatte der Gastgeber sich, nachdem Anja und Paolo erschienen waren, etwas zurückgezogen und sich um die anderen Partygäste gekümmert, aber immerhin hatte Elli es geschafft, auf der Tanzfläche förmlich an ihm zu kleben. Am allermeisten regte sie aber die gute Laune ihrer Schwester auf. Elli vertrug so gut wie nichts, und die Art, wie sie über den gutaussehenden, galanten, schicken, charmanten Roberto sprach, hatte Dorothea schon auf dem Rückweg in der Limousine kaum noch ausgehalten. Was hatte sie ihm für schöne Augen gemacht, als er sie charmant mit einem angedeuteten Handkuss verabschiedet hatte.

»Diese Nacht. Dieser Sternenhimmel. Ich hab schon lange keinen so schönen Sternenhimmel mehr gesehen«, schwärmte ihre Schwester leicht lallend, als sie es endlich geschafft hatte, Elli in aufrechter Position auszubalancieren. Der arme Chauffeur. Er konnte ja nicht ewig mit seinem Wagen warten, auch wenn die Karosserie Elli als Stütze diente. Immerhin war ihre Schwester überraschenderweise doch noch in der Lage, aufrecht zu gehen.

»So ein schöner Abend.«

Jetzt nur nicht widersprechen. Sie war einfach zu müde,

um sich über irgendetwas zu unterhalten, schon gar nicht über diesen Abend.

Aber Elli ließ nicht locker. »Meinst du, er mag mich?«

Sagte ihre Schwester das jetzt im Ernst oder um sie zu provozieren?

»Nun sag schon«, lallte Elli. Jetzt stieß sie sie auch noch kichernd in die Seite und hätte dabei fast das Gleichgewicht verloren. Die Frage musste also ernst gemeint sein.

»Er ist …« Elli verdrehte schon wieder die Augen.

»Umwerfend, charmant, galant, gutaussehend«, resümierte Dorothea, um das Ganze abzukürzen.

»Ja, ja, du sagst es«, freute sich Elli.

Dorothea verdrehte die Augen. Ihre Schwester war mehr als bettreif, und vermutlich hatte sie auch noch den Verstand verloren.

»Du willst ihn doch auch.« Nun war Elli offenbar auch noch in Stichellaune.

Natürlich wollte sie ihn nicht, aber ihre Schwester regte sie gerade so auf, dass sie nicht gedachte, ihr die Wahrheit zu sagen. Schon aus Trotz nicht. Stattdessen schenkte sie ihr ein zweideutiges Lächeln.

»Du willst ihn«, schlussfolgerte Elli. »Du kriegst ihn aber nicht.« Wieder dieses unerträgliche Kichern. Nur noch wenige Schritte bis zur Tür, dann mussten sie bloß noch durch das Treppenhaus. Dorothea nahm sich vor, ihre Schwester einfach aufs Bett fallen zu lassen. Umso demütigender, wenn sie morgens in diesem Zustand aufwachte. Angezogen in ihrem Kleid, das keine Knitterfalten abbekommen durfte, und hoffentlich mit schlimmen Kopfschmerzen.

»Ich war so dumm.«

Einsichten im Delirium? Welche Töne spuckte Elli denn da?

»Weißt du eigentlich, dass Josef mich nie in den Arsch gekniffen hat?«, kicherte sie.

»Tatsächlich?« Das Letzte, was Dorothea jetzt hören wollte, waren intime Details aus Ellis Liebesleben mit dem Mann, den sie ihr weggenommen hatte.

Ihre Schwester blieb schlagartig stehen. »Nie!« Sie schüttelte den Kopf und wirkte auf einmal traurig wie ein kleines Kind. »Ich dachte immer, er hätte mich richtig geliebt und ich ihn.«

Nun verschlug es Dorothea förmlich den Atem. Für einen Moment überlegte sie, ob sie ihre Schwester einfach auf der Treppe absetzen und zu Bett gehen sollte. Was hatte sie da eben gesagt? Dieses Miststück! Sie holte tief Luft.

»Ich hab so viel in meinem Leben verpasst. Und Roberto. Roberto … Er ist attraktiv. Ich bin doch auch nur eine Frau, verstehst du?«

Genug! Das reichte. Tür auf. Elli im Polizeigriff aufs Bett bugsieren. Mehr gab es nicht zu tun.

»Gute Nacht!«

Dorothea brauchte noch einen Moment. Musste noch einmal tief Luft holen. Fraglich, ob sie nach dem eben Gehörten überhaupt einschlafen konnte.

Es war weitaus schlimmer gekommen, als Heinz es sich in seinen kühnsten Träumen hätte ausmalen können. »Roberto … Er ist attraktiv. Ich bin doch auch nur eine Frau, verstehst du?«

Was er unfreiwillig von seinem Zimmer aus mit angehört hatte, machte ihm schlagartig klar, wie sehr er sich in Elli getäuscht hatte. Dorothea hatte recht, mit jedem Wort. Wie hatte er nur so dumm sein und sich einbilden können, dass Elli etwas für ihn empfand? Vermutlich schenkte sie dieses süße Lächeln jedem Mann, von dem sie etwas wollte. Sie war nett zu ihm gewesen, weil er sie nach einer Autopanne aufgegabelt hatte. Weiter nichts!

Elli war eine Reisebekanntschaft. Sie hatten sich einfach nur gut verstanden. Nichts Besonderes in einer aufregenden Stadt wie Florenz. Vermutlich neigten Männer, die zu lange keine Frau mehr gehabt hatten und nichts außer die Straße und die Zuneigung eines Hundes kannten, irgendwann dazu, Frauen völlig falsch einzuschätzen. Ausgerechnet ihretwegen hatte er die halbe Nacht kein Auge zugetan. Er hatte ihr die Daumen gedrückt, dass sie sich mit dem Investor einigen würde. Stattdessen hatte sie sich mit diesem Roberto königlich amüsiert. Heinz schlug die Hände vor den Kopf. Im Nu war Oskar zur Stelle und fing an zu winseln. Mit dem Pfötchen schabte das Tier an dem Bein seines Herrchens, als ob es ihn trösten wollte. Wie sehr er seinen kleinen Begleiter liebte. Hunde waren eindeutig die besseren Menschen. In Oskar würde er sich nie täuschen.

»Mein kleiner Süßer, wenn ich dich nicht hätte«, sagte er, als er den Hund hochnahm.

Oskar schien jedes Wort zu verstehen. Er kuschelte sich in seinen Schoß und leckte ihm über den Unterarm. Heinz blickte durch das Fenster auf die Limonenfelder. Erst jetzt fiel ihm auf, wie hell der Mond am Himmel stand. Einfach traumhaft. Er hob Oskar hoch, öffnete das Fenster und inhalierte die würzige Nachtluft – ein Anblick perfekter Idylle, den er sich einprägen würde. Er sollte ihn immer daran erinnern, dass es besser war, wenn er allein blieb. Allerdings gab es noch eine Sache zu erledigen, die er nach einem Telefonat mit einem seiner ehemaligen Kollegen nun nicht mehr absagen konnte – ein Abschiedsgeschenk für Elli und Doro sozusagen.

Kapitel 13

»Schon so früh auf?« Fabrizio war gerade auf dem Weg zu seinem Panda, als ihm Heinz in Begleitung seines Hundes in aller Herrgottsfrühe entgegenkam.

»Morgen, Fabrizio. Ich wollte mir gerade ein Taxi rufen. Fahren Sie zufällig in die Stadt?«

»Ja, ich nehme Sie gerne mit.«

»Wissen Sie, wann die erste Fähre nach Neapel geht?«, fragte Heinz.

Fabrizio blickte auf seine Armbanduhr. Es war kurz nach sechs. »Die Fähre um sieben müssten Sie noch erwischen. Wollen Sie uns denn schon wieder verlassen?«

»Nein, jedenfalls nicht gleich. Ich habe ein paar ehemalige Kollegen in Neapel, die im Finanzwesen tätig sind und sich mit Immobilien in der Gegend sehr gut auskennen.«

Fabrizio nickte, um Beiläufigkeit bemüht. Dann ließ er den Motor an und fuhr los. Das bedeutete Ärger. Roberto de Andre würde sicher versuchen, so günstig wie nur möglich an das Grundstück heranzukommen. Wenn Heinz nun herausfand, dass es deutlich mehr wert war, könnte der Deal platzen. Er würde seine Provision verlieren, sowohl die von de Andre als auch die von Dorothea und Eleonore. Wovon sollte er denn leben, bis der Rechtsstreit ausgefochten war?

Außerdem war es fraglich, ob Dorothea und Eleonore vor Gericht überhaupt recht bekamen. Vielleicht konnte er Heinz ja davon abbringen.

»Den Weg nach Neapel können Sie sich sparen. Ich denke, dass der Hotelier den beiden Frauen ein faires Angebot machen wird. Ich kenne ihn schon seit vielen Jahren. Er ist ein ehrenwerter Mann.« Für diese Lüge müsste ihn eigentlich der Blitz treffen.

»Mir kommt das Ganze irgendwie komisch vor. Diese Einladung ... ich weiß nicht. Dieser Investor schmeichelt sich bei den beiden Frauen ganz schön ein. Bestimmt nicht ohne Grund ...«

»In Italien laufen Geschäfte anders ab als in Deutschland. Die einzelnen Parteien wollen sich erst mal kennenlernen.« Fabrizio hoffte inständig, dass er Roberto de Andre dem Deutschen als seriösen Geschäftsmann verkaufen konnte.

»Der hat doch irgendjemanden geschmiert. Wie kann er ein Haus von zwei Deutschen kaufen wollen, die offiziell noch gar keinen Anspruch darauf geltend gemacht haben? Das stinkt doch zum Himmel, und mein Bauch sagt mir, dass er die beiden über den Tisch ziehen will.«

Natürlich hatte Heinz recht. Es hatte vermutlich keinen Sinn, weiter in dieser Angelegenheit herumzustochern.

»Wissen Eleonore und Dorothea über Ihr Vorhaben Bescheid? Die beiden treffen sich heute mit de Andre.«

»Nein, aber falls sie nach mir fragen, sagen Sie ihnen bitte, dass ich den Tag über in Neapel bin.«

Fabrizio nickte und hoffte, dass die Fähre mit Motorschaden im Golf für einige Stunden liegen bleiben würde, zumindest so lange, bis Roberto sich mit den Damen geeinigt hatte. Im selben Moment schämte er sich jedoch für diesen Gedanken. Auf alle Fälle musste er de Andre davon in Kenntnis setzen. Irgendwie mussten sie es schaffen, Elli und Dorothea möglichst bald zu einer Vertragsunterschrift zu bewegen.

Bereits um sechs wach, hatte Elli sich fest vorgenommen, ihre gestrigen Gedanken zu ordnen, nur leider wollten sie sich einfach nicht ordnen lassen. Was wäre das für ein Tagebucheintrag gewesen: Roberto! Tutti Frutti. »Save your kisses for me«. Zungenküsse. Zu viel Limoncello. Zu viel Wein. Aspirin.

Elli war immer noch fassungslos, dass sie gestern allen Ernstes ihre Ehe mit Josef in Frage gestellt hatte, noch dazu vor Doro, soweit sie sich erinnern konnte. Am liebsten hätte sie sich selbst eine Strafarbeit aufgebrummt. Etwa zehnmal untereinander »Josef war ein guter Mann« in Schönschrift ins Tagebuch schreiben. Das wäre dann aber doch ziemlich albern. Auf welch absurde Gedanken man in Katerstimmung kam.

Wehmütig fiel ihr Blick beim Anziehen auf das schöne rote Kleid, das zum Lüften und Glätten am Fenster hing – es war einfach umwerfend und absolut angemessen für den großartigen Abend und den edlen Rahmen. Gott sei Dank hatte es gestern nicht gelitten, zumal sie auch noch darin geschlafen hatte. Es war verdammt schön gewesen, seit langem wieder einmal groß auszugehen. Roberto wäre durchaus eine Sünde wert, und das auf ihre alten Tage. Genau dieser Gedanke verwirrte sie. Elli setzte sich aufs Bett und dachte beim Haareföhnen darüber nach, ob er ihr tatsächlich als Mann gefiel oder ihr nur die Tatsache gutgetan hatte, dass ihr jemand so viel Aufmerksamkeit schenkte.

Auch als die Haare bereits in Form waren, wollte ihr darauf keine schlüssige Antwort einfallen. Doro scheint sich ebenfalls für den Hotelier zu interessieren, überlegte sie, während sie das geliehene Kleid noch einmal in Form zupfte. Dabei fiel ihr Blick auf das Tagebuch. Kurzerhand griff sie nach dem Kugelschreiber, setzte sich an den kleinen Sekretär, der vor dem Fenster stand, und schrieb doch noch etwas hinein.

Josef war ein guter Mann.

Damit war die Strafarbeit zwar erledigt, aber ihr Gewissen wollte sich trotzdem nicht erleichtern. Kaum stand der Satz auf dem Papier, kamen ihr wieder Zweifel. Hatte sie Josef jemals leidenschaftlich geliebt? Hatte er sie leidenschaftlich geliebt? Geliebt ja, denn er hatte ihr so ziemlich alles gegeben, wobei alles durchaus relativ war. Alles umschloss gesellschaftliche Highlights, unzählige Reisen und …

Was und? Sie hatten nie gestritten. Er war immer für sie da. Warum schrieb sie dann diesen absurden Satz in ihr Tagebuch? Mittlerweile hatte der Plastikkugelschreiber schon die ersten Einkerbungen, weil sie die ganze Zeit nervös daran herumknabberte. So konnte sie den Eintrag unmöglich stehen lassen und entschloss sich dazu, ihn mit einem Fragezeichen zu versehen, nur um sich danach noch alberner und verwirrter zu fühlen.

Irgendwann hatte Dorothea es aufgegeben, die Briefe, die sie in der Nacht als Bettlektüre gelesen hatte, zu zählen. An Schlaf war nach den unglaublichen Eröffnungen ihrer Schwester, wenngleich im Suff, sowieso nicht zu denken gewesen. Scheinbar war der capresische Limoncello ein Wahrheitsserum. Elli hatte bestimmt nicht die leiseste Ahnung, wie tief sie sie gestern getroffen hatte. Nach außen waren Josef und ihre Schwester immer ein Vorzeigepaar gewesen. Perfekte Harmonie! Die wenigen Male, die sie sich begegnet waren, nachdem er sich für Elli entschieden hatte, waren sehr merkwürdig verlaufen. Josef hatte sie immer noch mit einem gewissen Begehren im Blick angesehen. Hätte sie doch damals nur um ihn gekämpft! Andererseits, welche Frau hätte besser zu Josef gepasst als eine Cineastin wie ihre Schwester? Waren sie und Elli wirklich schon immer wie Katz und Maus zueinander gewesen? Zumindest stand dies in einem Brief ihrer Mutter an ihre beste Freundin Charlotte.

Wenn ich doch nur wüsste, was ich bei den beiden falsch gemacht habe. Sie streiten den ganzen Tag. Elli erträgt es nicht, dass Doro einfach alles gelingt und dass sie mit deutlich weniger Aufwand in der Schule besser ist als sie, und Doro ist nur dann glücklich, wenn sie ihre kleine Schwester necken kann. Vermutlich ist das ihre Art, Elli zu zeigen, dass sie sie doch liebhat. Vielleicht haben wir Elli zu sehr verhätschelt. Sie war eben nicht so robust wie Doro.

Dieser Brief hatte es wahrlich in sich. Was unter der capresischen Morgensonne so alles zutage kam. Dorothea spürte, wie ihr Mund auf einen Schlag förmlich ausgetrocknet war. Ein Glas Wasser musste her. Den ganzen Schlamm, den sie über Nacht in sich aufgesogen hatte, musste sie runterspülen. Sie setzte sich aufs Bett und starrte in sich zusammengesunken auf die Briefe, die kreuz und quer auf der Matratze verteilt lagen. Das Schreiben, nach dem sie gesucht hatte, war allerdings nicht auffindbar. Wo war nur der Brief, in dem ihre Mutter ihrer besten Freundin gestand, dass sie mit Alessandro zusammen war? Verschwunden. Stattdessen endlose Einsichten über ihre Kindheit, Reiseberichte, Briefe an Schulfreundinnen, in denen ihre Mutter alle glauben machte, dass sie eine glücklich verheiratete Frau sei, bis hin zu nichtssagenden Weihnachts- und Osterkarten.

Wütend schob Dorothea den Briefstapel zusammen und steckte die Kuverts zurück in die Kiste, in der sonst nur noch die Korrespondenz mit Krankenkassen, dem Finanzamt, dem Vermieter und Ähnlichem lag. Hoffentlich wurde der heutige Tag produktiver. Schließlich konnte sie nicht ihr halbes Leben auf dieser Insel vertrödeln.

So warm und kuschlig war es schon lange nicht mehr im Bett gewesen. Anja schlug die Augen auf und verfluchte das helle Licht der Morgensonne. Bleierne Mattigkeit, ihr Tribut an eindeutig zu wenig Schlaf, vertrug sich nun mal nicht mit Morgenfrische. Erst einmal aufsetzen. Es blieb bei dem Versuch, denn irgendetwas hielt sie fest. Ein dritter Arm? Ein Männerarm! Wie auf Knopfdruck setzte sich ihr Kopfkino in Bewegung. Paolo! Fest. Limoncello. Getanzt. Garten. Mond. Romantik. Ein Kuss und dann der Filmriss.

»Guten Morgen, Häschen.« Paolos gutgelauntes Lächeln, als er mit der Hand zärtlich an ihrer Schulter entlangfuhr und ihr Haar zur Seite schob, bedurfte keiner weiteren Erklärung.

Erst jetzt fiel ihr auf, dass sie nackt war, und der Körper, der sich eben gerade an sie schmiegte und im unteren Bereich plötzlich ein Eigenleben entwickelte, machte ihr klar, dass Paolo zwangsläufig ebenfalls nackt in ihrem Bett lag.

»Hast du gut geschlafen?«

Anja nickte eingeschüchtert. Nach und nach dämmerte

ihr, dass er sie zurück zur Pension gebracht hatte. Dann ein Kuss – ein ziemlich intensiver –, ungefähr so einer wie der, den Paolo ihr gerade zärtlich auf den Mund drückte, den sie aber im Moment nicht erwidern konnte.

Natürlich fiel ihm das sofort auf. »Alles okay?«

Sie wusste es nicht. Instinktiv zog Anja die Decke ein Stück nach oben. Warum schämte sie sich nur für ihre absolut nicht makellose Figur und versuchte sich einzureden, dass dies für ihn bestimmt nur ein einmaliger Unfall war, der dem Alkohol zuzuschreiben wäre? Wenn sie selbst in den Augen ihrer Sachbearbeiterin im Jobcenter zu fett für repräsentative Aufgaben in einem Warenhaus war, konnte sie unmöglich auf die große Liebe eines solchen Mannes hoffen. Warum nur ließ er nicht locker? Paolo streichelte sie vom Hals an abwärts, und sein Lächeln, die Art, wie er ihren Körper spielerisch verwöhnte, hatte ganz und gar nichts mehr mit einem Unfall zu tun. Augen schließen und genießen!, befahl sie sich.

»Hör nicht auf. Es ist so schön«, hauchte sie ihm mit wachsender Zuversicht, dass er sie auch in nüchternem Zustand begehrenswert fand, ins Ohr.

Er hörte tastsächlich nicht auf. Anja spürte, wie sie sich zunehmend entspannte und langsam in einem warmen See des Vertrauens versank.

Auf der Terrasse roch es nach Urlaub in einem Fünfsternehotel. Fabrizio hatte sich offenbar große Mühe gegeben. Statt dem typisch kargen italienischen Frühstück fand Dorothea frisch gepressten Orangensaft, eine Auswahl an italienischer Salami, weichgekochte Eier, eine Käseplatte, Baguette und Parmaschinken vor, der liebevoll auf Honigmelonen drapiert war. Ganz nach ihrem Geschmack.

»Guten Morgen, Dorothea. Möchtest du einen Kaffee?«, fragte Fabrizio sie.

Allerdings, und je stärker, desto besser.

»Gerne.«

»Für mich bitte auch einen«, bat Elli.

Sie gesellte sich zu ihr und krächzte ein eher seichtes »Morgen«, bevor sie am anderen Ende des Tisches Platz nahm. Dorothea war gespannt, ob ihre Schwester das abrupte Ende ihres gestrigen Gesprächs noch einmal aufgreifen würde. Mitnichten!

»Mm, das sieht aber lecker aus.« Elli griff sofort nach einem Teller, und als wären ihre Hände riesige Baggerschaufeln, schob sie Unmengen auf ihren Teller. Es fehlte nur noch, dass Elli sie fragte, ob sie gut geschlafen hatte. Kaum zu Ende gedacht, kam die Frage tatsächlich wie aus der Pistole geschossen, noch dazu mit vollem Mund.

»Ich habe gar nicht geschlafen«, desillusionierte Dorothea ihre Schwester.

Ellis aufgesetztes Guten-Morgen-Strahlen verblich augenblicklich. Sie nickte nur und überlegte sich jetzt vermutlich, warum oder vielmehr warum nicht.

»Es war Vollmond«, plapperte sie in einer Kaupause vor sich hin.

Smalltalk am Morgen. Gab es Schlimmeres?

Vollmond! Genau! Deshalb hatte sich ihre kleine Schwester auch in ein Werwölfchen verwandelt oder vielmehr in eine kleine Cinderella, die auf ihre alten Tage zu der Einsicht gelangte, dass es außer Josef auch noch andere interessante Männer gab. Tausend messerscharfe Pfeilspitzen formierten sich auf ihrer Zunge, bereit, Elli damit zu torpedieren. Aber was sollte das schon bringen? Vielleicht konnte ihre Schwester sich gar nicht mehr daran erinnern, was sie ihr gestern volltrunken gestanden hatte. Es war sowieso viel wichtiger, sich auf das Wesentliche zu konzentrieren, den Grund, weshalb sie überhaupt hier waren.

»Ich hab Mamas Briefe gelesen.«

»Und?«, brachte Elli gerade noch hervor, bevor sie einen weiteren Happen von ihrem Käsebrötchen abbiss.

»Nichts!«

»Nichts?« Erst jetzt schien Elli zu merken, dass dies keine so gute Nachricht war.

»Sagte ich doch.«

Endlich hatte Elli das Brötchen heruntergewürgt. »Aber dann haben wir ja überhaupt nichts in der Hand.«

»Gut kombiniert. Ich schätze, wir sind darauf angewiesen, dass uns Roberto ein vernünftiges Angebot macht«, versuchte Dorothea ihrer Schwester nahezubringen.

»Ich hab da ein ganz gutes Gefühl«, gab Elli ihr mit schier umwerfendem Selbstverständnis zu verstehen.

»Er wird versuchen, uns über den Tisch zu ziehen.« Das war so sicher wie das Amen in der Kirche.

»Roberto ist nicht der Typ dafür.«

Unfassbar, mit welcher Überzeugung Elli dies von sich gab. »Deine Menschenkenntnis in allen Ehren, aber jemand, der sich ein kleines Hotelimperium aufgebaut hat, kämpft mit harten Bandagen. Von nichts kommt nichts!« Dorothea konnte einfach nicht glauben, dass ihre Schwester so gutgläubig war, oder hatte sie sich von dem großen Kino, das Roberto ihnen am vergangenen Abend geboten hatte, etwa derart blenden lassen?

Schmollend und mit einem Du-wirst-schon-sehen-Blick widmete sich Elli nun der Obstschale. Auch recht. Wenigstens herrschte jetzt Ruhe.

»Guten Morgen, Mama.«

Anja hatte also endlich auch den Weg aus dem Bett gefunden, wenn auch nicht allein. Paolo war an ihrer Seite. Der Gang ihrer Tochter hatte etwas Federleichtes, und Paolos Haar sah zerwühlt aus. Auch Ellis Blick ließ keinen Zweifel aufkommen, dass sie ebenfalls sehr überrascht war und das Gleiche dachte wie sie. Die beiden hatten offenbar eine leidenschaftliche Nacht hinter sich. Hatte Roberto am Ende auch noch seinen Sohn auf sie angesetzt? Zuzutrauen wäre es ihm. Würde sich sonst ein so gutaussehender junger Mann ausgerechnet in ihr Pummelchen verlieben? So, wie er Anja anlächelte, war er entweder ein verdammt guter Schauspieler oder tatsächlich in ihre Tochter verknallt.

»Habt ihr heute schon was vor?«, fragte sie die beiden Turteltäubchen.

»Paolo will mir heute die schönsten Plätze auf der Insel zeigen«, schwärmte Anja und hängte sich bei ihm ein. »Und ihr?«

»Wir treffen uns heute Nachmittag mit Roberto.«

»Lassen Sie sich nicht unterkriegen. Mein Vater kocht auch nur mit Wasser«, versuchte Paolo sie aufzumuntern.

Ein netter Zug, der zumindest darauf hindeutete, dass er Anja nicht für die Zwecke seines Vaters instrumentalisierte.

»Ihr wollt die Casa Bella immer noch verkaufen?«, hakte Anja nach.

Eigentlich hätte sie ihrer Tochter mit einem klaren Ja geantwortet, doch Ellis strenger Blick schaffte es tatsächlich, dass sie etwas mehr Diplomatie an den Tag legte.

»Wir hören uns erst einmal an, was er uns anbietet.«

Die Antwort schien Anja zu beruhigen. Ein Fehler! Nun machte sie sich bestimmt wieder Hoffnung auf die Pension. Andererseits war es vermutlich wirklich das Beste, erst einmal das Treffen abzuwarten.

»Wo ist eigentlich Heinz?«, fragte Elli eher beiläufig, als Fabrizio mit einem Tablett und Kaffee aus dem Haus kam.

»Er ist heute schon sehr früh losgefahren.«

»Ohne sich zu verabschieden?«, erkundigte sich Elli irritiert.

»Er wollte euch nicht wecken«, fuhr Fabrizio fort.

»Hat er denn keine Nachricht hinterlassen?«, hakte Elli nach.

»Nein. Ich habe ihn mit dem Wagen zum Hafen gebracht. Er hat die erste Fähre nach Neapel genommen.«

Auch wenn Dorothea Heinz nur kurz kennengelernt hatte, sah ihm das gar nicht ähnlich. Auf alle Fälle schien diese Neuigkeit in Elli ganz schön zu arbeiten. Tickte sie noch richtig? Gestern noch im Limoncello-Fieber und heute stand wieder Heinz auf dem Programm? Vermutlich lag es an der intensiven capresischen Sonne.

Einfach so abzuhauen, ohne sich zu verabschieden. Das hätte Elli Heinz beim besten Willen nicht zugetraut. Gut, sie hatte sich gestern nicht um ihn kümmern können, aber er wusste genau, wie wichtig der Empfang für sie war. Dennoch war seine Abreise eine überraschend bittere Pille. Medizin, die schlecht schmeckte, sagte man nach, dass sie wirkte. Insofern war sie zugleich dankbar, dass er nun weg war, ebenso dafür, dass er bei ihrer gemeinsamen Inselerkundung in den Dauergesprächen mit Doro sein wahres Gesicht gezeigt hatte.

All das machte es ihr leichter, ihn abzuhaken, und in gewisser Weise schien es auch zu beweisen, dass ihr Verstand noch funktionierte. Dummerweise setzte die Wirkung der Pille nicht sofort ein und hielt vor allem nicht lange vor. Sie reichte gerade für die Dauer der Taxifahrt ins Zentrum.

Kaum war Elli in der Boutique angelangt, um das Abendkleid zurückzugeben, sah sie vor ihrem geistigen Auge Oskar vor dem Schaufenster hin- und herwuseln. Sie vermisste den kleinen Kerl. Als sie im Laden das Abendkleid aus der Tüte zog und es ordentlich auf dem Tresen drapierte, fielen ihr wieder Heinz' bewundernde Blicke ein und dass er sie fotografiert hatte. Nun musste sie das schöne Kleid zurückgeben. Jammerschade!

»Nochmals vielen Dank«, sagte sie auf Englisch zu der jungen Verkäuferin, die das Kleid entgegennahm.

Doch zu ihrer großen Überraschung legte sie es gleich wieder zusammen und schob es zurück in die Tüte. »Es gehört Ihnen.«

Wie bitte? Elli hatte sich bisher im Englischen immer für ziemlich sattelfest gehalten. Sie musste sich verhört haben.

»Aber ich habe es nicht bezahlt.«

»Machen Sie sich darüber keine Gedanken. Es ist alles in bester Ordnung.«

Das konnte unmöglich sein. Welche Boutique konnte es sich schon leisten, Abendkleider zu verschenken?

»Aber ... aber ...«, stammelte sie.

Die Verkäuferin grinste immer breiter. »Ich glaube, es gibt da jemanden, der Sie wirklich sehr mag.«

Elli stutzte. Wer um alles in der Welt hatte das Kleid für sie bezahlt? Am Ende gar Doro?

Gleich zwölf Villen hatte Kaiser Tiberius hier auf Capri erbauen lassen. Anja war völlig fasziniert von den weitläufigen antiken Gebäuden, die teilweise noch gut erhalten waren.

»Die wenigsten Touristen wissen, dass Tiberius auf der Insel seinen Lebensabend verbracht hat.«

»War das nicht der Kaiser, der zu Jesu Zeiten gelebt hat?«

»Gut in der Schule aufgepasst«, lobte Paolo.

Sie hatten inzwischen den höchsten Aussichtspunkt der auf einem grünen Hügel thronenden Anlage erreicht.

»Manchmal erinnert er mich ein wenig an meinen Vater. Der gleiche Größenwahn. Er baut hier auch ein Hotel nach dem anderen.«

»Dagegen ist doch nichts einzuwenden. Er ist eben ein tüchtiger Geschäftsmann.«

»Dafür aber ein lausiger Vater.«

»Immerhin hat er dir keine Steine in den Weg gelegt.«

Paolo sah sie erstaunt an.

»Na ja, du konntest immer alles machen, was du wolltest. Er hat dich bei allem unterstützt.«

»Jetzt redest du schon wie mein Vater«, sagte er leicht beleidigt.

»Stimmt doch. Von meiner Mutter kann ich das jedenfalls nicht behaupten.«

»Unterstützt sie dich denn nicht?«, fragte Paolo neugierig.

»Momentan schon, zumindest gelegentlich, aber was glaubst du, was damals los war, als ich die Lehre angefangen habe?«

Paolo nickte. »Man kann es seinen Eltern wohl nie recht machen.«

»Dein Vater ist sicher stolz auf dich.« Im Gegensatz zu ihr hatte Paolo immerhin eine Promotion in der Tasche, noch dazu im Bereich Touristik.

»Von wegen! Ich passe nicht in sein Schema. Ich möchte ganz andere Hotels führen, ökologische, mit Gewinnbeteiligung für das Personal, kein Massenbetrieb«, sagte er euphorisch, als sie einen weiteren Aussichtspunkt erreichten, der steil in die Tiefe führte.

»Na, wenigstens bist du für ihn keine komplette Enttäuschung.«

»Wenn ich so skrupellos wäre wie er, dann sicher nicht.« Anja folgte Paolos gedankenverlorenem Blick in Richtung des Abgrunds. »Eine Legende besagt, dass Tiberius hier all jene hinunterstoßen ließ, die sich ihm widersetzt haben. Meinem Vater würde ich so etwas auch zutrauen. Verstehst du jetzt, was ich meine?«

Anja machte einen Schritt nach vorn und blickte in die Tiefe. Nichts als steinige Felsen und eine schroffe Brandung.

In dem Moment klingelte Paolos Handy. »Hallo, Papa? Wir sind unterwegs … mit Anja … heute Abend?« Paolo wirkte nun komplett durch den Wind und überlegte für einen Moment. »Gut, ich werde sie fragen.«

Vermutlich hatte sich sein Vater schon gefragt, wo er die ganze Zeit über steckte.

»Er will dich besser kennenlernen«, sagte er verwundert.

»Was? Das glaube ich nicht.«

»Hast du Lust?«

Anja zögerte. Lust hatte sie eigentlich nicht, aber vielleicht war sein Vater ja gar nicht so übel. »Hast du denn Lust?«, fragte sie ihn.

Paolo zuckte unschlüssig mit den Schultern.

»Ist das jetzt so etwas wie mein offizieller Antrittsbesuch?«

»Das macht man in Italien so, wenn man jemanden getroffen hat, mit dem man gerne zusammenbleiben möchte.« Paolo sah ihr direkt in die Augen.

Doch ihre Selbstzweifel obsiegten und killten die romantische Stimmung. »Möchtest du das wirklich? Nach all den Jahren? Du könntest jede andere Frau haben.«

Paolo schüttelte den Kopf.

Wie es aussah, meinte er es tatsächlich ernst.

Kapitel 14

Elli staunte nicht schlecht, als der Chauffeur sie mit der Limousine an der kleinen Marina direkt vor dem Anlegesteg einer Yacht absetzte, die mit Sicherheit ein Vermögen gekostet hatte und sich an Größe und Ausstattung deutlich von den anderen Yachten und Motorbooten abhob, die sich im Hafenbecken tummelten. Doro schien ebenfalls sehr beeindruckt von diesem Traum in Weiß, vor dem Roberto bereits auf sie wartete.

In dem schlichten Polo-Shirt und der weißen Freizeithose sah er fast noch besser aus als im schicken dunklen Anzug. Er drehte also wieder einmal ordentlich auf. Ein Mittagessen im seiner Meinung nach besten Restaurant Süditaliens stand auf dem Programm. Auf die Überfahrt zum Festland nach Sorrento freute Elli sich am meisten. Während der kurzen Passage hatte die Zeit gerade einmal für ein Gläschen Champagner gereicht. Der Mann dachte einfach an alles.

»Ohne eigenes Boot ist man hier verloren«, hatte er ihnen mit fast schon bescheiden wirkender Nonchalance gesagt. Klar, Roberto setzte sich bestimmt nicht in eine öffentliche Fähre. Dann gab er Vollgas, und die Yacht galoppierte förmlich über die Wasseroberfläche. In dem schaukelnden Boot hatte es sich als schwierig erwiesen, den guten Champagner nicht zu verschütten.

»Das sind die Probleme der Reichen«, amüsierte sich Elli bei dem Versuch, kein Tröpfchen an die Planken zu verlieren. Mit ihrem Kopftuch und dem Kleid im Retro-Look hatte sie etwas von Jackie Onassis, stellte sie zufrieden fest und gab sich dem dekadenten Gefühl hin, auf einer Luxusyacht zu sein.

»Willst du mal ans Steuer?«, fragte Roberto sie.

Elli hatte noch nie ein Boot gelenkt, geschweige denn eine Yacht. Aber warum nicht? Es fühlte sich ziemlich gut an. Sie genoss Robertos Nähe und freute sich, dass sie zum vertraulichen ›Du‹ übergegangen waren.

Immer wieder lächelte er ihr zu. »Du machst das richtig gut. Vielleicht ein bisschen mehr nach Steuerbord, sonst landen wir noch in Neapel.« Er legte seine Hände ganz beiläufig auf ihre. War er etwa auf einen Flirt aus? Schöne Augen machte er ihr jedenfalls, und Elli sah keinen Grund, sich nicht darauf einzulassen, zumal Doro ihr einen verstohlenen Seitenblick von ihrem Liegestuhl am Heck aus zuwarf. Ärgerte sich ihre Schwester etwa, weil sie ausnahmsweise mal nicht im Mittelpunkt stand?

»Ich fürchte, ich habe Muskelkater«, gestand Roberto Elli. »Vom Tanzen.«

»Von dem bisschen?«

»Du hast mich ganz schön gefordert, aber weißt du was? Ich habe es genossen. Wann hat man schon mal die Gelegenheit, mit einer so attraktiven Frau zu tanzen?«

»Nun übertreibst du aber.« Eigentlich war dies schon keine Übertreibung mehr, sondern einen Tick zu dick aufgetragen. Komischerweise klang das Kompliment aus dem Munde des Italieners trotzdem erfrischend. War es sein charmanter Akzent oder einfach nur dieses surreale Onassis-Ambiente? Wie auch immer. Elli beschloss, das Kompliment als solches zu nehmen.

»In deinem roten Kleid gestern … Was glaubst du, wie viele meiner Freunde mich auf dich angesprochen haben?«, fuhr Roberto fort.

»Vermutlich eher auf das Kleid.«

»Auch«, lachte er. »Du magst Armani?«

Armani? Soweit sie sich erinnern konnte, hatten sie den ganzen Abend nicht über ihre Garderobe gesprochen.

»Woher weißt du das?«

»Ich gehe fast täglich an der Boutique vorbei, in der dieses Kleid im Schaufenster lag. Heute Morgen war es nicht mehr da.«

Das Kleid! Hatte er es ihr etwa heimlich bezahlt? Sie konnte ihn unmöglich darauf ansprechen. Zuzutrauen wäre es ihm aber.

»Am besten, ich übernehme jetzt wieder«, sagte Roberto. »Da vorn ist der Hafen.«

Elli war froh, dass sie das weiße Geschoss wieder übergeben durfte. Die enge Hafeneinfahrt, die schnell näher kam, hätte sie bei ihrem fehlenden Geschick für alles Technische bestimmt gerammt.

Selbst Dorothea wusste, dass das Don Alfonso für seine Küche bekannt war. Einer ihrer Kollegen hatte letztes Jahr einen Reisebericht über die Amalfiküste geschrieben und dabei gar vom »besten Essen Italiens« gesprochen.

»Hier wird alles selbst angebaut, ohne Kunstdünger und ohne Pestizide. Alle Kräuter stammen aus dem eigenen Garten«, schwärmte Roberto, als sie aus dem Taxi stiegen, das sie vom Hafen hierhergebracht hatte. »Ich esse oft hier.«

»Vermutlich, um deine Geschäftspartner zu beeindrucken«, präzisierte Dorothea. Die Romantiknummer konnte er mit Elli abziehen. Mit ihr jedenfalls nicht.

»Auch privat!«

Dies konnte sie sich lebhaft vorstellen. Vermutlich war das Don Alfonso sein Abschlepplokal. Das Ambiente war perfekt, um Damen zu beeindrucken. Verschnörkelte Stühle im Stil von Louis XIV., Kronleuchter, edles Besteck. Der Laden roch förmlich nach »vornehm«.

»Ich finde es jedenfalls schön hier«, schwärmte ihre Schwester.

Warum heischte Elli nur unentwegt nach Robertos Anerkennung? Gut, der Mann hatte Stil. Die alte Schule eben. Das Stuhl-rücken-Spiel, die Frage, ob der Platz auch genehm sei, die Aufforderung an den Ober, den Damen etwas Besonderes zu empfehlen – das alles war perfekt. Einfach zu perfekt für ihren Geschmack.

»Du weißt genau, wie man eine Frau verwöhnt«, sagte Dorothea geradeheraus. Sollte er es ruhig nehmen, wie er wollte. Vermutlich als Kompliment.

Elli hingegen warf ihr gleich einen vorwurfsvollen Blick zu und sah ihn an, als ob sie sich für ihre große Schwester entschuldigen müsste. Natürlich folgten sie artig seinen Empfehlungen, und zugegebenermaßen war das, was ihnen aufgetischt wurde, überirdisch gut. Selbst die Grissini waren so unwiderstehlich, dass sie sich allein daran hätte satt essen können. Während der Vorspeise fiel immer noch kein Wort über Geschäftliches, was vielleicht nicht einmal schlecht war. Am Ende hätte ihnen das Gespräch noch den Appetit verdorben, und das hätten die köstlichen Spaghetti *ai frutti di mare* einfach nicht verdient. Robertos Ausführungen über gute Küche, für ihn das allerwichtigste Kriterium bei der Auswahl eines Luxushotels, untermauerten seine Kompetenz und passten perfekt zu dem, was der Kellner ihnen servierte. Zu guter Letzt gab es die Krönung aller maritimer Spezialitäten, jedenfalls sah Roberto dies so: Hummer, mit Knoblauchsauce verfeinert.

»Das ist wirklich der beste Hummer meines Lebens.«

Ellis Fresszelle war anscheinend wieder aktiv. Sie wirkte wie ein Kind im Schlaraffenland.

»Ein kleines bisschen zu viel Olivenöl, findest du nicht?«, musste Dorothea einfach anmerken, nicht weil dem tatsächlich so war, sondern vielmehr, um Elli ein wenig Öl aus dem Getriebe abzuziehen.

Roberto hatte ganz offensichtlich seine liebe Mühe damit, eine charmante Balance zwischen Ellis wohlwollenden Ergüssen, die bestimmt ganz nach seinem Geschmack waren, und ihren zynisch gewürzten Zugaben zu finden. Ihn so herumeiern zu sehen, bereitete ihr großes Vergnügen. Elli dachte vermutlich, dass sie unmöglich sei. Aber irgendjemand musste das Gespräch ja mal vage in Richtung einer vernünftigen Konversation lenken. Allerdings dauerte es noch bis nach dem Dessert, bis der letzte Hauch von Romantik und Urlaubsstimmung trotz der göttlichen Aussicht auf die Steilküste demontiert war. Roberto machte trotzdem nicht die geringsten Anstalten, endlich zum geschäftlichen Teil überzugehen. Also musste Dorothea dies wohl selbst in die Hand nehmen.

»Ein herrliches Essen war das. Also ich wäre jetzt bestens vorbereitet für dein Angebot.«

Roberto sah sie erstaunt an.

»Die Casa Bella«, setzte sie nach.

»Sicher, die Casa.«

»Das kann doch noch ein bisschen warten.«

Wie sehr ihr Ellis devotes Gehabe auf die Nerven ging.

»Wir sind gespannt.« Dorothea bemühte sich um einen erwartungsvollen Blick.

»Nun ja. Wie du weißt, gehört das Haus im Moment der Gemeinde, weshalb ich es dort auslösen muss. Die Sache ist folgendermaßen: An sich habt ihr rein formell noch überhaupt keinen Anspruch auf die Casa Bella. Ich nehme aber an, dass ihr irgendwie den Nachweis erbringen könnt, dass ihr Castigliones Töchter seid. Sonst wärt ihr ja wohl kaum hier.«

»Richtig.« Dorothea fiel es nicht schwer, souverän zu schmunzeln, immerhin hatten sie Alessandros Haare als wertvolles Pfand.

»Ein Testament kann es nicht sein, sonst würden wir jetzt nicht hier sitzen.«

Nun war es Roberto, der souverän lächelte. »Alles, was ich weiß, ist, dass ihr an einer schnellen Abwicklung interessiert seid. Zumindest hat mir Fabrizio dies zu verstehen gegeben.«

»Korrekt.« Hatte Fabrizio ihm etwa davon erzählt, dass sie einen Gentest durchführen lassen konnten? Auf alle Fälle musste er dem Hotelier gegenüber angedeutet haben, dass sie etwas in der Hand hatten.

»Was immer ihr da habt … Wenn ihr eure Ansprüche auf offiziellem Wege geltend machen wollt, verliert ihr wertvolle Zeit. Für euch und für mich. Daher bin ich bereit, euch eine angemessene Summe zu bezahlen, sofern ihr auf eventuelle Ansprüche verzichtet.«

»Wir sind uns der Situation durchaus bewusst«, erwiderte Dorothea.

Die Antwort richtete Roberto merkwürdigerweise an Elli, was nur heißen konnte, dass jetzt etwas kam, was ihnen Verständnis und Entgegenkommen abringen sollte. »Das Haus ist so gut wie nichts mehr wert. Ich weiß nicht, ob Fabrizio euch die problematischen Stellen schon gezeigt hat. Die Bausubstanz ... Die Casa Bella ist einfach zu alt. Eine Sanierung wäre viel zu teuer.«

Elli nickte verständnisvoll.

Fatal. Damit schenkte sie ihm einen wertvollen Punkt.

»Das Grundstück hat durchaus einen gewissen Wert. Leider liegt die Casa Bella jedoch ein bisschen zu weit außerhalb. Ihr habt sicher selbst bemerkt, dass die Anreise etwas umständlich ist, aber ich schätze mal, dass es um die fünfhunderttausend Euro wert sein dürfte. Ich habe gute Kontakte zur Gemeinde ... Wahrscheinlich müsste ich um die zweihundertfünfzigtausend dafür zahlen ...«

»Das heißt zweihundertfünfzigtausend für uns. Bar?«, fragte Dorothea nach.

Roberto nickte zuversichtlich. Elli strahlte.

Dorothea setzte bewusst eine eher nachdenkliche Miene auf. »Wir müssen uns sicher nicht gleich entscheiden, aber danke für dein Angebot«, sagte sie.

»Es gibt da allerdings ein Problem: Die Gemeinde kann das Grundstück nicht länger zurückhalten. Ich habe eine Frist, bis morgen früh.«

»Heißt das, wir müssen morgen schon unterschreiben?« Dorothea ließ sich nicht gerne die Pistole auf die Brust setzen.

»Ich fürchte ja, sofern ihr an diesen Konditionen festhalten möchtet.«

Elli glaubte offenbar auch nicht, was sie da hörte, aber angesichts ihrer sorgenvollen Miene war es Roberto wohl gelungen, sie ordentlich einzuschüchtern. Wahrscheinlich hätte sie sogar auf der Stelle unterschrieben.

»Entschuldige mich bitte.« Dorothea stand mit einem Seitenblick auf Elli auf. »Kommst du bitte mal kurz mit?« Ihr Blick in Richtung der Toiletten war ja wohl eindeutig, und Gott sei Dank kapierte ihre Schwester sofort, dass sie mit ihr unter vier Augen sprechen wollte.

»Sag mal, hast du sie noch alle? Du kriechst dem Typen sowas von in den Hintern.«

Elli konnte gar nicht verstehen, warum sich ihre Schwester so aufregte. »Doro, ich muss schon bitten«, erwiderte sie, während sie sich vor dem Spiegel die Lippen nachzog.

»Der will uns doch nur über den Tisch ziehen.«

»Das glaube ich nicht.« Elli hatte allmählich von den Schwarzmalereien ihrer Schwester die Nase voll. »Er ist ein sehr netter Mann und wirkt auf mich grundsolide«, sagte sie ihr aus voller Überzeugung.

»Weißt du, wie du mir gerade vorkommst? Wie diese Rose aus *Golden Girls*. Sankt Olaf.«

Dass Doro sie mit Rose verglich, war ja wohl die Höhe. »Er hat uns zu einem großartigen Fest eingeladen, führt uns ins beste Restaurant an der Amalfiküste und bietet uns zweihundertfünfzigtausend Euro für ein Grundstück, das uns nicht mal gehört. Wer sagt denn, dass der Preis nicht realistisch ist?«

Die Art, wie Doro sie ansah, ging über Fassungslosigkeit weit hinaus. Elli regte es auf, dass ihre Schwester sie offenbar für komplett verblendet hielt.

»Falls ich dich daran erinnern dürfte. Wir haben nichts, aber auch rein gar nichts, außer einem Büschel Haare. Wer weiß, ob wir damit überhaupt durchkommen. Die Briefe waren ja wohl ein Flop.«

Doro biss sich nervös auf die Unterlippe, ein untrügliches Zeichen dafür, dass Elli mit ihrer Einschätzung recht hatte. »Ja, kann gut sein«, erwiderte Doro und wischte sich mit dem kleinen Finger die verschmierte Wimperntusche aus dem Augenwinkel.

»Wir sollten froh sein, dass sich alles so gut fügt. Roberto ist ein Glückstreffer.«

»Ja, ein richtiger Sechser im Lotto, und du kannst dich gerne weiter an ihn ranmachen. Ich habe nicht das geringste Interesse an ihm.« Damit stürmte sie hinaus.

Was sollte das denn? Von wegen »nicht das geringste Interesse«. Das hatte auf dem Limoncello-Fest aber ganz anders ausgesehen. Doro hatte ganz schön heftig mit Roberto geflirtet. Diese ewigen Rivalitäten und Sticheleien – hörte das denn nie auf?

»Giuseppe!«, rief Heinz in Richtung eines parkenden Wagens, vor dem ein gut gekleideter Mann etwa in seinem Alter stand und sich im neapolitanischen Gewimmel der Passanten, die an ihm vorbeiströmten, suchend umsah. Heinz winkte ihm zu, doch auch dies reichte offenbar noch nicht, um ihn ausfindig zu machen. »Giuseppe!«, rief er noch einmal.

Erst jetzt stutzte der Anzugträger mit dem graumelierten Haar, und langsam überzog ein Lächeln sein Gesicht. Immerhin waren gut zehn Jahre vergangen, seit sie sich das letzte Mal gesehen hatten.

»Heinz?« Giuseppe erweckte den Eindruck, als ob er es immer noch nicht glauben konnte, seinen ehemaligen Teamkollegen aus dem Merger & Akquisition Department vor sich zu haben.

»Setz dich doch.« Heinz deutete mit einer einladenden Geste auf den freien Stuhl, den er in der hoffnungslos überfüllten Kaffeebar bereits seit einer halben Stunde für ihn freihielt. Im Gegensatz zu ihm hatte sich sein Kollege kaum verändert, bis auf die grauen Haare.

»Du hättest auch mal wieder einen Friseur nötig, altes Haus.« Nun war Giuseppes Lächeln so breit, wie er es von früher kannte, und schon tätschelte er ihm freundschaftlich die Schulter. »Ich fasse es nicht. Bist du unter die Aussteiger gegangen?«

Giuseppe musste sich wohl erst noch an seine Transformation vom soliden Finanzexperten zum Weltenbummler gewöhnen. »Könnte man so sagen.«

»Wen haben wir denn da?« Erst jetzt bemerkte sein ehemaliger Kollege den Hund, der sich unter einem Bistrotisch in der Sonne räkelte.

»Das ist Oskar. Du darfst ihn ruhig streicheln, er beißt nicht.«

Giuseppe lachte, hielt seine Hand vor Oskars Schnauze, und kaum wedelte der Hund freudig mit dem Schwanz, fuhr er ihm ein paar Mal übers Fell. »Wo hast du denn all die Jahre gesteckt?«

»On the road. Mal hier, mal da«, erwiderte Heinz. Um Giuseppe von all seinen Reisen zu erzählen, war zu wenig Zeit.

»Und jetzt willst du dir ein Haus auf Capri kaufen? Es gibt doch viel schönere Ecken … Ah verstehe, du hast eine Frau kennengelernt. Warum kauft ein Mann wie du sich sonst ein Haus? Einen Hund hast du ja schon.«

»Ja und nein. Das ist alles viel zu kompliziert. Ich habe dich angerufen, weil eine Freundin von mir ein Haus auf Capri kaufen möchte.«

»Verstehe.« Giuseppe nickte und winkte einen Ober herbei, um einen Espresso zu bestellen.

»Hast du etwas herausfinden können?«, fragte Heinz ihn ohne Umschweife.

Giuseppe hatte bereits am Telefon angedeutet, dass er eigentlich gar keine Zeit für ein Treffen hatte. Ihn um eine spontane Einschätzung der Casa Bella zu bitten, war bei Giuseppes Arbeitspensum schon hart an der Grenze. Er hatte sich für Heinz die Zeit also förmlich aus den Rippen geschnitten, und wenn jemand dies zu würdigen wusste, dann ein Mensch, der selbst einmal in der hektischen Finanzwelt tätig gewesen war.

»War nicht schwer. Also, ich schätze, das Anwesen ist gut und gern eine Million Euro wert. Vielleicht sogar ein bisschen mehr.«

»Das habe ich mir gedacht.«

»Hat die Dame vielleicht einen Engpass hinsichtlich der Finanzierung?«, hakte Giuseppe nach.

Heinz musste lachen. So konnte man jemanden, der vermutlich pleite war, natürlich auch bezeichnen.

»Könnte man so sagen. Ich wollte nur sichergehen.«

»Und dieser Hotelier ... Roberto de Andre. Ich kenne ihn. Frag mich nicht, woher. Er war auf irgendeinem Empfang der Bank. Soviel ich weiß, kauft er alles auf, was ihm zwischen die Finger kommt.«

»Ist er seriös?«, bohrte Heinz nach.

»Schwer zu sagen. Manche bezeichnen ihn als Aasgeier. Er ist in den letzten Jahren mit den Pleiten anderer groß geworden und lebt von seinen guten Verbindungen.«

»Danke!«

Giuseppe schüttelte den Kopf. »Einfach so auszusteigen. Mensch, du hättest ganz nach oben kommen können. Was rede ich da, du hättest den Donald Trumps dieser Welt Konkurrenz machen können.«

»Es war nicht mehr so wichtig für mich«, erwiderte Heinz mit ernster Stimme.

Giuseppe nickte. »Du bist immer noch nicht darüber hinweg? Glaub mir, du bist nicht der Einzige … Ich bin jetzt auch schon zum dritten Mal verheiratet. Das bringt dieser Job nun mal so mit sich.«

Dass er in der Vergangenheit herumstocherte, konnte Heinz seinem ehemaligen Kollegen nicht übelnehmen. Immerhin hatten sie beide mehrere Millionen-Deals an Land gezogen und dabei viel Zeit miteinander verbracht.

»Irgendwann kommt der Punkt, an dem man sich entscheiden muss. Ich habe zu viele Fehler gemacht und dabei das Wesentliche aus den Augen verloren.«

»Ich wünschte, ich hätte deinen Mut.«

Die Tatsache, dass ein Hauch von Melancholie in Giuseppes Stimme lag, machte Heinz klar, dass es richtig gewesen war, sein Leben von Grund auf zu ändern.

Unter normalen Umständen hätte Dorothea die Fahrt auf einer Luxusyacht entlang der Amalfiküste begeistert. Von Bucht zu Bucht, von Hafen zu Hafen, ein Postkartenmotiv nach dem anderen. Aber das Angebot für die Pension spukte in ihrem Kopf, und so sehr sich Dorothea auch bemühte, irgendeinen Haken daran zu finden, sie entdeckte keinen. Sie mussten das nehmen, was er ihnen gnädigerweise zugestand. Einen langwierigen Prozess mit ungewissem Ausgang konnten sie sich nun mal nicht leisten.

Für Elli war die Angelegenheit anscheinend schon abgehakt. Sie fraß Roberto regelrecht aus der Hand. Immerhin nahm sie sich auf dem Rückweg wenigstens ein bisschen Zeit für ihre ältere Schwester. Dass Elli sich angesichts ihrer Obsession überhaupt zu ihr setzte, grenzte an ein Wunder.

»Ist es nicht herrlich hier? Da möchte man doch am liebsten gar nicht mehr nach Hause«, schwärmte sie.

Ach du Schande. Dachte sie jetzt etwa ernsthaft darüber nach, sich auf einen italienischen Hotelier einzulassen? Natürlich war es rein theoretisch möglich, dass sich Roberto für ihre Schwester interessierte. Das Leben schrieb in Sachen Liebe oft die merkwürdigsten Geschichten, aber viel wahrscheinlicher war es doch, dass er sich nur bei Elli einschleimte, um an die Casa Bella heranzukommen.

»Sag mal, hast du dich jetzt in Roberto verknallt, oder was?« Direkte Fragen waren immer noch das beste Mittel, um sich Klarheit zu verschaffen.

Elli zuckte nur mit den Schultern und seufzte unentschlossen.

»Jetzt sag schon.«

»Was heißt schon verknallt. Roberto ist ein toller Mann. Ich bin ungebunden, warum also sollte ich diese schönen Momente nicht genießen?«

Dagegen war überhaupt nichts einzuwenden, aber diese Einstellung passte so gar nicht zu ihrer Schwester. Noch auf dem Limoncello-Fest hätte Dorothea geschworen, dass sich Elli mit ihr in Sachen Männer immer noch in einem Konkurrenzverhältnis befand, als ob dies genetisch einprogrammiert wäre. Elli versuchte sich offenbar damit aufzuwerten, überlegte sie vor dem Hintergrund dessen, was ihre Mutter über sie beide an Charlotte geschrieben hatte. Die kleine Schwester setzte sich gegen die große Schwester durch – tiefenpsychologisch betrachtet.

Warum Elli immer noch flirtete, obwohl sie vorhin beteuert hatte, dass sie nichts von Roberto wollte, musste eher etwas mit ihrem Zustand des Erwachens zu tun haben. Ein zweiter Frühling? Kaum vorstellbar, aber anscheinend hatte sie, da Josef ihr ja nie an den Allerwertesten gefasst hatte, großen Nachholbedarf. War sie in ihrer Ehe mit Josef tatsächlich so unglücklich gewesen? Auf alle Fälle schien sie immer auf den gleichen Typ Mann hereinzufallen, sofern man überhaupt von Hereinfallen reden konnte.

»Elli. Die See ist wieder ruhig. Möchtest du noch mal ans Steuer?«, fragte Roberto.

»Ich komme!«, rief Elli lautstark gegen den Wind gen Steuerbord.

Sobald das Herrchen rief, sprang das Hündchen auf und lief hechelnd zu ihm. Unfassbar!

Egal, es war Ellis Leben, und dennoch war es nervig, die eigene Schwester mit Roberto flirten zu sehen. Der gleiche bewundernde Blick, den sie damals auch Josef zugeworfen hatte. Sie konnte es einfach nicht länger mit ansehen. Augen zu, die Sonne genießen und ein wenig auf dem Sonnendeck wegnicken, nahm sie sich vor, und kaum hatte sie den Gedanken zu Ende gedacht, überfiel sie eine bleierne Müdigkeit, der sie sich nur allzu gerne in dem bequemen Liegestuhl hingab.

Diese Frau hatte sein ganzes Leben durcheinandergebracht. Heinz stellte sich bei der Ankunft der Fähre an der Marina Grande die Frage, warum er dies alles für Elli tat. An sich wäre er jetzt längst in Afrika. Er wäre glücklich mit sich und seinem Leben und natürlich mit Oskar. Er würde mit jedem Atemzug ein Stück Freiheit inhalieren und gedankenlos in den Tag hineinleben, sich nur vom Hier und Jetzt treiben lassen wie ein Blatt im Wind. Dies ging nun aber nicht mehr. Heinz fühlte sich rastlos. Wo war nur seine innere Ruhe geblieben?

Das lag ganz gewiss nicht am Hafen von Capri und dem

Strom der Tagestouristen, die ihm auf dem Weg von der Fähre hinauf zur Stadt entgegenkamen. Sich einer Frau derart verpflichtet zu fühlen, obwohl er genau wusste, dass sie nicht an einem Leben an seiner Seite interessiert war, grenzte an Irrsinn. Dennoch musste er Elli vor Roberto de Andre warnen – ebenso wie ihre Schwester. Heinz war sich absolut sicher, dass der Hotelier versuchen würde, die beiden Frauen über den Tisch zu ziehen.

Warum nur spielte Oskar auf einmal verrückt? Schwanzwedelnd zog er an der Leine in Richtung der etwa einhundert Meter entfernten Anlegestelle für kleinere Boote. Elli? Was machte sie an Bord einer dort vor Anker liegenden Yacht? Dorothea war auch dabei, an der Seite eines ziemlich adretten Italieners. Das musste dieser Roberto de Andre sein. Wie galant er Elli die Hand reichte, als sie den kurzen Weg vom Steg zum befestigten Ufer hinunterging. Die beiden unterhielten sich angeregt, und Elli lachte. Dorothea hingegen sah sich um und deutete in Richtung der Shopping-Meile. Die drei trennten sich, und wie es aussah, ging der Italiener mit Elli auf eine Bar zu. Hatte er tatsächlich mit ihr angebandelt? Hatte es etwa zwischen Elli und dem Hotelier gefunkt?

Zur allgemeinen Rastlosigkeit und Unzufriedenheit gesellte sich nun auch noch Eifersucht, die ihm wie ein heißer Strom vom Bauch direkt in den Kopf schoss. Da half es auch nichts, wenn er sich sagte, dass es ziemlich albern war, schließlich glaubte er, sich bereits damit abgefunden zu haben, dass Elli nicht für in sein Leben passte. Sie nun auch noch eingehängt an der Seite eines Gauners zu sehen, rief noch ein anderes Gefühl in dem bereits existierenden Chaos hervor: Blanker Zorn stieg in Heinz auf.

Robertos Vorschlag, den Ausflug in einer der schönen Bars direkt am Hafen ausklingen zu lassen, war ganz nach Ellis Geschmack.

»Gefällt es dir hier?«, fragte er sie und bot ihr gentlemanlike den besten Platz an. Damit gehörte der Blick auf die Marina ihr. »Heute Abend zeige ich dir, wie die Capreser feiern, vorausgesetzt du hast nichts gegen ausgelassene Feste, bei denen gesungen und auf den Tischen getanzt wird.«

»Nein, ganz und gar nicht«, gestand sie ihm.

»Ich habe noch einen Termin heute, aber wenn dir halb zehn nicht zu spät ist, hole ich dich ab.«

»Klingt doch gut«, sagte sie. Wenn das keine verlockende Einladung war.

Irgendwie war Elli erleichtert, dass Doro sich entschlossen hatte, allein auf Shopping-Tour zu gehen. Roberto hatte ihre schlechte Laune einfach nicht verdient. Niemand, der sich so viel Mühe mit seinen Gästen gab, hatte eine so pampige Art verdient. Sie konnten froh sein, jemanden gefunden zu haben, der ihnen die Casa Bella unkompliziert abkaufte. Sicherlich war ihr in den Sinn gekommen, sich bei den hiesigen Immobilienbüros nach dem Schätzwert der Pension zu erkundigen, aber was würde das bringen? Das Haus gehörte ihnen nicht, insofern war Robertos Angebot mehr als großzügig.

Er bot ihnen genug Geld, damit sie ihre Schulden zurückzahlen und noch ein bisschen was zur Seite legen konnte. Noch dazu ohne jeden Ärger oder großartigen Papierkram. Vielleicht war Doro ja doch ein bisschen eifersüchtig, obwohl sie ihr gesagt hatte, dass sie Roberto haben könne. Bestimmt ein verlockender Gedanke. Eigentlich fast ein ketzerischer Gedanke. Warum lächelte er sie jetzt schon wieder so charmant an? Hatte er etwa tatsächlich ernstere Absichten, als nur ein wenig mit einer Geschäftspartnerin zu flirten?

»Ich könnte das jeden Tag machen«, schwärmte er von dem heutigen Ausflug.

»Du hast ein tolles Boot und bestimmt oft genug Gelegenheit, mit Geschäftspartnern eine Spritztour zu unternehmen.« Elli musste sich Klarheit darüber verschaffen, ob Roberto an ihr ernsthaft interessiert war.

»Aber nicht in so angenehmer Begleitung. Ich vermisse das manchmal sehr.«

»Es gibt keine Frau in deinem Leben?«, fragte Elli ganz direkt.

»Es gab eine, aber vermutlich hat sie das Inselleben nicht mehr ausgehalten.«

Elli nickte nur. Aufgrund seiner spürbaren Zurückhaltung und des nachdenklichen Blicks beschloss sie, das Thema nicht weiter zu vertiefen.

Sein Handy klingelte.

»Entschuldige mich bitte … Barbara? Moment …« Ein Blick auf die Uhr, dann stand Roberto auf. »Geschäftlich«, fügte er erklärend hinzu. Vermutlich wollte er in Ruhe telefonieren. Warum sonst verzog er sich in die menschenleere Bar?

Das war die Gelegenheit für Heinz, um ›rein zufällig‹ an der Bar vorbeizuschlendern. Anzusprechen brauchte er sie nicht. Es genügte, Oskar von der Leine zu lassen. Wie ein Pfeil schoss der Hund auf Elli zu und traf sie mitten ins Herz. Sie strahlte, als Oskar sie, einem Herzinfarkt nah, freudig umtänzelte und an ihr hochhüpfte, als gäbe es kein Morgen. Ob sie sich ebenso sehr freute, wenn sie ihn bemerkte? Mit Oskar auf dem Schoß sah sie sich um und ja, sie freute sich tatsächlich, ihn zu sehen.

»Heinz? Ich dachte, du wärst schon weg«, sagte sie.

»Wieso weg?«

»Fabrizio meinte, du seiest am Morgen abgereist.«

»Nein, da hat er mich wohl missverstanden. Ich war in Neapel und habe einen Kollegen besucht.«

»Einen Kollegen? Setz dich doch.«

Täuschte er sich, oder war Elli erleichtert, dass er nicht schon abgereist war? Dennoch sah sie ihn fragend an.

»Mir hat das einfach keine Ruhe gelassen. Eure seltsame Erbschaft, die vielleicht nie anerkannt wird, dann dieses merkwürdige Angebot, euch auszubezahlen. Ich kenne jemanden, der von Immobilienpreisen Ahnung hat, und da habe ich eben nachgefragt, was die Casa Bella wohl so wert ist. Ich kann euch doch nicht ins offene Messer laufen lassen.«

Elli war sichtlich gerührt. »Und? Was hast du herausgefunden?«

»Mindestens eine Million.«

Elli schien förmlich zu erstarren und sah ihn ungläubig an. Wie er es sich gedacht hatte. De Andre wollte den beiden bestimmt viel weniger zahlen.

»Bist du dir sicher?«

»Wie viel hat er euch angeboten?«

»Zweihundertfünfzigtausend.«

Heinz konnte nicht anders, als laut aufzulachen. So viel Dreistigkeit hätte er selbst diesem schmierigen Möchtegern-Casanova nicht zugetraut. »Elli. Der Mann ist nicht sauber. Ich habe mich informiert. Er nutzt jede Notlage aus und kauft alles auf, was er in die Finger bekommt. Du solltest dich von ihm nicht einwickeln lassen.«

»Jetzt mal langsam. Du scheinst zu vergessen, dass wir gar nichts in der Hand haben. Roberto müsste uns keinen Cent bezahlen. Das Haus und das Grundstück gehören offiziell der Gemeinde. Er muss beides von ihr kaufen und gibt uns das Geld freiwillig.«

Nun brachte Heinz den Mund nicht mehr zu. Hatte der Hotelier sie um den Verstand gebracht? Warum reagierte sie überhaupt so vehement? Immerhin hatte er versucht, ihr und ihrer Schwester zu helfen.

»Elli! Der Kerl will euch abzocken! Wach auf! Du fällst doch nicht etwa auf diese Casanova-Masche herein?«

»Roberto ist kein Casanova, und ich falle auch auf niemanden herein«, fuhr sie ihn regelrecht an.

»Willst du etwa was von ihm?« Was für eine dämlich direkte Frage, dennoch musste sie gestellt werden. Jetzt war er wohl schon an dem Punkt, an dem er sich selbst nicht mehr unter Kontrolle hatte.

»Und selbst wenn es so wäre, würde es dich nichts angehen«, erwiderte sie trotzig wie ein kleines Kind. Säßen sie in einem Sandkasten, würden sie sich vermutlich gleich mit Sand bewerfen.

»Gut, dass du mir das so deutlich sagst.«

Just in dem Moment kam Roberto de Andre aus der Bar und wirkte überrascht, einen anderen Mann auf seinem Platz vorzufinden. Zumindest sah er Elli mit unverkennbar verwundertem Blick an.

»Roberto. Das ist Heinz«, stellte sie ihn vor.

»Angenehm.« Roberto reichte ihm mit aufgesetztem Lächeln die Hand.

»Wir kennen uns von der Fahrt nach Neapel. Ich hatte eine Panne, und Heinz war so nett, mich mitzunehmen«, fuhr Elli eine Spur zu distanziert für seinen Geschmack fort.

Roberto nickte offenkundig desinteressiert.

Er war also nichts weiter als ein besserer Pannendienst. Das reichte! »Ich muss weiter. Hab noch einen langen Weg vor mir.«

»Du reist ab?«, fragte Elli, sichtlich um Fassung bemüht.

Heinz nickte. »War schön, dich wiederzusehen, Elli. Leb wohl. Komm jetzt, Oskar.«

Elli schien auf einen Schlag in sich zusammenzusacken. Von wegen »er war so nett, mich mitzunehmen«. Auch wenn sie versuchte, sich zusammenzureißen, war ihr für einen kurzen Moment anzumerken, dass sie es bereute, sich ihm gegenüber so kalt verhalten zu haben. Dummerweise hatte der Hund nicht die Absicht, sich von ihrem Schoß zu lösen.

»Oskar!«

»Man sagt, Chihuahuas seien nicht sehr folgsam«, verspottete ihn Roberto de Andre amüsiert.

Darauf konnte Heinz gut und gerne verzichten.

»Komm, Oskar. Geh zu deinem Herrchen«, sagte Elli mit einem Hauch von Wehmut.

Der Hund sah sie herzerweichend an. Warum schickst du mich weg?, stand in seinen traurigen Augen geschrieben. Elli fiel es sichtlich schwer, Oskar wieder auf den Boden zu setzen.

Am liebsten hätte Heinz Elli genau das Gleiche gefragt. In dem Moment wünschte er, die Menschen hätten mehr von Tieren. Warum brachten es die meisten Leute nicht fertig, einfach offen über ihre Gefühle zu sprechen?

Anja fand, dass alles viel zu schnell ging. Gestern noch Hartz IV mit Kummerspeck, heute gefangen in einem Traum, der den Regeln der Vernunft nach unmöglich real sein konnte. Ein gutaussehender und noch dazu wohlhabender Italiener hatte seine alte Liebe wiederentdeckt und gedachte sie nun offiziell seinem Vater vorzustellen. Das war doch völlig absurd, und es wurde von Minute zu Minute verrückter.

Das Anwesen der de Andres sah tagsüber noch pompöser aus als am Abend, zumal sie auf dem Fest überwiegend den Garten gesehen hatte. Die antik anmutenden Möbel in der Empfangshalle, der große Kronleuchter und die breite, halbkreisförmige geschwungene Treppe, auf der Paolos Vater nun herunterschritt, hatten etwas Feudales. Roberto de Andre war im Gegensatz zu gestern Nacht wie ausgewechselt: entspannte Gesichtszüge und ein freundliches Lächeln auf den Lippen.

»Anja, willkommen!«

Sehr merkwürdig. Paolo zwinkerte ihr nur zu, als sie sich zur Audienz in das Wohnzimmer begaben, das sein Vater als Salon bezeichnete. Hier bot sich ihr das gleiche Bild: dunkle Möbel aus edlen Hölzern, wertvolle Teppiche und Brokatvorhänge, die in dem großen Raum besonders gut zur Geltung kamen.

»Was möchten Sie trinken? Vielleicht ein Glas Wein? Sie bleiben doch zum Abendessen?«, fragte der Hausherr sie mit sanfter Stimme.

Abendessen? Anja konnte nur noch Staunen.

»Klar bleiben wir!« Paolo war ebenfalls sehr angetan vom Verhalten seines Vaters.

»Das kam gestern alles etwas sehr überraschend für mich. Paolo hat mir vor Jahren kaum etwas von Ihnen erzählt.«

»Du hast ja auch nie danach gefragt«, berichtigte der Sohn den Vater, ohne dafür einen vorwurfsvollen Blick zu ernten.

»Was machen Sie denn so beruflich?«, wollte er nun wissen.

»Ich bin Köchin.«

Irrte sie sich, oder hatte Paolos Vater gerade Mühe, seine Enttäuschung zurückzuhalten?

»Im Hotelgewerbe?«

Wenn sie ihm jetzt noch erzählte, dass sie arbeitslos war, erfreute ihn das sicher noch mehr.

Paolo musste ihre Gedanken gelesen haben und sprang wohl deshalb für sie in die Bresche. »Anja kann es mit jedem unserer Küchenchefs aufnehmen.«

Nun schien Roberto de Andre wirklich beeindruckt, aber leider hakte er nun genauer nach. »Für wen arbeiten Sie?«, fragte er so beiläufig wie möglich.

Gut, dann musste sie die Karten eben auf den Tisch legen. »Als Frau ist es in diesem Bereich nicht so einfach, eine passende Stelle zu finden.«

»Sie sind also momentan auf der Suche?«

Anja nickte. Am Ende bot er ihr noch eine Stelle in einem seiner Hotels an.

»Die Konkurrenz ist hart. Ich kann mich ja einmal umhören.«

»Danke.« Um ein Haar hätte sie einen Knicks gemacht. Ihm jetzt noch ihre Pläne mit der Casa Bella zu offenbaren, wäre sicher ganz schlechtes Timing. Dumm gelaufen! Was zählte, war die freundliche Geste. Vielleicht war er ja doch ganz nett.

»Paolo«, tönte plötzlich eine schrille Stimme vom Pool herüber. Einen Moment später kam das halbnackte Grauen auf langen Beinen in High Heels auch schon durch die Terrassentür herein: bauchfrei, Wespentaille, eine Oberweite, für die nicht wenige Frauen sterben würden, und blondes

Haar auf einem gesund gebräunten Teint. Sie steuerte direkt auf Paolo zu.

»Barbara«, stammelte er verlegen.

Prompt warf sie sich ihm an den Hals. »Paolo, mein Lieber. Wenn ich gewusst hätte, dass du schon gestern … aber ich war auf Ischia. Warum hast du mich nicht angerufen?«

»Barbara!« Paolo wirkte teils überrumpelt, teils peinlich berührt, aber auch erfreut, sie wiederzusehen.

»*Tesoro mio caro.*«

Anja verstand zwar kein Wort von dem, was die Blondine da sagte, aber ihre Körpersprache war eindeutig. Die beiden hatten offenbar mal etwas miteinander gehabt. Sah Paolos Vater sie etwa gerade betreten an, mit einer Spur von Mitleid im Blick?

Erst jetzt schien die gute Barbara zu realisieren, dass noch jemand oder vielmehr ein Niemand, wenngleich ein unübersehbarer, anwesend war. Sie ließ von Paolo ab und starrte Anja verächtlich und mitleidsvoll zugleich an. Paolo wirkte hilflos und warf einen fragenden Blick in Richtung seines Vaters, der nur mit den Schultern zuckte. Wenn diese Barbara sie wenigstens begrüßt oder sich ihr vorgestellt hätte, anstatt sie mit dieser Mischung aus Ekel und blankem Entsetzen anzustarren, wäre die Situation noch zu retten gewesen, aber diese Starre, die Barbara urplötzlich befallen hatte, war schier unerträglich.

Die Sachlage war klar: Ein gutaussehender Mann hatte in der Regel eine gutaussehende Frau. Zwischen ihr und dieser Barbara lagen ganz offensichtlich Welten, wenn nicht gar Galaxien.

»Möchtest du uns nicht vorstellen?«, hauchte Barbara mit honigsüßer Stimme.

»Das ist Anja.«

Konnte es sein, dass auf einmal eine Spur von »Das ist alles nur ein Missverständnis« in Paolos Stimme mitschwang? Schämte er sich etwa, dass er diesem Busenwunder ein deutsches Pummelchen präsentierte? Ihr abfälliges Lächeln sprach jedenfalls dafür. Die Italienerin wirkte siegessicher, und die Tatsache, dass ihre Hand sich immer noch wie ein Tentakel an Paolos Hüfte festgesaugt hatte, ließ sich nicht leugnen.

»*Una tedesca?*« In Barbaras Stimme lag pure Abscheu. »Paolo!«, entrüstete sie sich verwundert.

Das war zu viel. Der Traum entpuppte sich als Alptraum. Klar, dass sie jetzt abgeschrieben und vor allem unerwünscht war. Anja war zum Heulen zumute, aber diese Genugtuung wollte sie den dreien auf gar keinen Fall gönnen. Da war Davonlaufen eindeutig die bessere Alternative.

»Anja, so warte doch!«, rief ihr Paolo hinterher.

Das konnte er sich abschminken.

»Anja, du verstehst das falsch. Ich war mal mit Barbara zusammen, aber …«

Sie wollte einfach nichts mehr hören, schon gar kein halbherziges Aber.

»Lass mich in Ruhe!«, brüllte sie in seine Richtung und hoffte auf ihrem Weg zur Landstraße auf ein vorbeifahrendes Taxi.

Ein letztes Mal drehte sie sich um. Paolo lief ihr hinterher. Doch auf seine Erklärungen hatte sie keine Lust mehr. Betrogen! Nach Strich und Faden betrogen! Wie hatte sie nur so naiv sein können. Alles nur wegen dieser verdammten Pension. Bitte, lieber Gott, schick mir ein Taxi, schnell! Sie musste einen Schutzengel haben, denn das Taxi fuhr in Form eines Lieferwagens direkt auf sie zu. Der Fahrer konnte beim Anblick ihrer verweinten Gesichtszüge gar nicht anders, als sie mit zurück in die Stadt zu nehmen. Paolo erreichte die Straße zu spät. Mehr als noch einmal ihren Namen zu rufen und dem Taxi hinterherzuwinken, konnte er nicht tun.

»Tut mir leid, Paolo. Ich wusste ja nicht …«, versuchte sich Barbara zu rechtfertigen.

Paolo glaubte ihr und brachte es angesichts des Chaos, das sie ungewollt angerichtet hatte, sogar fertig, sie zum Abschied kurz zu umarmen, als sie am Eisentor ihres Grundstücks angelangt waren. Was für eine Farce! Barbara musste in ihrem freizügigen Outfit auf Anja wie eine Schlampe gewirkt haben. Obendrein hatte sie sich ihm völlig übertrieben an den Hals geworfen, was für Barbara typisch war und nicht notwendigerweise die große Leidenschaft bedeutete, doch für Anja musste es wie eine Kriegserklärung ausgesehen haben.

Gerade mal zwei Monate waren sie letzten Sommer zusammen gewesen, eine Beziehung, leicht wie eine Sommerbrise. Wie sich im Nachhinein herausgestellt hatte, war die Tochter eines Hoteliers aus Rom die Wunschkandidatin seines Vaters, auch weil er mit ihrem alten Herrn seit Jahren zusammenarbeitete. Sie war vermutlich immer noch total in ihn vernarrt, und daran, dass er sich in eine Deutsche verliebt hatte, würde sie wohl noch eine Zeitlang zu knabbern haben. Immerhin war sie ehrlich genug, ihm zu gestehen, dass sein Vater sie angerufen und ihr gesagt hatte, dass sein Sohn wieder mal im Lande sei und sich auf sie freue.

Sein Vater steckte also dahinter. Natürlich! So viel Niedertracht hätte er ihm gar nicht zugetraut, und von seinen Lügen hatte er nun endgültig die Nase voll. Paolo kochte vor Wut, als er seinen Vater im Garten suchte und ihn beim Lesen des Wirtschaftsteiles einer römischen Tageszeitung zur Rede stellte.

»Na, wieder alles in Ordnung?«, fragte Roberto, was Paolo zur Weißglut trieb. »Ich weiß gar nicht, was du willst. Barbara war zufällig gerade in der Stadt, und es ist doch nichts dabei …«

Die Unschuldsnummer war wirklich unfassbar. Es drehte sich alles anscheinend immer nur um seine eigenen Interessen. Was ging es seinen Vater an, mit wem er zusammen war?

»Paolo, jetzt sei doch vernünftig. Du hast Anja nur mitgebracht, um mich zu ärgern. Das arme Ding muss ja glauben, dass du und sie …«

Paolo wusste gar nicht, worüber er sich mehr aufregen sollte. Über die Unverschämtheiten, die sein Vater vom Stapel ließ, oder über die lässige Handbewegung, mit der er sich einen Amaretto einschenkte, der auf einem Beistelltisch schon bereitstand.

»Ihr kennt euch doch kaum.«

»Anja und ich waren ein Paar, aber vermutlich hast du das gar nicht mitbekommen.«

»Ein Paar. Ein kleiner Flirt in Deutschland?«

Er hatte ihm also tatsächlich nie richtig zugehört. Unzählige Male hatte er den Anlauf unternommen, von Anja zu erzählen, aber sein Vater hatte es immer verstanden, dieses Thema geschickt auszublenden. Hatte er ihn denn nie ernst genommen? Weder sein Privatleben noch sein Studium, noch seine Auffassung von modernem Tourismus? Gegen diese Ignoranz und Selbstherrlichkeit anzuargumentieren war zwecklos, aber der Druck, der sich über all die Jahre angestaut hatte, suchte ein Ventil.

»Du bist das Allerletzte, und ich schäme mich, dein Sohn zu sein!«

»Paolo, lass uns vernünftig reden.«

»Spätestens seit heute weiß ich, warum *mamma* dich verlassen wollte. Wenn du doch bloß nicht so verdammt egoistisch und selbstherrlich wärst. *Mamma* könnte noch leben!«

»Paolo!«, empörte sich sein Vater.

Die Reißleine erzielte die gewünschte Wirkung, nur bremste der Rettungsschirm den freien Fall diesmal nicht mehr ab. Der Fallschirm öffnete sich nicht. Sein Vater fiel ungebremst in die Tiefe.

»Du siehst mich nie wieder!«, schleuderte Paolo seinem Vater verzweifelt und enttäuscht zugleich entgegen. Er zittere vor Aufregung, aber die Art, wie sein alter Herr mit Menschen spielte, wie er sie manipulierte, wie er auch ihn zeit seines Lebens manipuliert hatte, konnte er einfach nicht mehr länger hinnehmen.

Kapitel 15

»Er hat mich die ganze Zeit über nur benutzt«, schluchzte Anja zurück in der Casa Bella, die auf einmal gar nichts Schönes mehr an sich hatte.

»Das glaube ich nicht«, versuchte ihre Mutter sie zu trösten. Hätte ihre Mutter sie mal lieber in den Arm genommen, doch wann hatte sie das überhaupt einmal getan? Tränen flossen ihr über die Wangen. Immerhin reichte ihre Mutter ihr ein Taschentuch.

»Anja, hier geht im Moment alles drunter und drüber. Paolo hat sich sicher gefreut, dich wiederzusehen, aber eure Geschichte ist doch schon eine halbe Ewigkeit her.«

»Wenn man jemanden liebt, hat das doch nichts mit Zeit zu tun«, stammelte sie zwischen zwei Schnäuzern.

»Jetzt sei mal realistisch. Der Mann sieht gut aus. Er ist reich. Diese …«

»Barbara!« Noch nicht einmal den Namen dieser Schlampe konnte ihre Mutter sich merken. Hörte sie ihr denn nie zu?

»Gut, also diese Barbara. Die passt bestimmt viel besser zu ihm.«

»Woher willst du das wissen? Du kennst Paolo doch gar nicht.«

»Das sagen mir meine Lebenserfahrung und mein gesunder Menschenverstand.«

»Liebe hat nichts mit Verstand zu tun«, protestierte Anja.

»Doch! Ich sag dir jetzt mal was: Diese verfluchten de Andres sind alle gleich. Roberto schleimt sich bei deiner Tante ein und sein Sohn bei dir. Das hat doch Methode.«

»Ich möchte nach Hause«, schluchzte Anja.

»Ich halte es auch nicht mehr lange in diesem Irrenhaus aus, aber das Haus werden wir nicht kampflos aufgeben. Das Geld können wir gut gebrauchen.«

»Bekommst du es denn?«, fragte Anja.

»Nachdem er uns wahrscheinlich sowieso über den Tisch zieht, denke ich, dass er zahlen wird.«

»Er betrügt euch?« Seit wann ließ sich ihre Mutter so etwas bieten?

»Was sollen wir denn machen? Ich hatte gehofft, dass du einen von Omas Briefen an Charlotte findest. Damit könnten wir wenigstens zu einem Anwalt gehen.«

Anja dämmerte, dass es ein Fehler gewesen sein könnte, den Brief zurückzuhalten. Den entscheidenden Brief. Die Pension eines Tages zu übernehmen, konnte sie sich sowieso abschminken, denn auf Capri zu bleiben, kam nun nicht mehr in Frage. Wenn sie den de Andres mit dem Brief Schwierigkeiten bereiten konnte, umso besser. Wenigstens bekämen ihre Mutter und Tante Elli dann auch das Geld.

Dorothea war viel zu neugierig auf den Inhalt des Briefes, mit dem sie sich auf ihr Zimmer zurückgezogen hatte, um Anja böse zu sein. Hinzu kam, dass sie sich ihrer Tochter gegenüber ziemlich schroff verhalten hatte. Elli hatte mit ihren Vorwürfen den Nagel auf den Kopf getroffen. Andererseits hatte Anja in den letzten Jahren beruflich ja nun wirklich nichts auf die Reihe bekommen. Wenn man sich monatelang Träume von einer Würstchenbude anhören durfte und dann plötzlich mit einer Pension auf Capri konfrontiert wurde, war das ein ziemlich großer Sprung. Dieser Gedanke beruhigte ihr schlechtes Gewissen. Immerhin hatte Anja ihr den Brief nun gegeben. Nur das zählte, und was sie da aus der Feder ihrer Mutter las, entpuppte sich als Offenbarung.

Ich weiß einfach nicht mehr, was ich tun soll. Du darfst nicht glauben, dass ich Gustav nicht liebe, aber ich schaffe es beim besten Willen nicht, mich Alessandro zu entziehen. Gustav ahnt nach wie vor nichts, und ich bemühe mich, ihn nicht zu vernachlässigen. Ich bin ihm bestimmt eine gute Ehefrau und liebe ihn auf meine Weise. Und ganz sicher möchte ich mich nicht von ihm trennen. Alessandro und ich könnten sowieso nicht zusammenleben. Es sind zwei völlig unterschiedliche Welten, die sich treffen und sich nur für kurze Zeit vereinigen. Wir sind wie zwei Kometen, die sich gelegentlich im All begegnen, und immer wenn sie sich nahe kommen, glüht ihr heller Schweif am Himmel – obgleich nur für kurze Zeit.

Dorothea musste den Brief kurz aus der Hand legen. Sie saß wie versteinert auf ihrem Bett und starrte ins Leere. So schön konnte Liebe sein? Elisabeth, ihre Mutter, hatte eine poetische Ader in sich gehabt? Der Vergleich mit den beiden Kometen gefiel Dorothea sehr gut. Überhaupt las sich der Brief an Charlotte irgendwie anders als die Stimme, die sie von ihrer Mutter im Ohr hatte. Elisabeth hatte meistens in sehr kurzen Sätzen gesprochen. Im Nachhinein würde sie ihre Mutter sogar als ziemlich einsilbig bezeichnen. Was sie da geschrieben hatte, klang ganz anders.

Hatte ihre Mutter am Ende tatsächlich zwei Leben, zwei Seelen gehabt? Die brave Hausfrau, die ihrem Vater jeden Wunsch erfüllt, die Ellis und ihre Windeln gewechselt und für sie gesorgt hatte, und zugleich eine Frau von großer Leidenschaft? Hatte Elli ihre poetische Ader am Ende gar von ihrer Mutter geerbt? Wie hatte diese Frau das nur all die Jahre ausgehalten, ein solches Doppelleben zu führen? In der heutigen Zeit war sicher vieles einfacher, aber damals, nach dem Zweiten Weltkrieg – die Welt hatte nun mal anders getickt. Eine Frau, die ihren Mann betrog, war geächtet worden. Man hätte ihr die Kinder weggenommen. An Unterhaltszahlungen wäre nicht zu denken gewesen.

So sehr Dorothea die Bekenntnisse ihrer Mutter schockierten, so sympathisch und aufregend fand sie das Geschriebene. Zeile um Zeile entspann sich da ein einziges Abenteuer, und am allerbesten war der Schluss des Briefes, den sie immer und immer wieder las.

Du bist der einzige Mensch, dem ich mich anvertrauen kann. Ein Liebhaber ist eine Sache, aber Alessandro ist weit mehr als nur mein Geliebter. Er ist der Vater von Dorothea! Ich habe Angst, dass Gustav mir eines Tages Fragen stellt. Er müsste nur nachrechnen. Letzten Sommer haben wir so gut wie nie das Bett miteinander geteilt. Er war lange krank. Soll ich ihn doch verlassen? Aber wie ich Alessandro einschätze, würde ein Kind alles zerstören, was wir haben. Es geht aber auch um Doro. Gustav würde sich von uns trennen, und ich würde mit ihr alleine dastehen. Ihre und meine Zukunft stünde auf dem Spiel. Doro wäre ein geächtetes Kind. Kannst du mich verstehen? Was würdest du in mei-

ner Lage tun? Bitte antworte mir schnell. Wir fahren bald wieder nach Capri, und ich weiß einfach nicht, ob mich meine Liebe zu Alessandro zu blind und selbstsüchtig macht, um die Angelegenheit richtig einzuschätzen.
Deine Elisabeth

Wenn ihre Mutter noch leben würde, dann hätte Dorothea sie jetzt vermutlich umarmt. Der Brief war der Schlüssel zu einem noch viel größeren Tresor. Wenn sie schon ein Bastard war, dann konnte sie sich auch wie einer verhalten. Es war allerhöchste Zeit, Roberto eine höhere Rechnung zu präsentieren. Das spontan Verlockende an dem Gedanken war, dass Elli dabei leer ausgehen würde. Ihre Schwester hatte immer alles im Leben bekommen, was sie sich nur gewünscht hatte. Sie hatte ihr Josef weggenommen. Sie hatte sich bereits die besten Stücke aus ihrem Lebenstörtchen geschnitten, während Dorothea immer nur mit kleinen Brötchen abgespeist worden war. Das Leben war doch gerecht!

Elli blickte auf den kleinen Reisewecker, der neben ihr auf dem Spind stand. Schon halb acht. Sie musste weggenickt sein. Dabei hatte sie sich so fest vorgenommen, sich nur kurz hinzulegen. Das waren jene Momente, in denen sie die sechzig Jahre, die sie auf dem Buckel hatte, nicht mehr leugnen konnte. Der Ausflug auf hoher See war sehr anstrengend gewesen, aber deshalb hatte sie sich gar nicht hingelegt. Eigentlich hatte sie vorgehabt, ihre Gedanken zur Ruhe kommen zu lassen. Zu viel war passiert.

Ihr Leben zu Hause fühlte sich mittlerweile an, als wäre es mehrere Galaxien entfernt, dabei war sie doch erst ein paar Tage unterwegs. All die Probleme, die sie zu Hause zu erdrücken drohten, lasteten nun nicht mehr mit dem gleichen Gewicht auf ihren Schultern. Dafür waren auf einmal ganz andere Dinge wichtig geworden. Mit Doro hier auf Capri zu sein, dies allein reichte aus, um sie für mehrere Stunden zu beschäftigen. Immer wieder kamen Erinnerungen hoch, an die gemeinsamen Urlaube, an ihre Eltern. Dass ihre Mutter ihr Verhältnis mit dem Italiener so lange verschwiegen hatte, stellte einfach alles in Frage.

Wer war sie? War ihre ganze Kindheit eine einzige Lüge? Als wäre das noch nicht genug, hatten sich nun auch noch zwei Männer in ihr Leben geschlichen. Dafür, dass dieses Thema längst durch war, zumindest hätte sie noch bis vor kurzem geschworen, dass dem so war, hatte die Begegnung mit Heinz sie ordentlich aufgewühlt. Nun war er tatsächlich abgereist. Er musste gleich nach ihrer Begegnung am Hafen seine Reisetasche geholt haben. Sein Zimmer in der Casa Bella war jedenfalls schon leer gewesen, als sie aus der Stadt zurückgekommen war. Ein äußerst unguter Abschied. Da war er ihretwegen nach Neapel gefahren, um ihnen zu helfen, und sie hatte ihn so schroff behandelt. Heinz' »Lebe wohl« lag ihr bleischwer im Magen, auch jetzt noch, als sie überlegte, dass sie sich endlich aufraffen und aufstehen sollte. Aber die vielen schweren Gedanken ließen sich einfach nicht vertreiben und drückten sie immer wieder zurück auf die Matratze.

Nun spukte ihr auch noch Roberto im Kopf herum. Was war denn so verkehrt daran, sich mal groß ausführen zu lassen? Er war sicher ein großartiger Mann. Heinz war eifersüchtig gewesen, so viel stand fest. Vielleicht hatte er den Italiener deshalb so schlecht geredet, was auch nicht in Ordnung war und worüber sie sich maßlos geärgert hatte. Geschäft war nun mal Geschäft. Das konnte Heinz Roberto doch nicht allen Ernstes vorwerfen. Oder etwa doch? Warum hatte sie gegenüber Heinz so ein schlechtes Gewissen?

Gedanken konnten einen regelrecht lähmen, vor allem wenn sie sich nur im Kreis drehten. Erst jetzt fiel Elli ein flackerndes Licht von draußen auf. Kerzenlicht auf der Terrasse? Gab es einen Grund zum Feiern? Durch das Fenster sah sie, dass Doro und Fabrizio bei einem Glas Wein an einer gedeckten Tafel saßen. War ihr irgendetwas entgangen?

Anja war es gewöhnt, ihren Kummer wegzukochen. Eine Küche war der einzige Ort auf der Welt, in dem sie all die Sorgen, die sie belasteten, mit einem Schlag vergessen konnte. Fabrizio hatte den Kühlschrank gut gefüllt: Shrimps, frische Tomaten, Fisch, Pastete, Schinken. Was für ein herrlicher Anblick. Allein mit der Nase über die reichhaltige Gewürzsammlung zu streifen und in die Gläschen, Röhrchen und Tüten hineinzuschnüffeln, hatte etwas Ekstatisches. Gerüche dieser Art waren wie eine Droge, und Kochen war die beste Beschäftigungstherapie, wenn es einem schlechtging.

Der Fisch war jeden Moment fertig, es fehlte nur noch ein bisschen Öl. Der Knoblauch duftete bereits würzig, aber nicht zu aufdringlich. Eine Prise Paprika würde die Shrimp-Fisch-Kreation, die sie gleich zu servieren gedachte, noch abrunden. Der Duft der leicht gerösteten Schalentiere löste wahre Glücksgefühle in ihr aus. Was man mit so wenigen Zutaten alles zaubern konnte. Dazu gab es Spaghetti al dente und einen guten Weißwein.

Das Paradies war zum Greifen nah, allerdings waren Anjas Glücksgefühle auf einen Schlag verflogen, als sie ihre Kreation servierte. Zwar sahen ihre Mutter und Fabrizio aus, als würde ihnen gleich das Wasser im Mund zusammenlaufen, aber der Umstand, dass sich ihre Tante zu ihnen gesellte, riss Anja von jetzt auf gleich aus ihrer Euphorie. Die Küchendroge verlor ihre Wirkung.

»Setz dich zu uns, Anja hat für uns gekocht.« Fabrizio rückte Elli einen Stuhl zurecht.

Sie sah sich um und nahm wortlos Platz. Fabrizios Idee, auf der Terrasse ein paar Fackeln anzubringen, hatte für eine umwerfend romantische Stimmung gesorgt, die dem Anlass allerdings absolut unangemessen war. Immerhin hatte Anja ihre Tante verraten. Ihr war klar, dass Tante Elli nun aus dem Rennen um das Haus war. Diese Tatsache konnte weder das Essen noch der gute Wein wieder wettmachen. Noch wusste ihre Tante jedoch nichts von ihrem Pech.

»Wir wollten dich nicht wecken. Du hast geschlafen wie ein Murmeltier«, sagte Anja.

Elli war von dem Duft, den die Pfanne verströmte, sehr angetan. Tief inhalierte sie das würzige Bouquet ihrer Kochkunst. Was für ein Kompliment. Anja kam sich nun noch schäbiger vor, weil sie ausgerechnet ihrer Mutter in einem Anfall von Zorn und Rachegelüsten den entscheidenden Brief zugespielt hatte. Judas! Immerhin hatte das Schicksal sie bereits mit einer gerechten Strafe bedacht. Auch sie musste bluten. Geplatzt war der Traum vom kleinen Restaurant auf dem idyllischen Hügel mitten auf Capri. Ihre Mutter würde ihr vermutlich ein bisschen Geld zustecken, wie immer. Vielleicht konnte Anja sie wenigstens dazu überreden, Tante Elli ebenfalls etwas davon abzugeben. Immerhin war sie ihre Schwester.

»Ich glaube, ich habe mich heute selbst übertroffen«, schwärmte sie verlegen. Hauptsache, sie ließ sich nichts anmerken. »Ich wünsche einen guten Appetit.«

Ihre Mutter war bestens gelaunt, und auch Tante Elli lobte ihre Kochkunst, kaum dass sie den ersten Bissen probiert hatte.

»Mmmm. Anja, du kochst einfach … göttlich.«

Vermutlich war dies das letzte Abendmahl.

»Hat dir Roberto noch ein bisschen was von der Stadt gezeigt?«, wandte sich ihre Mutter nun an Elli, die sich ganz und gar den kulinarischen Genüssen hingab.

»Wir waren in einer Bar. Er holt mich nachher ab, um mir das Nachtleben auf Capri zu zeigen.«

Täuschte sie sich, oder hatte ihre Mutter plötzlich ein diabolisch anmutendes Grinsen im Gesicht? Schmeckte ihr das Essen etwa deshalb so gut, weil sie wusste, dass es zum Dessert etwas gab, was ihrer Schwester mit Sicherheit ganz und gar nicht schmecken würde? Kaum hatten Elli, ihre Mutter und Fabrizio die Crème brulée verzehrt, fiel der entscheidende Satz aus dem Mund ihrer Mutter: »Elli, ich müsste dich mal kurz sprechen.«

Irgendetwas war faul gewesen an diesem Abendessen. Das hatte Elli sofort gespürt, als sie sich nach unten begeben hatte. Viel zu harmonisch hatten sie alle miteinander am Tisch gesessen. Und dann der viele Smalltalk, den ihre Schwester an sich nicht sehr schätzte.

Schon der kurze, wortlose Marsch mit Doro auf dem Trampelpfad von der Pension hinüber zu den Zitronenbäumen, die der aufgehende Mond in ein fahles Licht tauchte, versprach nichts Gutes. Vielleicht dachte sie aber auch einfach zu negativ. Vielleicht wollte ihre Schwester sich ja auch nur für ihr unmögliches Verhalten bei dem Ausflug mit Roberto entschuldigen.

»Elli, es gibt da einen Brief von unserer Mutter.«

Doro spie endlich aus, warum sie Elli allein hatte sprechen wollen, und war sichtlich ergriffen. Es ging also um die Vergangenheit, und beim Anblick von Doros nachdenklichem Gesichtsausdruck erwartete sie nichts Positives.

»Woher hast du ihn? Du bist doch alle Briefe durchgegangen?«, fragte sie.

»Anja hatte ihn versteckt. Sie war wohl ziemlich sauer auf mich wegen ihrer Idee mit der Pension. Jetzt will sie nur noch weg von Capri.«

»Warum das denn? Was ist mit ihrem Paolo?« Elli verstand die Welt nicht mehr.

»Auf den ist sie ebenfalls sauer. Wie es aussieht, fällt der Apfel nicht weit vom Stamm. Er ist anscheinend bereits liiert und hat Anja genauso benutzt, wie Roberto dich benutzt hat.«

Nichts gegen Anjas Kochkünste, aber es kam Elli gerade so vor, als würden die Shrimps in ihrer Speiseröhre nach oben robben und versuchen, sich einen Weg ins Freie zu bahnen.

»Ich bin Alessandros alleinige Tochter. Das geht eindeutig aus der Korrespondenz hervor.«

Elli wurde schlecht. Der leichte Knoblauchgeschmack, der eben noch das Essen auf angenehme Art und Weise abgerundet hatte, stieß ihr plötzlich auf. Aus dem leichten Gericht wurden Steine in ihrem Magen, der nervös und unversöhnlich vor sich hin zuckte und eigenständig zu pochen begann.

»Mama hat es Charlotte gebeichtet.«

»Bist du dir sicher?« Elli merkte, dass ihr die Stimme zu versagen drohte.

»Du kannst den Brief gerne lesen.«

Wenn sie Doro eines zugutehalten musste, dann war es

der Umstand, dass ihre Schwester sie noch nie belogen hatte. Die Lektüre dieses Briefes konnte sie sich daher sparen.

»Was ist passiert?«, fragte sie fassungslos.

»Mama hatte wahnsinnige Angst, dass ihr Verhältnis auffliegt, deshalb hat sie Charlotte um Rat gebeten. Sie hat in dem Brief im Grunde bestätigt, was Fabrizio von seinem Vater erfahren hat. Papa war krank und hat deshalb nicht mit ihr geschlafen. Sie war sich ganz sicher, dass Alessandro mein Vater ist.«

Elli fühlte sich auf einen Schlag bleischwer, und ihr wurde schwindlig. Ein großer Stein, der vor ihr auf dem Weg lag, musste als Sitzgelegenheit herhalten, so flau war ihr auf einmal.

»Tut mir leid, aber es ist nun mal, wie es ist«, fuhr ihre Schwester fort.

Elli holte tief Luft. Was würde noch alles auf dieser Insel passieren? »Was wirst du tun?«

»Ich werde Roberto mitteilen, dass ich mir einen Anwalt nehme.«

»Das ist wahrscheinlich das Beste. Heinz war in Neapel und hat sich informiert, was das Grundstück wert ist. Eine Million mindestens, behauptet er.«

Warum spielte sie Doro diese Information jetzt auch noch zu? War es pure Resignation oder Masochismus, um den Triumph ihrer Schwester auf für sie schmerzhafte Art und Weise noch zu vergrößern? Elli wusste nur zu genau, dass Doro ihr keinen Cent von dem Erbe abgeben würde. All ihre Träume lagen vor ihr am Boden. Sie war am Ende. Immerhin hatte ihre Schwester sich dazu entschlossen, kein Siegerlächeln aufzusetzen. So nachdenklich, wie sie den Mond anstarrte, der sich vor ihnen in seiner vollen Pracht entfaltet hatte, war nicht damit zu rechnen, dass sie ihr noch weitere Seitenhiebe verpassen würde.

»Der Typ hat uns die ganze Zeit über für blöd verkauft«, stellte ihre Schwester fest.

Was blieb ihr anderes übrig, als in tiefer Resignation zu nicken.

Engländer tranken Gin. Roberto hasste Gin. Etwas anderes war aber nach dem ausschweifenden Limoncello-Fest, das seine Alkoholvorräte ziemlich dezimiert hatte, in seinem Arbeitszimmer nicht mehr ad hoc verfügbar. Der Gin schmeckte scheußlich. Viel zu süß! Aber er zeigte Wirkung. Ein ideales Getränk, um das Gehirn zu betäuben. Kein Wunder, dass die Engländer das Zeug so mochten. Sie saßen auf einer Insel, auf der es monatelang regnete. Was sollten sie sonst tun, um das furchtbare Klima zu ertragen?

Welche großen Hoffnungen hatte er auf Paolo gesetzt. Sein Hotelimperium hätte er dem Jungen zu Füßen gelegt. Was für ein undankbarer Kerl und noch dazu ein sturer Bock. Immer gegen alles, was der Herr Papa sagte und tat. Ein Wunder, dass Paolo sich überhaupt auf ein Studium der Touristik eingelassen hatte – auf sein Geheiß natürlich. Aber der Schein war trügerisch. Öko-Hotels wollte der Junge bauen. Was hatten sie seinem Sohn da bloß für einen Mist eingetrichtert, noch dazu auf seine Kosten? Der Abend war auf alle Fälle gelaufen. Paolo hatte ihn verlassen, genau wie seine Frau. Im Prinzip waren die beiden ein Menschenschlag: undankbar bis ins Mark. Da hatte er ein Leben lang geschuftet – natürlich für die Familie, für wen denn sonst? –, und was bekam er zurück? »Ich verlasse dich!« Undankbar! Nur noch undankbar!

Dennoch tat es weh. Es tat sogar immer mehr weh, und

bald wurde der Schmerz schier unerträglich. Auf einen Schlag ertappte er sich dabei, dass er feuchte Augen bekam. Allein! Für den Rest seines Lebens würde er allein sein. Hatte er es am Ende sogar verdient? Paolo war alles, was er noch hatte. Der alte Schmerz kam wieder hoch. Die alten Schuldgefühle. Wenn er sich mit Sofia nicht so gestritten hätte, wäre sie niemals mit dem Wagen verunglückt. Sie war so wütend gewesen, dass sie anscheinend viel zu schnell auf der engen Serpentine hinunter zum Hafen gefahren war und dem entgegenkommenden deutschen Touristen nicht mehr rechtzeitig hatte ausweichen können. Tot!

Letztlich war es seine Schuld gewesen, einzig und allein seine Schuld. Sofia schien ihn von der gerahmten Fotografie, die auf der Vitrine neben seinem Schreibtisch stand, direkt anzusehen. Was für ein alberner Streit das damals gewesen war. Warum hatte er nur darauf bestanden, dass sie ihre Kunstgalerie standesgemäß im besten Teil Capris eröffnen sollte und nicht in dem alten, halb verfallenen Haus am Stadtrand, wohin sich kein Mensch verlaufen hätte? Dass Sofia an diesem Haus hing, war ihm damals gleichgültig gewesen. Paolo hatte recht. Es war ihm einzig und allein um seine Interessen gegangen. Die Angst vor dem Gerede, warum die Frau von Roberto de Andre sich keine angemessene Galerie leisten konnte. Wie dumm er doch gewesen war. Nun war er für immer allein, mit all seinen Hotels. Für immer! Noch ein Glas Gin, so süß es auch schmeckte. Sorgen ertränken, ersticken, nur nicht mehr an die Fehler denken, die vielen Fehler, ein erdrückendes Fass voller Fehler, für die er jetzt büßen musste.

Elli saß allein auf den Stufen, die zur Casa Bella hinaufführten, und konnte nicht anders, als sich die quälende

Frage zu stellen, ob alles umsonst gewesen war. Die Fahrt nach Capri, das Geld, das sie in die Reise investiert hatte, die Anstrengungen, um an das Erbe von Alessandro heranzukommen – nichts als ein Traum? Auf alle Fälle nahm sie sich vor, mit Roberto offen darüber zu reden. Er hatte es nicht verdient, Doro ins offene Messer zu laufen. Einen Halsabschneider, wie Heinz ihn bezeichnet hatte, konnte sie in dem smarten Italiener beim besten Willen nicht sehen.

Gut möglich, dass das Grundstück sehr viel mehr wert war, als er ihnen angeboten hatte. Den Recherchen von Heinz konnte sie sicherlich vertrauen, aber war Roberto deshalb gleich ein Betrüger? Was waren solche Schätzungen schon wert? Die Immobilienpreise hingen von Angebot und Nachfrage ab. Oft musste man jahrelang warten, um eine teure Immobilie verkaufen zu können, doch sie brauchten das Geld jetzt. Vielleicht wäre ja irgendein russischer Millionär oder ein Scheich bereit, eine Million Euro für das Grundstück hinzublättern, aber wäre so ein Käufer auf Capri überhaupt erwünscht?

Capri den Italienern. Daran hatte sich seit den sechziger Jahren nicht allzu viel geändert. Und wer von den Einheimischen konnte schon eine halbe Million lockermachen? Wie sie das Blatt auch drehte und wendete, sie vermochte in Roberto keinen Halsabschneider zu sehen. Dafür hatte er sich viel zu sehr um sie und Doro bemüht. Hätte er sich sonst heute mit ihr verabredet? Ihre Schwester hatte keinen Zweifel daran gelassen, dass sie für ihr Erbe kämpfen würde. Das war ihre Sache! So, wie sie Doro einschätzte, würde sie Roberto morgen mit Vergnügen den Brief unter die Nase halten und ihm klarmachen, dass er so billig nicht davonkäme.

Schäbig! Das Verhalten ihrer Schwester war mehr als schäbig. Obwohl – hätte sie an Doros Stelle nicht genauso gehandelt? Wie Roberto wohl reagierte? Es war inzwischen fünf vor halb zehn. Die Ablenkung in dem capresischen Nachtclub würde ihr nun sicher guttun. Einfach mal abschalten. Dort konnte sie das Erbe vergessen, ebenso ihre Großmutter, Alessandro, Dorothea – ihre Halbschwester – Heinz und Oskar. Ob Heinz inzwischen abgereist war? Einfach nicht daran denken! Es war klar, dass sie getrennte Wege gehen würden. Abschalten!

Hoffentlich deckte das Make-up die Tränen, die sie nach dem Gespräch mit Doro nicht länger hatte zurückhalten können, einigermaßen ab. Nach Singen und Tanzen war ihr nun wirklich nicht mehr zumute, aber die letzten Tage waren so verrückt gewesen, dass sie nichts Besseres tun konnte, als sich mit Gewalt abzulenken. Roberto hätte längst da sein müssen. Hatte Doro am Ende schon mit ihm telefoniert und ihm klargemacht, dass die Karten neu gemischt werden mussten? Wo blieb er nur?

Die Minuten vergingen. Noch ein Blick auf die Uhr. Kein Scheinwerfer, der den Weg über den Serpentinen hinauf zur Casa Bella kroch. Inzwischen war es Viertel nach. Roberto war mit Sicherheit kein unpünktlicher Mensch. Hatte er etwa das Interesse an ihr verloren, weil er genau wusste, dass er nur noch über ihre Schwester an die Immobilie herankam? Nun war sie den Spazierweg entlang der Limonenplantage bestimmt schon fünfmal auf und ab gelaufen. Zwanzig nach. Abends gab es auf Capri doch keinen Stau. Zehn Uhr! Nein! Er würde nicht mehr kommen. Je länger sie darüber nachdachte, desto sicherer wurde sie, dass Roberto kein Interesse mehr an ihr hatte. Doro hielt nun alle Asse in der Hand.

Mit Sicherheit wusste er Bescheid! Was für eine Farce! Sich extra umzuziehen, sich hübsch zu machen, all die Gedanken um die missliche Affäre ihrer Mutter zu verdrängen und sich der Hoffnung hinzugeben, sich für einige Stunden wieder auf die Achterbahn der Gefühle zu wagen, die sie in den letzten Tagen bereits auf Trab gehalten hatte – umsonst. Hatte Heinz am Ende doch recht, und Roberto war ein skrupelloser Halsabschneider, der sie nur instrumentalisiert hatte? Zehn nach! Allein vor einer romantischen Pension, die im Licht des Vollmondes in eine eigenartige Starre verfiel. Das letzte Licht in einem der oberen Fenster ging aus. Allein im Mondlicht. Vergessen und vermutlich auch noch verraten! Verfluchtes Capri!

Wie still es doch im Haus war. Elli hörte nur das Knarzen des Holzstuhles, auf dem sie am geöffneten Fenster saß und in die Nacht hinausstarrte. Doro war heute bestimmt friedlich und mit Vorfreude auf den morgigen Tag eingeschlafen. Dass Anja bei Doros Qualitäten als Mutter den entscheidenden Brief hatte verschwinden lassen, war schier unglaublich, aber angesichts von Doros Reaktion auf ihre Pläne auch nachvollziehbar. Vermutlich hatte Anja ihre Chancen auf die Pension höher eingeschätzt, solange sie eine wohlwollende Tante als Miterbin an der Angel hatte. Was für ein verrückter Tag. So gut wie alles war mit einem Mal förmlich auf den Kopf gestellt. Ob sie Frieda wieder mal einen Brief schicken sollte? Sich den heutigen Tag von der Seele zu schreiben, würde ihr sicher guttun. Andererseits würde sie Frieda damit nur belasten. Helfen könnte die Freundin ihr sowieso nicht. Trotzdem spürte Elli, dass sie mit diesen quälenden Gedanken nicht einschlafen konnte. Wofür hatte man denn ein Tagebuch?

Ich mag keine Filme ohne Happy End. Ich bin keine Heldin in meinem Film, noch nicht einmal eine Antiheldin. Es fängt für mich nicht gut an, und es hört noch viel schlimmer auf. Antihelden bekommen normalerweise am Schluss immer die Belohnung für ihren Weg durch tiefe Täler. Sie lernen und ernten. Die Bösen verlieren. In meinem Film bekommen die Bösen die Belohnung. Das Schicksal meint es gut mit ihnen. So etwas gibt es nur im Leben, in meinem Leben. Im Kino geht dann immer das Licht an. Der Vorhang fällt und verdeckt die Leinwand. Aufstehen und gehen! Mein Film läuft aber weiter, und meine Rolle gefällt mir ganz und gar nicht. Ich habe den Menschen, der es gut mit mir meint, mit Füßen getreten und mich von einem dunklen Prinzen bezirzen lassen. Für so schlechte Filme gibt es keine Fortsetzung. Also doch lieber gleich aufstehen und gehen?

Kapitel 16

Bis zum Hafen war es von der kleinen Pension, in der Paolo sich gestern ein Zimmer genommen hatte, ein recht kurzer und bei dem frischen Wind vom Meer sicher ein angenehmer Spaziergang. Paolo wusste, dass er von jetzt an den Gürtel enger schnallen musste. Bisher hatte sein Vater so gut wie alles für ihn bezahlt und immer nur das Beste, auch wenn es gar nicht notwendig gewesen wäre. Ein Zwei-Zimmer-Apartment mit Blick auf den Central Park war zwar etwas sehr Schönes, aber er hätte viel lieber auf dem Campus der Partneruniversität in Brooklyn gewohnt. Was nützte ihm der tolle Ausblick auf den Park, wenn das Campusleben an ihm vorbeizog und er auch noch als der reiche Schnösel dastand. Sein Vater hatte nie begriffen, dass Geld für ihn überhaupt keine Rolle spielte. Der finanzielle Aspekt, der mit dem endgültigen Bruch einhergehen würde, war also durchaus verkraftbar. Ganz im Gegenteil. Die neue Situation hatte sogar etwas Befreiendes.

Auch wenn er noch genügend finanzielle Reserven hatte, um bis zur Disputation seiner Doktorarbeit allen Verpflichtungen nachzukommen, und danach mit Sicherheit einen gutbezahlten Job finden würde, war ihm auf dem Weg zur Strandpromenade nach etwas Einfachem. *Mangi tutti* war eines jener Armengerichte, Fastfood für die Capresen sozusagen, nach dem er nun bewusst Ausschau hielt. Kleine, frittierte Fische, die man im Ganzen verspeiste. Eine heimische Delikatesse, die ihm umso besser schmeckte, weil sein Vater sie nie aß. Dass Paolo das Gericht schon am Vormittag bestellte, hatte den Ober erstaunt, aber wenn man am Vorabend vor Aufregung nichts mehr zu sich genommen hatte, war eine reichhaltige Portion des capresischen Traditionsgerichts jetzt genau das Richtige.

In dem einfachen Hafenrestaurant zu sitzen und dem Treiben der Passanten zuzusehen, sich wie ein ganz normaler Student vorzukommen, dem nicht mal eben schnell eine Yacht zur Verfügung stand, fühlte sich einfach nur gut an. Was den persönlichen Verlust betraf, so war Paolo sich nicht sicher, ob die Erleichterung, endlich etwas lange Überfälliges ausgesprochen zu haben, lange anhalten würde. Es tat überraschend weh, als er einen kleinen Jungen an der Hand seines Vaters am Strand entlangspazieren sah. Der Junge musste um die vier Jahre alt sein, wirkte noch etwas tapsig und lief stolz neben seinem Vater her. Fürsorglich ließ er sich von ihm Schwimmflügel anlegen und rannte dann ausgelassen neben ihm ins Wasser.

Es war der gleiche Strand, den Paolo seit seiner Kindheit kannte. War es überhaupt möglich, den eigenen Vater ein für alle Mal aus seinem Leben zu streichen? Mit der Erinnerung ging es sicher nicht, aber dies wollte er auch gar nicht. War sein Vater überhaupt noch der Mann, mit dem er gute Erinnerungen verknüpfen konnte? Hatte er sich nicht just nach dem Tod seiner Mutter schlagartig verändert? Roberto war nicht mehr sein Vater, sondern nur noch ein eiskalter Geschäftsmann, der nichts hatte, außer dem schnöden Mammon, dem er sich zum Untertan gemacht hatte.

Ob Anja sich für *Mangi tutti* begeistern könnte? Er hätte diese Köstlichkeit gerne mit ihr geteilt, doch wie es aussah, hatte sie ihn aus ihrem Leben gestrichen. Der Strand war voll mit Schönheiten. Wie vielen interessanten Mädchen war er während seiner Auslandsaufenthalte begegnet? Gerade in der Touristikbranche war es überhaupt kein Problem, interessante Frauen kennenzulernen. Natürlich würde er sich immer wieder verlieben können. Das ging verdammt schnell, doch wie lange hielt dieses Gefühl schon an? Viele seiner Kollegen bevorzugten es, so zu leben. Jemanden kennenzulernen, die Schmetterlinge im Bauch zu spüren, bis deren Flügelschläge sich verlangsamten und schließlich ganz zum Stillstand kamen. Meist blieb dann nichts weiter als gähnende Leere. Im Prinzip bedeutete ein solches Leben nichts weiter, als unentwegt auf Droge zu sein. Sobald die Wirkung nachließ und irgendwann ganz abebbte, hatte der Körper Entzugserscheinungen und suchte nach Ersatz.

Letztlich, so hatte er jüngst in einem Artikel gelesen, war Verliebtheit sowieso eine rein körperliche Angelegenheit. Ein Großteil lief über den Austausch von Duftstoffen, was zur Produktion von Glückshormonen führte.

Paolo musste unwillkürlich schmunzeln, als er ein junges Paar am Strand beobachtete, das sich leidenschaftlich küsste. Sofort lag der Geschmack von Anjas Lippen auf seinem Mund. Er vermisste sie und vermochte sich nicht damit zu trösten, früher oder später wieder eine Barbara kennenzulernen. Bei keiner Frau außer bei Anja hatte sich bisher ein Gefühl der Stimmigkeit eingestellt. Er wünschte sich Geborgenheit, jemanden, dem er vertrauen konnte, und keinen neuen Schmetterling. Warum noch länger hier herumsitzen? Vielleicht konnte er dieses Missverständnis aufklären und Anja klarmachen, dass er es mit ihr ernst meinte.

»Hast du Roberto schon Bescheid gegeben?«, wollte Anja wissen, als ihre Mutter aus dem Bad kam.

»Natürlich nicht. Er wird annehmen, dass alles nach Plan läuft, und glaub mir, den Moment, wenn ich ihm den Brief deiner Großmutter unter die Nase halte, werde ich in vollen Zügen genießen.«

Anja lümmelte nach der erneuten Lektüre des Briefes noch immer auf dem Bett im Zimmer ihrer Mutter. Dass sie überhaupt so lange hier verweilte, noch dazu ohne das Gefühl zu haben, sie zu stören, grenzte an ein Wunder. Wann hatten sie und ihre Mutter schon einmal an einem Strang gezogen? Es fühlte sich jedenfalls gut an und hatte ihre Mutter dazu veranlasst, fast wie eine gute Freundin mit ihr zu reden, vor allem über Tante Elli und dass sie die ewige Rivalität zwischen ihnen beiden furchtbar aufregte. Ihre Mutter war dabei offenbar zu dem Schluss gekommen, dass ihre Schwester einen an der Klatsche hatte. Erst Eifersüchteleien, weil sie sich ganz harmlos mit diesem Heinz unterhalten hatte, der Elli nach ihrer Autopanne aufgegabelt hatte, und dann das ganze Theater mit Paolos Vater, dem sie völlig verblendet ins offene Messer gelaufen war.

»Der arme Heinz ist total in deine Tante verknallt, und sie beachtet ihn nicht einmal, weil er ihr nicht gut genug ist. Man will ja immer etwas Besseres, am besten einen capresischen Grafen. Und dem wirft man sich dann an den Hals«, hatte sie mit ziemlich viel Gift in der Stimme über Tante Elli hergezogen.

Vertraute Töne. Ihre Mutter hatte noch nie ein gutes Wort für Elli übriggehabt.

»Mir tut es trotzdem leid, dass Tante Elli jetzt nichts mehr erbt. Sie ist immerhin deine Schwester.«

»Aber sie ist nicht Alessandros Tochter. Damit bin ich, wie wir nun wissen, nur ihre Halbschwester. Punkt!«

»Mensch, Mama. Das spielt doch keine Rolle. Ihr seid zusammen aufgewachsen, und es kann damals nicht alles schlecht gewesen sein. Ich finde, du solltest ihr was von dem Geld abgeben.« Anja fiel es schwer, zu glauben, dass ihre Mutter tatsächlich so herzlos sein konnte.

»Das ist meine Entscheidung.« Immerhin klang ihre Mutter weniger resolut als erwartet.

»Also, ich fände das total unfair.«

»Anja, misch dich nicht in Dinge ein, die dich nichts angehen. Ich habe meine Gründe, und zwar triftige.« Mit diesen schon eher vertrauten Tönen nahm sie ihr den Brief aus der Hand.

»Was, wenn dir niemand glaubt?« Irgendwie klang das alles zu schön, um wahr zu sein.

»Dann haben wir immer noch Alessandros Haare für den Gentest. Außerdem ist Roberto so scharf auf die Pension, dass er es nicht auf einen Prozess ankommen lassen wird.«

»Anja?«, tönte es unvermittelt von draußen.

Die Stimme kannte sie doch. Sie gehörte Paolo.

»Ich hab mich sowieso schon gefragt, wann er hier aufkreuzen würde«, merkte ihre Mutter leicht abfällig an. »So sind sie nun mal, die Italiener. Du wirst sie so schnell nicht los.«

Die Frage war, ob sie Paolo überhaupt loswerden wollte. Was einem in wenigen Sekunden so alles durch den Kopf schießen konnte. Tausend Möglichkeiten, Überlegungen. Was, wenn er sie wirklich liebte? Aber das konnte nicht sein. Niemand würde eine Frau wie Barbara zugunsten eines Pummelchens wie ihr aufgeben. »Hör auf zu träumen!«, sagte sie sich, als sie aufstand und durch den Vorhang nach unten spähte.

»Anja, bist du da?«, rief Paolo wieder und lief durch den Garten, den Blick nach oben auf ihr Fenster gerichtet. Fehlte nur noch, dass er sich gleich eine Leiter holte. Aber wäre das nicht furchtbar romantisch?

»Ich kümmere mich um ihn«, schlug ihre Mutter vor, die sich mittlerweile ihr Kleid angezogen hatte.

»Was meinst du damit?«

»Ich schicke ihn weg. Was sonst?«

Irgendwie musste ihre Mutter ihr angesehen haben, dass sie sich ihrer Sache, Paolo endgültig in den Wind zu schießen, noch nicht ganz sicher war.

»Du denkst doch nicht ernsthaft darüber nach, dich mit ihm zu versöhnen?« Ihre Mutter trat neben sie an das Fenster und blickte hinunter.

»Anja, es war ein Missverständnis«, rief Paolo mit wachsender Verzweiflung.

»Kind, sieh mich an.« Sanft drehte ihre Mutter sie vom Fenster weg und blickte ihr direkt in die Augen.

»Ich möchte nicht, dass er dir noch mehr weh tut, und glaub mir, das wird früher oder später passieren. Jemand wie er … Es ist doch nur eine Frage der Zeit, bis er sich wieder in eine andere verliebt.«

Ihre Mutter sprach Anjas dunkelste Befürchtungen aus und rang ihr ein wohl ausreichend überzeugendes Nicken ab. Wie gelähmt stand sie da und musste mit ansehen, wie ihre Mutter keine Minute später vor dem Haus erschien und Paolo klarmachte, dass ihre Tochter ihn nicht mehr zu sehen wünschte. Als ob er sich dessen rückversichern wollte, blickte er noch einmal zu ihr hinauf. Obwohl er sie hinter dem Vorhang mit Sicherheit nicht ausmachen konnte, spürte er bestimmt, dass sie ihn in diesem Moment beobachtete.

»Paolo … geh nicht«, flüsterte sie leise und ertappte sich dabei, dass sie feuchte Augen bekam, als sie ihn mit hängenden Schultern den kleinen Serpentinenweg hinunterlaufen sah.

Es fühlte sich für Fabrizio fast so an, als herrsche wieder normaler Betrieb in der Casa. Im Moment logierten zwar nur drei Gäste in der Pension, aber wie jeden Morgen, als Castiglione noch lebte, erledigte er die Einkäufe in der Innenstadt und am Hafen. Es war ein schönes Gefühl. Jammerschade, dass sein großer Traum, die Casa Bella weiterführen zu können, mittlerweile geplatzt war. Immerhin würden die Provisionen ihn eine Weile am Leben erhalten, und vielleicht konnte er sich sogar mit einem Nebenjob als Nachtportier noch ein bisschen was hinzuverdienen.

Roberto de Andre würde die Pension abreißen lassen und einen Designbunker auf das schöne Grundstück setzen, es sei denn, aus der Verbindung zwischen Robertos Sohn und Dorotheas Tochter wurde eine längerfristige Angelegenheit. In diesem Fall war es zumindest rein theoretisch denkbar, dass die beiden Schwestern Anja das Haus verpachteten. Dies ginge aber auch nur, wenn die Gemeinde ihnen das Haus zusprach. Dem machthungrigen Hotelier war nicht zuzutrauen, dass er das Haus für seinen Sohn kaufte. Jammerschade, aber träumen war ja erlaubt.

»Hallo, Fabrizio«, begrüßte ihn Paolo, der mit gesenktem Haupt an dem Panda vorbeilief.

»Na, alles klar?«, fragte er.

Wenn ein junger Mann derart geknickt vom Haus seiner

Geliebten kam, hatte diese Frage rein rhetorischen Charakter.

»Anja will mich nicht mehr sehen.«

»Ach, das renkt sich schon wieder ein«, versuchte Fabrizio ihn aufzubauen. »Rede mit ihr!«

»Wie denn? Sie hat ihre Mutter runtergeschickt.«

Das klang alles andere als gut.

»Ist es dir ernst mit Anja?«

Paolo nickte und sah auch so aus, als ob er es tatsächlich ernst meinte.

Er konnte einem richtig leidtun. Da war eine junge Liebe offenbar in einen Zweifrontenkrieg geraten. Wie die beiden miteinander umgegangen waren, so liebevoll. Fabrizio musste sich etwas einfallen lassen, um Paolo zu helfen. Außerdem, wer wusste schon, ob die Liaison zwischen den beiden die Karten im Spiel um die Casa Bella nicht doch noch einmal neu mischte.

»Ich hab da eine Idee«, sagte er zu Paolo und stellte zufrieden fest, dass wieder ein Hauch Optimismus in seinen Augen zu erkennen war.

Elli stellte mit einem Blick auf ihren Reisewecker fest, dass sie sich schon wieder in der Wegschlafphase befand. Andere würden es Depression nennen und irgendwelche Medikamente nehmen, ihr dagegen genügte es, sich ins Bett zu verkriechen und in andere Welten zu träumen. Der Nachteil dieser Strategie war, dass die Tage dadurch immer kürzer wurden, und um halb elf aufzustehen, war eigentlich nicht das, was sie gewohnt war. Von Anja, die ihr das Frühstück gemacht hatte, war auch keine Aufmunterung zu erwarten. Sie war völlig durch den Wind wegen Paolo und fragte sie, während sie gemeinsam auf der Terrasse zusammensaßen, eigentlich immer das Gleiche, wenn auch verklausuliert.

»War es richtig, dass ich ihn weggeschickt habe?«

Elli antwortete ihr auch immer das Gleiche, jedenfalls im Kern. In solchen Angelegenheiten dürfe man nicht nur auf seinen Verstand hören, sondern vielmehr auf sein Herz.

»Anja, nur du allein weißt, was richtig für dich ist.« Kaum war der Satz ausgesprochen, überlegte Elli sich, was ihr ein solcher Ratschlag an Nutzen gebracht hätte. Wenn sie ehrlich war, wusste sie selbst nicht so genau, was am besten für sie war. Wer eine Ehe ohne Leidenschaft geführt hatte, sich von einem Roberto völlig blenden ließ und einem anderen Mann letztlich aus Angst vor zu radikalen Änderungen im Leben den Laufpass gegeben hatte, war mit Sicherheit keine Beziehungsexpertin und schon gar keine gute Trostspenderin in Herzensangelegenheiten. Manchmal handelte man wohl wie ferngesteuert, insofern war jeder Ratschlag, egal ob von einer Beziehungsexpertin oder nicht, sowieso für die Katz.

»Aber Mama hat recht, wenn sie sagt, dass wir langfristig gar keine Chance haben.« Anja beharrte darauf, dass ein gutaussehender Mann und eine Qualle, wie sie sich nun schon zum zweiten Mal nannte, überhaupt nicht zusammenpassten. Aller Erfahrung nach stimmte das sogar, aber wie viele merkwürdige Paare waren Elli in ihrem Leben schon begegnet?

»Im Grunde ist es so wie mit dir und diesem Heinz«, sagte ihr Anja ohne Vorwarnung.

Um ein Haar hätte sich Elli an ihrem Kaffee verschluckt. »Heinz?«

»Da ist doch was gelaufen zwischen dir und ihm?« Die Selbstverständlichkeit in Anjas Tonlage war unglaublich.

»Wie kommst du denn darauf?«

»Mama ist sich sicher, dass er in dich verknallt ist.«

Interessant! Ihre Schwester hatte ihre Nichte also bereits über alles in Kenntnis gesetzt. Typisch Journalistin. Immer eine Geschichte zur Hand, die man an den Mann oder in diesem Fall an die eigene Tochter bringen konnte. Wenn Doro nicht bereits unterwegs zu Roberto wäre, hätte Elli sich ihre große Schwester geschnappt und ihr ordentlich den Marsch geblasen.

»Was hat sie denn noch so gesagt?«

»Dass du viel zu blöd bist, um zu merken, wie sehr er dich mag.«

Das war's dann wohl mit dem Frühstück. Einen weiteren Bissen würde sie jedenfalls nicht mehr herunterbekommen. Anja schien es bereits etwas besser zu gehen, zumindest gemessen an ihrem wachsenden Appetit auf Grissini, an denen sie wie ein Hamster knabberte.

»Mama meint, du glaubst bestimmt, dass Heinz nicht gut genug für dich ist. Wie ist er denn so?«

Wegschlafen!, lautete ihr erster Gedanke. Kaum war sie aufgestanden und hatte gefrühstückt, bildeten sich im Epizentrum ihres Bauches bereits die ersten Depressionswellen.

»Nett.« Mehr brachte Elli nicht heraus.

»Ja wie jetzt, nett? Nur nett im Sinne von ganz nett oder im Sinne von ein netter Kerl?«

Elli war überfragt. Über derlei Abstufungen von »nett« hatte sie bisher noch nicht nachgedacht.

»Ja, gefällt er dir oder nicht?«

Elli konnte gar nicht anders, als zu nicken. »Schon. In gewisser Weise.«

»Was jetzt, schon oder nur in gewisser Weise?«, bohrte Anja nach.

»Er ist eben ein unglaublich … netter … und … fürsorglicher, ja auch sehr liebevoller und …«

Elli erschrak über das immer positivere Bild von Heinz, das Anja ihr entlockt hatte. Doro hatte recht, ihre Tochter hätte in der Tat ebenfalls Journalistik studieren sollen. Eine richtig nervige Wortklauberin, genau wie ihre Mutter bevor sie angefangen hatte zu schreiben und sie sich mit ihrer spitzen Zunge fortan beruflich austoben konnte.

»Warum willst du dann nichts von ihm?«

»Weil das langfristig sinnlos wäre. Heinz lebt in einem Wohnwagen und tingelt darin um die Welt. Ich bin ein anderes Leben gewohnt.«

Anja hörte schlagartig mit der Knabberei auf und erweckte den Anschein, als würde sie sich nachdenklich zurücklehnen. »Wenn ich das richtig sehe, sitzen wir beide im selben Boot. Wir lieben jemanden, kommen aber rein rational betrachtet zu dem Schluss, dass es niemals gutgehen kann, und verzichten somit auf das Schönste, was einem das Leben schenken kann. Sag mal, sind wir beide eigentlich völlig bescheuert?«

Manche Einsichten kamen im Leben wohl immer ein bisschen zu spät. Selbst wenn Anja recht hatte, der Zug mit Heinz war abgefahren, so, wie sie sich in den letzten Tagen gegeben und ihm gegenüber verhalten hatte! Immerhin wusste sie nun, dass sie sich völlig bescheuert verhalten hatte.

Heinz fühlte sich rastlos. Er war innerlich aufgewühlt wie schon seit vielen Jahren nicht mehr, und die wachsende Unruhe schien sich auf Oskar zu übertragen. Normalerweise lief der Hund friedlich und vergnügt einfach neben ihm her und hüpfte gelegentlich wie Klein Bambi in die

Wiese, um Schmetterlingen, Hummeln oder Vögeln hinterherzujagen. Der heutige Spaziergang auf dem Rückweg vom saftigen und schattenspendenden Grün der Via Provinciale Anacapri zu seinem Hotel in Capris Oberstadt hatte weder ihm noch Oskar Ruhe gebracht. Unentwegt blickte Oskar, der auf dem Boden des Hotelzimmers auf einem Kissen kauerte, zu ihm auf, als ob er sich versichern wollte, dass es seinem Herrchen immer noch gutging.

Natürlich ging es ihm nicht gut. Nach der gestrigen Begegnung mit Elli war er so wütend gewesen, dass er die Insel am liebsten sofort verlassen hätte. Kaum war der kleine Reisekoffer gepackt, hatte ihn auf dem Weg von der Casa Bella ins Stadtzentrum von Capri eine merkwürdige Lähmung befallen. Kaum im Hotel eingetroffen, hatte er eine geschlagene Stunde seinen Koffer angestarrt. Das war nicht er und absolut nicht normal. Nichts war mehr normal!

Am liebsten wäre er vergangene Nacht noch einmal hinauf zur Casa Bella gefahren, um sich mit Elli in Ruhe zu unterhalten, aber vermutlich hätte er sie dort gar nicht angetroffen. Hoffentlich hatte sie ihrer Schwester vom wahren Wert der Pension und des Grundstückes erzählt, doch dieser Gedanke war letztlich nichts gegen die Vorstellung, Elli niemals wiederzusehen. Sich im Streit zu trennen, war so ziemlich das Schlimmste, was man tun konnte. Den ganzen Weg bis zum Hotel hatte er sich überlegt, was er Elli sagen würde, und obwohl er am Morgen bereits ausgecheckt hatte, plagte ihn der Umstand, dass er immer noch nicht wusste, was er tun sollte. Schon wieder dieser Koffer. Diesmal stand er vor ihm in einer kleinen Bar in unmittelbarer Nähe des Hotels. Worauf wartete er eigentlich noch?

Elli würde sich nicht mehr bei ihm melden. Fabrizio hatte er am Abend noch schnell seine Handynummer und die Anschrift des Hotels durchgegeben – sozusagen für alle Fälle. Vermutlich starb die Hoffnung tatsächlich zuletzt. Alle zehn Minuten auf das Display des Handys zu sehen, ob sie sich nicht vielleicht doch gemeldet hatte, konnte einen verrückt machen.

Das Gespräch mit Anja hatte Elli den Rest gegeben. Es gab keinen einzigen Grund mehr, hier auf Capri zu bleiben. Ihre Reise war umsonst gewesen. Vielleicht konnte sie zu Hause noch retten, was zu retten war. Die Räumlichkeiten der Videothek ließen sich bestimmt leicht weitervermieten. Die Privatinsolvenz wartete auf sie, aber das hatten andere auch schon geschafft. Doro hingegen würde von der Romanze ihrer Mutter profitieren und sich den Lebensabend vergolden. Das Leben war ungerecht, und allein auf den steinernen Stufen der Casa Bella zu sitzen und in den blauen Himmel zu starren, aus dem sie die Sonne munter, als wenn überhaupt nichts wäre, anzulächeln schien, hatte etwas Skurriles. Bester Nährboden, um in Selbstmitleid förmlich zu ertrinken.

Elli bereute zudem bitterlich, dass sie nicht mehr mit Heinz über den vergangenen Tag sprechen konnte. Er war sicher noch am Abend abgereist. Anja hatte recht. Sie war bescheuert, aber es war nun mal nicht so einfach, über den eigenen Schatten zu springen. Natürlich mochte sie ihn und hatte sich an seiner Seite sehr wohl gefühlt. Er hatte ihr das Gefühl vermittelt, dass sie sich einfach so geben konnte, wie sie war, ohne Schnörkel, ohne eine Rolle spielen zu müssen. Sie hatte sozusagen den nackten Tatsachen ungeniert ins Auge sehen können.

Elli musste bei dem Gedanken an ihre Begegnung in den Duschräumen des Nudistencamps unwillkürlich schmunzeln. Aber ein Leben im Wohnwagen? Das war nach wie vor unvorstellbar. Ein anderer Teil in ihr hielt aber sofort dagegen. Ein Leben unter der Brücke oder in irgendeiner miefigen Ein-Zimmer-Sozialwohnung – war dies vorstellbar oder gar erstrebenswert? Wieder schüttelte Elli den Kopf. Die Einsicht, dass sie nicht mehr auf ewig an dem festhalten konnte, was sie einmal gehabt hatte, dass ihr Leben ziemlich eingefahren war, schmeckte bitter. Mit sechzig noch einmal neu anfangen? Unmöglich! Sofort protestierte der andere Teil in ihr. Dein Leben wird sich so oder so ändern, ob du willst oder nicht. Gerade was Heinz betraf, gerieten die beiden Teile in ihr, die in ihrer Vorstellung gerade auf einem See aus Selbstmitleid um die Wette ruderten, in Streit.

»Auf Roberto hättest du dich doch auch eingelassen, ohne ihn gleich heiraten zu wollen«, warf ihr einer der Bootsführer ihrer imaginären Ruderregatta vor.

»Das ist doch etwas ganz anderes«, entgegnete der vom gegnerischen Team.

Drohte sie jetzt schizophren zu werden? Zwei Stimmen in ihrem Kopf, und in ihrer Phantasie auch noch zwei Ruderer, die um die Medaillen in einem Wettbewerb kämpften, bei dem es um ihr Leben ging. Elli hielt es auf den Steintreppen nicht mehr aus, schon gar nicht in der prallen Sonne, doch auch im Schatten der Zitronenbäume ruderten die beiden Wettkämpfer weiter, sobald sie sich entspannte und ihren Gedanken wieder freien Lauf ließ. Die Frage, warum sie sich überhaupt auf einen Flirt mit Roberto eingelassen hatte, beschäftigte sie immer noch. Es war nicht nur das Umfeld einer kinoreifen Partyinszenierung gewesen, nicht nur der Umstand, dass er verdammt gut aussah und sie das Gefühl hatte, an Josefs Seite etwas im Leben verpasst zu haben. Es war auch nicht die Erbschaft. Alles vorgeschoben, gestand sie sich in dem Moment ein und überlegte, welche Momente sie am meisten in seiner Gesellschaft genoss.

Mit geschlossenen Augen lehnte sie sich gegen den Stamm eines Zitronenbaumes und versuchte sich dem bald darauf einsetzenden Strom von Bildern hinzugeben. Es fühlte sich an wie eine Reise durch die Zeit. In schneller Folge so viele Bilder, so viele Emotionen und Gesichter. Roberto de Andre tauchte immer wieder auf, sein Lächeln, sein Charme, wie er sich um sie bemühte, doch der Film, auf den sie sich einließ, lief plötzlich nicht mehr in Farbe, sondern in Schwarz-Weiß. Die Kleidung der Partygäste auf dem Limoncello-Fest hatte sich verändert. Waren es die fünfziger Jahre? Clark Gable und Sophia Loren tanzten neben ihr. Josef war auch eingeladen. Doro tanzte mit ihm, in ihrem grünen Kleid. Wie attraktiv sie darin war. Die ewige Siegerin.

Josef durfte aber nicht mit Doro tanzen. Warum beachtete er sie nicht? Sie wollte zu ihm, doch Roberto ließ sie einfach nicht los. Mit Schwung wirbelte er sie immer wieder im Kreis herum. Dann war Josef verschwunden, ebenso wie die anderen Gäste, und sie war mit Roberto ganz allein auf der Tanzfläche. Wie bewundernd er sie anlächelte, wie federleicht sie sich fühlte, an der Seite so eines Mannes. Zwei Scheinwerfer waren auf sie gerichtet, wie beim Schautanz. In den Lichtkegeln, die ihnen bei jeder Bewegung folgten, schien die Zeit stillzustehen. Erst jetzt entdeckte sie ihre Schwester, die allein am anderen Ende der Terrasse stand und sie anstarrte. Kalte Eifersucht und wie gut sich dieser Blick doch anfühlte. Dagegen waren Robertos Augen langweilig und leer.

»Sieh mich nur an. Schau, was deine kleine Schwester

alles kann.« Was für ein Glücksgefühl, vor Doros Augen im Rampenlicht zu stehen.

»Elli?«

Wer rief sie denn da? Roberto und sie waren doch mit Doro allein auf der Tanzfläche.

»Elli?«

Immer noch dieses grelle Licht, nur kam es nun nicht mehr von den Scheinwerfern, sondern von der Sonne. Sie öffnete ihre Augen und sah Fabrizios Feldschuhe vor sich. Bei dem Versuch, sich aufzurichten, meldete sich sofort der Rücken. Fabrizio reichte ihr eine Hand.

»Danke.«

Immer noch wirkten die Bilder des Traumes in ihr nach.

»Alles in Ordnung?«

Zwar war im Grunde genommen gar nichts in Ordnung, aber Elli nickte trotzdem und ließ sich gerne von ihm aufhelfen.

»Kommen Sie heute noch zufällig in die Stadt oder zum Hafen? Ich möchte gern abreisen«, sagte sie.

Fabrizio war anscheinend völlig von der Rolle.

»Aber das Haus … die Erbschaft.«

»Hat sich alles erledigt. Wie es aussieht, ist Doro die alleinige Tochter von Alessandro Castiglione.«

Fabrizio schien sich die Neuigkeit sehr zu Herzen zu nehmen.

»Ich möchte nur noch nach Hause«, sagte sie.

Der Italiener nickte. Er wirkte unentschlossen. Irgendetwas beschäftigte ihn.

»Eigentlich sollte ich Ihnen diese Nummer nur geben, wenn Sie danach fragen, aber …«

Schon hatte er einen Zettel, auf dem eine Telefonnummer und eine Adresse notiert waren, aus der Hosentasche herausgekramt.

Elli nahm ihn an sich und las: »Heinz.«

Man musste kein Prophet sein, um schon in dem Moment, als sich Dorothea am Morgen bei ihm telefonisch gemeldet hatte, zu riechen, dass er den Casa-Bella-Deal vergessen konnte. Dabei hatte Roberto sich erhofft, heute mit Eleonore und Dorothea einen Vorvertrag aufzusetzen. Ihre Geheimniskrämerei und ihr Wunsch, mit ihm persönlich über die jüngsten Entwicklungen zu sprechen, hatten ihn jede Menge Selbstbeherrschung gekostet. Nichts klappte im Moment!

Paolo war zudem wie vom Erdboden verschluckt. Unzählige Male hatte Roberto versucht, seinen Sohn auf dem Handy zu erreichen. Mit jeder Minute, die seit ihrem Streit verronnen war, wurde es immer wahrscheinlicher, dass Paolo es diesmal ernst meinte. Gestritten hatten sie sich ja schon des Öfteren, aber noch nie hatte Paolo ihn mit so viel Verachtung angesehen. Warum war auch ausgerechnet diese Anja hier aufgetaucht? Eine Deutsche hatte keinen Platz in seiner Familie. Nicht, nachdem deutsche Urlauber seine Frau auf dem Gewissen hatten. Er hatte nichts gegen Deutsche, ganz im Gegenteil, waren sie doch seine besten Gäste, aber diese Frau an Paolos Seite, das ging nicht. Anja würde ihn immer an das Unglück erinnern. Außerdem war sie die Tochter einer Frau, die vor Selbstbewusstsein nur so strotzte und die es gewagt hatte, ihm Paroli zu bieten. So eine Konstellation kam unter keinen Umständen in Frage. Nicht in hundert Jahren!

Heute wirkte Dorothea, die sich nun schnellen Schrittes der Bar näherte und zielsicher auf ihn zusteuerte, in ihrem schlichten Sommerkostüm noch einen Tick souveräner als sonst.

»Schön, dass du dir so kurzfristig Zeit für mich nehmen konntest«, begrüßte sie ihn und suchte gleich Blickkontakt zu einem vorbeilaufenden Ober. »Einen Espresso bitte.«

Dorothea nahm Platz und musterte ihn für einen Moment lächelnd. Eine Frau, die ihn so ansah, verunsicherte ihn. Abwarten! Roberto zwang sich zur Ruhe. Vielleicht wollte sie ja auch nur noch einmal über den Kaufpreis verhandeln. Irgendetwas bahnte sich da jedenfalls an. Wo war eigentlich Eleonore? Schlagartig fiel ihm ein, dass sie gestern zum Essen verabredet gewesen waren. Er hatte die Verabredung zum Tanz vor lauter Aufregung über Paolo vergessen und sich noch nicht einmal mehr bei ihr gemeldet. Ein böser Fauxpas. Vielleicht hatte ihn Dorothea deshalb allein treffen wollen?

»Deine Schwester hat keine Zeit?«, fragte er vorsichtig nach.

»Um ehrlich zu sein, ich hab Elli heute noch gar nicht gesehen.«

Wo steckte Eleonore bloß? Ihre eigene Schwester wusste nicht, wo sie war? Seltsam.

»Ich finde schon, dass sie dabei sein sollte, wenn wir über den Verkauf der Casa Bella sprechen«, bemerkte er.

Dorothea winkte ab. »Hat sich erledigt. Nach der neuesten Sachlage muss sie überhaupt nicht mehr dabei sein.«

Roberto verstand kein Wort. Täuschte er sich, oder genoss sie es bis in jede einzelne ihrer roten Haarspitzen, dass er seine Verwirrung nicht vor ihr verbergen konnte?

»Ich habe da etwas gefunden, was du dringend lesen solltest. Einen Brief von meiner Mutter.« Im Nu kramte sie die Kopie eines Schreibens hervor und legte sie auf den

Tisch. »Im Prinzip ist nur das gelb Markierte für dich interessant.«

Was der Leuchtstift zutage brachte, war schier unglaublich, und Dorothea war so sehr in Fahrt, dass sie ihm nicht einmal die Zeit gab, den Abschnitt in Ruhe zu Ende zu lesen.

»Ich denke, dass dieses Schreiben ausreicht, um berechtigte Ansprüche bei der Stadt Capri anzumelden, aber wir können uns gerne auch ohne Anwälte einigen.«

Genau so, wie er sie eingeschätzt hatte. Eine Frau wie sie setzte einem nicht nur das Messer an die Kehle, sondern schnitt sie einem ohne zu zögern auch noch durch.

»Im Preis hast du dich, wie Elli inzwischen erfahren hat, allerdings ein bisschen vertan«, setzte Dorothea gleich noch hinterher.

Roberto stutzte. Hatte Eleonore etwa Recherchen angestellt?

»Das Grundstück allein ist eine Million Euro wert«, fuhr Dorothea fort.

Das war er, der Schnitt durch die Kehle, zumindest fühlte es sich so an. Roberto versagte förmlich die Stimme.

Kapitel 17

»Fabrizio hat mir deine Nummer gegeben.«

Wie sehr hatte sich Heinz gefreut, Ellis Stimme noch einmal zu hören, wenn auch nur am Telefon. Was für eine Erleichterung. Nun hatte er endlich die Möglichkeit, sich mit ihr auszusprechen.

»Können wir uns heute Nachmittag sehen?«, hatte sie ihn gefragt. »Ich freue mich.«

Alles andere, was er ihr noch hatte sagen wollen, eignete sich nicht für ein Telefonat, ebenso wenig wie für ein lautes Straßencafé. Insofern war er ihr sehr dankbar für den Vorschlag, sich im deutlich ruhigeren Anacapri auf einem Parkplatz zu treffen und ein wenig spazieren zu gehen.

»Hallo, Heinz.« Elli begrüßte ihn mit einem herzlichen Lächeln, als sie aus Fabrizios Panda stieg.

Oskar sprang sofort auf sie zu und verlangte nach einer Runde Aufmerksamkeit. Fabrizio blinzelte ihm aus dem Fahrerfenster aufmunternd zu, bevor er wendete und sie beide allein ließ. Es war nur ein kurzer, wenn auch sehr steiler Fußweg zu dem herrlichen Aussichtspunkt, von dem aus sie über die phönizischen Treppen hinunter zum Hafen schlenderten. Ellis auf die Weite des Meeres gerichteter Blick und die spürbare Gelassenheit, die sie ausstrahlte, als sie Oskar auf den Arm nahm und streichelte, wertete Heinz als gutes Zeichen.

»Ich bin froh, dass wir uns noch einmal sehen«, sagte sie unvermittelt und musterte ihn eingehend.

Dies klang allerdings eher nach Abschied. Was sonst sollte es sein?

»Ich habe mich ziemlich albern verhalten in der Bar. Tut mir leid.« Endlich war es ausgesprochen! Heinz spürte, wie ihm augenblicklich eine große Last von den Schultern fiel.

»Wenn sich jemand albern verhalten hat, dann ja wohl ich«, erwiderte sie. »Wobei albern nicht der richtige Ausdruck ist, ziemlich blöd trifft es eher«, fügte sie hinzu.

»Nein, deine Reaktion war absolut verständlich. Ich hab einfach rot gesehen, als ich dich mit de Andre in der Bar sitzen sah.« Der richtige Zeitpunkt für offene Worte. Was hatte er zu verlieren, wenn er ihr gegenüber eingestand, dass er eifersüchtig gewesen war?

»Du hast uns also schon länger beobachtet?«

Heinz nickte leicht beschämt. »Ich wollte wissen, ob du und er … Aber es geht mich im Grunde nichts an.«

»Du warst wirklich eifersüchtig?«

»Ich und eifersüchtig?«, entrüstete er sich mit gespielter und absichtlich durchschaubarer Theatralik.

Elli musste unwillkürlich lachen. »Genau das meinte ich mit blöd. Dafür gibt es nämlich gar keinen Grund.«

»Zumindest hat es ganz danach ausgesehen. Immerhin hast du heftig mit ihm geflirtet.«

Elli wendete für einen Moment den Blick von ihm ab und sah wieder hinaus aufs Meer. Oskar wurde unruhig. Spürten Tiere, wenn jemand nicht mit sich im Reinen war? Elli setzte den Hund auf dem Boden ab, und als ob er ebenfalls neugierig wäre, was sie zu sagen hatte, blieb er zwischen ihnen sitzen und blickte mit schief gelegtem Kopf zu ihr auf.

»Das Fest, endlich mal wieder groß ausgehen … All das habe ich dringend gebraucht. Der Abend hat mich an das erinnert, was ich einmal hatte. An mein altes Leben. Das war großes Kino für mich, verstehst du das? Es war nicht Roberto. Es war eigentlich alles andere als Roberto.«

Was meinte sie damit? Alles andere?

»Etwa auch wegen der Erbschaft?«

Elli schüttelte vehement den Kopf. »Du wirst mich jetzt sicher auslachen, aber im Grunde genommen ist es mir zunächst nur darum gegangen, Doro auszustechen.«

Das überraschte Heinz allerdings gewaltig, und noch viel mehr wunderte es ihn, dass sie so offen mit ihm darüber sprach. Fast sah es danach aus, also ob sie es bereits bereute, doch dann schaffte sie es offenbar, ihren inneren Schweinehund abzuschütteln, als wäre sie froh, sich endlich alles von der Seele reden zu dürfen.

»Meine Schwester und ich … Wir haben uns nie sonderlich gut verstanden. Sie war immer die Beste. In der Schule und auch sonst. Papas Liebling eben. Ich bin immer nur hinterhergelaufen wie ein kleiner Hund und … Das war wie programmiert. Sobald es irgendetwas gab, was ich ihr wegnehmen konnte, habe ich es getan … Mein Gott, du musst mich jetzt für die Allerletzte halten.«

»Nein, ich finde es ganz schön mutig von dir, dass du so offen darüber sprichst.«

Elli wirkte unendlich erleichtert, und Heinz beneidete sie um dieses Gefühl. Er hatte niemanden, mit dem er über die Last, die er seit Jahren mit sich herumtrug, reden konnte, und Elli wäre die Letzte, der er von seinem zerstörerischen Egoismus erzählen wollte.

»Du sagtest ›zunächst‹ …« Seine Neugier war geweckt, und angesichts ihrer spürbaren Leichtigkeit wagte er es, sie darauf anzusprechen.

»Ich habe mir an jenem Abend eingeredet, einiges im Leben verpasst zu haben. Meine Ehe mit Josef … Im Nachhinein betrachtet war sie alles andere als gut.« Ellis Miene wirkte auf einmal traurig.

»Aber was ist mit den vielen Reisen, von denen du mir erzählt hast? Mit dem aufregenden Leben?«

»Mehr war es nicht. So hart das klingt, Josef und ich … wir haben uns gut ergänzt, aber … Heinz, ich habe mir klargemacht, dass ich meinen Mann damals nur geheiratet habe, weil ursprünglich Doro ihn haben wollte. Das ist so schrecklich, dass ich mich dafür bis auf die Knochen schäme.« Elli bekam feuchte Augen.

Heinz nahm sie in den Arm, was Elli für einen Augenblick sichtlich genoss. Sie löste sich von ihm und trocknete sich die Augenwinkel mit den Ärmeln ihrer Bluse.

»Ich habe meinen Preis dafür bezahlt. Ich war mit einem Mann zusammen, den ich nicht geliebt habe.«

»Deshalb die Romanze mit Roberto?«

Elli rang sich ein bitteres Lächeln ab und nickte. »Ich hab's bisher niemandem erzählt. Um ganz ehrlich zu sein … Es ist ziemlich traurig, wenn jemand sich so verhält.«

»Wir machen alle Fehler«, konnte Heinz mit mehr als gutem Gewissen sagen, denn was er sich in seinem Leben geleistet hatte, war mit Sicherheit wesentlich schwerwiegender als dieser Schwesternstreit, der in erster Linie etwas damit zu tun hatte, wie die beiden aufgewachsen waren. Keine Charakterfrage also. Elli hatte zweifelsohne einen guten Charakter. Er dagegen hatte einen schlechten. Dies unterschied sie beide, und genau deshalb hatte er eine Frau wie sie auch nicht verdient.

»Du hattest mit Roberto übrigens recht. Er hat versucht, uns über den Tisch zu ziehen, aber das spielt jetzt auch keine Rolle mehr.« Schlagartig schien sich ihre Miene zu verfinstern. Resignation lag in ihrem Blick.

»Warum, was ist denn passiert?«, fragte er nach.

»Doro ist die Alleinerbin. Es gibt einen Brief, der das beweist«, erklärte Elli.

»Was macht dich so sicher, dass du nicht auch Alessandros Tochter bist?«

Elli war anzusehen, dass sie darüber noch gar nicht nachgedacht hatte. »Hast du alle Briefe gelesen? Vielleicht verschweigt dir Dorothea ja auch etwas?«

»Das glaube ich nicht. Auch wenn wir oft miteinander gestritten haben, sie würde mich nie hintergehen.«

»Also, wenn mich jemand gefragt hätte, wer von euch beiden italienisches Blut in den Adern hat ... Als ich dich das erste Mal gesehen habe, an der Tankstelle, war ich mir sicher, dass du eine Italienerin bist.«

»Du bist nicht der Erste, der das sagt«, erwiderte sie schmunzelnd.

»Gibt es denn keinen Hinweis darauf? Hat deine Mutter nie etwas angedeutet?«

Ellis Augen verengten sich, was anscheinend immer der Fall war, wenn sie über etwas nachdachte. »Hat sie dir vielleicht etwas hinterlassen? Ich habe von meinem Großvater zum Beispiel eine Schnupftabakdose bekommen. Irgendetwas Persönliches?«

»Einen Löffel«, platzte es aus ihr heraus. »Natürlich, der Löffel.«

»Einen Löffel?«

»Meine Mutter hat ihn mir kurz vor ihrem Tod geschenkt. Darauf sind Alessandros Initialen eingraviert. Aber vielleicht hat das alles auch gar nichts zu bedeuten. Der Löffel war womöglich nur ein Glücksbringer. Ich bin mir sicher, dass sich meine Mutter nichts dabei gedacht hat.«

»Du solltest dir die Briefe noch mal ansehen«, bestärkte er sie.

»Ich wollte eigentlich heute abreisen. Das wird mir alles zu viel.« Elli wirkte unentschlossen.

Zumindest sollte sie den möglichen Ärger nicht allein durchstehen. »Wenn du magst, bleibe ich noch solange hier«, bot Heinz ihr an.

Der Libanon konnte warten. Immerhin hatte er es bereits bis zu den phönizischen Stufen geschafft, auch wenn sie auf Capri lagen.

Vielleicht waren es ja nur die berühmt-berüchtigte deutsche Gründlichkeit und Sauberkeit. Anja putzte, polierte und scheuerte die Küche der Casa Bella bestimmt schon seit einer Stunde. Doch es war nichts weiter als ein Ablenkungsmanöver. Sie wusste genau, dass ihre Tage in der Pension gezählt waren. Sobald ihre Mutter mit Paolos Vater einig wurde, würden sie abreisen. Schade um die schöne Küche!, dachte sie.

Auf Capri zu bleiben, war angesichts der menschlichen Enttäuschung, die Paolo ihr bereitet hatte, schier unmöglich. Selbst wenn sie ihre Mutter dazu bringen würde, doch über eine Pacht nachzudenken, und sie auf der Insel bleiben könnte, der Gedanke, Paolo eines Tages bei einem Spaziergang über die Piazzetta in den Armen von Barbara zu sehen, war einfach unerträglich.

Zu dumm, dass es nichts mehr zu putzen gab. Kaum hatte Anja sich für einen Moment hingesetzt, überfiel sie wieder diese bleischwere Melancholie. Paolo. Sie vermisste ihn. Umso dankbarer war sie, als Fabrizio unerwartet hereinkam. Die auf Hochglanz polierten Stahltöpfe schienen ihn in dem durch die großen Fenster hereinfallenden Sonnenlicht regelrecht zu blenden.

»Anja, die Küche ist so sauber, dass ich mich gar nicht mehr traue, sie mit Schuhen zu betreten.«

Sie lachte herzhaft und hängte den Politurlappen über dem Waschbecken zum Trocknen auf.

»Ich fahre gleich noch mal runter in die Stadt. Da ist heute Markt. Wir könnten ein bisschen was einkaufen«, schlug er vor.

»Der Kühlschrank ist doch schon randvoll«, erwiderte sie.

»Aber nichts geht über frische Lebensmittel. Jetzt komm schon. Ein Gang über den Markt heitert dich bestimmt ein wenig auf.« Fabrizio wollte nicht lockerlassen.

»Glaub mir, es gibt dort die besten Früchte und Gemüse aus eigenem Anbau. Außerdem findet der Markt nur einmal pro Woche statt.«

Nur einmal pro Woche? Soviel Anja mittlerweile herausgefunden hatte, gab es so gut wie jeden Tag die Möglichkeit, frische Produkte einzukaufen, und wenn es nur am Hafen war. Aber vermutlich hatte Fabrizio recht. Ein bisschen rauszukommen, konnte nicht schaden.

Anwaltskanzleien sahen letztlich überall auf der Welt gleich aus. Das Büro in der Via Roma wirkte nüchtern, nur hier und da hing Kunst an den Wänden, um den Räumen einen Touch Farbe und Leben zu verleihen. Die teilweise antik wirkenden Möbel gefielen Dorothea trotzdem sehr gut.

Dass Roberto so schnell einen Termin für die Ausarbeitung des Vorvertrages bekommen hatte, wertete sie als ein Zeichen dafür, dass er schon Vorgespräche geführt hatte. Er hatte es anscheinend sehr eilig, offenbar in der Angst, sie könnte es sich wieder anders überlegen und doch das volle Programm vor Gericht durchziehen, das sie ihm angedroht hatte. Auch wenn sich das Verfahren über Jahre hinziehen konnte, für mindestens eine Million Euro würde es sich durchaus lohnen, zu warten. So entspannt wie Roberto ihr nun im Wartebereich bei einem Glas Wasser gegenübersaß, das ihnen eine Anwaltsgehilfin serviert hatte, konnte eigentlich nichts mehr schiefgehen.

»Ich habe mit meiner Bank gesprochen und kann dir nun fünfhunderttausend Euro für die Casa Bella anbieten.«

Aha, die Million, von der sie auf dem Weg zur Kanzlei noch geträumt hatte, war nun schon halbiert. Dorothea konnte ihre Enttäuschung kaum verbergen.

»Bitte denk daran, dass ich der Gemeinde ebenfalls eine ordentliche Summe bezahlen muss.«

Dies leuchtete ihr ein. Dorothea erinnerte sich wieder, dass sie und Elli sich bei Don Alfonso auf einen Fifty-fifty-Deal eingelassen hatten. Eine halbe Million in bar war keineswegs zu verachten. Kein Anwalt, kein Prozess …

»Gut, ich bin einverstanden«, sagte sie spontan.

»Was hast du mit dem vielen Geld vor?«, fragte er.

Darüber hatte sie sich noch gar keine Gedanken gemacht, aber Ideen gab es genügend. »Meine Schulden abbezahlen, mir eine schöne Eigentumswohnung kaufen, mir einen gesicherten Ruhestand gönnen und reisen, reisen und nochmals reisen.«

»Dafür wird es wohl reichen«, meinte er lächelnd.

»Du machst bei der Sache immer noch einen ganz schönen Reibach«, konnte sie sich nicht verkneifen zu sagen.

»Reibach? Was ist das?« Roberto sprach zwar gut genug Deutsch, um auf jedem geschäftlichen Parkett zu bestehen, war mit umgangssprachlichen Formulierungen jedoch nicht ganz vertraut.

»Gewinn, und zwar leicht verdienter Gewinn. Wenn ich daran denke, dass du uns nur zweihundertfünfzigtausend Euro ...«

»Moment mal, du hattest zu dem Zeitpunkt nichts in der Hand. Würdest du auf bloßen Verdacht hin jemandem so viel Geld bezahlen?«, wand er sich heraus.

Das stimmte nun auch wieder, obwohl es ihr egal sein konnte.

Da ging die Tür zum benachbarten Büro auf. Nun war sie nur noch wenige Schritte von ihrem Glück entfernt.

»Nichts, einfach nichts!«, stellte Elli resigniert fest.

Wie sie es sich gedacht hatte. Doro hatte sie noch nie belogen und würde es auch nie tun. Elli hatte sowieso schon ein schlechtes Gewissen, einfach so im Zimmer ihrer Schwester nach den Briefen zu suchen. Heinz hatte aber insofern recht, dass sie ihre Schwester gar nicht hätte um Erlaubnis fragen können, weil sie nicht da war. Und auf Doros Rückkehr warten konnte sie nicht. Außerdem hatte Elli einen Anspruch darauf, die Briefe zu lesen.

Nun wusste sie zwar ein bisschen mehr über ihre Mutter und vor allem ihre Sicht auf die vielen gemeinsamen Urlaube, aber es gab nicht den geringsten Hinweis darauf, dass sie ebenfalls Alessandros Tochter sein könnte. Jedes einzelne Wort zu lesen, hätte Stunden gedauert, doch schnell hatten sie herausgefunden, dass ihre Mutter sehr strukturiert schrieb. In den Abschnitten, in denen sie irgendein Thema aufgriff, schweifte sie so gut wie nie ab, was es Elli ermöglichte, manche Passagen nur zu überfliegen.

»Ihr habt euch als Kinder wohl wirklich nicht vertragen«, stellte Heinz bei der Lektüre eines der letzten Briefe aus dem Stapel fest. »Du hast deine Schwester in ihr Zimmer eingesperrt«, sagte er belustigt.

Elli konnte sich ad hoc nicht mehr an die Situation erinnern und nahm ihm den Brief aus der Hand.

Es stimmte. Sie überflog die Zeilen. Doro hatte keine Lust gehabt, sie zum Tanzabend der katholischen Jugend mitzunehmen. Darüber, dass ihre Schwester daraufhin die ganze Nachbarschaft zusammengebrüllt hatte, amüsierte sie sich köstlich.

»Was sind das hier eigentlich für Briefe?« Heinz zog einen separaten Stapel aus einer Ecke der Kiste hervor. Auf den ersten Blick sahen sie nach amtlichen Schreiben aus, zumindest waren beim Durchblättern keine handschriftlichen Briefe dabei.

»Ich glaube, das können wir uns sparen«, meinte Elli.

Heinz blätterte sie trotzdem neugierig durch und blieb an einem der Schreiben hängen. »Ein Labor?«, fragte er erstaunt.

Elli erinnerte sich, dass ihr Vater einmal sehr krank gewesen war. Gelbsucht. Wann war das noch? Elli überlegte, und ihr fiel ein, dass es wohl neunzehnhundertdreiundsechzig gewesen sein musste. Ja, in dem Jahr, als Kennedy dem Attentat zum Opfer fiel. Ihre Erinnerung stimmte mit dem Datum des Laborberichts überein.

»Eine Untersuchung zur Bestimmung der Blutgruppe.« Heinz reichte ihr den Brief. Angeblich hatte ihr Vater Blutgruppe AB. »Welche Blutgruppe hast du?«, fragte er.

»Null.«

Heinz schüttelte ungläubig den Kopf. »Er kann gar nicht dein Vater sein.«

Obwohl der Biologieunterricht in der Schule schon einige Zeit her war, konnte sich Elli an die Gesetzmäßigkeiten beim Vererben der Blutgruppen erinnern. Eltern mit AB ergaben Kinder mit A, AB oder B. Doro hatte ebenfalls Blutgruppe null. Sie konnte also definitiv auch nicht die Tochter von Gustav sein.

»Meinst du, er hat es gewusst?« Elli beschäftigte die Frage mit einem Mal noch mehr als der Umstand, dass sie vielleicht auch Alessandros Tochter war.

Heinz überlegte kurz und nickte. »So etwas überliest man nicht.«

»Warum hat er sich dann nicht von unserer Mutter getrennt?«

»Überleg mal, die Sechziger! Das wäre eine Katastrophe gewesen. Ich bin mir sicher, dass er es wusste.«

»Er hat sich jedenfalls nichts anmerken lassen, wobei ich das im Nachhinein nicht mehr so genau sagen kann. Ich war ja noch ein Kind. Wobei … warte mal … 1964. Das war das einzige Jahr, in dem wir nicht auf Capri waren, und ein Jahr darauf ist unser Vater gestorben.«

»Dann hat er es ganz sicher gewusst. Klar, wenn ich wüsste, dass meine Frau Kinder von einem Italiener hat, dann würde ich auch nicht mehr nach Capri fahren. Und danach?«

»Doro und ich waren in den folgenden Jahren in einem Internat. Unsere Mutter ist immer außerhalb der Ferien nach Italien gefahren. Allein.«

»Wenn du mich fragst, eindeutiger geht es ja nicht mehr.« Damit hatte Heinz wohl recht.

Von einem Markt kann man hier beim besten Willen nicht reden, dachte Anja. Fabrizio hatte mit seinem Panda in einer kleinen Seitenstraße gehalten, in der sich mehrere Lebensmittelgeschäfte und dazwischen kleine Handwerksbetriebe befanden. Ein Schneider, der seine Nähmaschine zur Straße hin aufgebaut hatte, ein Schuhmacher und einige Weinhandlungen. Von Touristen war weit und breit nichts zu sehen. Ganze Stiegen voll mit Tomaten, Gurken, Salat und allerlei Südfrüchten. Zwischen den Regalen hingen Strohhüte und sogar ein Bademantel, der zum Verkauf stand. Recht unkonventionell, aber angeblich gab es hier das frischeste biologisch angebaute Gemüse weit und breit. Warum sah Fabrizio nur immer wieder auf seine Armbanduhr? Irgendwie machte er einen gehetzten Eindruck, dabei hatten sie doch alle Zeit der Welt.

»Wir sollten noch Wein einkaufen«, schlug er vor, nicht ohne schon wieder verstohlen auf die Armbanduhr zu schielen und einen Blick auf die Passanten in der Straße zu werfen. »Die Weinhandlung macht gleich zu«, hetzte er sie.

Merkwürdig. Hatten die Läden hier nicht bis spätabends auf?

Kaum waren sie vor dem ersten Weinregal angelangt, hielt Fabrizio Anja bereits eine Weinflasche unter die Nase.

»Capri Bianco. Das ist das Beste, was du zu Fisch servieren kannst, aus Trauben von Falanghina, Greco und Biancolella. Schon die alten Römer wussten unseren Wein zu schätzen. Willst du mal probieren? Ich sag dem Händler Bescheid. So viel Zeit muss sein.«

Noch ehe sie nicken konnte, verschwand Fabrizio hinter einem Weinregal. Anja betrachtete die Dutzende von Flaschen vor ihr, und sogar ein altes Weinfass stand unten vor dem Regal. Der Laden hatte etwas Heimeliges. An einer

Wand hingen alte Schwarz-Weiß-Fotografien vom Weinanbau. Den Kleidern der Traubenleser nach zu schließen, war diese Aufnahme Anfang des letzten Jahrhunderts entstanden. Die Weinhandlung hatte das Flair eines Museums.

»Anja?« Diese Stimme kannte sie doch.

Neben ihr stand plötzlich Paolo, eine Weinflasche in der Hand. Fabrizio lugte hinter einem Regal hervor und sah sich nach einem kurzen Blickkontakt weiter geschäftig um.

»Na, so ein Zufall aber auch!« Anja wurde schlagartig klar, dass Fabrizio dieses Treffen arrangiert hatte.

»Ja, das finde ich ebenfalls«, erwiderte Paolo charmant.

»Arbeitet Fabrizio jetzt etwa auch für euch?«

Paolo schüttelte den Kopf. »Du wolltest mich ja nicht sehen. Und Fabrizio hatte irgendwie Mitleid ...«

»Daran hat sich nichts geändert. Fabrizio erwartet mich zur Weinprobe«, erwiderte sie bemüht schroff.

»Anja, mein Vater hat unser Zusammentreffen mit Barbara arrangiert. Bitte glaub mir. Es mag für dich anders ausgesehen haben, aber diese Frau bedeutet mir nichts. Es war ein Missverständnis, weiter nichts.«

»Du kannst machen, was du willst. Viele Männer würden auf so ein langbeiniges Missverständnis abfahren. Du musst dich nicht rechtfertigen.«

Anja machte auf dem Absatz kehrt und ging in den vorderen Teil des Ladens. Inständig hoffte sie, dass Paolo ihr folgen würde, was er zu ihrer großen Erleichterung auch tat.

»Wir waren mal kurz zusammen.«

»Genau wie wir«, sagte sie beiläufig auf dem Weg zu der kleinen Theke, an der Fabrizio und der Ladenbesitzer mit graumeliertem Haar bereits auf sie warteten.

»Anja, du und ich, das war ein ganzes Jahr! Und wenn

du dich nicht auf einen Schlag nicht mehr bei mir gemeldet hättest, dann wären wir heute noch zusammen.«

Anja blieb stehen und sah ihm in die Augen. »Ich weiß einfach nicht, ob ich dieses Märchen glauben soll. Ein reicher Italiener wartet ausgerechnet auf ein armes deutsches Mädchen, aus dem nichts weiter als eine Köchin geworden ist, noch dazu eine arbeitslose.«

»Die beste Köchin der Welt!«, widersprach Paolo vehement.

Mein Gott, konnte dieser Kerl charmant sein.

»Für deine schwäbischen Schupfnudeln würde ich heute noch sterben.«

Anja musste unwillkürlich lachen. Ein solches Kompliment, noch dazu aus dem Munde eines Italieners, war einmalig. Aber es stimmte, ihre Schupfnudeln, einfach zuzubereiten und damals dem Budget einer Praktikantin entsprechend, hatte er heiß und innig geliebt.

Fabrizio und der Mann an der Theke starrten mittlerweile gespannt und mit hingebungsvollem Schmachtblick in ihre Richtung.

»Paolo. Was soll ich bloß mit dir machen?«, fragte sie.

»Mich nicht mehr wegschicken«, erwiderte er prompt.

»Aber warum? Was willst du schon von einer pummeligen deutschen Köchin?«

»Zufällig liebe ich sie.« Sein Blick war ernst, todernst.

Anja lief ein heißer Schauer über den Rücken.

Irgendetwas stimmte nicht an dieser perfekten Idylle. Wenn jemand einen Grund zum Feiern hatte, dann ja wohl sie. Dorothea fragte sich, was Paolo an der Seite ihrer Tochter zu suchen hatte. Auch Heinz und Elli schienen sich an dem festlich gedeckten Tisch köstlich zu amüsieren. Wine &

Dine in perfekter Casa-Bella-Idylle, und Fabrizio schenkte ordentlich nach. Elli bemerkte Dorothea als Erste, und die Art, wie ihre Schwester sie musterte, hatte etwas Beunruhigendes. Auf alle Fälle sah es nicht danach aus, als ob sie sich über ihr Erscheinen freute.

»Doro, setz dich doch zu uns«, begrüßte Elli sie mit der Freundlichkeit einer Gastgeberin.

»Mama, du musst diesen capresischen Wein unbedingt probieren und mit uns anstoßen.« Auch Anja war die gute Laune selbst. »Es gibt was zu feiern.«

Also doch! Kaum kehrte sie der Casa Bella für ein paar Stunden den Rücken, gerieten Dinge in Bewegung – und vermutlich auch noch außer Kontrolle.

»Wir haben uns versöhnt.« Anja drückte ihrem Paolo einen Kuss auf die Wange und danach gleich noch einen auf den Mund. Wie frisch verliebt!

Dorothea musste sich setzen und war mehr als dankbar, als Fabrizio ihr gleich ein Glas Wein einschenkte. Hoffentlich setzte Anja sich jetzt nicht wieder ihre Pension auf Capri in den Kopf. Diese war mit dem heutigen Vorvertrag nämlich passé.

»Schön, dass ihr euch wieder vertragt«, würgte sie förmlich heraus.

»Das finde ich auch.« Paolo hob sein Glas.

Eine Runde anstoßen war angesagt. Immerhin hatte sie ebenfalls einen Grund zum Feiern, also warum eigentlich nicht? Letztlich freute sie sich für Anja, auch wenn sie nach wie vor davon überzeugt war, dass ein Mann wie Paolo zu ihrer Tochter passte. Die Liebe ging oft unergründliche Wege. Wenn Paolo es wirklich ernst meinte, und diesen Eindruck hatte sie im Moment, wollte sie den beiden nicht im Weg stehen. Allerdings hatte Anjas Glück – die eine

Seite der Medaille – noch keine Kehrseite, nämlich dass sich aus der Verbindung zu Paolo eine familiäre Bindung zu Roberto de Andre ergab.

Dieser Gedanke hatte so viel Sprengkraft, dass Dorothea das ganze Glas auf einen Schlag leerte. Was soll's?, dachte sie. Es gibt Schlimmeres auf der Welt. Die meiste Zeit würde sie ab jetzt sowieso auf irgendwelchen Luxusdampfern in der Karibik verbringen. Fabrizio füllte ihr Weinglas dankenswerterweise sofort wieder auf. Mit dem ersten Glas im Blut hatte sie nun genug Mut, um den Anwesenden von ihrem Treffen mit Roberto zu berichten. Die Nachricht schmeckte Elli ganz bestimmt nicht, aber wann, wenn nicht jetzt, hatte sie schon die Gelegenheit, dass alle zusammensaßen?

»Es gibt auch von meiner Seite Positives zu berichten«, begann Dorothea. »Ich konnte mich mit Roberto einigen.« Die konkrete Summe ging niemanden etwas an. Wichtig war nur, dass nun die Besitzverhältnisse geklärt waren. »Wir haben schon einen Vorvertrag ausgehandelt.«

Dass Anja angesichts dieser Neuigkeiten so ruhig und gelassen blieb, überraschte Dorothea. Sie hätte schwören können, dass ihre Tochter zumindest etwas nachdenklich reagieren würde. Spielte sie etwa nicht mehr mit dem Gedanken, die Pension weiterzuführen? Hatte Paolo ihr vielleicht einen ganz anderen Floh ins Ohr gesetzt? Womöglich machte Anja die Liebe aber auch nur wunschlos glücklich. Elli, und dies überraschte Dorothea noch viel mehr, schien ebenfalls eher unbeeindruckt. Sie wechselte einen fast schon amüsierten Blick mit Heinz, was Dorothea schlagartig nicht nur beunruhigte, sondern regelrecht beängstigte.

»Ich fürchte, Doro, wir haben da jetzt ein kleines Problem«, sagte Elli, und ihre Stimme klang trockener als Fabrizios Wein.

Heinz nickte. Die anderen sahen sie erwartungsvoll an, und zwar so, als wüssten sie bereits von diesem »kleinen Problem«.

»Wir haben einen Laborbericht gefunden. Papa, also ich meine Gustav, kann auch nicht mein Vater sein.«

»Die Blutgruppen passen nicht zusammen«, fügte Heinz hinzu.

Nun bereute Dorothea es doch, das Glas Wein so schnell heruntergekippt zu haben, denn ihre Gedanken überschlugen sich unkontrollierbar. Ruhe bewahren!, sagte sie sich. Nur weil Gustav vielleicht nicht Ellis Vater war, hieß das noch lange nicht, dass Alessandro es sein musste. Wer wusste schon, mit wem ihre Mutter sich sonst noch amüsiert hatte. Andererseits lag die Vermutung sehr nahe, was jedoch auch hieß, dass sie ihren alleinigen Anspruch verlor. Roberto würde mit ihr allein keinen Vertrag mehr schließen, so viel stand fest.

»Ich hab dir den Bericht auf die Anrichte in deinem Zimmer gelegt«, sagte Elli.

Bildete Dorothea sich das nur ein, oder sahen sie alle mit einer Mischung aus Mitleid und Amüsement an? Aus Ellis Blick sprach jedenfalls eine ordentliche Portion Genugtuung, und dies konnte sie ihrer Schwester nicht einmal verübeln. Auf der Anklagebank zu sitzen, darauf hatte sie trotzdem keine Lust. Erst musste der Inhalt des Briefes genauestens studiert werden. Am besten gleich. So früh am Abend Müdigkeit vorzuschützen, zumal sowieso jeder wusste, dass sie vor Neugierde fast platzte und den Brief lesen wollte, wäre lächerlich. In solchen Situationen half nur die Wahrheit.

»Also, das interessiert mich jetzt. Ihr entschuldigt mich«, sagte Dorothea und stürmte in ihr Zimmer.

Es war wie in alten Zeiten in ihrer Praktikantenbude. Paolo war im Prinzip der ideale Ehemann. Er scheute sich nicht mal vor den niederen Tätigkeiten in der Küche, ganz im Gegenteil. Nächtelang hatten sie damals beim Aufräumen und Abspülen miteinander geredet. Paolo fühlte sich sehr wohl in der Küche, genau wie sie selbst. Einmal hatte er sie sogar dort geliebt, klischeehaft par excellence, wie beim Postmann, der zweimal klingelt, aber auch Klischees konnten schön sein.

»Was, denkst du, wird deine Mutter jetzt tun?«, fragte sie, während Paolo ihr ein blitzblank poliertes Weinglas reichte und sogleich ein neues aus der Spüle nahm.

»Sie wird sich das Geld trotzdem auszahlen lassen. Tante Elli bekommt dann eben die Hälfte.«

»Italienische Familien halten besser zusammen. Wie kann deine Mutter nur so egoistisch sein?« Paolo schüttelte fassungslos den Kopf. »Andererseits, Ausnahmen bestätigen wohl die Regel. Sieh dir nur meinen Vater an. Rede doch einfach noch einmal in Ruhe mit ihr.«

»In gewisser Weise kann ich sie ja verstehen. Überleg doch nur mal. Was, wenn die Pension und das Restaurant floppen? Entweder das Geld oder die Pension.«

Paolo wirbelte in einer schnellen Handbewegung das Küchentuch hinter ihren Nacken und zog sie zu sich heran.

»Sie wird nicht floppen. Die Leute stehen auf Bio-Tourismus. Er ist sinnvoll, und die meisten Menschen haben sowieso die Schnauze voll von Massenabfertigung. Außerdem«, sein Grinsen wurde immer breiter, »bin ich ab heute dein Kompagnon.«

»Schön und gut, aber meine Mutter wird sich nicht darauf einlassen, und Tante Elli vermutlich auch nicht. Vielleicht ist sie auf das Geld angewiesen?«

»Weißt du was? Mach dir einfach keine Gedanken mehr. Egal was passiert, wir haben uns.«

Mit dem Küchentuch zu seinem Mund gezogen zu werden, hatte etwas unglaublich Erotisches. Paolo schien mit seinem Kuss ihre gemeinsame Zukunft zu besiegeln. Seine Pläne, die er ihr wild gestikulierend und voller Euphorie im Anschluss präsentierte, hörten sich gut an: eigener Anbau von Gemüse, die Limonenfelder hatten sie sowieso, die Casa Bella als nachhaltig ökologisch bewirtschaftetes Hotel mit Feinschmeckerrestaurant. Das klang gut, und zwar so gut, dass Anja ihn gleich noch mal küssen musste. Der Kuss schmeckte gut, aber der Gedanke, dass ihre Mutter nicht mitspielen würde, war so bitter, dass Anja in den Armen ihres Freundes versteifte. Machte Paolo es sich nicht ein bisschen zu leicht?

»Was ist?«, fragte er sie erstaunt, nachdem sie sich sanft aus seiner Umarmung gelöst hatte.

»Es ist einfach ein verdammt blödes Gefühl, wenn man zeit seines Lebens auf seine Mutter angewiesen ist«, sagte sie resigniert.

»Aber das bist du doch gar nicht. Wir finden bestimmt etwas anderes – entweder hier oder sonst wo.«

Anja machte sich in dem Moment klar, dass »sonst wo« eine Option war, mit der sie höchstwahrscheinlich nicht glücklich werden würde.

Dorothea hatte sich erstaunlich schnell gefangen. Was tun? Untätig herumsitzen und Löcher in die Luft starren oder gar in Selbstmitleid zerfließen? Das kam nicht in Frage! Gut, Elli hatte diesen Laborbericht in der Hand, der nachwies, dass auch sie nicht Gustavs Tochter war. So, wie sie ihre Schwester einschätzte, bestand sie auf ihren Anteil.

Dagegen war grundsätzlich auch nichts einzuwenden. Selbst die Hälfte des Geldes war für sie beide noch mehr als genug.

Roberto musste unbedingt über diese jüngste Wendung Bescheid wissen, und die Verträge mussten ebenfalls geändert werden. Auch wenn Dorothea nicht die geringste Lust hatte, mit ihm zu sprechen, griff sie zu ihrem Telefon. Was blieb ihr denn anderes übrig? Gut, dass er ihr nach ihrem letzten Gespräch seine Visitenkarte mit der Handynummer gegeben hatte und auch gleich zu erreichen war.

Erstaunlicherweise reagierte Roberto ziemlich gelassen auf die neue Sachlage. Klar, ihm konnte es egal sein, ob sich die Schwestern das Geld teilten. Umso überraschender für Dorothea war, dass wohl doch so etwas wie ein Gaunergen in ihm steckte, überlegte er doch allen Ernstes, wie sie ihre Schwester in letzter Minute aus dem Boot werfen könnte.

»Was soll ich denn machen? Ich kann den Laborbericht wohl kaum verschwinden lassen«, sagte sie auf seinen Vorschlag.

Dass Roberto überhaupt auf so eine Idee kam, machte sie fassungslos. Mit harten Bandagen zu kämpfen, war okay, aber immerhin war Elli ihre Schwester, und wenn ihr die Hälfte des Erbes zustand, dann sollte sie sie auch bekommen.

»Dann müssen wir wohl einen neuen Vertrag aufsetzen.«

Wie brillant Roberto Schlüsse ziehen konnte. Darauf wäre sie gar nicht gekommen. Dorothea regte das Gespräch zusehends auf. Vielleicht sollte sie ihn morgen noch einmal anrufen.

»Ich hoffe, du stehst zu deinem Wort. So wie es im Moment aussieht, bleibt das Geld sowieso in der Familie.« Immerhin war es nicht auszuschließen, dass Anja und Paolo früher oder später heirateten. Vielleicht setzte sein Sohn ihn dann unter Druck und verlangte Anja zuliebe von ihm, die Pension zu behalten.

»Wie meinst du das?«, erwiderte Roberto.

»Wie ich meine Tochter kenne, wird sie mir bald wieder mit ihren Plänen von der Pension in den Ohren liegen.«

»Welchen Plänen?« Robertos Stimme klang auf einmal leicht hysterisch.

»Ja, sie hat die irre Idee, als Deutsche ausgerechnet auf Capri ein nobles Restaurant zu eröffnen. An sich wäre mir das egal, weil ich weiß, dass so ein Vorhaben chancenlos ist, aber sie ist wieder mit Paolo zusammen, und wer weiß, ob du dann nicht deine Pläne ändern …« Weiter kam sie nicht.

»Was? Paolo?« Robertos Stimme schien sich nun förmlich zu überschlagen. Offenbar waren ihm die jüngsten Entwicklungen entgangen.

»Ja, dein Sohn ist so gut wie bei uns eingezogen.«

Klick! Die Leitung war augenblicklich tot.

Der Restaurantbereich der Casa Bella fühlte sich für Elli bereits wie ein zweites Zuhause an. Obskur, denn immerhin stand der Verkauf an Roberto unmittelbar bevor. Heinz, Anja, Paolo und Fabrizio saßen gemütlich an dem lauen Sommerabend zusammen, und Elli wurde ein gewisses familiäres Gefühl einfach nicht los. Schade, dass sie diesen schönen Flecken Erde gegen schnödes Bares einzutauschen gedachte.

»Ob sich Dorothea damit abfinden wird?« Heinz war sich anscheinend nicht ganz sicher, wie er ihre Schwester einschätzen sollte.

»Ich denke schon. Wahrscheinlich hat sie sowieso mehr Geld herausgehandelt. Darauf wette ich.«

Elli genoss die Gegenwart von Heinz, und was sie noch mehr an ihm schätzte, war seine ehrliche Anteilnahme.

»Ich hab mir das Haus mal ein bisschen näher angesehen. In einem so schlechten Zustand ist es gar nicht.«

Heinz' Seitenblick auf Fabrizio war allzu deutlich, und die Reaktion des Italieners war noch viel eindeutiger. Fast schien es, als wollte er sich vor dem verbalen Peitschenhieb ducken.

»Also, ich habe keinen Schimmel festgestellt«, fuhr Heinz fort.

»Der kommt nur manchmal raus. Wenn es regnet zum Beispiel«, antwortete Fabrizio mit schlechtem Gewissen, das wie das zweite Ego in der Lenor-Werbung neben ihn zu treten schien.

»Dann ist es ja wohl auch normal, wenn die Mauern etwas feucht sind. Ein bisschen renovieren würde genügen, und die Pension wäre wieder flott.« Heinz sah Fabrizio direkt in die Augen.

Fabrizio wand sich daraufhin wie ein Wurm. »Schon, aber ...«

»Aber?«, insistierte Heinz.

Fabrizio sah aus, als wollte er jeden Moment im Erdboden versinken. »Keine Sorge, mit der Pension ist alles in Ordnung«, brach es auf einmal aus ihm heraus.

Elli wirkte sehr überrascht, um nicht zu sagen baff.

»Warum haben Sie das Haus dann so schlechtgeredet?« Heinz nahm sich vor, die Gunst der Stunde zu nutzen und dem Italiener ordentlich auf den Zahn zu fühlen.

»Roberto!«, winselte sein Gegenüber nur.

Welch Überraschung! Das hatte sie geahnt. Warum sonst hätte Fabrizio den Eindruck erwecken sollen, dass die Pension marode und so gut wie nichts mehr wert war.

»Er hat mich in der Hand, was will ich machen?«

Fabrizio war ganz offensichtlich erleichtert, dass er es endlich ausgesprochen hatte, was sicherlich auch dem x-ten Glas Wein zu verdanken war.

»Roberto, er hat exzellente Kontakte zur Mafia. Ich möchte nicht, dass er meiner Nichte etwas antut. Er hat mich erpresst. Wie hätten Sie da gehandelt?«

Ein schwaches Schulterzucken. Mehr hatte Fabrizio nicht zu bieten, und dafür erntete er jede Menge Hohn in Form eines Feixens. Paolo hatte offenbar zumindest Teile des Gesprächs mitbekommen und sah seinen Landsmann mit einer Mischung aus Mitleid und Belustigung an. »Mein Vater und die Mafia.« Er musste herzhaft lachen. Kopfschüttelnd stellte er die letzten Gläser auf ein Tablett. »Das möchte er wohl gern. Fabrizio, mein Vater hat genauso wenig mit der Mafia zu tun wie ein in China am Straßenrand stehendes Fahrrad mit den Kursgewinnen der Apple-Aktie an der New Yorker Börse.«

Fabrizio erweckte im flackernden Schein des Kerzenlichts den Eindruck, als hätte man ihm eben den Teppich unter den Füßen weggezogen.

»Ohne Witz. Mein Vater ist total harmlos. Er spielt nur gerne mit Leuten und am liebsten mit Klischees.«

Fabrizio war offenkundig fassungslos.

»So ein Mistkäfer.« Elli brachte es auf den Punkt.

Was für eine großartige Idee, den schönen Abend bei einem gemeinsamen kurzen Spaziergang um die Casa Bella ausklingen zu lassen. Gassi gehen mit Oskar, der wie ein Wiesel den parallel zur Straße verlaufenden Weg durch die Limonenplantage entlanghuschte. Elli machte sich klar, dass sie die schicksalhafte Wendung zu ihren Gunsten letztlich allein Heinz zu verdanken hatte. Ohne sein Drängen hätte sie die Briefe ihrer Mutter nicht noch einmal durchgesehen, geschweige denn irgendwelche Laborberichte.

»Ohne dich wäre ich vermutlich schon abgereist. Danke für deine Hilfe«, sagte sie und blieb vor einem der schönen Bäume stehen.

»Gern geschehen. Ich bin froh, dass sich alles zum Guten gewendet hat«, erwiderte er mit zuversichtlichem Lächeln.

Elli hoffte, dass er entgegen seinen Plänen noch eine Weile bleiben würde. Wieder verspürte sie dieses vertraute Gefühl, das sich schon in Florenz eingestellt hatte. Elli ertappte sich sogar bei dem Gedanken, Heinz vielleicht doch auf seiner weiteren Reise zu begleiten. Was hatte sie schon zu verlieren? Mit dem Geld aus der Erbschaft war sie auf einen Schlag schuldenfrei. Ihr Leben war sowieso schon auf den Kopf gestellt, und die Videothek mit Mitteln aus dem Erbe künstlich am Leben zu erhalten, ergab keinen rechten Sinn.

»Reist du wirklich schon morgen ab?«, fragte sie.

Heinz nickte. »Es gibt noch so vieles, was ich nicht gesehen habe.« Der Satz klang aus seinem Munde, zumal in dem traurigen Tonfall, ganz und gar nicht nach Vorfreude.

»Wie lange fährst du eigentlich schon um die halbe Welt? Bist du nie mal länger an einem Ort geblieben?«, hakte Elli nach.

Heinz schien die Frage zu überraschen. Er erweckte den Eindruck, als ob er sich die Antwort gründlich überlegen müsste. »Doch, ich hatte auch mal ein ganz normales Leben.«

»Du hast mir nie davon erzählt. Ich weiß so gut wie alles über deine Reisen, aber ich weiß so gut wie gar nichts von dir.«

Seine Miene wurde ernst. Gedankenverloren blickte er in die Nacht, griff nach einem abgebrochenen Ast und warf ihn ins Feld. Oskar rannte dem Stöckchen sofort hinterher. Heinz schien auf einmal nur noch Augen für seinen Hund zu haben. Ein klares Zeichen dafür, dass ihm das Thema extrem unangenehm war.

»Es gibt da auch nicht viel zu erzählen«, sagte er schließlich. »Ich habe ein ganz normales bürgerliches Leben geführt, das ich gegen die Freiheit eingetauscht habe.«

Warum sah er sie nicht an, sondern tätschelte stattdessen Oskar, der gerade das Stöckchen zurückbrachte? Die Antwort war enttäuschend. Sie hatte sich ihm gegenüber geöffnet, und er gab aus irgendeinem Grund nichts von sich preis. Elli spürte, dass er sie nicht näher an sich heranlassen wollte. In Florenz hatte er sie noch gefragt, ob sie ihn begleiten wolle, und nun fühlte es sich an, als stünde eine Mauer zwischen ihnen. Vielleicht war es reiner Selbstschutz, weil sie ihm schon an ihrem letzten Abend in Florenz klargemacht hatte, dass sie ihn nicht begleiten würde? Es schien, als hätte Heinz sich damit abgefunden, dass sich ihre Wege morgen trennten. Was blieb ihr schon anderes übrig, als seinen Wunsch nach Freiheit zu akzeptieren?

Stumm liefen sie weiter und kehrten nach einer Weile in die Casa Bella zurück.

»Mama, es ist absolut nicht unvernünftig.« Anja konnte überhaupt nicht verstehen, warum ihre Mutter sich ihrem durchaus ernst gemeinten Vorschlag gegenüber so beharrlich verschloss, was an ihrer Körperhaltung abzulesen war.

Ihre Mutter saß mit verschränkten Armen in einem der Korbsessel auf dem Balkon ihres Zimmers. Klare Abwehrhaltung. Sicher, ein gewisses wirtschaftliches Risiko war nicht zu leugnen, aber immerhin hatte sie Paolo nun an ihrer Seite. Dies müsste selbst ihrer Mutter einleuchten.

»Anja, ich habe zeit meines Lebens auf so vieles verzichtet. Es tut mir leid. Ich weiß, das klingt schrecklich, aber ich möchte wenigstens ein paar Jahre lang leben, verstehst du?«

»Bis jetzt hast du also nicht gelebt?« Anja war fassungslos. »Du hast einen super Job, du kannst kreativ arbeiten. Was willst du denn noch?«

Für einen Moment sah ihre Mutter tatsächlich aus, als würde sie sich die Worte zu Herzen nehmen. Ihr war der innere Kampf anzumerken, aber kein Wort von dem, was sie wirklich beschäftigte, ließ sie nach außen.

»Mama, du hast Erfolg mit dem, was du tust. Du kommst an interessante Menschen heran. Andere würden dich darum beneiden.«

»Ach ja? Meinst du denn, es macht Spaß, sich zu überlegen, wie ein Dieter Bohlen tickt? Ob er die Leute nur für blöd verkauft oder irgendwelchen grenzdebilen Jugendlichen zumindest einen Hauch von Selbstdisziplin beibringt? Was interessiert mich dieser Mann? Also komm mir bitte nicht mit dem Argument, ich hätte einen super Job. Er hängt mir zum Hals raus.«

Anja brauchte einen Moment, um die Neuigkeit zu verdauen. Zum ersten Mal hatte ihre Mutter mit ihr über Details ihrer Arbeit gesprochen.

»Wenn das alles so furchtbar ist, warum wolltest du dann, dass ich Journalistik studiere? Warum warst du damals so sauer, dass ich mich für ein anderes Leben entschieden habe?«

Ihre Mutter zuckte zunächst nur mit den Schultern. »Früher … der Beruf hat mir mal großen Spaß gemacht.

Du kommst als Journalistin ja wirklich überall rein, aber nach kurzer Zeit bemerkst du, wie verlogen und lächerlich die Gesellschaft ist. Du verkaufst nur noch irgendwelche Geschichten …«

»Mama, warum wirfst du mir dann vor, dass ich eine Ausbildung zur Köchin gemacht habe? Ich könnte mit Paolos Hilfe diese Pension zu neuem Leben erwecken.«

»Anja, eine Pension hier auf Capri … Ich müsste dann auf das Geld aus der Erbschaft verzichten. Was ich mal an Rente bekomme, kann ich vergessen. Außerdem profitierst auch du finanziell davon, oder glaubst du, ich würde alles für mich behalten? Wofür das alles aufgeben? Für einen Traum? Wie viele Deutsche sind ausgewandert, weil sie im Ausland eine Kneipe eröffnen wollten? Sie sind fast alle auf die Schnauze gefallen. Jetzt fängst du auch noch damit an.«

»Das kann man doch gar nicht vergleichen. Mama, ich hab eine verdammt gute Ausbildung, und Paolo hat ein Touristikstudium absolviert. Er war in den besten Hotels der Welt«, versuchte Anja dagegenzuhalten. Wie konnte ihre Mutter nur so verbohrt sein?

»Dann soll er eben mit seinem Vater reden. Wenn Roberto die Pension kauft, kann er damit machen, was er will.«

»Das geht nicht. Paolo und sein Vater haben sich gestritten. Roberto spielt da nie im Leben mit.«

Anja spürte den wachsenden inneren Druck, mit dem ihre Mutter zu kämpfen hatte. Trotzdem keinerlei Einlenken. Robertos Zerwürfnis mit seinem Vater schien sie nicht zu ihrem Problem machen zu wollen. Wie enttäuschend.

»Wenn du Geld brauchst, ist das kein Thema, aber bitte zwing mich nicht, auf die Erbschaft zu verzichten.«

Das waren klare Worte! Es tat verdammt weh, einen Traum endgültig begraben zu müssen. So sehr Anja sich auch bemühte, die Tränen der Verzweiflung zu unterdrücken – keine Chance. Sie flossen, ausgerechnet vor ihrer Mutter.

»Anja, so versteh doch.«

Auch wenn es ihr sichtbar leidtat – nichts wie raus hier!

Den Anblick ihrer Mutter, die immer nur nach ihren Prinzipien der Vernunft agierte, konnte sie nicht mehr ertragen. Anja stürmte hinaus und rannte den Gang entlang, vorbei an ihrem Zimmer, in dem Paolo auf sie wartete. Doch selbst mit ihm konnte sie jetzt nicht sprechen. Sie wollte nur noch weg. Sie nahm gleich zwei Treppenstufen auf einmal. Hinaus in die Nacht.

»Anja?« Paolo rief nach ihr.

Nur noch laufen. Anja wischte sich noch nicht einmal mehr die Tränen aus dem Gesicht.

Vollgas! Jetzt reichte es aber! Paolo war immerhin sein Sohn. Nun verbündete er sich ausgerechnet mit Eleonore und Dorothea, die ihn eine halbe Million kosteten. Blut war nun mal stärker als irgendeine Liebelei, auf die sich Paolo eingelassen hatte. Darauf baute er.

Dass sein Sohn für ihn seit über vierundzwanzig Stunden unerreichbar war und obendrein verschwiegen hatte, wo er sich aufhielt, machte Roberto dermaßen wütend, das er das Gaspedal noch mehr durchdrückte. Mit Schwung fuhr er in die nächste Kurve, in Richtung der Serpentinenstraße zur Casa Bella. Er freute sich schon darauf, Paolo zur Rede zu stellen.

Dann ging alles ganz schnell. Irgendeine Verrückte lief im Lichtkegel der Scheinwerfer auf der Straße vor ihm direkt auf ihn zu. Roberto verriss das Lenkrad. Er stieg voll in die Bremse, und dennoch war der dumpfe Aufschlag unüberhörbar. Sein Wagen kam von der Fahrbahn ab und blieb erst mitten in der Limonenplantage stehen. Panisch riss er die Wagentür auf und rannte zu der Stelle, wo die Frau auf dem Boden lag. Roberto zitterte am ganzen Leib. Mit jedem Schritt, mit dem er sich dem reglosen Körper näherte, hoffte er, dass die reglose Gestalt noch lebte. Die Verletzte hatte langes Haar und war kompakter Natur.

Anja, schoss es ihm durch den Kopf, und als er sie erreichte und in ihr blutendes Gesicht sah, wurde die Vermutung zur bitteren Gewissheit. Roberto erinnerte sich an das, was er im Erste-Hilfe-Kurs gelernt hatte, und brachte sie in die stabile Seitenlage. Dann hörte er Schritte, die schnell näher kamen. Er drehte sich um und blickte in die Augen seines Sohnes, der für eine Schrecksekunde auf die Unfallstelle starrte, bevor er sich ihnen näherte.

»Was hast du getan?« Paolos Blick war voller Verzweiflung und Verachtung. Er stieß ihn zur Seite und fühlte nach ihrem Puls.

»Anja.«

Sein Sohn schien völlig verzweifelt und versuchte Kontakt mit ihr aufzunehmen. Keine Reaktion. Die deutsche Frau blieb bewegungslos auf dem Asphalt liegen.

Roberto betete, dass sie noch lebte, und griff zum Telefon, um einen Krankenwagen zu rufen.

Kapitel 18

Paolo war hin- und hergerissen zwischen seiner Sorge um Anja und blinder Wut auf seinen Vater. Anja war auch im Sanitätswagen noch immer nicht zu Bewusstsein gekommen. Eine Nadel, die über einen Schlauch zu einer Infusion führte, steckte in ihrem Arm, ihr Gesicht war verschrammt und blutete. Ein junger Sanitäter kontrollierte Puls und Herzschlag auf einem Monitor, während der ebenfalls noch sehr junge Notarzt Anjas Schrammen und ihre Kopfverletzung versorgte.

»Keine Angst, das wird schon wieder«, sagte der Arzt ihm.

Aber solange Anja nicht aus dem Koma erwachte, klangen diese Worte eher wie Beruhigungsparolen. Natürlich glaubte Paolo den Beteuerungen seines Vaters, dass es ein tragischer Unfall gewesen sei. Immerhin hatte er gegenüber der Polizei sofort zugegeben, dass er zu schnell gefahren war.

»Mein Sohn, es tut mir so leid. Ich wollte das nicht«, hatte er mehrfach beteuert.

Auch dies glaubte er seinem Vater, aber letztlich trug er allein die Schuld an Anjas Zustand, was ihm sicherlich bewusst war. Hätte er sonst seinen Wunsch respektiert, nicht mit ihm zu sprechen?

Der Sanitätswagen bog scharf rechts ab und verlangsamte die Fahrt. Sie mussten schon an der Notaufnahme des kleinen Krankenhauses sein. Die Flügeltüren des Wagens flogen auf, und sofort waren zwei Krankenschwestern in grüner Kleidung zur Stelle. Sie zogen die Trage, auf der Anja angeschnallt lag, nach draußen, legten sie auf ein Gestell mit Rädern und schoben die Verletzte zum Eingang. Der Notarzt und der junge Sanitäter folgten ihnen.

»Am besten, Sie warten in der Halle bei der Notaufnahme«, sagte ihm der Arzt.

Paolo stieg nun ebenfalls aus und ging zum Eingang. Erst jetzt bemerkte er das Fahrzeug seines Vaters, der wohl schon etwas früher losgefahren war. Sein Vater stand vor seinem Wagen und rauchte eine Zigarette. Dabei hatte er schon vor fünf Jahren mit dem Rauchen aufgehört. Als sein Vater ihn sah, schnippte er die Zigarette auf den Parkplatz.

»Paolo!«, rief er und ging auf ihn zu.

»Lass mich in Ruhe!«, gab er seinem Vater deutlich zu verstehen.

Aber Roberto ließ einfach nicht locker. »Ich muss mit dir reden.«

Paolo blieb nun doch stehen und sah ihm ins Gesicht. »Ich weiß, es war ein tragischer Unfall, und danke, dass du gleich den Krankenwagen gerufen hast. Gibt es sonst noch was?«

»Es war meine Schuld. Ich ...«, stammelte sein Vater.

»Ja, du bist zu schnell gefahren. Aber keine Sorge, bei deinen Kontakten kommst du bestimmt mit einer Geldstrafe davon.«

Seine Worte schlugen offenbar wie Peitschenhiebe auf sein Gegenüber ein. Er wirkte verzweifelt, und das war ganz offensichtlich nicht gespielt.

»Bitte, hör mich an.«

»Was?«, fragte er genervt.

»Ich habe mir auf der Fahrt hierher klargemacht, dass ich allein die Schuld daran trage. Ich bin zu schnell gefahren, weil ich so wütend auf dich war. Du hast dich einfach nicht mehr gemeldet und … Dorothea hat mir von euren Plänen mit der Pension erzählt. Ich hatte mich einfach nicht mehr unter Kontrolle. Wenn ich deine Wünsche, dein Leben und Anja einfach akzeptiert hätte, anstatt immer nur meinen Willen durchzusetzen, der Unfall wäre nie passiert.«

Paolo sah seinem Vater in die Augen. Er war wirklich am Boden und meinte tatsächlich, was er da sagte. Noch nie hatte er ihm gegenüber einen Fehler zugegeben, geschweige denn von Schuld gesprochen.

»Paolo, es tut mir leid. Ich habe schon deine Mutter verloren, aus dem gleichen Grund … Ich möchte nicht auch noch dich verlieren. Bitte versuch mir irgendwann zu verzeihen.«

Paolo wühlten die Worte seines Vaters auf. Zur Wut auf seinen Vater und zur Sorge um Anja gesellte sich jetzt auch noch Mitleid. Paolo war unfähig, irgendetwas zu erwidern, gab ihm jedoch mit einem Nicken zu verstehen, dass die Botschaft bei ihm angekommen war, bevor er im Klinikgebäude verschwand.

Elli konnte immer noch nicht so recht glauben, was passiert war. Was für eine Aufregung! Paolos Nachricht, dass ausgerechnet sein Vater Anja angefahren hatte und sie jetzt auf dem Weg ins Krankenhaus waren, hatte ihre Schwester sichtlich erschüttert. Wie ein Häuflein Elend saß Doro neben ihr auf der Rückbank von Fabrizios Panda, der sie trotz des feuchtfröhlichen Abends schnell in die Stadt fuhr.

»Vielleicht war der Unfall gar nicht so schlimm«, versuchte Elli ihre Schwester zu trösten.

Doro nickte nur und starrte mit traurigem Blick aus dem Fenster in die Dunkelheit.

»Es ist alles meine Schuld«, wimmerte sie völlig zusammengesunken.

Darauf ließ sich nichts erwidern, denn natürlich hatte sie mit zu verantworten, dass Anja davongelaufen war. Aber Doro in dieser schwierigen Stunde hängen zu lassen, kam für Elli überhaupt nicht in Frage.

»Doro, es war ein tragischer Unfall.«

Ihre Schwester schüttelte nur den Kopf. »Ich hab bei Anja einfach alles falsch gemacht«, brach es aus ihr heraus. Sie war offenbar so verzweifelt, dass sie den Kopf auf die Hände stützen musste. »Einfach alles! Wenn Anja stirbt … Ich … Es tut mir so leid«, schluchzte sie.

Elli tat ihre Schwester furchtbar leid, und auch Fabrizio warf vom Steuer des Wagens einen besorgten Blick nach hinten. Tröstend nahm sie Doro in die Arme. Ein ziemlich ungewohntes Gefühl der Nähe. Fremd und dennoch vertraut. Elli fuhr ihr durchs Haar. Ihre Schwester schien sich zu beruhigen, wischte sich die Tränen aus den Augen.

»Wieso meinst du, dass du alles falsch gemacht hast?«, fragte sie, als Doro sich wieder gefangen hatte und sich aufsetzte.

Ihre Schwester holte tief Luft und sah sie mit ernstem Blick an. »Als Anja zur Welt gekommen ist … Ich hatte damals das Gefühl, dass mein Leben ab diesem Moment vorbei sei, und letztlich war es ja auch so. Werner hat mich verlassen, und ich musste beruflich kürzertreten. Hab ich dir jemals erzählt, dass ich ein Jahr vor Anjas Geburt das

Angebot bekommen habe, in New York als Auslandskorrespondentin zu arbeiten?«

Elli schüttelte den Kopf. Das war ihr in der Tat neu.

»Werner und ich, wir wollten nie Kinder. Wir wollten leben, etwas von der Welt sehen. Und dann war auf einen Schlag alles vorbei. Ich hab die letzten fünfundzwanzig Jahre meines Lebens damit verbracht, irgendwelche dämlichen Kolumnen zu schreiben.«

Doro schien das Ganze so aufzuwühlen, dass sie schon wieder feuchte Augen bekam.

»Ich hab Anja die Schuld daran gegeben, einfach an allem, verstehst du ...«

Dies erklärte allerdings einiges. Doros ewige Nörgelei an ihrer Tochter, ihre Streitereien und wie schlecht sie immer über Anja geredet hatte.

»Jetzt hatte ich endlich die Chance, auch mal Glück im Leben zu haben, aber ich habe nur mein Glück gesehen«, sagte Doro bitter.

Ganz schön harte Brocken, die es da zu verdauen galt. Wieso hatte ihre Schwester nur nie früher mit ihr darüber gesprochen? Anja war ein ungewolltes Kind? Warum bloß hatten sie sich aus den Augen verloren? Dabei sollten Schwestern füreinander da sein. Auf alle Fälle beschloss Elli, jetzt für Doro da zu sein. Sie reichte ihrer Schwester die Hand, und Doro umklammerte sie dankbar. Ein schönes Gefühl.

Auf Ärzte zu warten hatte die Eigenart, dass Sekunden förmlich zu Stunden werden konnten, vor allem wenn man auf steinharten Plastikstühlen sitzen musste, die einem schon nach wenigen Minuten ein taubes Gesäß bescherten.

Dorothea fragte sich, warum sie Elli und Paolo nicht auf

ihrem Spaziergang durch den Klinikgarten begleitet hatte. Hier nutzlos herumzusitzen brachte sowieso nichts. Anja war nun schon seit einer Stunde in der Obhut der Ärzte. Niemand war bereit gewesen, ihr zu sagen, wie es Anja ging, noch nicht einmal die Krankenschwester, die ihre Tochter aufgenommen hatte. Roberto und sie wussten also nur, dass Anja noch lebte. Er war so durcheinander, dass er unentwegt den Gang auf und ab ging und sich mindestens schon fünf Kaffees aus der Maschine am Ende des Ganges gezogen hatte.

Er ging ihr seit Anjas Einlieferung aus dem Weg. Aus Höflichkeit oder aus purem schlechten Gewissen?, überlegte sie. Vielleicht hatte er auch nur Angst, weil er zu schnell gefahren war, wie er ihr gegenüber sofort zugegeben hatte. Dorothea war dankbar dafür, dass er sie alleine ließ. Zu viele Gedanken mussten sortiert werden. Es hatte sehr, sehr gut getan, mit Elli über ihre Tochter zu sprechen. Die Hand ihrer Schwester hatte ihr Kraft gegeben, ihre tröstenden Worte hatten ihr innere Ruhe beschert. Sie hätte es schon viel früher tun müssen. Letztlich war Elli der einzige Mensch, dem sie sich hatte anvertrauen können. All die Jahre auf eine Schwester wie Elli zu verzichten, nur weil sie ihr Josef weggenommen hatte, erschien ihr in diesem Augenblick völlig absurd. Es war viel einfacher, einem anderen die Schuld zu geben. Elli trug jedoch keine Schuld daran, dass sie mit Werner einen schweren Fehlgriff getätigt hatte. Ihre Verbitterung war einzig und allein ihr Ding, und wenn Anjas Unfall zu etwas gut war, dann für diese Erkenntnis.

Endlich! Der Arzt.

»Frau Menning?«

Dorothea nickte brav und sprang sofort von dem unbequemen Plastikstuhl auf.

»Ich kann Sie beruhigen. Ihre Tochter ist wieder zu sich gekommen. Sie hatte wohl einen Schutzengel. Leichte Schrammen, keine Knochenbrüche, keine inneren Blutungen, allerdings eine Gehirnerschütterung. Sie braucht jetzt dringend Ruhe.«

Roberto stand plötzlich neben ihr und wirkte unendlich erleichtert.

»Darf ich zu ihr?«, fragte Dorothea den Arzt.

»Natürlich, aber sie hat nach Paolo verlangt. Ist das ihr Freund?«

»Ich hole ihn.« Roberto eilte sofort nach draußen.

Anja wollte ihre eigene Mutter also nicht sehen. Dorothea konnte es ihr noch nicht einmal verübeln.

Mit ansehen zu müssen, dass Paolo wie ein Hund litt, machte Elli klar, dass er Anja wirklich von ganzem Herzen liebte. Er war bleich wie die Wand und mindestens so zappelig wie Oskar. Nervös schlenderte er den kleinen Spazierweg entlang, der einmal um die Klinik führte. Seine Wut auf Doro schien zunächst grenzenlos. Als er von ihr erfahren hatte, warum Anja die Straße heruntergelaufen war, brachte er keinen Ton mehr heraus. Dass Paolo ihre Schwester verachtete, konnte sie ihm nicht verübeln, aber nachdem er mit Anja zusammenbleiben würde, hatte sie ihm zu erklären versucht, warum Doro ihrer Tochter gegenüber über all die Jahre so ablehnend und fast eine Spur kalt gewesen war. Erstaunlicherweise schien er die Beweggründe zu verstehen, auch wenn er das Verhalten ihrer Schwester nach wie vor verurteilte.

»Da haben Anja und ich etwas gemeinsam«, gestand er ihr auf halbem Weg.

Elli erfuhr von dem schlechten Verhältnis zu seinem

Vater, das sich nach dem Tod seiner Mutter zugespitzt hatte. Auch Roberto tat es sehr leid, was er da angerichtet hatte. Warum muss immer erst etwas Schlimmes passieren, um die Menschen wachzurütteln?, fragte sie sich. Die Kinder mussten für das büßen, was ihren Eltern widerfahren war. Elli hoffte inständig, dass sowohl Roberto als auch Dorothea nachhaltig etwas an ihrem Verhalten änderten. Im Falle ihrer Schwester konnte dies konsequenterweise heißen, dass sie vom Verkauf der Casa Bella Abstand nahm. Dies ginge natürlich nur, wenn sie ebenfalls auf das Geld verzichtete. Immerhin waren sie beide nun gleichrangig erbberechtigt. Falls Paolos Vater wirklich so gute Kontakte hatte, könnte die Anerkennung des Erbes von Seiten der Behörden viel schneller vonstattengehen.

»Ich habe mich entschieden«, sagte sie zu Paolo. »Ich wäre mit einer Pacht einverstanden. Irgendwie werde ich mich schon durchschlagen, auch ohne das Geld.«

»Du würdest auf deinen Anteil verzichten?« Paolo war fassungslos.

»Ich bringe es einfach nicht übers Herz, Anjas Traum zu zerstören. Außerdem ... ich glaube, dass es funktionieren könnte. Jetzt musst du nur noch deinen Vater überzeugen.«

»Vielleicht ist das gar nicht mehr notwendig. Er könnte die Villa trotzdem kaufen und statt seiner eigenen ausnahmsweise mal meine Pläne in die Tat umsetzen.«

An diese Möglichkeit hatte Elli noch gar nicht gedacht. So, wie Roberto sich ihr gegenüber verhalten hatte, war sie sich nicht sicher, ob Paolo die Sache nicht etwas zu optimistisch sah.

»Paolo, Anja möchte dich sehen.«

Wenn man vom Teufel sprach. Roberto stand an der Tür

zum Klinikgebäude und winkte in ihre Richtung. Sein Sohn strahlte übers ganze Gesicht und eilte hinein.

Dorothea hatte nur einen einzigen kurzen Blick durch die halb geöffnete Tür in das Zimmer ihrer Tochter erhaschen können, als die Krankenschwester Anja etwas zu trinken brachte. Roberto klebte förmlich an ihrer Schulter und wirkte unendlich erleichtert darüber, dass Anja bereits wieder aufrecht im Bett saß. Mit den Pflastern am Kopf und dem Verbandsmaterial an den Händen sah sie aber immer noch ziemlich jämmerlich aus. Immerhin war Paolo an ihrer Seite. Anja hielt seine Hand und unterhielt sich mit ihm. Ihr ging es also schon wieder deutlich besser. Dorothea fiel ein Stein vom Herzen.

»Ich bin ja so froh. Das hätte ich mir niemals verziehen.« Auch Roberto atmete auf. »Ich war so wütend auf Paolo und … jetzt, wo ich die beiden so sehe. Ich hätte mich da niemals einmischen dürfen. Das wäre alles nicht passiert, wenn ich nicht so ein vernagelter Dummkopf wäre.«

Er sah aus, als ob er es ehrlich meinte, aber wenn sich jemand etwas vorzuwerfen hatte, dann sie.

»Nein, es ist meine Schuld. Ich wünschte, ich könnte unser letztes Gespräch rückgängig machen. Wenn ich doch bloß nicht so eine miserable Mutter wäre. Dann müsste Anja jetzt nicht hier liegen.«

Roberto zuckte mit immer noch hängenden Flügeln die Schultern und rang sich ein Lächeln ab. »Willkommen im Club der miserabelsten Eltern der Welt.«

Dorothea konnte nicht anders, als befreit aufzulachen, teils über Robertos überraschend selbstironischen Humor, der ihm sehr gut zu Gesicht stand, teils über sich selbst. Erstaunlich, wie sich die Ausstrahlung und das ganze Wesen eines Menschen von jetzt auf gleich verändern konnten. Roberto wirkte nun nicht mehr wie der große Tycoon, der die Puppen tanzen ließ, sondern wie ein Mensch. Auch sein Lächeln hatte nichts Aufgesetztes mehr.

»Ich finde, wir sind den beiden etwas schuldig.«

Dorothea verstand sofort, worauf er hinauswollte. Wenn es überhaupt noch möglich war, Anja zu beweisen, dass sie ihre Tochter liebte, dass sie sie aus den falschen Gründen zeit ihres Lebens schlecht behandelt hatte, dann gab es jetzt die ideale Gelegenheit dazu.

»Ich finde, Anja und Paolo sollten ihre Chance bekommen. Du musst mich nicht mehr auszahlen. Aber du könntest mir mit den Behördengängen helfen.«

»Nein!«, erwiderte er zu Dorotheas großer Überraschung. »Ich werde die Casa Bella für die beiden kaufen. Elli und du, ihr sollt nicht leer ausgehen.«

Dorothea traute ihren Ohren nicht. Saulus wurde zum Paulus, und er meinte es anscheinend auch noch ernst.

»Das ganze Geld … Was habe ich schon davon, wenn ich meinen Sohn verliere.«

Damit brachte er die Sache auf den Punkt! Das Gleiche konnte sie über sich und Anja sagen.

Was für ein wunderschöner Morgen! Das Blau des Himmels wirkte noch intensiver, die Sonne noch strahlender, das Grün noch satter, das Meer noch idyllischer und der sanfte Fahrtwind, der durch die heruntergekurbelten Fenster von Fabrizios Panda wehte, noch erfrischender als sonst. Es fehlte nur noch, dass weiße Tauben um sie herumflatterten. Zumindest stellte sich Elli dies gerade vor.

Richtig idyllisch, friedlich, und dies auch noch an der Seite ihrer Schwester, die am Steuer des Wagens saß, den ihnen Fabrizio netterweise geliehen hatte. Die Aussprache mit Anja hatte Doro sichtlich gutgetan. Noch gestern Nacht hatten die beiden in der Klinik eine halbe Ewigkeit miteinander geredet, und wie es aussah, durfte Anja heute Nachmittag sogar schon wieder nach Hause – im wahrsten Sinne des Wortes, denn die Casa Bella würde mit dem Segen ihrer Mutter wohl zum neuen Zuhause ihrer Nichte werden. Menschen, die sich einen seit vielen Jahren aufgestauten Frust von der Seele reden konnten, veränderten sich auch rein äußerlich. Wie steif Doro immer gewirkt hatte, fast eine Spur kantig, aber auch in ihren Bewegungen. Ständig unter Strom, gehetzt, fast wie eine Ameise, die sich keine Sekunde Ruhe gönnte. Wie entspannt saß sie dagegen nun neben ihr.

Wohin die Fahrt gehen sollte, hatte Doro ihr jedoch verschwiegen. Angeblich wollte sie ihr etwas zeigen, was ihr sehr am Herzen lag.

»Meinst du, Roberto hält sein Wort?« Elli konnte immer noch nicht glauben, dass auch der Hotelier seine Meinung geändert hatte.

»Darauf kannst du Gift nehmen. Der ist heilfroh, dass Paolo überhaupt wieder mit ihm redet. Irgendwie mag ich ihn, zumindest so, wie er jetzt ist.«

»Das sind ja ganz neue Töne«, wunderte Elli sich.

»Sagen wir mal so, wir haben hinsichtlich unserer verfehlten Familienpolitik eine Gemeinsamkeit entdeckt.«

Elli musste lachen. Sollte tatsächlich so etwas wie ein Lerneffekt auf beiden Seiten eingetreten sein, würden Anja und Paolo gleichermaßen davon profitieren.

»Ich kann mir Roberto allerdings immer noch sehr schlecht als neues Familienmitglied vorstellen. Anjas Schwiegerpapa sozusagen«, feixte ihre Schwester.

»Ich mir ehrlich gesagt auch nicht, aber vermutlich gewöhnt man sich an alles.« Elli konnte sich nun ebenfalls nicht mehr zurückhalten und musste bei diesem Gedanken herzhaft lachen.

Doro setzte den Blinker, bog in eine kleine Straße ab und hielt nach kurzer Fahrt vor einem mit Steinen befestigten Wanderweg.

»Seit wann machst du dir etwas aus Spaziergängen?«, fragte Elli erstaunt.

Doro schien sich ja förmlich von Grund auf geändert zu haben. Selbst ihr geheimnisvolles Lächeln hatte etwas Frisches, als sie die ersten Stufen des begrünten Treppenweges hinunterging, der zum Meer führte. Auf dem idyllischen, verschlungenen Weg kamen sie direkt zu einem weißen Haus. Das Gebäude strahlte eine merkwürdige Harmonie und Ruhe aus, obwohl die Fassade vom rauen Klima einige Narben davongetragen hatte.

»Was ist das?«, wollte sie von Doro wissen.

»Die Casa Solitaria«, lautete die Antwort.

Elli hatte noch nie davon gehört, aber je näher sie dem Gebäude kamen, desto interessanter fand sie es. Eine gewisse Gediegenheit ging davon aus, und die Aussicht, die sich von einer kleinen, von weißen Säulen gestützten Terrasse auf das Meer darbot, versprühte genau jene Magie, die den Kopf freimachte, die Raum schaffte für Inspiration und für einen freien Lauf der Gedanken.

»In dem Haus haben schon viele Literaten und Komponisten gelebt. Der hiesige Adel hat sie unterstützt und gefördert, damit sie sich künstlerisch entfalten konnten.«

Was für eine schöne Idee von Doro, sie hierherzubringen. Aber warum waren die gute Laune und die entspannten Gesichtszüge ihrer Schwester mit einem Schlag verflogen? Die altbekannte Starre setzte wieder ein. Obwohl die frische Brise vom Meer sehr angenehm war, schlang Doro beide Arme um den Körper, fast so, als ob sie frieren würde.

»Elli. Die gestrige Aussprache mit Anja, sie hat mir sehr gut getan, aber ich konnte die Erleichterung gar nicht richtig genießen ...«

Was meinte ihre Schwester nur damit? Was gab es Schöneres, als ein über viele Jahre gestörtes Verhältnis zur eigenen Tochter wieder ins Reine zu bringen.

Dorothea suchte offenbar nach Worten. Etwas schien sie tief zu belasten. »Elli, ich hab mir klargemacht, dass ich nicht nur eine miserable Mutter, sondern auch eine miserable Schwester war.«

Wenn Doro jetzt darauf anspielte, dass sie sich seit frühester Kindheit nicht verstanden hatten, würde sie ihr nicht widersprechen. Aber letztlich musste Elli sich dann auch an die eigene Nase fassen. Zu Streitereien gehörten schließlich immer zwei.

»Die meisten Schwestern, die ich kenne, haben sich immer wieder gestritten. Warum sollten wir da eine Ausnahme sein?«, sagte sie aus voller Überzeugung.

»Das meine ich nicht, Elli.« Doro sah sie ernst an. »Es gibt einen ganz bestimmten Grund, weshalb ich dich hierhergeführt habe. Die Schriftsteller, die hier gelebt haben, hatten großes Glück. Man hat sie gefördert.«

»Was hat das jetzt mit mir zu tun?« Elli konnte sich beim besten Willen nicht erklären, worauf ihre Schwester hinauswollte.

»Vielleicht wäre aus dir auch eine große Schriftstellerin geworden, wenn du in jener Zeit gelebt hättest.«

»Ich glaube nicht, dass es zu einer großen Karriere gereicht hätte.«

»Doch, das hätte es«, widersprach Doro vehement.

Elli verstand die Welt nicht mehr. Sie und Talent? »Vielleicht erinnerst du dich noch an den Lektor, der meinen ersten Roman gelesen hat. Ihr habt damals beide für denselben Verlag gearbeitet, und er hat den Text komplett verrissen. Dabei hattest du ihn extra darum gebeten, die Seiten wohlwollend zu lesen.«

Doros ernster Blick wich purer Verzweiflung. »Nein, das habe ich nicht.«

Elli konnte nicht glauben, was ihre Schwester da gerade gesagt hatte. »Aber du hattest doch ... Doro, was willst du mir eigentlich sagen?«

Doro war völlig durcheinander. Sie musste offenbar erst tief Luft holen, um überhaupt weitersprechen zu können. »Ich habe meinen Kollegen damals gebeten, dein Buch so zu zerreißen, dass du künftig keine einzige Zeile mehr schreibst.«

Elli war fassungslos. »Doro, aber warum? Was habe ich dir bloß getan?«

»Kannst du dir das denn nicht denken? Was könnte eine Frau dazu treiben, ihrer eigenen Schwester derart zu schaden? Was kann einen über die Jahre förmlich zerfressen?«

Nun war Elli völlig durcheinander. Was war damals nur geschehen, was Doro dazu veranlasst haben könnte, sie derart zu hintergehen?

»Josef?«, fragte sie, und es fiel ihr plötzlich wie Schuppen von den Augen. Elli fand keine andere Erklärung. War es Doros Eifersucht? Zweifelsohne eine noch stärkere Kraft als der Zorn auf die kleine Schwester, die von den Eltern immer verhätschelt worden war.

Doro nickte bitter. »Ich habe es dir nie verziehen. Bis gestern, als ich mir klargemacht habe, dass kein Mann der Welt es wert ist, die eigene Schwester aus seinem Leben zu verbannen. Es tut mir ja so leid, Elli. Die vielen Jahre, in denen ich ohne dich auskommen musste. Verschenkt! Verloren!«

»Du hast ihn so sehr geliebt?« Elli hoffte auf eine ehrliche Antwort.

»Mehr, als du dir vorstellen kannst.«

Elli brauchte einige Atemzüge der frischen Luft, um die Worte ihrer Schwester zu verdauen.

»Aber warum? Du hättest doch mit mir reden können.« Der Umstand, dass sie Doro Josef sozusagen weggenommen hatte, erschien Elli immer noch als viel zu banal, um zu erklären, warum Doro sie aus ihrem Leben gestrichen hatte.

»Dein Triumph über die große Schwester. Darum ist es dir doch gegangen. Etwas Besseres sein zu wollen. Teil des Filmgeschäfts zu sein. Sich mit Josef und seinen Kontakten schmücken. Dabei hättest du das gar nicht nötig gehabt. Bei deinem Talent. Jeder Mann hätte sich mit dir schmücken können. Was für eine Ironie.«

Ellis Augen wurden feucht, und Doro ging es genauso, denn sie wischte sich ebenfalls die Tränen aus ihrem Gesicht.

»Und dann muss ich hier auf Capri erfahren, dass du dir nicht einmal sicher bist, ob Josef dich jemals geliebt hat. Mir hat es fast den Boden unter den Füßen weggezogen.«

Elli nickte um Fassung bemüht. »Vielleicht war ich sogar die Schlimmere von uns beiden«, sagte sie.

Doro hatte recht. Letztlich hatte sie selbst egozentrisch gehandelt. Sie hatte ihr vermeintliches Glück mit Josef gefunden, indem sie das Glück der großen Überschwester demontiert hatte. Schäbig, einfach nur schäbig.

Doro zuckte hilflos mit den Schultern. Offenbar war es

schwer zu sagen, wer von ihnen beiden da mehr Mist gebaut hatte.

»Warst du wirklich nie mit ihm glücklich?« Doro sah sie flehend an. Sie wollte offenbar die Wahrheit hören, so hart sie auch sein mochte.

»Damals habe ich es geglaubt, aber aus heutiger Sicht … wahrscheinlich nicht, jedenfalls nicht genug.«

Doros Nicken wirkte verbittert und erleichtert zugleich.

»Ich habe mich an Josefs Seite immer als etwas Besonderes gefühlt. Das stimmt. Er hat mir die Welt zu Füßen gelegt. So viele neue Eindrücke, die Reisen, die Empfänge … Aber auf Dauer gibt einem das nichts. Es hat zumindest nicht gereicht. Er war zunehmend häufiger allein geschäftlich unterwegs, und wenn man so lange zusammen ist, dann denkt man irgendwann gar nicht mehr darüber nach, ob man den anderen liebt. Man gewöhnt sich an das Leben, wie es ist.«

»Aber ihr wart das perfekte Paar. Jedenfalls hast du mich das immer glauben gemacht.«

»Das Kino war unsere gemeinsame Lebensaufgabe. Vielleicht waren wir auch nur die perfekten Geschäftspartner mit einer großen Leidenschaft für den Film, aber zu wenig Leidenschaft für uns selbst.«

Doros Körpersprache verriet, dass sie einen Moment brauchte, um den Satz zu verdauen. Sie inhalierte die salzhaltige Meeresluft und rang um Fassung. »Danke, dass du so ehrlich zu mir warst. Was ich getan habe, ist unverzeihlich, aber ich wünschte, wir könnten trotzdem noch einmal von vorn anfangen.«

Elli nickte wortlos. Ihr ging es ganz genauso. Endlich lagen alle Karten auf dem Tisch – nach so langer Zeit. Endlich wusste sie, warum Doro ihr seit Jahren aus dem Weg gegangen war. Nun reichte sie ihrer Schwester die Hand und wünschte sich, dass Doro ihr ebenfalls die Hand reichen würde. Worte für diesen Moment der Nähe mit ihrer Schwester zu finden, hätten dieses Glück, das sie empfand, nicht mal annähernd beschreiben können. Sie nahm Doro einfach nur in die Arme und spürte, wie sehr ihre Schwester diese Geste genoss. Die Seele wird ganz leicht, wenn man verzeihen kann, und noch leichter, wenn einem verziehen wird. Elli hatte das Gefühl, mit Doro auf einer Wolke zu schweben.

Anja konnte gar nicht glauben, was sich da vor ihr offenbarte, als das Taxi vor der Casa Bella hielt. Die Pension war mit Blumenketten geschmückt, Limonenzweige lagen auf den Tischen, die reich mit dem Besten, was Capri an kulinarischen Leckereien zu bieten hatte, gedeckt waren. Heinz, Elli, ihre Mutter, Fabrizio und Roberto standen Spalier, nur für sie und natürlich Paolo, der ihr aus dem Wagen half und ihr die Krücken reichte.

»Schaffst du's, zu gehen?«

Sie nickte. Und wenn sie auf allen vieren nach oben kriechen müsste. Es war kaum zu glauben, dass ihr Herzenswunsch in Erfüllung gegangen war, aber noch viel besser fühlte es sich an, ihrer Mutter mit Wärme und Zuneigung zu begegnen. Alle freuten sich sichtlich, dass sie wieder da war, sogar Heinz' Chihuahua lief schwanzwedelnd und schnüffelnd um sie herum und schien sich zu freuen.

»Anja, ich bin ja so froh, dass es dir bessergeht.«

Endlich die Umarmung ihrer Mutter und das Gefühl von Geborgenheit. Beides fühlte sich unglaublich gut an.

»Willkommen in eurem neuen Zuhause.« Paolos Vater gab sich ganz feierlich und begrüßte sie auf mediterrane

Art mit einem Küsschen links und einem Küsschen rechts, woraufhin Paolo ihr sofort einen amüsierten Seitenblick zuwarf.

Warum standen immer noch alle wie die Ölgötzen vor den bereits gefüllten Sektgläsern? Das Ganze erweckte den Eindruck, als könnte jeden Moment eine Torte auftauchen, aus der ein Partyhäschen hüpfte. Es lag etwas in der Luft, und Paolos Vater ließ es sich offenbar nicht nehmen, sich in stolze Posen zu werfen.

»Ich war heute Morgen auf dem Gemeindeamt und bei meinem Anwalt.«

Wie sehr er die anerkennenden Blicke aller Anwesenden genoss. Sein Ego hatte unter seiner jüngsten Veränderung, die selbst sein eigener Sohn noch nicht so recht fassen konnte, offenbar nicht gelitten.

»Anja und Paolo.« Robertos Stimme klang feierlich, und so, wie er sie ansah, hätten sie sich auch auf ihrer eigenen Hochzeit befinden können. »Die Casa Bella gehört nun euch. Und wehe, ihr macht nicht das beste Restaurant von ganz Capri daraus.«

Anja war zutiefst gerührt. Fabrizio drückte ihr und Paolo ein Champagnerglas in die Hand. Zeit für einen Toast.

»Auf Anja und Paolo!«, rief Tante Elli überglücklich.

»Auf die Casa Bella!« Auch Fabrizios Freude schien die Sonne zu überstrahlen.

Auf seine Erfahrung und Hilfe würden sie bei der Wiedereröffnung der Casa Bella gewiss nicht verzichten.

»Macht euch mal keine Sorgen. Ich werde euch meine Hotelgäste vorbeischicken und obendrein alles, was Rang und Namen hat«, fuhr Roberto fort. »Und wenn ich sie herprügeln muss.«

»Es ist sehr vorteilhaft, wenn man einen Vater mit den

besten Verbindungen zur ehrenwerten Gesellschaft hat.« Fabrizios Augenzwinkern war offenkundig nur für Paolos Vater gedacht, der den Seitenhieb ebenso wie das allgemeine Gelächter von allen Anwesenden ohne mit der Wimper zu zucken einsteckte.

»Ich habe noch etwas für dich«, sagte Tante Elli und trat an Anja heran. Sie hielt eine kleine Schatulle in der Hand, die sie ihr feierlich überreichte.

»Das hier hat deinem Großvater gehört. Meine Mutter hat es mir gegeben, als Glücksbringer. Ich denke, du kannst ihn gut gebrauchen.«

Anja öffnete die Schatulle. Auf roten Samt gebettet lag ein goldener Teelöffel darin, in dessen Stiel die Initialen A. C. eingraviert waren. Alessandro Castiglione – ihr Großvater!

»Ja, so wie es aussieht, bleibt die Casa Bella ein Familienbetrieb«, sagte Roberto.

Paolos Vater musste wohl immer das letzte Wort haben.

Heinz hatte zwar schon viel von der Welt gesehen und schier Unglaubliches erlebt, aber die letzten Stunden mussten für Dorothea, Anja, Roberto, seinen Sohn und für Elli eine Achterbahnfahrt der Gefühle gewesen sein. Er freute sich für sie alle, vor allem für Elli, die es tatsächlich geschafft hatte, sich mit ihrer Schwester zu versöhnen. Seine Freude war allerdings nicht ungetrübt. Das Gefühl, nicht mehr dazuzugehören, hatte sich schon am vergangenen Abend eingeschlichen, als Dorothea und Elli allein zum Krankenhaus gefahren waren und er sich die halbe Nacht hatte um die Ohren schlagen müssen. Abgesehen von Oskar natürlich, der ihn immerhin zu einem ausgedehnten nächtlichen Spaziergang begleitet hatte. Zwar war Heinz am Morgen noch mit Feuer und Flamme dabei gewesen und hatte den Überraschungsempfang für Anja mit vorbereitet, doch auch dabei hatte er genau gespürt, dass sich etwas Gravierendes verändert hatte.

Elli und Dorothea hatten sich gefunden. Klar, dass das frisch verliebte junge Paar nur noch Augen füreinander hatte, von Vater- und Mutterglück ganz zu schweigen. Dass Roberto de Andre so nette Seiten an den Tag legen konnte, kam wohl für alle sehr überraschend. Eine richtig große Familie waren sie geworden. Für ihn gab es hier nichts mehr zu tun. Er gehörte nicht dazu, und gerade weil jetzt alles in bester Ordnung schien, versuchte er sich einzureden, dass ihm der Abschied nicht schwerfallen würde.

Mit seiner Reisetasche und Oskar an der Seite vor den Menschen zu stehen, die er liebgewonnen hatte, entpuppte sich dann aber doch als wesentlich schmerzvoller als erwartet. »*Arrivederci,* Casa Bella!« Ein äußerst intensives Kapitel seines Lebens war dabei, zu Ende zu gehen. Er warf einen letzten Blick zurück auf die Pension, die in neuem Glanz erstrahlte.

»Viel Glück«, »Gute Reise«, »Danke für alles.« Jeder fand eine nette Abschiedsfloskel für ihn. Doro drückte ihn kurz, Fabrizio gab ihm ein Fresspaket für Oskar mit, und Roberto bot ihm sogar an, ihn mit seiner Yacht nach Neapel zu fahren. Dass Elli sich als Letzte von ihm verabschiedete, deutete darauf hin, dass jeder der Anwesenden genau wusste, dass sie beide etwas Besonderes verband. Sie begleitete ihn zu Fabrizios Fiat, der bereits mit geöffnetem Kofferraum bereitstand.

Die ganze Nacht hindurch hatte Heinz sich gefragt, ob er Elli nicht besser von seinem Leben und von seiner Frau, die ihn damals verlassen hatte, hätte erzählen sollen. Doch was hätte es schon gebracht? Elli war, wie sie ihm gesagt hatte, nicht für ein Leben »on the road« geboren. Ein Zeichen von ihm hätte vermutlich genügt, um sie am vergangenen Abend bei ihrem nächtlichen Spaziergang durch die Limonenfelder doch noch zu überreden, mit ihm zu kommen, doch dann hätte er schon wieder egoistisch gehandelt. Sie würde auf Dauer an seiner Seite nicht glücklich werden. Elli sollte glücklich sein, mit ihrer neuen Familie, mit ihrer Schwester. Es war Zeit, ihr Lebewohl zu sagen.

»Warum fährst du schon? Du könntest noch ein bisschen bleiben.« Elli überraschte ihn, und ihr war deutlich anzusehen, dass ihr der Abschied sehr schwer fiel.

»Ich schätze, ihr braucht momentan jede Menge Zeit für euch. Mensch, Elli, irgendwie beneide ich dich. Du hast wieder eine richtige Familie.«

Elli nickte und blickte kurz zurück zum Haus, wo alle noch beim Essen zusammensaßen. Heinz spürte genau, dass er es jetzt in der Hand hatte. Die Art, wie sie ihn ansah, schien ihn sogar dazu aufzufordern, ihr zu sagen, dass er sie wiedersehen wollte. Sie zu fragen, ob sie ihn nicht doch begleiten würde. Aber er durfte es ihnen beiden nicht so schwer machen. Auch Oskar schien die Abschiedsstimmung zu spüren. Er schmiegte sich ganz dicht an Elli, bis sie ihn hochnahm und ordentlich durchknuddelte.

»Und dich, mein Kleiner, werde ich ganz besonders vermissen«, sagte sie wehmütig.

Oskar lag wie ein kleines Baby auf dem Rücken in ihren Armen und ließ sich den Bauch kraulen. Er hatte das Köpfchen zur Seite geneigt und schien sein Herrchen für einen Augenblick so anzusehen, als ob er ihn dazu auffordern wollte, endlich den Mund aufzumachen. »Jetzt frag sie endlich, ob sie mitkommt«, schien der Hund zu sagen.

Auch Elli erweckte den Eindruck, als ob sie damit rechnete.

»Ich wünsch dir viel Glück, Elli«, sagte Heinz nur.

Kaum war der Satz ausgesprochen, wusste er genau, dass er ihn wahrscheinlich bis an sein Lebensende bereute. Obwohl er dieser tollen Frau wirklich alles Glück der Welt wünschte, hatte der Satz etwas schrecklich Endgültiges. Genau so sollte es aber auch sein, und zwar zu ihrem Besten!

Elli setzte Oskar ab. »Ich dir auch.«

Die Art, wie sie ihn umarmte, fühlte sich an wie ein warmer Strom, der durch seinen ganzen Körper floss, noch viel wärmer als die Sonne, die ihm auf den Rücken schien. Sie ließ von ihm ab. Die beiden sahen sich nur an, ein letzter Blick, den er für immer tief in seinem Herzen zu tragen gedachte.

Tiefe Sehnsucht und unerfülltes Verlangen sprachen aus seinen Augen, die Gewissheit, die Liebe seines Lebens nie wieder in die Arme schließen zu dürfen. Zu groß war die Kluft der beiden Welten, die die Liebenden voneinander trennte. Welche Liebe könnte größer sein, als um des Glückes des anderen willen auf das eigene Glück zu verzichten? Heinz tat es, schweren Herzens, als er in den Panda stieg und es nicht mal mehr fertigbrachte, noch einmal zurückzusehen.

Elli war unfähig, sich zu bewegen. Dieser Blick. Warum hatte Heinz sie nur so angesehen? Sie kannte diesen Blick, allerdings nur aus dem Kino, und Heinz war nicht Daniel Day-Lewis. Warum? Was hielt ihn davon ab, hierzubleiben? Es gab überhaupt keinen Grund, einfach so auseinanderzugehen. Aber wie sonst sollte sie die Abschiedsfloskel, dass er ihr viel Glück wünschte, interpretieren? *Zeit der Unschuld*.

Der Titel ihres Lieblingsfilmes, aus dem diese Szene stammte, passte nicht auf ihr Leben. Oder etwa doch? Vielleicht respektierte Heinz bloß ihren Wunsch, nicht in einem Wohnwagen um die Welt fahren zu wollen. Aber was wollte sie wirklich? Wieder zurück nach Deutschland gehen, ihre Schulden von dem Geld abbezahlen, das sie von Roberto bekam, und bis zur Rente ihr Sortiment mit Videospielen oder türkischen Filmen in Originalsprache aufpeppen? Filmvorführungen im Altersheim, für welche die Stadt kein Geld mehr aufzubringen bereit war? Ewig konnte sie nicht hier auf Capri bleiben.

Auf einen Schlag wurde Elli klar, dass sie eigentlich gar nicht wusste, wie es in ihrem Leben weitergehen sollte.

»Ich bin erstaunt, dass du noch hier bist.« Doro stand plötzlich vor ihr und musterte sie verwundert.

»Heinz und ich auf der Straße. Das geht doch nie gut«, sagte Elli nur.

Da war er wieder, jener Standardsatz, der ihr anscheinend schon automatisch über die Lippen kam. Dabei waren es im Grunde genommen gar nicht mehr ihre Lippen, sondern die einer Frau, die sich an den Mief ihres Kleinstadtlebens gewöhnt hatte.

»Heinz will bestimmt allein sein.« Noch so ein Satz, um das Unfassbare und ihren Wunsch, am liebsten bei ihm zu bleiben, ja nicht zu manifestieren.

»Nein, er hat vermutlich mehr Angst davor, als du dir vorstellen kannst.« Doro wirkte, als sei sie sich ihrer Sache absolut sicher.

»Wie kommst du darauf?«, fragte Elli baff.

»Erstens habe ich Augen im Kopf. Der Mann liebt dich. So blind kann man doch gar nicht sein. Zweitens, meine Liebe, welcher Mann kauft einer Frau ein Designerkleid für ein paar tausend Euro, wenn er selbst nicht mal zu dem Fest eingeladen ist, bei dem sie es trägt?«

»Was? Heinz? Ich dachte, Roberto …«

»Er hat es heimlich bezahlt, damit du einen schönen Abend hast«, sagte Doro.

Elli fiel es schwer, ihr dies zu glauben. Schlagartig erinnerte sie sich an den kleinen Porzellanelefanten, den Heinz ihr in Florenz mitgenommen hatte. Die Sache mit dem Kleid sah ihm durchaus ähnlich, sehr ähnlich sogar.

»Ich war dabei. Ich habe gesehen, wie er es bezahlt hat. Du warst gerade zum zweiten Mal in der Umkleidekabine, um zu checken, dass dein Kleid auch ja keine Knitterfalte zu viel abbekommt.«

»Warum hast du mir nichts davon gesagt?«

»Ich musste es ihm hoch und heilig versprechen. Außerdem fand ich es amüsant, mit anzusehen, wie du in deinem Wahn Roberto hinterhergedackelt bist.«

Elli musste sich augenblicklich auf einen der Steine am Straßenrand setzen.

»Wusstest du eigentlich, dass Heinz vermutlich mehr auf der hohen Kante hat als drei Robertos zusammen?«, fragte Doro und amüsierte sich anscheinend köstlich über ihren entsetzten Gesichtsausdruck.

»Du musst nur mal seinen Namen googeln. Er war ein Topfinanzmakler und muss ein Vermögen an der Börse verdient haben. Dann ein Burn-out, nach dem seine Frau ihn verlassen hat, und ein Jahr Aufenthalt in einer Klinik. Er hat alles verkauft und tingelt seither um die Welt.«

»Das alles steht im Internet?« Elli war fassungslos.

»Nicht alles. Das mit seiner Frau hat er mir erzählt.«

Elli konnte nicht glauben, dass Heinz ihr dies verschwiegen hatte. »Wieso ausgerechnet dir?«, fragte sie entgeistert.

»Na ja, an dem Nachmittag auf unserem Capri-Ausflug, an dem du dich schmollend ausgeklinkt hast, sind wir ins Gespräch gekommen. Ich glaube, dass er es mir in der Villa Krupp erzählt hat.«

»Aber wieso hat er mir gegenüber nichts davon erwähnt? Ich habe ihm doch auch so viel von mir offenbart.«

»Ich kann es mir nur damit erklären, dass er Angst davor hatte. Einer fremden Person erzählt man solche Dinge viel leichter als der Frau, die man liebt. Vielleicht hatte er Angst davor, wie du reagierst, wenn du erfährst, dass er seine Frau jahrelang vernachlässigt hat und dass ihm sein Job wichtiger war. Vielleicht hat er sich auch geschämt. Ein tolles Aushängeschild für einen Mann ist das ja auch nicht.«

»Aber ich hätte das doch verstanden.«

»Das solltest du ihm sagen und nicht mir.«

»Dazu ist es jetzt sowieso zu spät.«

»Wer behauptet das?«, protestierte Doro.

Dies hätte auch Heinz sagen können, fiel ihr ein. Die alte Elli sagte das und niemand sonst.

»Elli, was willst du noch hier? Und was willst du zu Hause in Deutschland? Allein? Ich wünschte, ich hätte jemanden wie Heinz. Eines sage ich dir: Wenn du jetzt nicht sofort deinen Allerwertesten in dein Zimmer bewegst, um zu packen, dann tu ich es.« Doro reichte ihr die Hand, um ihr aufzuhelfen. »Wenn du dich beeilst, erwischst du Heinz noch am Hafen.«

»Meinst du wirklich?«

»Es gibt Momente im Leben, in denen sollte man auf seine große Schwester hören.«

Diesmal war es ein Abschied für immer. Heinz schwor sich, nie wieder nach Capri zurückzukehren. Die Marina

Grande wurde schnell immer kleiner und war bald nur noch als weißer Fleck an der Küstenlinie auszumachen. Seit der Abfahrt stand er hier und fragte sich unentwegt, was Elli wohl jetzt gerade machte. Sicher feierten sie alle zusammen noch bis spät in die Nacht. Vielleicht blieb sie ja auch noch ein paar Wochen. Zumindest musste er sich nun keine Sorgen mehr um ihre Existenz machen. Sie würde durchkommen und ohne ihn glücklich leben. Auf ihn warteten eine neue Reise und neue Abenteuer, und immerhin hatte er seinen kleinen, treuen Begleiter, der ihm nicht von der Seite wich.

»Oskar!«

Der Hund war weg. Panisch blickte Heinz in alle Himmelsrichtungen. Gab es irgendwo ein Loch oder eine Luke, durch die der Chihuahua gefallen sein konnte? Sein Herzschlag beschleunigte augenblicklich.

»Oskar!«, rief er gegen den Lärm der Maschinen und des Windes an.

Draußen an Deck war der Hund jedenfalls nicht. Heinz stürmte nach drinnen, hetzte über die Stufen hinunter in den Passagierraum und suchte die Sitzreihen ab. Vielleicht hatte ihn ja jemand bemerkt.

»Haben Sie zufällig meinen Hund gesehen? Er ist recht klein, cremefarben. Ein Chihuahua«, fragte er die nächstbeste Passagierin.

»Ja. Der ist vor etwa zehn Minuten hier vorbeigelaufen.«

Heinz beschleunigte seine Schritte, suchte Reihe für Reihe ab, bis zwei weiße Ohren hinter einem Sitz hervorlugten.

»Oskar!«, rief er. »Komm her!«

Aber der kleine Hund dachte überhaupt nicht daran. Stattdessen blickte er nur neugierig von der Sitzreihe am

Fenster zu ihm herüber, um gleich wieder dahinter zu verschwinden.

»Oskar!« Wütend erreichte Heinz die Sitzbank.

»Hallo, Heinz. Möchtest du dich vielleicht zu uns setzen?«

Elli lächelte ihm amüsiert zu. Elli! Was machte sie hier?

Oskar bellte ihn auffordernd an, als wollte er sagen, dass es ja wohl klar war, weshalb sein neues Frauchen auf der Fähre war.

»Aber du weißt doch noch so gut wie gar nichts von mir«, widersprach Heinz. Ein Einwand folgte auf den nächsten, als sie an Bord gemeinsam mit dem Hund spazieren gingen.

»Dann erzähl mir von dir. Doro hat ja auch so einiges erfahren«, forderte Elli ihn auf und setzte damit alles auf eine Karte.

Schluss mit dem Versteckspiel, entschied sie. Schließlich ging es um ihr Leben und ihr gemeinsames Glück mit einem Mann, in den sie sich schon auf ihren Streifzügen durch die malerischen Gassen von Florenz verliebt hatte. Tacheles! Jetzt und hier!

»Vertraulich«, antwortete er gespielt vorwurfsvoll.

»Doro ist meine Schwester. Und Schwestern haben keine Geheimnisse voreinander«, sagte Elli amüsiert, wusste sie doch genau, dass sie erst seit kurzer Zeit in den Genuss dieses Luxus gekommen war.

»Bei unserem Spaziergang an der phönizischen Treppe, als du mir von den Problemen mit deiner Schwester erzählt hast … Für einen Moment habe ich damals darüber nachgedacht, dir im Gegenzug mein Leben zu offenbaren. Ich wollte dir von meiner Frau erzählen, aber ich konnte es nicht.«

Elli wusste Bescheid. Ihre scharfsinnige Schwester hatte den Nagel also tatsächlich auf den Kopf getroffen.

»Ich hatte einfach Angst davor, dir ein Leben aufzuzwingen, das du gar nicht willst.«

»Aber das tust du nicht. Ich bin ein großes Mädchen, außerdem möchte ich genau wie du die Pyramiden sehen.«

»Wir können auch hinfliegen und uns ein schönes Hotel nehmen.«

Natürlich konnten sie das, aber Elli hatte nicht vor, sein Leben zu ändern, sondern ihres.

»Kommt nicht in Frage! Ich brauche kein Hotel. Ich brauche auch keinen Luxus. Ich finde dein Wohnmobil eigentlich ganz okay, vorausgesetzt du entsorgst endlich diese alten Bierdosen.«

»Bist du dir sicher? Bullenhitze, geplatzte Reifen, streng rationiertes Wasser, dazu Skorpione, Schlangen und die Campingplätze … bestimmt furchtbar«, scherzte Heinz liebevoll süffisant.

Anstatt ihm zu antworten, tat sie so genießerisch, als würde sie sich selbst den schrecklichsten Skorpion gerade auf der Zunge zergehen lassen.

»Ganz ungefährlich ist es auch nicht. Manche Strecken …«

Jetzt war es aber genug. Sanft legte sie ihm einen Zeigefinger auf den Mund und näherte ihre Lippen langsam den seinen.

Dieser Kuss war überfällig, und er schmeckte nach mehr. Seine Lippen auf den ihren zu spüren, hatte nicht nur eine befreiende Wirkung. Elli hatte endlich das Gefühl, zu Hause zu sein. Bei ihm, in seinen Armen, weit weg von Rosenheim, von all den Sorgen, die sie belastet hatten. Es war höchste Zeit für einen Neuanfang, mit Heinz.

Endlich die Pyramiden zu sehen und mit ihm gemeinsam in einem versifften Wohnmobil nach Ehden zu fahren, mitten ins Paradies. Was konnte das Leben ihr Schöneres bieten?

Epilog

Liebe Frieda,

hoffentlich langweile ich Dich nicht mit meinen vielen Postkarten. Das Tal von Ehden ist überwältigend. Wir haben beschlossen, noch eine Weile im Libanon zu bleiben. Jeden Abend mit Heinz unter sternenklarem Himmel zu sitzen und gemeinsam über Gott und die Welt zu reden, ist traumhaft schön. Die vielen neuen Eindrücke, die ich mit diesem Mann erleben darf, geben mir das Gefühl, endlich zu leben. Mein erster Roman wächst und gedeiht. Ich komme mit dem Schreiben gut voran. Vielleicht wird er bis Weihnachten fertig, wenn wir uns wiedersehen. Heinz ist schon sehr gespannt darauf, Dich kennenzulernen.

Bis bald! Deine Elli

Frau

Frieda Angermayer

Schweizer Str. 76

D-60594 Frankfurt a. M.

Tessa Hennig
Mutti steigt aus

Originalausgabe
Roman. www.list-taschenbuch.de
ISBN 978-3-548-60967-6

Maria, Elke und Sigrun sehen sich nicht auf der Warteliste für ein Altersheim. Die drei eingeschworenen Freundinnen haben ganz andere Pläne: Gran Canaria, das Rentnerparadies, wartet auf sie. Ausgerüstet mit ihrer Rente und dem Traum vom eigenen Haus setzen sie sich ins Flugzeug.
Eines haben sich die drei dabei fest vorgenommen: Männerfreie Zone! Kein Wunder, denn Maria will ihrem verstorbenen Gatten für immer treu bleiben. Elke hat vom anderen Geschlecht die Nase voll. Und für Sigrun sind die Herren der Schöpfung die schlechteren Frauen. Doch dann hält die Insel nicht nur in Sachen Männer so manche Überraschung für sie bereit ...

Susanne Fülscher
Mit Opa auf der Strada del Sole

Originalausgabe
Roman. www.list-taschenbuch.de
ISBN 978-3-548-60919-5

Astrid Conrady ist alles andere als begeistert vom Geburtstagswunsch ihres 80-jährigen Vaters: Dieser möchte noch einmal nach Italien, an den Ort seiner ersten großen Liebe. Da es ihm keiner abschlagen kann, macht sich die fünfköpfige Familie im klapprigen alten Citroën auf die lange Fahrt von Berlin gen Süden. Pannen, Streits und Katastrophen reihen sich aneinander. Doch der miesepetrige Opa zeigt sich plötzlich von einer ganz neuen Seite, und auch Astrid und Thomas entdecken neu, was im alltäglichen, mühevollen Kampf des Familienlebens untergegangen war: ihre Liebe zueinander.

List Taschenbuch

L375

Bettina Haskamp

Alles wegen Werner

Roman

ISBN 978-3-548-28184-1
www.ullstein-buchverlage.de

Nach dreißig Jahren endet Claras Ehe mit einem Knall: Ehemann Werner wirft sie aus der Luxusvilla am Meer und verschwindet mit einer schönen Brasilianerin. Was Clara noch bleibt, sind Rotwein, Verzweiflung und ein übergewichtiger Hund. Kann es überhaupt ein Leben jenseits von Werner geben?
Ein herzerwärmender komischer Roman über eine Frau, die durch den größten anzunehmenden Unfall in ihrem Leben zu sich selbst findet.

»Ein bezaubernd witziger Roman!« *Lisa*

UB552

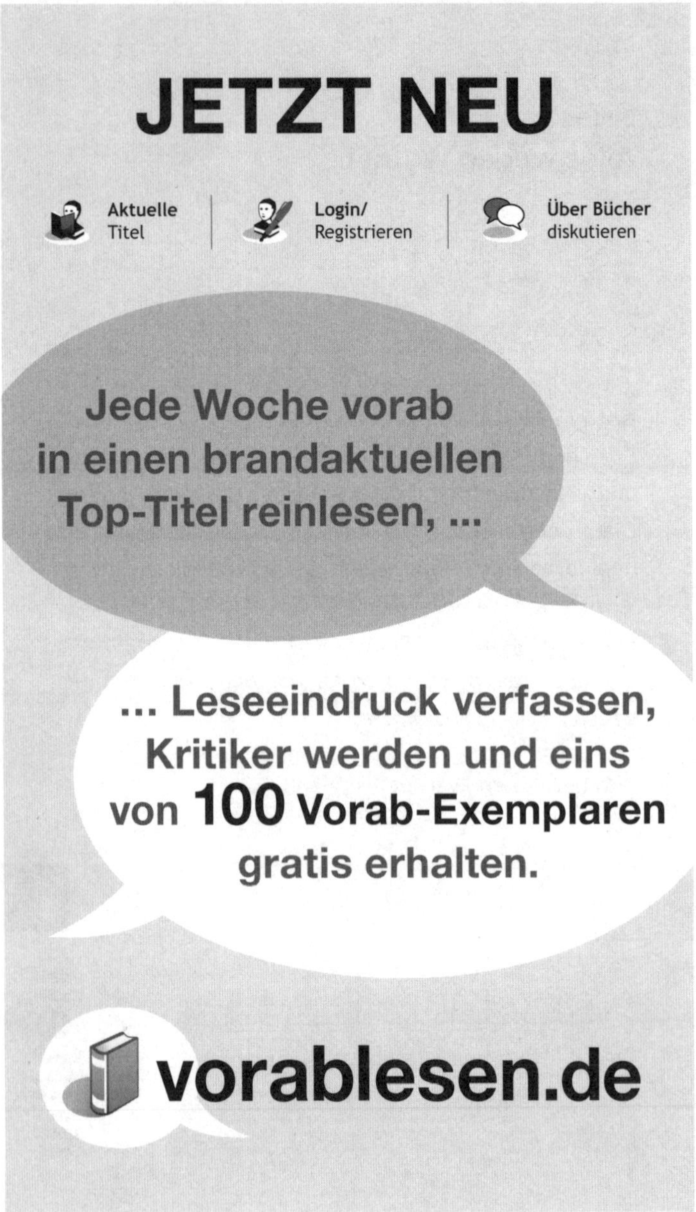
JETZT NEU
Aktuelle Titel
Login/ Registrieren
Über Bücher diskutieren
Jede Woche vorab in einen brandaktuellen Top-Titel reinlesen, ...
... Leseeindruck verfassen, Kritiker werden und eins von 100 Vorab-Exemplaren gratis erhalten.
vorablesen.de